Président du Conseil constitutionnel, **Jean-Louis Debré** a été président de l'Assemblée nationale et ministre de l'Intérieur. Il est l'auteur de nombreux romans policiers et de livres sur l'histoire de la République.

Auteur, metteur en scène, mime, créatrice de bijoux (Oh dis le moi), **Valérie Bochenek** est aussi fondatrice de l'association Un Musée pour Bip, dédiée au mime Marcel Marceau.

Valérie Bochenek
Jean-Louis Debré

CES FEMMES QUI ONT RÉVEILLÉ LA FRANCE

Fayard

TEXTE INTÉGRAL

ISBN 978-2-7578-3847-1
(ISBN 978-2-213-67180-2, 1re publication)

Introduction

Au moment où la France occupée, meurtrie, s'interroge sur son avenir, doute de son génie, peine à trouver son unité, le destin frappe à sa porte.

La légende raconte qu'une jeune femme issue d'un modeste village, Domrémy sur la Meuse, entend un appel insolite, surnaturel, étrange. Elle rencontre l'archange Michel, accompagné de sainte Catherine et de sainte Marguerite, qui l'exhortent à venir au secours du roi et de la France.

Par son courage, sa détermination, sa foi surtout, mais aussi par son incroyable naïveté, son audace irraisonnée et son inconsciente témérité, Jeanne d'Arc bouleversa le cours de la guerre de Cent Ans, retourna le destin de la France, modifiant une chronologie qui semblait devoir s'inscrire comme une fatalité.

L'épopée de Jeanne d'Arc résonne comme le clairon de la renaissance française. Elle apparaît comme le symbole éclatant, insolent, de l'unité, de la grandeur de notre pays lorsqu'il défend sa liberté. Elle est l'illustration d'une France capable de se dresser, de faire front, de se rassembler quand il s'agit de lutter pour son indépendance et sa dignité.

Si Jeanne incarne une certaine idée de la France, Marianne illustre et personnifie la République.

Depuis un décret de 1792, le sceau de l'État porte l'image de « la France sous les traits d'une femme vêtue à l'antique, debout, surmontée du bonnet phrygien ou bonnet de la liberté ».

Cette jeune femme est rapidement surnommée Marianne, prénom couramment utilisé à la fin du XVIIIe siècle.

L'allégorie républicaine inspire de nombreux peintres, sculpteurs, dessinateurs, de Gros, qui la figure entourée des symboles de la République romaine, à Delacroix, qui la peint romantique et exaltée sous les traits de *La Liberté guidant le peuple*, à Daumier qui la dessine chassant les ministres de Charles X en 1830, à David d'Angers, qui la représente armée, foulant aux pieds le joug et les chaînes de l'oppression.

Marianne s'est également invitée, par ses moulages, dans toutes les mairies de France. Elle s'est aussi installée au faîte de nombreux monuments aux morts de nos villages et de nos villes pour honorer le sacrifice de nos soldats.

L'intention des révolutionnaires de 1792 s'est parfaitement réalisée : identifier la République aux représentations de Marianne et instaurer le culte de la République. Charles Péguy ne parlait-il pas de « mystique républicaine » ? Louise Michel, au moment de la Commune de Paris, n'était-elle pas surnommée la « Vierge rouge » ?

Un pamphlet anonyme datant de février 1848 parodie le « Je vous salue Marie », l'*Ave Maria* des catholiques :

Salut, Marianne, pleine de force,
Le peuple est avec toi,
Le fruit de tes entrailles, la République, est béni.
Sainte Marianne, mère du droit, aie pitié de nous !
Délivre-nous...
Vierge de la Liberté, délivre-nous des rois et des papes !
Vierge de l'Égalité, délivre-nous des aristocrates !
Vierge de la Fraternité, délivre-nous des soldats !
Vierge de la Justice, délivre-nous des juges !
Vive la République démocratique et sociale universelle !
Ainsi soit-il.

Le quatrième couplet d'une chanson populaire de 1882, écrite par Thomas Delpy, clame :

Enfants, rappelez-vous toujours
Que Marianne est votre mère...

Le refrain de la « marche populaire » intitulée *La Marianne*, de Fernande d'Erlincourt, composée en 1883, est rapidement repris dans nombre de manifestations ouvrières :

Va, va Marianne,
Pour en finir avec tes ennemis,
Sonne, sonne la diane
Aux endormis !

Les manifestants entonnent juste après :

Ma République, ô prolétaire,
Éternel vaincu du destin,
C'est à la table égalitaire
Ton couvert mis dès le matin ;

Et, devant l'homme, j'y réclame,
Pour mon sexe, la liberté :
Il faut relever dans la femme
L'aïeule de l'humanité !...

Tombez, tombez, vieilles barrières,
Au jour nouveau de la Raison ;
Tombez, préjugés et frontières,
Avec la dernière prison ;
Puis, ce sera la délivrance,
Œuvre si lente à s'accomplir :
La Bastille de l'ignorance,
C'est la plus dure à démolir !

Marianne symbolise le combat de la France, celle des soldats de l'an II diffusant les principes de 1789 aux peuples d'Europe pour les inciter à se libérer des despotes. Elle illustre la « République universelle » claironnée par Victor Hugo.

*

Ce sont ces valeurs de liberté, d'égalité et de fraternité que de nombreuses femmes, par leur personnalité, leur courage, leur talent, ont su magnifiquement incarner.

Parfois oubliées, souvent méconnues, elles ont pourtant contribué à forger notre identité nationale et républicaine, à dessiner les contours de notre société, à façonner ce que nous sommes devenus aujourd'hui.

Avec ferveur et opiniâtreté, elles ont fait évoluer les mentalités, bousculé les conservatismes, ridiculisé les prétentions. Ces femmes ont symbolisé la France du mouvement, non celle qui se replie sur elle-même, la République audacieuse.

Elles ont illustré une France et une République qui s'épanouissent dans l'imagination, ne s'étiolent pas dans la nostalgie.

Ces femmes n'ont pas craint les ruptures politiques, elles ont osé défier le pouvoir ou s'opposer à lui, résister à la domination d'une pensée unique imposée par les hommes.

Elles ont montré que la République n'était pas simplement une architecture institutionnelle, mais aussi un modèle de société fondé sur la volonté de liberté, la quête d'égalité, l'exigence de fraternité.

Elles ont contribué à la disparition d'une législation héritée de l'Ancien Régime, qui plaçait les femmes dans une situation de soumission et d'infériorité par rapport aux hommes.

La refonte du Code civil a été un enjeu essentiel pour obtenir l'abolition de l'incapacité civile de la femme, le droit à la recherche de paternité, à une maternité désirée, le rétablissement du divorce (supprimé en 1816), la réforme des règles découlant du mariage, l'égalité avec le mari dans l'exercice de l'autorité parentale, la libre disposition de leur salaire pour les femmes mariées, le droit pour la femme d'être témoin dans les actes de l'état civil...

Leur combat politique a également concerné l'éducation. Elles ont revendiqué pour les filles et les jeunes femmes un enseignement comparable à celui dispensé aux garçons, un égal accès à l'enseignement supérieur, l'« égalité des chances » par la formation.

Pour reprendre la formule de l'avocate Maria Vérone, elles ont revendiqué des droits pour les Françaises afin qu'elles puissent mieux accomplir leurs devoirs.

*

Ces femmes dont nous allons réveiller le souvenir ont aussi eu pour ambition d'obtenir l'égalité politique avec les hommes, mais également de conquérir, pour les femmes, le droit d'exister juridiquement afin de vivre enfin indépendantes et libres.

Bibliographie

Sur Marianne

Collectif, *Les Fées de la République. L'histoire de la République à travers les yeux de Marianne*, Pélican, 2003.

Maurice Agulhon et Pierre Bonte, *Marianne, les visages de la République*, Gallimard, 1992.

Bernard Richard, *Les Emblèmes de la République*, CNRS éditions, 2012.

OLYMPE DE GOUGES

(1748-1793)

La Déclaration des droits de la femme et de la citoyenne

En réponse à la « Déclaration des droits de l'homme et du citoyen » du 26 août 1789, devenue le préambule de la Constitution du 3 septembre 1791, Olympe de Gouges rédige, cette même année 1791, la « Déclaration des droits de la femme et de la citoyenne ».

Son texte, passé alors quasi inaperçu, aujourd'hui oublié, n'en constitue pas moins une référence dans la prise en compte de l'égalité entre l'homme et la femme.

« Les hommes naissent et demeurent libres et égaux en droits », proclame fièrement la Déclaration de 1789 ; Olympe de Gouges réplique courageusement : « La femme naît libre et demeure égale à l'homme… » Elle revendique l'égalité des droits civiques entre les hommes et les femmes. Son raisonnement est logique : avec les révolutionnaires, elle affirme que « toute souveraineté réside essentiellement dans la nation », que celle-ci « n'est que la réunion de la femme et de l'homme » ; elle réclame donc pour les femmes le droit de vote et celui de représenter la nation.

« La loi, écrit-elle, doit être l'expression de la volonté générale ; toutes les citoyennes et citoyens doivent concourir personnellement ou par leurs représentants à sa formation ; elle doit être la même pour tous :

toutes les citoyennes et tous les citoyens, étant égaux, doivent être également admissibles à toutes dignités, places et emplois publics selon leurs capacités et sans autres distinctions que celles de leurs vertus et de leurs talents. »

Aussi exige-t-elle pour chaque individu, homme ou femme, le libre exercice de ses droits naturels. Ceux de la femme ne doivent plus être muselés par la « tyrannie perpétuelle » de l'homme. Elle ajoute : « Nul ne doit être inquiété pour ses opinions, même fondamentales ; la femme a le droit de monter à l'échafaud… » Courageuse prise de position !

Cette Déclaration doit être replacée dans le contexte du bouillonnement idéologique de la Révolution française et ne se comprend que par l'itinéraire personnel et original d'Olympe de Gouges.

*

La Révolution, à laquelle de nombreuses femmes prirent une part importante, marque, pour la reconnaissance des droits sociaux et politiques des femmes, le début d'une prise de conscience. L'auteur des *Liaisons dangereuses*, Choderlos de Laclos, avait vu juste lorsqu'il avait écrit, dès 1782 : « Tant que les femmes ne s'en mêlent pas, il n'y a pas de véritable révolution ! » En libérant la parole, les audaces, les espérances, cette période stimule et accélère l'effervescence des idées. Elle inaugure un siècle de luttes en faveur de l'égalité pour tous, où les femmes vont revendiquer le droit d'exister au sein de la société. Elles réclameront leur égalité politique, civile, professionnelle, l'accès à une éducation et à une formation identiques à celles des hommes.

Une « Pétition des femmes du Tiers État au Roy », datée du 1er janvier 1789, demande que « les hommes ne puissent sous aucun prétexte conserver les métiers qui sont l'apanage des femmes », et que les femmes soient formées « à posséder des emplois, non pour usurper l'autorité des hommes, mais pour en être plus estimées ; pour que nous ayons le moyen de vivre à l'abri de l'infortune, que l'indigence ne force pas les plus faibles d'entre nous, que le luxe éblouit et que l'exemple entraîne, de se réunir à la foule des malheureuses qui surchargent les rues et dont la crapuleuse audace fait l'opprobre de notre sexe et des hommes qui les fréquentent ». Ces pétitionnaires revendiquent des écoles gratuites pour assurer l'instruction des jeunes filles. Dès juin 1789, une « requête des dames à l'Assemblée » revendique le droit pour les femmes de siéger comme député.

Parfois, elles se regroupent dans des clubs. Avec la Révolution, Anne-Joseph Terwagne se découvre une âme révolutionnaire, change d'identité et devient Théroigne de Méricourt puis fonde en 1790 le club des « Amis de la loi ». Elle revendique l'égalité des sexes tant du point de vue civil que militaire et propose de lever, contre toutes les monarchies, des bataillons féminins. Son activisme est tel qu'on la surnomme « l'Amazone rouge » ou « la furie de Gironde ». Claire Lacombe, comédienne âgée de vingt-huit ans, préside le club des « Citoyennes républicaines et révolutionnaires » et réclame la destitution des nobles de l'armée, la résistance à l'oppression. Pauline Léon, membre de la « Société fraternelle des deux sexes », exige pour les femmes le droit d'effectuer un service militaire afin de défendre la Révolution contre « les ennemis du dedans ». En mars 1792, dans un discours à la société fraternelle des Minimes, Théroigne de Méricourt exhorte les femmes à détruire le carcan qui paralyse leur vie : « Brisons nos fers ; il est temps enfin que les femmes sortent de leur honteuse nullité, où l'ignorance, l'orgueil et l'injustice des hommes les tiennent asservies depuis si longtemps. » Félicité de Kéralio joue un rôle actif dans la rédaction d'une pétition en faveur de la République, présentée au Champ-de-Mars le 17 juillet 1791…

Ces femmes, leurs exigences, leur activisme font peur aux hommes, fussent-ils des révolutionnaires. L'idée même de femme libre apparaît aux membres de la Convention comme une inadmissible incongruité. En octobre 1793, celle-ci leur interdit de se constituer en clubs, leur confisquant ainsi le droit de réunion. Les conventionnels ne cesseront de restreindre l'expression de leurs revendications, les femmes étant écartées de toutes les assemblées politiques.

L'antiféminisme s'impose : « Une femme n'est bien, n'est à sa place que dans sa famille ou dans son ménage », affirme le journal *Les Révolutions de Paris*. Sieyès assimilait les femmes à des citoyennes passives, privées de droits politiques. Elles devaient, comme les enfants, être représentées par le chef de famille.

En ce qui concerne les droits civils de la femme, l'action d'Olympe de Gouges est remarquable, même si elle est aujourd'hui remisée au fond des placards de l'histoire nationale.

Elle est le symbole du combat pour le droit des femmes, ce que l'on appellera plus tard le féminisme.

Sa lutte ne se limite pas à l'admission de leur citoyenneté, mais vise à la reconnaissance de l'intégralité de leurs droits.

Elle se situe ainsi dans la voie tracée par Condorcet, qui proclamait : « Les droits des hommes résultent uniquement de ce qu'ils sont des êtres sensibles, susceptibles d'acquérir des idées morales et de raisonner sur ces idées ; ainsi les femmes, ayant ces mêmes qualités, ont nécessairement des droits égaux… » Condorcet, qui, dans son *Esquisse des progrès de l'esprit humain*, écrit encore que l'inégalité entre l'homme et la femme « n'a eu d'autre origine que l'abus de la force », affirme : « C'est vainement que l'on a essayé, depuis, de l'excuser par des sophismes. »

Cette philosophie des droits naturels exprimée par Condorcet a aussi été celle ébauchée par Sophie Marie Louise de Grouchy, marquise de Condorcet. Son salon littéraire, à l'hôtel des Monnaies, à Paris, exerça une grande influence sur les idées de l'époque, notamment celles de son mari.

C'est sur ce fondement de l'égalité naturelle entre homme et femme qu'Olympe de Gouges entend adosser ses revendications égalitaires.

*

Marie Gouze est née le 7 mai 1748 à Montauban des amours illégitimes de sa mère, Anne Olympe Mouisset, avec Jean-Jacques Le Franc de Caix, marquis de Pompignan. Son père au regard de la loi, Pierre Gouze, disparaît alors qu'elle n'a que deux ans.

Elle est mariée à seize ans à Louis Yves Aubry, « officier de bouche » de l'intendant de la généralité de Montauban, qui décède peu après les noces, la laissant enceinte.

Marie prend alors le nom d'Olympe Gouze, qui, au fil du temps et de l'évolution d'une orthographe des noms patronymiques encore imparfaitement fixée, deviendra Olympe de Gouges.

Grâce, semble-t-il, à l'amour et à la générosité que lui porte un « riche négociant », elle s'installe à Paris, profite d'une vie parisienne empreinte de libertinage. Fut-elle l'une de ces séduisantes courtisanes qui fréquentaient le jardin des Tuileries ou même celui du Palais-Royal ? Certains de ses biographes l'assurent ; d'autres évoquent plus discrètement cette période de sa vie qui n'est pas revêtue de l'austère rigueur de la vertu.

En réalité, elle entend vivre libre et jouir de sa liberté : ambition et comportement qui sont alors le privilège des hommes.

À trente ans, Olympe de Gouges ressent un besoin de reconnaissance, d'affirmer sa personnalité, d'exister par elle-même et de clamer ses vérités. Elle rêve de célébrité et se sent attirée par la littérature. Les petits marquis poudrés s'effacent de son environnement au profit des écrivains et comédiens qui foisonnent à Paris en cette fin du XVIIIe siècle. Ainsi cherche-t-elle à se faire une place dans le monde de la comédie ; elle publie une trentaine de pièces, de romans, de brochures ou pamphlets politiques. Cette fréquentation du milieu littéraire ne lui vaut pas une grande renommée. Il faut admettre que son talent n'est pas à la hauteur de ses ambitions.

Certains l'ont dépeinte comme une exaltée, une excitée, une intrigante ou une opportuniste. Peut-être était-elle ainsi. Mais ils n'ont pas voulu voir qu'elle possédait en elle une grande capacité d'indignation, de révolte, et un courage parfois débridé.

Il est souvent périlleux, en politique, d'avoir raison trop tôt ou de proclamer trop fort certaines vérités ! Olympe cristallise vite contre elle bien des ressentiments. À trop vouloir dénoncer les agissements des maîtres de la Révolution, elle focalise sur elle nombre de haines et d'exaspérations. À tout espérer à la fois, elle se marginalise et déclenche à son encontre une volonté d'élimination.

Elle réclame l'abolition de l'esclavage, que la Convention supprime le 4 février 1794, mais qui sera rétabli en 1802, pour être définitivement prohibé en 1848.

Elle dénonce avec véhémence les inégalités dont pâtissent les femmes. Elle croit à l'égalité entre les sexes, revendique l'égalité dans le mariage, n'est pas hostile à la séparation des couples, au divorce, y compris s'il est voulu par la femme. Une loi du 20 septembre 1792 va d'ailleurs permettre aux conjoints de rompre leur union : le divorce est institué, reconnaissant la possibilité de mettre fin au mariage, notamment par consentement mutuel. La monarchie le supprimera en 1816.

Olympe de Gouges s'élève aussi contre la misère et la pauvreté. Début novembre 1788, elle publie une *Lettre au peuple, ou Projet d'une caisse patriotique par une citoyenne*, puis, peu après, des *Remarques patriotiques*. Elle propose la création de maisons d'accueil pour les vieillards, les enfants abandonnés, les mères de famille dont les époux ont été victimes d'accidents du travail et ne peuvent plus subvenir aux besoins de leur famille. Elle suggère la mise en place d'ateliers publics pour les ouvriers sans travail, et la distribution des terres en friche.

Elle s'insurge contre la prétention et l'égoïsme des riches et n'hésite pas à réclamer un impôt sur le « luxe effréné », en quelque sorte une taxation des signes extérieurs de richesse ou un impôt sur la fortune. Elle imagine une imposition fiscale systématique des bénéfices réalisés par les maisons de jeu…

Depuis toujours, elle rêve d'une société plus équitable, mais aussi plus libre, où serait garantie la pleine expression des opinions. Elle a d'abord pressé le pouvoir royal de faire bouger la France, puis a fini par rallier la Révolution.

Avec obstination, parfois de façon désordonnée, mais avec un réel talent de polémiste, Olympe de Gouges s'ingénie à faire entendre son indignation. C'est par l'écrit qu'elle agit au service de ses convictions. Elle projette même, pour contrebalancer l'hégémonie de la Comédie-Française, de créer un « Théâtre national » qui serait réservé aux femmes, actrices, auteures et spectatrices.

Elle affiche ouvertement son anticléricalisme : elle est par là en harmonie avec son temps où, sous l'influence des philosophes des Lumières, l'athéisme et les critiques visant le clergé se répandent dans toutes les couches de la société, notamment la bourgeoisie.

La fuite du roi, puis son arrestation à Varennes, sont l'occasion pour Olympe de suggérer à la Constituante, le 24 juin 1791, la création d'une « Garde nationale de femmes ». Plus surprenant : elle se propose de seconder Malesherbes dans la défense de Louis XVI lors du procès du souverain.

Si elle fait reproche au roi d'être un hypocrite et un « faussaire », elle reconnaît avoir de la considération pour l'homme et fustige sévèrement son entourage –

« une cour vicieuse », dit-elle. En général, elle voit dans les rois « des vers rongeurs qui dévorent la substance des peuples jusqu'aux os ».

En dépit de ses incohérences et de ses contradictions, Olympe de Gouges est avant tout une contestataire. En 1788, n'a-t-elle pas écrit : « La France, devenue la mère de tous les peuples, doit détruire tous les tyrans de la terre » ?

Son erreur d'appréciation consiste à croire qu'une révolution peut être modérée, et que les révolutionnaires n'obéissent qu'à la raison. Elle, la passionnée, ne mesure pas combien la passion politique arrive souvent à annihiler les buts qu'elle poursuit.

Par sa liberté, son indépendance d'esprit, son ardeur brouillonne, la hardiesse et l'originalité de ses propositions, Olympe charme certains de ses contemporains, mais son ton péremptoire, son activisme, ses provocations, ses volte-face agacent nombre de personnalités qui évoluent alors dans les sphères du pouvoir. Elles n'apprécient pas les donneurs de leçons, surtout quand ces leçons émanent d'une femme.

Olympe n'hésite pas à s'en prendre ainsi à Robespierre : « Tu te dis l'unique auteur de la Révolution, tu n'en fus, tu n'en es, tu n'en seras éternellement que l'opprobre et l'exécration… Ton souffle méphitise l'air pur que nous respirons actuellement ; ta paupière vacillante exprime malgré toi toute la turpitude de ton âme, et chacun de tes cheveux porte un crime… »

Elle dénonce aussi les agissements de Marat et de Fouquier-Tinville, « hommes de sang ». Dans une *Lettre aux Conventionnels*, à ceux qui osent dire que « le sang fait les révolutions », elle répond : « Le sang, même des coupables, souille éternellement les révolutions. »

Dans une de ses brochures, elle propose que le peuple, par référendum, choisisse la forme du régime politique qui convient à la France : gouvernement républicain centralisé, fédératif, ou monarchique. Les révolutionnaires ne tolèrent pas qu'elle puisse remettre en cause la République, en n'excluant pas le retour à la monarchie. Ils la font interpeller et arrêter : le prétexte est ainsi trouvé par ses puissants ennemis pour la réduire au silence.

Dans son plaidoyer, rédigé avant sa comparution devant les juges du Tribunal révolutionnaire, Olympe de Gouges s'écrie : « Pâlissez, vils détracteurs ; votre règne passe comme celui des tyrans. Apôtres de l'anarchie et des massacres, je vous ai dénoncés depuis longtemps à l'humanité : voilà ce que vous n'avez pu me pardonner ! »

Elle meurt le 3 novembre 1793, décapitée, place de la Révolution.

Le 19 novembre, le journal *Le Moniteur* avertit toutes les femmes qui auraient après elle la prétention d'interférer dans les affaires du gouvernement ou de s'immiscer dans le monde de la politique : « Elle voulut être homme d'État, et il semble que la loi ait puni cette conspiratrice d'avoir oublié les vertus qui conviennent à son sexe. »

Bibliographie

Sur Olympe de Gouges

Olivier Blanc, *Olympe de Gouges*, Syros, 1981.

Catel et Bocquet, *Olympe de Gouges*, Casterman, « Écritures », 2012.

Ghenia Avril de Sainte-Croix, *Le Féminisme*, Giard et Brière, 1907.
H. Wallon, *Histoire du Tribunal révolutionnaire*, Hachette, 1880-1882.

George Sand

(1804-1876)

Le rêve d'une société libre et égalitaire

Debout dans sa chambre, une femme contemple le portrait de la dame « encore jeune et d'une beauté éclatante de ton » dont elle porte le prénom : Aurore.

Ayant écouté de longues heures sa grand-mère Marie-Aurore lui raconter l'histoire de ses ancêtres, elle se souvient d'avoir observé ce visage comme on cherche les traces d'un passé glorieux et espère un destin. Elle est fascinée par ces cheveux « noirs comme l'encre ». Elle a ces mêmes « yeux grands et noirs, formés comme les yeux des modèles des mystiques et des plus magnifiques têtes italiennes, (…) des cheveux noirs et bouclés et tombant sur son col à la façon des anges de Raphaël », écrira Alfred de Vigny.

Certains soirs, ce portrait lui fait peur et semble lui dire : « De quelle chimère d'égalité remplis-tu tes rêves ? L'amour n'est pas ce que tu crois ; les hommes ne seront jamais ce que tu espères. Ils ne sont faits que pour être trompés par les rois, par les femmes et par eux-mêmes. »

Celle qu'elle entend parfois, c'est Aurore de Kœnigsmark, sa grande aïeule, la comtesse suédoise qui traversa toute la Saxe à la recherche de son frère porté disparu, et fut reçue en personne par l'électeur de Saxe,

Frédéric-Auguste, futur roi de Pologne sous le nom d'Auguste II. Ils se plurent, s'oublièrent, et de leurs amours naquit le premier Maurice de la famille, fait comte de Saxe et futur maréchal de France.

Le portrait de Maurice de Saxe a été placé tout à côté de celui de sa mère. Il porte la cuirasse avec fière allure et son regard azur semble toujours lancer à celui qui le regarde : « En avant, tambour battant, mèche allumée ! » Est-ce son beau sourire qui eut raison d'une jeune actrice, Marie Rainteau, mère de sa grand-mère ?

De leur liaison naquit Marie-Aurore qui, par le jeu d'alliances du comte de Saxe, pourrait appeler les derniers Bourbons – Louis XVI, Louis XVIII et Charles X – ses cousins. Elle épousa en secondes noces un fermier général fortuné, beaucoup plus âgé qu'elle, Louis Claude Dupin de Francueil.

Aurore revoit sa « grand-mère sourire » quand elle lui posait des questions sur ce vieux mari. L'aïeule lui expliquait que, à cette époque, on ne se plaignait pas des maux de l'âge, « on se cachait de souffrir par bonne éducation. On n'avait pas ces préoccupations d'affaires qui gâtent l'intérieur et rendent l'esprit épais ».

Combien de fois lui parla-t-elle de « ce grand-père qu'elle ne connut jamais », de cet homme « érudit, excellent violon, horloger, architecte, cuisinier, poète, dessinateur… » ? Il savait tout faire. Tous deux avaient même commencé à « travailler à un ouvrage sur (…) le mérite des femmes et (…) l'égalité de rang de l'homme et de la femme dans les desseins de Dieu et dans l'ordre de la nature ». Ils adoraient la musique : elle chantait et jouait, lui composait ou l'accompagnait.

Mme et M. Dupin eurent un fils unique, Maurice. De lui, ce portrait en costume de hussard napoléonien, le seul homme, parmi ces portraits, qu'elle ait connu avant qu'il ne décède brutalement des suites d'un accident de cheval sur les terres de Nohant. Elle était encore toute petite.

Elle le trouve beau, guerrier, artiste ; il lui semble qu'il bat en elle, qu'il est « resté tout vivant dans les élans de son âme, dans les fatalités de son organisation ». Ce lieutenant de chasseurs à cheval tomba amoureux d'une femme, Sophie Victoire Antoinette Delaborde, comparse au théâtre, qu'il surprit dans le lit de son général. Au grand dam de Marie-Aurore, il l'épousa trois semaines avant qu'une petite fille ne vienne au monde, Amantine Aurore Lucile Dupin, le 12 messidor an XII de la République, soit le 1er juillet 1804.

À côté des portraits de ses ancêtres, Aurore regarde le grand espace vide, sur le mur. Elle y imagine les traits de son grand-père maternel, dont elle ne connut jamais grand-chose, si ce n'est qu'il fut maître oiseleur à Paris puis maître paulmier, quai de la Mégisserie. Cette injustice et ce besoin d'égalité étaient là, déjà visibles : d'un côté, cette lignée illustre ; de l'autre, celle issue du peuple, celle dont « aucun titre, aucune peinture ne conserve le souvenir de ces générations obscures qui passent sur la terre et n'y laissent point de traces ».

À la mort de son père, Aurore devint l'objet d'un marchandage financier. Sa grand-mère et sa mère se disputèrent la garde de l'enfant. La première eut un jour de ces mots terribles qui déterminent un destin : « Votre mère est une femme de peu. C'est dans votre intérêt que je vous ai séparée. Si vous voulez faire plus tard un riche mariage et hériter de ma fortune, c'est de moi qu'il faut dépendre. »

Sa mère la laisse à sa grand-mère moyennant quelques arrangements. La réalité du monde des adultes, l'inégalité entre les êtres, « selon que l'on est puissant ou misérable », font irruption dans cet esprit innocent pour y demeurer et nourrir le combat d'une vie.

Les terres de Nohant qu'elle parcourt à cheval, pour plus de commodité, en habit de garçon, n'ont plus de secrets pour elle. Pour compléter son éducation, elle a d'abord un précepteur, Deschartres, puis est placée quelque temps au couvent des Dames anglaises, où elle se parfait dans les bonnes manières, découvre la vie entre femmes et traverse une crise mystique.

Au décès de sa grand-mère, dotée d'une fortune non négligeable, elle rencontre celui qui va devenir son mari, François Dudevant, dit « Casimir » ; c'est lui qui va gérer, comme il est normal à l'époque, la fortune de sa femme. Elle a tout juste dix-huit ans.

Elle entre dans le mariage comme on entre en religion, avec une dévotion sans faille.

Aurore et Casimir Dudevant ont leurs portraits réunis sur un même tableau, une huile sur bois peinte par François Biard. Casimir est en arrière-plan, de profil, le regard droit devant ; Aurore est à l'avant-scène, côté jardin, la tête légèrement inclinée, dans l'attitude de la rêverie. Leurs yeux ne regardent déjà plus dans la même direction…

Les caractères des époux sont très dissemblables et la vie de famille, malgré l'arrivée de leurs deux enfants – Maurice, un an après le mariage, puis Solange –, dont les deux portraits au crayon sont signés par Aurore elle-même, ne va plus suffire à celle-ci.

Le désamour et l'ennui qu'elle éprouve aux côtés de son mari l'amènent à connaître l'épreuve d'un amour platonique avec Aurélien de Sèze, et certainement une liaison consommée avec Stéphane Ajasson de Grandsagne, peut-être le véritable père de sa fille Solange.

Quand elle rencontre Jules Sandeau, elle n'est plus habitée par la peur de tromper son mari, mais par une envie profonde de vivre une vie de femme libre et indépendante.

Mais comment cette mère de famille va-t-elle devenir un grand écrivain, muse de la révolution de 1848 et amie des grands artistes de son siècle ? Comment Aurore Dudevant va-t-elle se métamorphoser en George Sand ?

*

Aurore a préparé son destin comme on part à la guerre. Son avenir ne sera pas celui de toutes ces femmes qui n'ont le choix qu'entre Dieu et un mari, dans un monde fait par et pour les hommes. Elle planifie son départ et les conditions de réussite de sa nouvelle vie, qui passent par l'indépendance financière par rapport à celui qui est toujours son époux.

Elle s'essaie à plusieurs activités manuelles qu'elle affectionne volontiers : elle coud, peint des boîtes décoratives, mais se rend compte qu'elle ne pourra subvenir très longtemps à ses besoins avec ce genre de travaux. C'est tout naturellement qu'elle songe alors à l'écriture pour gagner sa vie.

Prête à rejoindre la communauté berrichonne implantée à Paris, elle écrit avec une lucidité déjà implacable : « Mon cœur, ma tête et ma plume sont tout ce que j'apporte », confie-t-elle par lettre, en décembre 1830, à son ami le journaliste et auteur dramatique Félix Pyat.

Le manuscrit d'*Aimée* dans ses bagages, elle part

rejoindre son amant, Sandeau, avec une lettre de recommandation pour rencontrer son compatriote berrichon Henri Delatouche, directeur du *Figaro*. Le manuscrit est jugé mauvais, mais Aurore pousse la porte de la chance et obtient d'écrire comme journaliste.

Le premier roman publié aux éditions Renault est *Rose et Blanche, ou la Comédienne et la Religieuse*, rédigé à quatre mains et signé Jules Sand, diminutif de son amant Sandeau.

L'honorable succès de cette coproduction incite George Sand à la rédaction, cette fois seule, du roman de mœurs *Indiana*, récit d'une jeune créole issue d'une famille noble de l'île Bourbon venue en métropole après son mariage. Elle y fustige les mœurs et l'hypocrisie de la « haute société », « la fausse morale par qui la société est gouvernée ». Elle critique la condition de la femme, esclave soit de son père, soit de son mari. Au travers de la situation de « Noun », la domestique, et de sa fin dramatique, elle dénonce aussi le statut social de la « femme du peuple », assimilée à une « grisette » – expression de l'époque pour désigner une femme aux mœurs légères. George Sand ose même écrire qu'une « grisette », pour son héros, « n'était pas une femme ».

Dans la préface à la réédition de 1842, elle avoue : « J'ai écrit *Indiana* avec le sentiment non raisonné, il est vrai, mais profond et légitime, de l'injustice et de la barbarie des lois qui régissent encore l'existence de la femme dans le mariage, dans la famille et dans la société. »

Un tel brûlot politique et social, une dénonciation si incisive de la « bonne » société, une mise en cause si claire de la « morale bourgeoise », inquiètent la baronne

Dudevant, sa belle-mère. Elle refuse que sa belle-fille signe ses livres de son nom de femme mariée.

Il lui faut donc trouver un nom de plume, mais lequel ?

Pour capitaliser le succès du premier ouvrage, le nom de « Sand » est conservé. Seul le prénom change, afin de distinguer nettement ses écrits de ceux de Jules Sandeau. Aurore choisit donc « George », parce qu'il lui « paraissait synonyme de Berrichon ».

Elle va désormais signer d'un nom d'homme et s'habiller en homme. Vêtue d'une « redingote-guérite, pantalon et gilet (…) avec un chapeau gris et une grosse cravate en laine », elle passe aisément pour un étudiant de première année, dont personne ne perce le déguisement.

Ce qui scandalise les uns lui permet, en fait, de se déplacer librement et de masquer derrière une attitude normale pour un homme, mais provocante pour une femme, sa nature profonde de timide. Elle suit par là les conseils prodigués par sa mère : « Quand j'étais jeune et que ton père manquait d'argent, il avait imaginé de m'habiller en garçon, (…) et nous allions partout à pied avec nos maris, au théâtre, à toutes les places. »

George va donc elle aussi partout, fréquente les cercles littéraires, écrit. Elle se rend souvent au théâtre en compagnie de ses amis berrichons.

Les propositions littéraires s'enchaînent. François Buloz lui offre de collaborer régulièrement à *La Revue des Deux Mondes* et d'y retrouver son nom aux côtés de Sainte-Beuve, Hugo, Vigny, Musset, Balzac, Dumas père… Cela lui garantit un complément substantiel de 4 000 francs par an, en sus de ce que lui rapportent ses romans.

Cette liberté matérielle nouvellement acquise reste

cependant fragile, son mari pouvant à tout moment réclamer l'intégralité des sommes qu'elle perçoit : la loi l'y autorise.

*

Durant l'hiver 1833, George Sand fait la rencontre de l'actrice Marie Dorval, qu'elle avait admirée en spectatrice dans *Marion Delorme* de Victor Hugo et dans *Antony* d'Alexandre Dumas. Un sentiment insaisissable, irrationnel, attire les deux femmes l'une vers l'autre.

Entre George et Marie, s'agit-il d'une passion intellectuelle, comme le plaident certains historiens, ou d'une réelle aventure saphiste, comme le prétendent Alfred de Vigny ou Arsène Houssaye, lequel rapporte dans ses *Confessions* que l'actrice retrouvait chaque soir dans sa loge une « femme étrange qui attendait sa proie en fumant des cigarettes… Les deux "bacchantes" se quittaient au point du jour, ivres encore dans la pâleur des rêves accomplis… » ?

Pour George, passionnée par le jeu des acteurs, c'est le rêve admiré qui prend forme : s'offre à elle la possibilité de comprendre de quelle matière est fait le comédien qui donne chair aux mots d'un auteur.

George est une artiste qui règne sur la scène des mots. Marie, elle, transmet aux mots son souffle, sa silhouette, sa grâce, son exubérance ; sa conduite n'obéit qu'à elle seule. George, qui se sent « l'air bête et silencieuse », éprouve comme « une paralysie qui empêche mes sensations de prendre une forme expressive », se retrouve accomplie en Marie, souligne Joseph Barry dans son incontournable biographie de George Sand : « Si cette femme [Marie Dorval] paraît sur la scène, avec sa taille brisée, sa marche nonchalante, son regard triste et pénétrant (…), il me semble que je vois mon âme (…) qui a revêtu [cette forme] pour se montrer à moi, pour se révéler à moi et aux hommes. »

Dans tout ce que réalise George Sand apparaît une volonté d'absolu, non pas dans l'intention perverse d'avilir l'autre, mais dans le sentiment élevé de se fondre en l'autre pour mieux le comprendre, et transcender ensuite l'expérience vécue par l'écriture.

Elle n'en reste pas moins une femme dans des habits d'homme et, quand le rideau tombe, les corps sans artifice qui se parlent se ressemblent. « Si c'est un rêve comme tout ce que j'ai désiré dans ma vie, ne me l'ôtez pas trop vite », écrit George Sand à Marie Dorval en janvier 1833. Leur correspondance témoigne de la fascination mutuelle des deux femmes, qui s'expriment ici sans retenue.

Quelques années plus tard, George Sand parlera de leur relation sous le filtre du temps. Marie était l'exception sur scène ; elle le restera pour George dans son rapport avec la femme en général, qu'elle considère comme « un être nerveux et inquiet », et à qui elle préfère la compagnie des hommes. Avec Marie, en revanche, elle joue un rôle inverse : elle « calme » les maux de cet être entier, en proie à une « agitation au-dessus des forces humaines ».

Leur amitié passionnelle ne fut pas exclusive, Marie Dorval conservant pendant cette période son amant, Alfred de Vigny, et George Sand se séparant progressivement de Jules Sandeau. Elle dura quelques mois pour se transformer en affection indéfectible. Si George écrit à Marie, le 24 juillet 1833 : « Où es-tu, où faut-il que j'aille ? (…) Si tu me réponds vite en me disant pour toute littérature : Viens !, je partirai, eussé-je le choléra ou un amant », son cœur est déjà ailleurs…

Elle vient de terminer la rédaction de *Lélia*, roman en partie autobiographique qui va déchaîner les critiques dès sa parution en juillet 1833. George Sand ose y parler des femmes, de leur ressenti, de leurs attentes et de leurs rêves brisés. On la traite d'insensible, de frigide – réputation qui la poursuivra bien à tort.

Le scandale autour de sa personnalité et de ses écrits n'est pas pour déplaire au jeune Alfred de Musset, qui vient de publier en mai 1833 *Les Caprices de Marianne*, pièce dont les personnages principaux, Octave et Célio, sont les deux facettes de sa propre personnalité. Quand ils se rencontrent, fin juin, leur réputation les précède et leur confession les rapproche. George hésite, se cache derrière l'amitié avant d'admettre l'inévitable : elle « est enamourée, et cette fois très sérieusement », écrira-t-elle à son ami Sainte-Beuve.

Sand et Musset sont tous deux en quête d'absolu, mais l'un est en proie à ses démons – Sand assistera à une première crise d'hallucinations de Musset en forêt de Fontainebleau –, tandis que l'autre est à la recherche d'une harmonie entre vie de femme, travail et foyer familial. Elle se persuade d'écrire « comme elle coud un ourlet, sans génie, pour gagner sa vie », parce qu'elle a le don de raconter des histoires et de ne pas connaître le drame de la page blanche. Lui est considéré comme l'incarnation sur terre du poète inspiré qui se brûle les ailes pour atteindre la lumière.

Tous deux n'en sont pas moins à la recherche d'un amour absolu comme on aime les dépeindre en littérature, et ils vont choisir l'Italie et Venise pour tenter de le vivre. C'est un échec, une source de grandes déceptions : George est souffrante, et Alfred fuit cette réalité peu ragoûtante dans les bordels de Venise ; puis ce sera à son tour de tomber malade, et à George de le soigner. Il aura à nouveau des crises d'hallucinations et elle se fera consoler par Pagello, le médecin italien venu au chevet du poète.

Musset rentre seul. Sand revient à Paris avec Pagello. Les amants se revoient, se séparent, se retrouvent, puis, dans la douleur, rompent. Leur passion inspire à Sand *Elle et Lui*, et à Musset ses plus belles pages des *Confessions d'un enfant du siècle*, de *Lorenzaccio* et d'*On ne badine pas avec l'amour*.

La rupture avec Musset décide George à mettre fin à ce jeu de cache-cache et à ne plus demander les permissions auxquelles elle a dû, en tant que femme mariée, se soumettre. Le voyage en Italie a en effet été présenté à son mari comme un voyage pour « essayer de guérir les rhumatismes » dont elle souffre, et il a fallu solliciter l'autorisation de la mère de Musset pour que celui-ci accompagne tout l'hiver une femme mariée.

George veut sa liberté d'agir comme bon lui semble, et la revendique haut et fort quand on la lui reproche. Au journaliste et homme politique Adolphe Guéroult qui critique sa conduite, elle répond sèchement dans une lettre du 6 mai 1835 : « Je n'ambitionne pas la dignité de l'homme… Mais je prétends posséder aujourd'hui et à jamais la superbe et entière indépendance dont vous seuls [les hommes] croyez avoir le droit de jouir. »

Elle décide d'officialiser juridiquement sa séparation d'avec son mari et se rapproche d'un célèbre avocat républicain dont on lui a parlé, Michel de Bourges.

La séparation de George et Casimir Dudevant devient officielle le 29 juillet 1836, au terme d'âpres négociations qui ont duré près de deux ans, mais George Sand sera désormais, au regard de la loi, une femme libre.

À la fougue et à la jeunesse de Musset s'opposent l'éloquence et la maturité de Michel de Bourges, dont l'engagement républicain libère la conscience politique et sociale de George Sand. Mais elle ne le suit pas totalement dans ses prises de position radicales, qu'elle compare à celles de Robespierre. Ainsi se prononce-t-elle contre la peine de mort, qu'elle condamne au travers de dialogues imaginaires avec le « docteur Piffoël ».

Avec Michel de Bourges, c'est l'amour charnel qui semble la révéler pleinement à elle-même : certaines lettres enflammées par le désir et le manque expriment sans équivoque cet épanouissement. « Je t'aime, oui je t'aime, j'en souffre et j'en jouis avec âpreté, avec amertume ; mille serpents me dévorent, mille désirs me consument, mille transports me brûlent », peut-on lire dans une lettre du 28 avril 1837 à son amant. Mais si le plaisir sensuel est à son apogée, la relation devient invivable : homme marié, Michel de Bourges se conduit en amant tyrannique, jaloux, infidèle. Dans sa dernière lettre, où elle l'avise qu'elle est dans l'impossibilité de le rejoindre, on perçoit la force du rapport charnel qui existait entre l'avocat et elle, qu'on accusa souvent d'être frigide : « Je ne pourrai voyager (…) j'arriverai brisée, et tu n'auras pas grand plaisir, j'imagine, à m'avoir ainsi dans tes bras à l'auberge », lui écrit-elle.

Leur relation aura duré deux ans et, à son terme, George Sand dira « avoir terrassé le dragon ».

Cette rupture n'entame cependant en rien son combat politique auprès de ses amis républicains, parmi lesquels elle va être amenée à jouer un rôle important.

*

George Sand est devenue une militante. Avec sa plume, elle défend ses convictions républicaines et socialistes, voire « communionistes », du nom des idées de Pierre Leroux, philosophe qu'elle admire et soutiendra financièrement.

En février 1837, elle collabore au journal de l'abbé de Lamennais, *Le Monde*, avec la série de ses « Lettres à Marcie ». Cette correspondance fictive qu'un homme adresse à une femme lui permet de dénoncer la condition féminine et la « déplorable éducation » que reçoivent les femmes. L'émancipation de la femme n'est réalisable, selon elle, que si la société se transforme : « Les femmes crient à l'esclavage ; qu'elles attendent que l'homme soit libre, car l'esclavage ne peut donner la liberté ! » précise-t-elle dans sa troisième lettre.

Malgré le succès de ces lettres, la sixième – plaidoyer pour le droit au divorce, où elle revendique la « liberté de rompre » et exhorte à « réformer l'union conjugale » – est interdite de publication.

« J'ai beau chercher le remède aux injustices sanglantes, aux misères sans fin, aux passions souvent sans remède qui troublent l'union des sexes, je n'y vois d'autre issue que la liberté de rompre et de réformer l'union conjugale », écrit-elle encore à Lamennais, le 28 février 1837.

L'originalité de Sand par rapport aux thèses déjà développées par certaines féministes tient au fait qu'elle plaide certes pour l'égalité, la liberté, l'indépendance de la femme, mais ne remet pas en cause l'institution du mariage, alors même qu'elle revendique le droit au divorce pour chacun des époux.

Par ailleurs, si elle ne critique pas l'union libre, elle assume sa propre vie, tout en condamnant les « rapprochements sans amour », qu'elle assimile « à ce que font les prostituées pour avoir du pain, et les courtisanes pour avoir du luxe ».

Ses prises de position lui valent critiques et sarcasmes. Même Musset, dans son *Histoire d'un merle blanc*, ironise sur les romans de Sand où elle prend « toujours soin, en passant, d'attaquer le gouvernement et de prêcher l'émancipation des merlettes ».

Elle reviendra souvent sur ces questions, mais continuera à prendre ses distances avec le radicalisme incarné par les saint-simoniennes Suzanne Voilquin, Pauline Roland, directrice du « Club républicain des femmes » et fondatrice de l'« Association des instituteurs », Jeanne Deroin, fondatrice avec Désirée Gay de *La Politique des femmes*, « journal publié pour les intérêts des femmes et par une société d'ouvrières », ou encore Flora Tristan, considérée comme une des premières féministes, qui militera elle aussi pour le droit des femmes à divorcer.

*

En ces temps houleux, George sort, va au théâtre, cherche l'apaisement auprès de ses amis et dans la musique, cette « familière de l'enfance ». Intriguée par la réputation d'un jeune pianiste virtuose polonais, elle fait la rencontre de Frédéric Chopin chez ses amis Franz Liszt et Marie d'Agoult, à l'hôtel de France, à la fin de l'automne 1836. Ils se revoient à l'occasion de soirées musicales. Comme souvent chez les êtres passionnés, au lieu d'admettre la réciprocité d'une attirance, ils choisissent de la nier. Elle parle de Chopin à Charlotte Marliani en demandant : « Ce monsieur Chopin, ne serait-ce pas plutôt une jeune fille ? », et lui se ment à lui-même en affirmant : « Il y a quelque chose [en elle] qui m'éloigne. » Le 25 avril 1838, chez les Marliani, George lui glisse un billet : « On vous adore. »

Elle devient en juin sa maîtresse et c'est ensemble qu'ils décident de passer l'hiver 1838 à l'étranger, sous un climat en apparence plus propice à la santé de Chopin. Ils partent pour Palma de Majorque avec les deux enfants de George, Maurice et Solange. Le séjour aux décors idylliques et romantiques se transforme en épreuve qui altère la santé déjà précaire de Chopin, dont l'« esprit était écorché vif » et que « le pli d'une feuille de rose fragile, l'ombre d'une mouche faisaient saigner ». De ces journées terribles naîtront plusieurs grandes œuvres de Chopin, dont la série des *Préludes*.

De retour en France, ils partagent leur vie entre Paris et Nohant, mais leur relation va vite devenir plus maternelle. George va passer neuf ans de sa vie à tenter de réunir, jusque dans le moindre détail, les conditions pour que le génie de Chopin puisse s'exprimer pleinement : ainsi de cette isolation acoustique qu'elle fait plaquer sur les portes de sa chambre, à Nohant, afin qu'il puisse composer au piano à toute heure du jour et de la nuit, sans gêner les autres occupants de la maison.

Quand ils sont à Nohant, elle aime à parler de la vie « monotone, tranquille et douce » qui régit leurs journées. Dans une lettre à Charlotte Marliani datée du 15 juin 1839, elle raconte l'une d'elles : « Mon protectorat avec Maurice et Solange dure tous les jours, on dîne en plein air… On fume, on jase, et le soir, quand ils [les amis] sont partis, Chopin me joue du piano…

Moi, je lis l'*Encyclopédie nouvelle* dont Leroux a rédigé certains articles, parmi lesquels ceux portant sur le christianisme et l'égalité. » Parfois, Chopin improvisait au piano et « les jeunes gens mimaient des scènes… Il les conduisait à sa guise et les faisait passer, selon sa fantaisie, du plaisant au sévère, du burlesque au solennel, du gracieux au passionné ». Chopin excellait dans l'art de la pantomime et s'amusait à reproduire les traits d'une personne en moins d'une minute. George affectionnait elle aussi ce spectacle qu'elle avait découvert à ses débuts avec ses amis berrichons quand ils étaient allés applaudir le célèbre Pierrot, Jean Gaspard Baptiste Deburau, au théâtre des Funambules.

George écrit deux romans par an, souvent traduits en plusieurs langues étrangères. Dostoïevski ou Tourgueniev voient en elle « la mère du roman russe » ; le poète allemand Heinrich Heine la présente comme le plus grand écrivain français.

De cette période reste un portrait peint en 1838 par leur ami Eugène Delacroix. Chopin est au piano ; Sand se tient à ses côtés et l'écoute, énigmatique, rêveuse. À la mort du peintre, le tableau sera coupé en deux, les marchands voulant en tirer davantage d'argent ! Le portrait de George est aujourd'hui à Copenhague, et celui de Chopin au Louvre. Cette séparation symbolise celle des amants, intervenue en juillet 1847.

*

Militante de la liberté, elle se fâche et rompt en 1841 avec l'éditeur François Buloz, sympathisant monarchiste, qui a fondé *La Revue des Deux Mondes*. Il lui reproche d'aller trop loin dans ses revendications de liberté. Elle lui réplique : « Dans tous mes livres, jusque dans les plus innocents (…), vous verrez une opposition continuelle contre vos bourgeois, vos hommes réfléchis, vos gouvernements, votre inégalité sociale, et une sympathie constante pour les hommes du peuple. »

La même année, avec Pierre Leroux, son mentor en philosophie et politique, et Louis Viardot, elle fonde *La Revue indépendante* et y publie son nouveau roman, *Horace*.

Elle y dénonce l'hypocrisie et la lâcheté de la bourgeoisie, plus particulièrement de ces « petits bourgeois » dont l'adhésion aux idées républicaines a fait long feu et qui sont redevenus ce qu'ils n'avaient au fond jamais cessé d'être : des conservateurs imbus de leurs privilèges. « On rougit d'avoir été fouriériste ou saint-simonien ou révolutionnaire d'une manière quelconque (…), on s'étonne d'avoir souhaité l'égalité dans toutes ses conséquences, d'avoir aimé le peuple sans frayeur, d'avoir voté la loi de fraternité sans amendement… On inscrit sur sa porte, sur son diplôme ou sur sa patente qu'on n'a en aucun temps de sa vie entendu porter atteinte à la sacro-sainte propriété… »

Peu après, elle s'attelle à la rédaction de *Consuelo*, roman historique publié en feuilleton de 1842 à 1844 dans *La Revue indépendante*.

Pour diffuser ses idées, elle se lance ensuite dans un genre nouveau : le roman d'apprentissage. Avec *Le Compagnon du Tour de France*, *Le Meunier d'Angibault*, *Le Péché de M. Antoine*, elle traite de la difficulté d'aimer lorsqu'on n'appartient pas à la même classe sociale. Elle s'élève contre les conditions de travail des ouvriers, critique les effets du capitalisme et les conséquences sociales du règne de l'argent-roi.

Elle fustige cette société qui succombe à l'avidité de la bourgeoisie financière. Ainsi Marcelle, dans *Le Meunier d'Angibault*, s'écrie : « Hélas ! Chère Rose, dans un temps où l'argent est tout, tout se vend et tout s'achète. L'art, la science, toutes les lumières, et par conséquent toutes les vertus, la religion elle-même sont interdites à celui qui ne peut payer l'avantage de boire à ces sources divines. De même que l'on paie les sacrements à l'église, il faut, à prix d'argent, acquérir le droit d'être homme, de savoir lire, d'apprendre à penser, à connaître le bien du mal. Le pauvre est condamné, à moins d'être doué d'un génie exceptionnel, à végéter, privé de sagesse et d'instruction. »

En 1844, elle fonde, avec un cercle d'amis berrichons, *La Vraie République*, puis participe à la création de plusieurs journaux dont *L'Éclaireur*, publication d'opposition républicaine couvrant les départements de l'Indre, du Cher et de la Creuse. Dans un article intitulé « La politique et le socialisme », George Sand y définit la politique comme « une action toute matérielle exercée sur la société pour modifier et améliorer ses institutions sociales », et le socialisme comme « une action toute scientifique exercée sur les hommes pour les disposer à réformer les institutions sociales ».

*

Après trois jours d'insurrection sanglante, en février 1848, Louis-Philippe abdique en faveur de son petit-fils, l'Assemblée nationale invalide sa décision et proclame la Seconde République. Un gouvernement provisoire est proclamé, composé de quelques-uns de ses amis qu'elle va rejoindre à Paris, parmi lesquels le socialiste Ledru-Rollin, « instigateur » du suffrage universel pour les hommes, Louis Blanc, défenseur du droit au travail, l'astronome et physicien François Arago qui, avec Victor Schœlcher, sera à l'origine de l'abolition définitive de l'esclavage dans les colonies.

En avril 1848, George Sand fonde *La Cause du peuple*, où certains de ses propos sont interprétés comme des idées révolutionnaires proches des thèses développées par Karl Marx. Elle s'en explique, le 12 mars 1848, dans une brochure, *La Lettre aux riches*, publiée à La Châtre, dans l'Indre : « La grande crainte ou le grand prétexte de l'aristocratie, à l'heure qu'il est, c'est l'idée communiste... » Mais elle cherche dans le même temps à rassurer sur la finalité du communisme : « Tranquillisez-vous donc ! Le communisme ne nous menace point. Il vient de nous donner des preuves signalées de sa soumission légale à l'ordre établi en proclamant son adhésion à la jeune République... Car le communisme, c'est le vrai christianisme ; une religion de fraternité ne menace ni la bourse, ni la vie de personne... »

En accord avec Ledru-Rollin, elle collabore aux éditoriaux du *Bulletin de la République*, organe officiel du gouvernement, elle multiplie les lettres ouvertes au « peuple », aux « riches », à la « classe moyenne »...

Elle refuse la proposition de féministes de se présenter aux élections à l'Assemblée nationale, arguant que les conditions ne sont pas encore réunies pour que la femme puisse participer à l'égal de l'homme à la vie politique. La femme, estime-t-elle, n'a pas encore reçu l'éducation suffisante pour pouvoir revendiquer l'égalité des sexes. Elle reconnaît certes qu'elles devront un jour participer à la vie politique : « Oui, un jour... mais ce jour est-il proche ? Non, je ne le crois pas, et pour que la condition des femmes soit aussi transformée, il faut que la société soit changée radicalement… Que faut-il donc faire pour émanciper les femmes ?… [La mesure] consiste simplement à rendre à la femme les droits civiques que le mariage seul lui enlève, erreur détestable de notre législation (…) qui fait du mariage une condition d'éternelle minorité. Oui, l'égalité civile, l'égalité dans le mariage, l'égalité dans la famille, voilà ce que vous pouvez demander, réclamer », écrit-elle dans un brouillon de lettre, inachevé, datée de mi-avril 1848, qui s'adressait aux membres du Comité central chargés de distribuer l'investiture aux candidats républicains aux élections du 23 avril 1848.

*

Les portraits de George Sand datant de cette époque sont pour la plupart des caricatures, souvent anonymes, comme celle où on la voit suivre Ledru-Rollin comme son ombre. Dans une autre, elle est représentée en dominatrice, un fouet à la main et un cigare dans l'autre, écrasant les bourgeois qui courent comme des rats pour lui échapper.

Muse pour les uns, Satan personnifié pour les autres…

*

Instaurée en 1848, la République ne va pas durer : par le coup d'État du 2 décembre 1851, Napoléon III la chasse du pouvoir.

George Sand se retire alors à Nohant. « Jusqu'à mon dernier souffle, je serai pour le pauvre et, fussé-je déchirée de ses mains égarées, je crierais comme les Chouans : Vive le peuple quand même ! » persiste-t-elle dans sa correspondance.

Avec sa passion habituelle, elle poursuit son œuvre romanesque, forme qu'elle juge appropriée afin de « frapper fort pour réveiller les consciences et les cœurs ». Elle reprend la rédaction d'*Histoire de ma vie* et écrit *La Petite Fadette*.

Sous l'impulsion d'Alexandre Manceau, jeune artiste graveur et ami de son fils Maurice, qui devient son nouvel amant, elle consacre de nouveau au théâtre une grande part de son activité. Elle perçoit combien le « théâtre de Nohant » peut être un moyen efficace pour faire prendre conscience de l'état de la société et de la nécessité de réformes.

À quarante-six ans, elle revit et confie à son ami et éditeur Pierre-Jules Hetzel : « C'est si bon d'être aimé et de pouvoir aimer tout à fait. » Avec Manceau, l'harmonie du couple est enfin trouvée ; elle mène une vie de travail, d'amusement et d'écriture, jalonnée de quelques petites tromperies…

Après son expérience théâtrale malheureuse avec la pièce *Cosima*, elle revient à Paris avec *François le Champi* au Théâtre national de l'Odéon. C'est un triomphe – elle fête la centième en janvier 1851 – qui lui rapporte beaucoup d'argent, et ce succès va dorénavant lui permettre d'écrire régulièrement pour la scène, avec des réussites inégales.

*

Sous l'Empire, George Sand la républicaine n'oublie pas ses amis politiques victimes du nouveau régime. En

1852, elle demande à deux reprises audience auprès de Napoléon III. Elle plaide en faveur de ses amis républicains, requiert la clémence de l'empereur au nom de la liberté. Par ses multiples démarches, elle obtient la libération de détenus berrichons, la non-exécution de soldats condamnés à mort, l'élargissement ou des aménagements de peine pour d'autres.

Certains socialistes crient à la trahison. George répond que la liberté des hommes passe avant tout. D'autres, au contraire, saluent son courage ; elle est surnommée « Notre Dame du Bon Secours » par l'avocat Marc Dufraisse, exilé à Bruxelles, proscrit par le régime impérial.

De théâtre, il va encore être beaucoup question tout au long de cette décennie. George continue d'enchaîner les succès sur de nombreuses scènes parisiennes. *Claudie* est reprise à la Porte Saint-Martin ; *Flaminio*, *Le Mariage de Victorine*, *Lucie*, *Françoise*, au théâtre du Gymnase ; *Molière*, au théâtre de la Gaîté ; *Comme il vous plaira*, à la Comédie-Française.

L'été 1855 voit la fin de la rédaction d'*Histoire de ma vie*, dont les premiers chapitres ont paru en feuilleton dans *La Presse* dès octobre 1854.

En 1860, George Sand est atteinte du typhus. Elle part se reposer dans le Midi et se retrouve en difficultés financières.

L'Académie française lui refuse l'attribution d'un prix pour l'ensemble de son œuvre. La princesse Mathilde intervient alors auprès de Napoléon III pour qu'elle reçoive une aide matérielle. Malgré sa situation, George Sand décline l'aide de l'Empire.

La princesse Mathilde intercède également auprès de l'Académie pour que George Sand soit admise sous la Coupole. Les Immortels, hostiles à toute présence féminine dans leur compagnie, refusent.

En mai 1863, elle ironise dans une brochure sur le conservatisme de l'Académie, « grandeur inutile et dès lors placée devant nous comme une lampe qui achève de brûler… ».

Deux ans plus tard, George Sand perd son fidèle compagnon, Alexandre Manceau, tout juste âgé de quarante-huit ans.

Elle se passionne pour la botanique, l'entomologie, la minéralogie. Entre deux séances d'écriture, elle se consacre à ses amis – Flaubert, Dumas fils… – et à sa famille, dont les deux petites filles que son fils Maurice a eues avec Lina Calammatta : Aurore, née le 10 janvier 1861, et Gabrielle, née le 11 mars 1868.

En février 1870, elle monte à Paris pour la première de sa pièce *L'Autre* ; le rôle principal est tenu par une jeune actrice, Sarah Bernhardt. C'est un triomphe, assuré par la jeunesse : les étudiants viennent saluer le courage de George Sand et ses opinions politiques.

La France de Napoléon III doit affronter l'Allemagne de Bismarck. Cette guerre et tous ces morts remplissent George d'effroi. Elle se rapproche des thèses de certains pacifistes, prône une « Europe fraternelle ».

Elle publie *Le Journal d'un voyageur pendant la guerre*. Du 15 septembre 1870 au 10 février 1871, elle relate les difficultés des campagnes au cours de cette période ; c'est « une chronique des émotions » où elle a « tâché de saisir l'esprit de la France dans ses convulsions d'agonie ». Dès les premières pages, elle s'exprime en citoyenne du monde : « De cette étreinte furieuse de deux races sortira un jour la fraternité qui est la loi future des races civilisées. »

De 1871 à 1872, elle rend régulièrement compte dans *Le Temps* de ses réflexions sur l'actualité. Dans une correspondance avec Flaubert du 14 septembre 1871, reprise sous le titre « Réponse à un ami », elle fait part de son désarroi face à la guerre, et de son incompréhension de certains comportements durant la Commune de Paris : « Ces hommes ont été mus par la haine, l'ambition déçue, le patriotisme mal entendu, le fanatisme sans idéal, la niaiserie du sentiment ou la méchanceté naturelle. »

Elle en profite pour dessiner les contours d'une société nouvelle. Dans une série d'articles toujours destinés au *Temps*, elle montre toute l'originalité de sa pensée : « L'équilibre social consistera à donner à tous les moyens de développer leur valeur personnelle, quelle qu'elle soit, pourvu que ce soit une valeur et non une inertie. L'ignorance n'est pas le seul obstacle, il y a aussi la misère, c'est-à-dire le manque ou l'excès du travail, et une société qui ne trouverait pas le moyen d'équilibrer la dépense des forces et l'acquisition légitime des saines jouissances serait une société perdue. »

Vis-à-vis du catholicisme, qui reste un des fondements de la société, George Sand, qui a pris ses distances avec toute appartenance religieuse, apparaît tolérante et ne verse pas dans l'athéisme primaire : « L'homme ne peut prouver que Dieu n'est pas ; il ne peut pas davantage prouver que Dieu est… Nous sentons qu'il est nécessaire que, pour avoir la charité, il faut avoir l'espérance et la foi, de même que, pour avoir la liberté et l'égalité, il faut avoir la fraternité… »

Visionnaire, elle appelle au respect de l'environnement. Elle pressent combien l'homme est un danger pour la nature et, écologiste avant tout le monde, elle s'alarme pour le devenir de la planète : « Il y a un grand péril en la demeure, c'est que les appétits de l'homme sont devenus des besoins (…) et que, si ces besoins ne s'imposent pas une certaine limite, il n'y aura plus de proportion entre la demande de l'homme et la production de la planète. Qui sait si les sociétés disparues, envahies par le désert, qui sait si notre satellite, que l'on dit vide d'habitants et privé d'atmosphère, n'ont pas péri par l'imprévoyance des générations et l'épuisement des forces de la nature ambiante ? (…) Gardons nos forêts, respectons nos grands arbres. Quand la terre sera dévastée et mutilée, nos productions et nos idées seront, à l'avenant, des choses pauvres et laides qui frapperont nos yeux à toute heure. Je sais bien que beaucoup disent : "Après nous, la fin du monde !" C'est le plus hideux et le plus funeste blasphème que l'homme puisse proférer… C'est la formule de sa démission d'homme, car c'est la rupture du lien qui unit les générations et qui les rend solidaires les unes des autres. »

Au crépuscule de sa vie, dans une lettre à un jeune poète, George Sand reconnaît : « Ma vieillesse proteste contre la tolérance où ma jeunesse a flotté. » Elle réfute certains agissements des révolutionnaires « qui font le mal pour amener le bien », qui tuent pour créer. En guise de credo, elle s'écrie : « Maudissez tous ceux qui font des charniers ! La vie n'en sort pas. Le mal engendre le mal. Apprenons à être révolutionnaires obstinés et patients, jamais terroristes. »

*

Étendue sur son lit, George se sent très fatiguée. Son regard se détourne des portraits réalisés par le photographe Nadar. Elle demande d'une voix brisée ses petites-filles : « Aurore, Aurore… » On dirait qu'elle s'interpelle elle-même. Puis elle appelle Gabrielle. Elle les embrasse et les encourage à être bien sages.

La dernière nuit est longue et douloureuse. Au petit matin du 8 juin 1876, elle souhaite qu'on tourne son lit vers l'aube naissante, puis réclame à nouveau ses petites-filles, sa famille. Elle leur dit adieu comme au théâtre ou dans ses romans, perd connaissance et s'éteint.

George Sand laisse plus de quatre-vingt-dix romans, autobiographies, contes et nouvelles, une trentaine de pièces de théâtre, une correspondance de plus de vingt mille lettres.

Elle lègue aux femmes et aux hommes à naître ses rêves d'une société nouvelle plus libre et égalitaire.

Bibliographie

De George Sand

Histoire de ma vie, édition établie, présentée et annotée par Martine Reid, Gallimard, 2004.

Œuvres autobiographiques, édition établie, présentée et annotée par Georges Lubin, Gallimard, « Pléiade », 1970-1971.

Correspondances, édition de Georges Lubin en 26 tomes, Garnier, 1964-1991, le dernier tome édité par les éditions du Lérot en 1995.

Sur George Sand

Joseph Barry, *George Sand ou le Scandale de la liberté*, Seuil, 1982.

Évelyne Bloch-Dano, *Le Dernier Amour de George Sand*, Grasset, 2010.

Anne-Marie De Brem, *George Sand, un diable de femme*, Gallimard, 1997.

Édouard Dolléans, *Féminisme et mouvement ouvrier : George Sand*, Éditions ouvrières, 1951.

René Doumic, *George Sand*, La Revue hebdomadaire n° 7, 13 février 1909.

Henry James, *George Sand*, Mercure de France, 2004.

Jean Larnac, *George Sand révolutionnaire*, Hier et Aujourd'hui, 1948.

André Maurois, *Lélia ou la Vie de George Sand*, Hachette, 1952.

Jean Nivet, *Qui était George Sand ?*, Association Guillaume Budé, 9 décembre 2003.

Jean Pommier, *Les Écrivains devant la révolution de 1848 : George Sand*, PUF, 1948.

André Rossel, « George Sand », dans *Femmes extraordinaires*, La Courtille, 1979.

Musée des lettres et manuscrits à Paris. Nous remercions particulièrement son président Gérard Lhéritier, le conservateur Pascal Fulacher et Liliane Rabault.

Nous remercions Arnaud d'Hauterives, Secrétaire perpétuel de l'Académie des Beaux-Arts, qui nous a ouvert les portes de la bibliothèque de l'Institut de France.

Elisa Lemonnier
(1805-1865)

Fondatrice de l'enseignement professionnel pour jeunes filles

Le spectacle de ces femmes et filles d'ouvriers enfermées dans l'ignorance et la soumission, faute d'avoir accès à un enseignement général ou professionnel débouchant sur un métier, incite Elisa Lemonnier à créer en 1862, à Paris, la première école professionnelle pour jeunes filles.

*

Tarnaise d'origine, Marie-Juliette Grimailh – Elisa pour sa famille – est née le 24 mars 1805 à Sorèze, non loin de Castres.

Maurice de Barrau de Muratel, grand-oncle maternel d'Elisa, commandait à Valmy la première ligne d'infanterie et « contribua, par son sang-froid et par son intrépidité, au gain de la bataille », indique Charles Lemonnier dans la brochure rendant hommage à l'action de sa femme.

Orpheline de père à douze ans, elle est élevée par sa mère et sa grand-mère. Cette dernière se vantait volontiers d'avoir été, en 1793, jetée en prison par les Jacobins. Placée ensuite chez des cousins, les Saint-Cyr du Barrau, Elisa séjourne les mois d'hiver à Castres, et le reste du temps à la campagne, à La Sabartarié, petit village du Tarn situé sur les premières pentes de la Montagne Noire. « Les quatre ou cinq années que passa près d'eux la jeune Elisa eurent une grande influence sur le développement de son esprit et sur son cœur », précisera plus tard son mari. Elle apprend là l'histoire, la géographie, la grammaire, s'initie à la lecture, aux « bonnes manières ».

Revenue en 1820 dans la maison familiale, Elisa fréquente les filles du directeur du collège de Sorèze, où ses deux frères suivent leur scolarité.

Fondé en 1682 par les bénédictins pour résister à l'influence de l'Académie des protestants de Puylaurens, près de Toulouse, le collège de Sorèze acquiert vite une large renommée. Il devient en 1776 l'une des douze Écoles royales de France. Toujours placé sous l'autorité des bénédictins, victime de persécutions religieuses, le collège est « sauvé » en 1796 par les frères François, puis Raymond-Dominique Ferlus.

Les idées libérales envahissent désormais l'enseignement, devenu laïc. Voltaire y est admiré. La reconnaissance du mérite prime le rang social ou l'importance des terres.

Après la chute de l'Empire, le pouvoir royal restauré ne supporte pas longtemps cet état d'esprit. En 1824, pour justifier une « reprise en main » du collège, il dénonce l'indiscipline et l'irréligion qui y règnent. Il se scandalise qu'un professeur divorcé qui aurait épousé une femme elle-même divorcée puisse continuer d'enseigner. Il n'admet pas que, sur quarante professeurs, six seulement affichent des opinions royalistes. En fait, il voit dans ce collège un foyer de contestation politique. Face à la pression du représentant du pouvoir, de nombreux enseignants choisissent de quitter l'établissement. C'est à l'occasion du remplacement de ces professeurs que sont introduites et développées les idées saint-simoniennes.

*

Elisa se lie d'amitié avec Charles Lemonnier, jeune bachelier en philosophie, recruté en 1827 par les autorités du collège. Il y enseigne le latin, le grec et naturellement la philosophie. Peu après son arrivée, il est mis en demeure par les responsables de l'établissement de manifester une adhésion aux principes du catholicisme, seule religion reconnue sous le règne de Charles X. Huguenot, il n'entend pas renier sa foi, refuse d'obtempérer et quitte le collège en 1828. Il regagne Paris afin d'y poursuivre des études de droit.

Elisa admire ce professeur qui a préféré l'indépendance de sa pensée, la sincérité de ses opinions, l'authenticité de sa foi religieuse à sa carrière d'enseignant. Son attirance pour Charles Lemonnier est d'autant plus vive qu'ils partagent un même idéal de liberté conforme aux thèses du saint-simonisme.

Les idées de Claude-Henri de Rouvroy, comte de Saint-Simon, petit-cousin du célèbre duc, le mémorialiste du règne de Louis XIV, n'acquièrent véritablement de l'influence qu'après sa mort en 1825. Ses disciples, Armand Bazard et Prosper Enfantin, se veulent les apôtres d'une société nouvelle. Ils prônent la suppression des privilèges et des droits hérités de naissance, une hiérarchie sociale fondée sur le mérite, une société égalitaire… Ils croient à la révolution économique et sociale, pensent pouvoir abolir l'exploitation de l'homme par l'homme. Ils s'affirment partisans de la liberté de conscience et adeptes d'un « nouveau christianisme », pour reprendre le titre d'un ouvrage de Saint-Simon. Face à un pouvoir contesté, discrédité et chancelant, à une société paralysée, les idées qu'ils expriment séduisent de nombreux jeunes qui aspirent à un nouvel ordre social.

Elisa est attirée par cette philosophie politique qui bouscule les idées reçues, rompt avec l'ordre social hérité de l'Ancien Régime, sème l'espérance d'une société plus fraternelle et plus juste. Elle rêve de l'avènement d'un monde meilleur où le libéralisme, le partage des richesses, le travail permettront à tous, et aux plus démunis en particulier, de trouver une juste place, où l'idéal de justice et de fraternité régnera sur l'ensemble de la société.

Elle est confortée dans cette orientation idéologique par Jacques Rességuier. Ce Tarnais, ancien du collège de Sorèze, influent avocat à Castres, est en effet un propagandiste zélé des théories de Saint-Simon. Il fait connaître à Elisa les journaux où s'expriment ces idées, et notamment *Le Producteur* et *Le Globe*.

De son côté, Charles Lemonnier fréquente à Paris les milieux saint-simoniens, dont il devient un ardent défenseur. Au cours d'une tournée de conférences qui le conduit à Montauban et Toulouse, Charles retrouve Elisa. Le 22 août 1831, ils s'épousent à Sorèze. Cette union est cimentée par leur commune conviction de la pertinence des théories saint-simoniennes pour transformer la société.

Ainsi qu'en témoignera plus tard Charles Lemonnier, Elisa, dans « son esprit et son cœur, s'ouvrait aisément à ces grandes pensées : l'histoire devenue science positive ; la destruction pacifique des misères du prolétariat ; l'amélioration du sort moral, intellectuel et physique de la classe la plus nombreuse (...) ; la femme relevée de son long abaissement, placée sur un pied d'égalité, recevant, par le bienfait d'une éducation libérale, le développement complet de ses facultés ». Ces belles idées convenaient à Elisa : « Sa propre vie lui était expliquée... »

Mais le saint-simonisme qui les a rapprochés devient bientôt la cause d'une brève rupture entre Elisa et Charles. La fracture idéologique qui se fait jour dès 1830 au sein de cette « église » de pensée ne cesse d'opposer Enfantin et Bazard. L'affrontement des deux principaux disciples de Saint-Simon n'épargne pas le couple Lemonnier. La question de la femme, son rôle, sa place, est au cœur des débats.

Pour Enfantin, l'émancipation de la femme passe nécessairement par la libération de ses instincts sexuels, une liberté amoureuse totale, la constitution de communautés de femmes. Voilà qui apparaît à Elisa d'une « immoralité monstrueuse » et inacceptable. Même si elle milite pour l'« émancipation » des femmes, elle repousse l'idée de la « liberté sexuelle ». Elle prend donc le parti de Bazard, ce que ne fait pas Charles. D'où une séparation inévitable : Charles repart pour Paris et Elisa s'en retourne à Sorèze.

Dans une lettre postérieure à cette séparation, adressée à la romancière saint-simonienne Angélique Arnaud le 27 septembre 1841, Elisa écrit : « Je me sens animée d'un grand amour pour mon sexe, du besoin de lui être utile en l'éclairant sur ses droits et sur son véritable bonheur... Je suis sûre que mon opinion ne sera pas en tout point conforme à celle de Charles... La vie passionnée de l'ardente jeunesse a ses charmes, elle a ses douleurs aussi ; j'ai passé par là et je donne la préférence à la vie calme du mariage. Je ne le trouve si bon, peut-être, que parce que toute autre forme d'union aujourd'hui est entachée d'immoralité et de déconsidération… D'ailleurs, les soubresauts d'une vie changeante, l'isolement qui en résulte parfois, sont des souffrances bien réelles… »

Après les déboires judiciaires qu'endure le mouvement saint-simonien, Charles quitte Paris et rejoint Elisa à Sorèze. Ils y vivent plutôt modestement pendant près de huit ans. Charles a repris son poste de professeur à l'école de Sorèze. Ils s'établissent ensuite à Bordeaux, après la vente de l'école. Charles reprend et termine ses études de droit, et s'installe comme avocat. Pour subvenir aux besoins du ménage, Elisa envisage d'ouvrir un magasin de lingerie, « mais le préjugé ne permet pas, en France, que la femme d'un avocat soit marchande publique », écrira plus tard Charles pour expliquer pourquoi sa femme a dû renoncer à son projet.

Au cours de leur séjour bordelais, Elisa et Charles recueillent la saint-simonienne et surtout militante socialiste et féministe Flora Tristan. Elisa connaît les thèses qu'elle a développées dans son ouvrage *L'Union ouvrière* : cinq ans avant Karl Marx et le *Manifeste du Parti communiste*, Flora Tristan y affirme la nécessité de « l'union universelle des ouvriers et ouvrières », formule qui, transformée en « Prolétaires du monde entier, unissez-vous ! », deviendra l'ultime et célèbre phrase du *Manifeste*.

Les idées exprimées par Flora Tristan, selon lesquelles la cause du prolétariat est inséparable de celle des femmes, joueront un rôle essentiel dans la prise de conscience par Elisa Lemonnier, en 1848, de la situation de dépendance des femmes et filles d'ouvriers, et de la nécessité d'agir pour y mettre un terme.

Flora Tristan décède chez Elisa et Charles Lemonnier, le 14 novembre 1844, des suites de la fièvre typhoïde.

*

Le couple Lemonnier quitte Bordeaux pour s'installer à Paris. Du fait de ses amitiés saint-simoniennes, Charles est nommé directeur du service du contentieux de la Société des chemins de fer du Nord, puis au Crédit mobilier. Tous deux fréquentent les milieux républicains et libéraux parisiens, au sein desquels ils vivent avec enthousiasme et espoir les journées révolutionnaires de 1848.

Elisa assiste aux réunions passionnées du Club des femmes du boulevard Poissonnière. Elle y retrouve les saint-simoniennes Eugénie Niboyet, bientôt séduite par le fouriérisme, Désirée Gay, qui réclame l'amélioration des conditions des travailleuses, Jeanne Deroin, qui crée en mai 1848 *La Voix des femmes*, « expression socialiste au service des femmes »… Avec elles, Elisa signe une « Adresse aux membres de la Commission du gouvernement » prônant la socialisation des tâches ménagères : il s'agit de proposer la création de lavoirs, crèches, lingeries communes afin de permettre aux femmes de concilier tâches domestiques et emploi féminin.

Les troubles qui secouent Paris révèlent l'étendue de la misère, du dénuement de ces femmes réduites à la pauvreté, faute d'une qualification professionnelle qui leur permette de trouver un emploi.

Pour y remédier, Elisa loue un local, rue du Faubourg-Poissonnière, et le transforme en « Atelier national de fournitures pour les hôpitaux et les prisons ». Elle embauche de nombreuses mères de famille et leur apprend, moyennant salaire, à confectionner des couvertures, des blouses… Elle achète des tissus que les employées travaillent en fonction des besoins. Elle envisage la création d'une « Société des travailleuses unies », toujours dans l'idée de permettre aux femmes de concilier obligations domestiques et maternelles et emploi salarié.

Forte de l'expérience de ces ateliers qui ont fonctionné pendant deux mois, Elisa prône l'émancipation des femmes par l'enseignement, notamment professionnel. Son ambition est de fonder une « société » de femmes administrée par des femmes, dont le but serait d'assurer aux jeunes filles qui n'en ont pas les moyens financiers une instruction débouchant sur un métier.

Pour les jeunes filles, la loi du 15 mars 1850, dite loi Falloux, a certes reconnu le droit à l'enseignement, mais seulement pour le primaire, elle en a confié le quasi-monopole à l'Église catholique. Le décret du 31 décembre 1853 les a pratiquement écartées des études secondaires qui ne seraient pas dispensées par des religieuses. Il est alors admis dans les milieux catholiques qu'une éducation un peu trop complète risquerait de donner aux jeunes filles le désir de sortir de leur rôle, déterminé selon eux par la nature, de ne plus remplir leurs devoirs d'épouses, de mères et de maîtresses de maison. Pour éviter le développement des idées « progressistes » – la laïcité, le « culte de la Raison »… –, la hiérarchie catholique compte sur l'éducation dispensée aux filles par les institutions religieuses.

Elisa Lemonnier refuse d'admettre que, en dehors des congrégations religieuses, il soit quasi impossible, pour les jeunes filles, de bénéficier d'un enseignement de niveau secondaire ou professionnel. Ainsi, en 1856, avec dix-huit amies, elle fonde la « Société de protection maternelle ». Il s'agit, selon elle, d'« une réunion de dames et de demoiselles (…) destinée à fournir gratuitement au plus grand nombre possible de jeunes filles pauvres l'éducation et l'instruction professionnelle ».

De nombreuses personnalités l'encouragent à persévérer dans son ambition éducatrice pour libérer les femmes des conséquences de l'ignorance. Les républicains Jules Simon, Hippolyte Carnot, Edmond Adam, Eugène Pelletan, qui estiment que la formation de citoyennes « éclairées » est la condition de l'enracinement de la démocratie et de la République, lui prodiguent leurs conseils. Le libéral Barthélemy Saint-Hilaire, l'actif saint-simonien Arlès-Dufour, Alexandre Dumas père, les généreux représentants de la famille Rothschild – le baron Nathaniel, les baronnes James et Gustave – et l'excentrique Rosa Bonheur ne lui ménagent pas leurs soutiens.

Par la querelle des « deux France », l'une fidèle à l'Église catholique ultramontaine, l'autre héritière des Lumières et laïque, s'expliquent aussi les appuis dont bénéficie Elisa Lemonnier. Plusieurs loges maçonniques accompagnent son projet, moyen approprié pour elles de s'opposer à l'influence des congrégations religieuses sur l'esprit des jeunes filles. Proche des milieux maçonniques, Joséphine Marchef-Girard dirigera la première école professionnelle créée par Elisa Lemonnier. Elle deviendra plus tard une éminente personnalité de la loge du Temple des familles.

Elisa est aussi soutenue dans son action par la Compagnie parisienne d'éclairage et de chauffage par le gaz, et par celle des omnibus des dynamiques frères Pereire.

Ainsi accompagnée politiquement et financièrement, Elisa Lemonnier crée le 1er octobre 1862 la Société pour l'enseignement professionnel des femmes. L'objectif est « la fondation et l'entretien à Paris d'une école professionnelle pour les jeunes filles, et la création d'un cours destiné à préparer aux divers emplois du commerce les jeunes filles adultes qui veulent suivre une carrière et pour lesquelles aucune institution spéciale n'a encore été fondée à ce jour… », indique le procès-verbal initial.

La première école connaît un rapide succès. En dix mois, 80 jeunes filles sont inscrites pour suivre les cours. Elles sont 150 au bout d'un an. Les premiers locaux, 9, rue de la Perle, à Paris, dans le Marais, étant trop exigus, l'école s'installe rue du Val-Sainte-Catherine, actuelle rue de Turenne. D'autres établissements sont créés par la suite ; en 1890, on dénombre huit « écoles Lemonnier ».

Elisa elle-même prépare les programmes, fixe les rythmes scolaires. Les cours de français, d'histoire, de géographie, d'arithmétique, de physique et de chimie, de dessin, d'écriture et d'hygiène sont communs à toutes les élèves et sont dispensés le matin. L'après-midi sont enseignés les règles du commerce, la tenue des livres de comptes, le droit civil et commercial, l'anglais, et organisés des ateliers de couture, de confection, de dessin, de gravure sur bois, de peinture sur porcelaine…

La scolarité s'étale sur trois ans ; les familles participent au financement de l'école à raison de 12 francs par mois et par jeune fille inscrite. Des bourses, des demi-bourses ou des quarts de bourse peuvent être accordés aux élèves en fonction des ressources familiales.

L'enseignement dispensé est laïc. Protestante, Elisa Lemonnier n'a jamais caché sa foi. Mais, comme l'écrit son mari, « préservée du mysticisme par un bon sens admirable, Elisa fut toute sa vie profondément et sincèrement religieuse, mais sa tendresse infinie, sa bonté simple et franche, l'ardeur un peu enthousiaste de son imagination l'élevèrent toujours au-dessus des sécheresses de la dévotion ».

Cette exigence de laïcité correspond d'abord, pour Elisa, à une attitude de respect et de tolérance à l'égard de toutes les confessions. Elle considère que c'est au sein des familles, non dans les écoles, que doit éventuellement s'enseigner et se cultiver la foi religieuse. Si les jeunes filles de toute obédience peuvent s'inscrire pour suivre les cours de ses établissements, l'enseignement qui y est dispensé veille à ne « blesser la foi religieuse de personne », précise une notice sur les « écoles Lemonnier ».

*

Elisa décède à Paris le 5 juin 1865. Son œuvre précède de vingt ans l'action de Camille Sée et la loi qui instaurera les lycées de jeunes filles. Elle prépare la lente reconnaissance de l'enseignement professionnel et préfigure le combat victorieux des républicains pour la laïcité de l'enseignement public.

Bibliographie

Sur Elisa Lemonnier

P. Bascou-Bance, *Charles et Elisa Lemonnier, un couple de saint-simoniens*, Archives communales de Sorèze.

Patrick Cabanel, « Elisa Lemonnier », dans *Les Rues de Castres. Une rue, un personnage, une mémoire protestante*, La Badine, Castres, 2011.

Charles Lemonnier, *Elisa Lemonnier : fondatrice de la Société pour l'enseignement professionnel des femmes*, Imprimerie Cusset et Cie, Paris, 1874.

Pierre Ramond, *Elisa Lemonnier, fondatrice des écoles professionnelles de jeunes filles*, Revue du Tarn n° 146, 1992.

René et Pierre Ramond, *Elisa, une saint-simonienne au siècle des Ferlus*, Anne-Marie Denis éditeur, 2008.

René Ramond, « Sorèze et les Saint-Simoniens », in *Cahiers de l'histoire* n° 14, 2009.

Jean-Claude Salque, *Elisa Grimailh, épouse Lemonnier*, La Badine, Castres, 2011.

Nous exprimons notre reconnaissance à René et Pierre Ramond qui ont bien voulu relire ce chapitre.

Marguerite Boucicaut
(1816-1887)
et Marie-Louise Jaÿ
(1838-1925)

Les premiers grands magasins parisiens : du Bon Marché à la Samaritaine

« Des patrons rouges »

En 1852, Aristide Boucicaut s'associe à son patron, Paul Videau, et à son frère Justin, propriétaires à Paris de la mercerie à l'enseigne « Au Bon Marché », à l'angle des rues de Sèvres et du Bac.

Grâce à leurs économies – 50 000 francs –, Marguerite et Aristide Boucicaut sont à l'origine d'une révolution des pratiques commerciales et de la création du premier grand magasin parisien. Avec douze employés et quatre rayons différents, « Au Bon Marché » propose à la clientèle des articles de mercerie, des draps, des matelas, etc. Il s'agit d'un magasin modeste que les Boucicaut, maintenant propriétaires associés, veulent faire progresser. Ils entendent s'inspirer des pratiques des « magasins de nouveautés » qui, à l'exemple du « Petit Saint-Thomas », à Paris, où Aristide Boucicaut a été employé, offrent une plus grande diversité de produits, où l'entrée est libre, sans obligation d'achat, où les prix sont affichés et fixes, et non plus négociés « à la tête du client ».

« Au Bon Marché » devient le 1er juin 1853 la société « Videau frères et Aristide Boucicaut ». Elle a pour objet social « l'exploitation de la maison de nouveautés "Au Bon Marché" ». Dans l'esprit des Boucicaut, le modèle à reproduire dans leur établissement est celui des foires, alors nombreuses à Paris. Elles allient l'utile à l'agréable ; la diversité des produits surprend la clientèle qui déambule librement, apprécie le côté festif et achète plus.

Les Boucicaut ont ainsi conscience de l'indispensable mutation du commerce de détail, de la nécessité d'en bousculer les techniques pour vendre mieux : il convient d'offrir à la clientèle un vaste choix d'articles, et non plus un seul type de marchandises. La boutique spécialisée doit céder le pas à des espaces de vente adaptés où le consommateur trouvera un plus large choix d'articles et de tarifs.

Le produit à vendre doit être « mis en scène », à prix fixe pour éviter les marchandages. La politique consiste à réduire les marges bénéficiaires pour vendre davantage. Les Boucicaut trouvent le slogan « Satisfait ou remboursé » pour mieux séduire et fidéliser leur clientèle.

Afin d'augmenter l'attractivité de leurs magasins, les Boucicaut les rénovent, les modernisent, en font des lieux agréables et accueillants. Ils n'ont de cesse de les développer et de les transformer.

En janvier 1863, grâce à un prêt d'un million et demi de francs de leur ami Henry-François Maillard, qui s'est enrichi aux États-Unis, ils rachètent les actions des frères Videau. Inquiets de l'envergure des projets commerciaux des Boucicaut, qui réinvestissement tous les bénéfices dans le développement des magasins, les Videau ne comprennent pas leur ambition, qu'ils estiment risquée, et jugent préférable pour leurs intérêts de quitter la société.

Aristide et Marguerite Boucicaut ont désormais les

coudées franches pour mener à bien une politique audacieuse et systématique d'acquisitions foncières. Dans cette perspective, « Au Bon Marché » rachète diverses boutiques alentour et des terrains dont ceux de l'hospice des Petits-Ménages en vue d'augmenter leur surface de vente.

Les premiers, les Boucicaut croient à l'importance de l'architecture commerciale et à la nécessité de bien agencer les marchandises à écouler. Aussi, grâce aux bénéfices commerciaux réalisés, ils se lancent en 1869 dans l'agrandissement des lieux pour en faire un grand magasin dont les larges baies vitrées doivent permettre de capter l'attention des passants. C'est l'architecte Alexandre Laplanche qui en est responsable. Plus tard, les Boucicaut feront appel à des hommes de renom, les architectes Boileau père et fils, l'ingénieur Armand Moisan, pour la structure du bâtiment et pour modifier la façade. À partir de 1879, Gustave Eiffel interviendra également pour effectuer des agrandissements.

Certaines des opérations commerciales qui rythment aujourd'hui la vie des grands magasins ont été imaginées par les Boucicaut. Pour mieux écouler les stocks, renouveler l'offre, ils créent des « événements » visant à entraîner des besoins de consommation, à mobiliser et fidéliser la clientèle. Une nouvelle stratégie de communication voit le jour, adaptée aux cibles à atteindre.

À maintes reprises, les Boucicaut rappellent au personnel que « le client ne dépend pas de nous, c'est nous qui dépendons de lui. Le client n'interrompt pas notre travail, il est notre but ». Cela paraît une évidence, mais à l'époque c'est une recommandation novatrice qui bouleverse bien des comportements commerciaux.

Le confort des clients est une priorité. Un salon de lecture est aménagé pour accueillir les maris, les faire patienter pendant que leurs femmes arpentent les rayons ou procèdent aux essayages. Des toilettes – certaines réservées aux femmes – sont ouvertes.

Les enfants font l'objet d'attentions spécifiques pour inciter leurs parents à revenir : des images leur sont régulièrement distribuées. Elles changent chaque semaine pour inciter les petits à les collectionner, elles évoquent l'actualité, la venue du tsar Alexandre III en 1892, les inondations de Paris… mais vantent aussi les mérites des produits présentés « Au Bon Marché ».

Chaque promotion ou animation est relayée par une campagne publicitaire appuyée par des affiches, calendriers, prospectus et agendas recensant les événements quotidiens à ne pas manquer.

Sont ainsi inventés les périodes de « soldes d'été » et le « mois du blanc », des remises spéciales, la vente par correspondance avec envoi « franco de port », dès 1867, de catalogues en tous genres. Des échantillons de tissus sont insérés dans certains. Au total, plus de six millions de catalogues seront expédiés non seulement en France, mais aussi à l'étranger, avec cette accroche publicitaire en couverture : « Maison du Bon Marché, comme la plus digne de ce titre par la qualité et le bon marché réel de toutes ses marchandises », ou : « Tout à petit bénéfice et entièrement de confiance. » Innovation commerciale, un service de livraison à domicile de la marchandise achetée est mis en place. Dès 1860, la première voiture attelée

« Au Bon Marché » circule « aussi loin que le cheval peut aller dans Paris et sa banlieue ».

Les Boucicaut n'oublient pas leurs nombreux employés. Ils constituent des clients à part, à traiter séparément et avec une attention particulière : ils leur proposent des remises pour les inciter à acheter sur leur lieu de travail.

Mais tout ne se passe pas aussi simplement que d'aucuns ont bien voulu l'affirmer. En septembre 1869, certains salariés quittent le « Bon Marché », refusant de venir travailler le dimanche. Cet événement affecte profondément Marguerite et Aristide. Ils prennent conscience que cette nouvelle organisation du travail doit s'accompagner d'une transformation des rapports entre patrons et salariés.

À l'initiative de Marguerite se mettent alors en place un certain nombre de mesures destinées à revaloriser le statut de l'employé. Afin de l'inciter à vendre plus pour gagner davantage sont institués un intéressement aux résultats, une promotion professionnelle au sein des magasins, et se codifient d'anciennes coutumes comme la « guelte », pourcentage perçu par le vendeur sur les ventes qu'il réalise.

Cette politique d'augmentation des rémunérations s'accompagne d'une action sociale voulue par Marguerite Boucicaut en faveur des personnels et de leurs familles. Elle incitera certains à qualifier les Boucicaut de « patrons rouges » tant ils ont innové et bousculé les habitudes qui régissent les rapports entre patrons et employés, inquiétant par leur audace certains chefs d'entreprises. D'autres ont qualifié leur action de « paternaliste », exprimant peut-être une forme de « catholicisme social » qui se développe à l'époque.

Au sein du magasin, un médecin est recruté pour dispenser des consultations gratuites aux salariés et à leur famille.

Le 31 juillet 1876, les Boucicaut créent une Caisse de prévoyance alimentée par les bénéfices de l'entreprise, permettant, au bout de dix à quinze ans de présence, et sans retenue sur salaire, de verser un petit capital aux membres du personnel. Aristide aime à préciser les motivations de leur décision : « Nous avons voulu assurer à chacun de nos employés la sécurité d'un petit capital qu'il puisse retrouver au jour de sa vieillesse, ou qui, en cas de décès, puisse profiter aux siens. Nous avons voulu en même temps leur montrer d'une manière effective quelle est l'étroite solidarité qui doit les unir à la Maison. Ils comprendront mieux que l'activité du travail, le soin des intérêts de la Maison, l'économie du matériel mis à leur disposition sont autant de devoirs qui tournent au profit de chacun. »

Un effort est également entrepris pour que le personnel puisse bénéficier d'une aide au logement sur place, notamment les demoiselles qui n'ont pas de famille à Paris, logées au 16, rue de Babylone, moyennant des horaires précis pour rentrer, en semaine, sauf permission de s'absenter en dehors des heures réglementaires.

Les collaborateurs du « Bon Marché » peuvent se restaurer sur leur lieu de travail : ils ont droit à deux repas complets par jour. « La nourriture doit être saine et abondante, elle est la même pour tous les employés de la Maison, quel que soit leur grade. » À déjeuner sont servis « un plat de viande au choix, un plat de légumes et un dessert » ; à dîner sont en plus proposés un potage et une salade. Chacun peut consommer un demi-litre de vin par repas. Déjeuner et dîner sont servis dans trois salles à manger différentes : l'une pour « les chefs de service et les employés », une autre réservée aux « dames et demoiselles », la troisième pour « les garçons de magasin et les cochers ». La durée des repas ne dépasse pas quarante-cinq minutes.

À partir de 1872, « désireux d'encourager le goût de l'étude et voulant mettre à la disposition de leurs employés, dames et hommes, tous les moyens d'utiliser leurs soirées d'une manière instructive et attrayante », les Boucicaut proposent des cours d'anglais. Les élèves les plus méritants sont envoyés à Londres aux frais de la « Maison » pour un séjour de six mois afin de se perfectionner. Les employés peuvent pratiquer l'escrime, « la musique vocale avec chorale, ou instrumentale avec orchestre d'harmonie ». Des représentations publiques sont organisées le samedi soir. Les cours sont gratuits, mais réglementés, et l'assiduité récompensée. Une bibliothèque est ouverte à tous. Il y a même un coiffeur pour le personnel.

Tout est entrepris pour que se renforce la fierté d'appartenir « Au Bon Marché », et se développe l'« esprit maison ».

Apparaît un nouveau métier, « demoiselle de magasin » : son rôle est d'accueillir, de renseigner et d'accompagner les clients vers les caisses, où elle facilite les encaissements. Elle n'est pas vendeuse mais ce que nous pourrions qualifier d'hôtesse. Cette « demoiselle de magasin » ayant vocation à monter dans la hiérarchie des employés pourra devenir vendeuse, et, si elle est performante, accéder au rang de seconde puis première vendeuse.

Cependant, en dépit de ces mesures sociales innovantes, la durée de la journée de travail ne diminue pas : les horaires d'ouverture sont de « 7 h 3/4 ou 8 h » pour une fermeture à « 7 h 30 ou 7 h 55 » selon la saison, soit des journées de travail de douze heures. La discipline est stricte, le salarié a très peu la possibilité de s'exprimer. Il est bien sûr « défendu de fumer » dans les magasins.

*

Au décès subit de son mari, le 26 décembre 1877, Marguerite et son fils prennent les commandes d'une entreprise qui compte désormais plus de 1 700 employés et réalise un chiffre d'affaires de l'ordre de 80 millions de francs de l'époque.

Deux ans plus tard, Marguerite perd son fils et va, jusqu'à sa mort, travailler à la prospérité de ce grand « paquebot » tout en préparant l'avenir et sa propre succession.

Poursuivant sa politique sociale, elle crée en 1880, en y associant des cadres de l'entreprise, la « Société Veuve Boucicaut et compagnie », devenue six ans plus tard la « Société du Bon Marché ». En fait, elle abandonne à certains de ses employés des parts du fonds de commerce.

Elle crée aussi une Caisse de retraite, mais gagée sur sa fortune personnelle.

Les nombreuses Expositions universelles qui ont lieu à Paris, les réaménagements du territoire, avec le développement du chemin de fer et la création de nouvelles gares, amènent une foule considérable dans la capitale. Marguerite Boucicaut comprend qu'il convient d'accueillir cette clientèle fortunée et de la retenir dans son quartier de la rive gauche. Elle est ainsi à l'initiative du projet de construction du palace *Le Lutetia*. Celui-ci mettra à disposition de sa clientèle un certain nombre de nuitées à proximité du grand magasin « afin que ses importants clients de province [soient] logés dans un établissement tout proche et correspondant à leur train de vie, quand ils [viennent] faire leurs courses à Paris ».

*

N'ayant plus d'héritier, elle permet à Pasteur de fonder son institut en lui faisant un don de 250 000 francs.

La générosité de celle qu'on surnomme la « Bonne Dame du Bon Marché » est évoquée dans son *Journal* par Jules Renard, consignant des propos que Lucien Guitry lui a tenus : « Pasteur se présente chez madame veuve Boucicaut, la propriétaire du Bon Marché. On hésite à le recevoir : "C'est un vieux monsieur, dit la bonne. – Est-ce le Pasteur de la rage des chiens ?" La bonne va demander. "Oui", dit Pasteur. Il entre. Il explique qu'il va fonder un institut. Peu à peu, il s'anime, devient clair, éloquent : "Voilà pourquoi je me suis imposé d'ennuyer les personnes charitables comme vous. La moindre obole… – Mais comment donc", dit madame Boucicaut avec la même gêne que Pasteur. Et des paroles insignifiantes. Elle prend un carnet, signe un chèque et l'offre, plié, à Pasteur. "Merci, madame ! dit-il. Trop aimable." Il jette un coup d'œil et se met à sangloter. Elle sanglote aussi. Le chèque était d'un million. » Avec son sens du théâtre, Guitry a exagéré le don, pourtant déjà conséquent, de 250 000 francs.

À la fin de sa vie, elle léguera de nouveau la somme de 100 000 francs à l'Institut, ainsi qu'à d'autres œuvres secourant notamment les enfants déshérités.

Par testament, elle fait de l'Assistance de Paris sa légataire universel, à charge pour elle de verser d'importantes sommes au personnel du Bon Marché, au prorata de leur ancienneté, et de créer un hôpital qui deviendra l'hôpital Boucicaut : « En léguant tout ce qui reste de ma fortune à l'administration la plus puissante pour assister les malheureux, mon unique pensée a été de venir aussi utilement que possible au secours des souffrants et des misérables. »

Fervente chrétienne, elle n'oublie pas d'aider de nombreux prêtres de l'Église catholique, mais, respectueuse des autres religions, elle verse au grand rabbin de Paris, au consistoire de l'Église réformée, et même à l'archiprêtre de l'Église orthodoxe russe, d'importantes dotations pour leurs œuvres.

À sa mort, le journal *Le Gaulois* écrit : « Madame Boucicaut allait, par une exception notablement méritée, voir bientôt attacher sur sa poitrine la croix de la Légion d'honneur pour laquelle l'opinion publique l'avait désignée depuis longtemps entre toutes les femmes. Sa mort nous ôte la satisfaction de la saluer chevalière de la Légion d'honneur… » Puis, avant d'énumérer les bontés de celle que l'article désigne comme « l'âme de cet immense centre de commerce et d'industrie » où « rien n'était fait sans qu'on la consulte, car son avis était toujours bon », il nous en livre un ultime portrait : « Madame Boucicaut était de taille au-dessous de la moyenne, et très forte. Sa figure, bonne et souriante, reflétait son âme. Ses soixante-douze ans ne lui avaient pas enlevé le charme singulier de son regard doux et bienveillant. »

*

Destin singulier que celui de Marguerite Boucicaut ! Originaire de Verjux, en Saône-et-Loire, née Guérin, le 3 janvier 1816, du nom de sa mère, Pierrette Guérin, et de père inconnu, elle vit très modestement avec sa génitrice dans une masure en Bourgogne, ne reçoit naturellement aucune instruction, s'initie certainement à la couture, métier de sa mère, et garde des oies pour agrémenter de quelques centimes un quotidien difficile.

Probablement à la suite d'un arrêté du conseil municipal qui interdit la garde des oies, Marguerite « monte » à Paris chez un oncle. Elle est placée vers 1829 comme apprentie dans une blanchisserie de la rue du Bac, où la rémunération oscille entre 50 centimes et un franc pour une douzaine d'heures de travail. Elle économise tout de même un peu d'argent, puis tient, dans les années 1835, un « bouillon » où l'on sert à prix modique un plat unique aux ouvriers et employés du quartier.

Elle fait alors la connaissance d'Aristide Boucicaut, employé au « Petit Saint-Thomas ». Ils vivent ensemble, mettent de côté des économies. Marguerite tombe enceinte, puis ils se marient. Ils auront un fils unique, Anthony-Aristide.

Employé puis associé « Au Bon Marché », Aristide en devient propriétaire et crée avec Marguerite un empire commercial qui va servir de modèle à Zola pour *Au Bonheur des dames*. Il y a entre la Denise du roman de Zola et Marguerite Boucicaut des ressemblances évidentes.

Illettrée, pauvre, elle est en quelques années devenue riche et respectée, à la tête d'une entreprise commerciale qui emploiera, à sa mort, quelque 3 173 employés et 600 ouvriers, réalisant un chiffre d'affaires toujours en progression.

À son enterrement, ses funérailles dignes d'un grand écrivain ou d'un homme d'État font écrire à la journaliste Lucienne Delille : « Qui, en sortant de la gare du Montparnasse, à Paris, en ce 12 décembre 1887, pouvait imaginer, devant la magnificence du cortège funéraire lui bloquant le passage, qu'il s'agissait de madame Boucicaut, Bourguignonne illettrée et gardeuse d'oies ? »

*

Tout aussi surprenant est l'itinéraire personnel de la Savoyarde Marie-Louise Jaÿ.

Née à Samoëns, le 1er juillet 1838, d'un père maçon et d'une mère « campagnarde », elle sut créer avec son mari Ernest Cognac, quelques années après les Boucicaut, un autre empire commercial, « La Samaritaine ».

La famille Jaÿ est nombreuse : trois garçons et cinq filles ; les enfants doivent travailler jeunes. À quinze ans, Marie-Louise « monte » à Paris, accompagnée d'une tante et d'un cousin, pour trouver un emploi. Elle est embauchée comme vendeuse à « La Belle Héloïse », une boutique de lingerie féminine. Elle y fait la connaissance en 1856 d'Ernest Cognac.

Comme Marie-Louise, celui-ci a quitté sa province,

l'île de Ré, pour tenter de gagner sa vie à Paris. Comme elle, il est employé à « La Belle Héloïse ».

Renvoyé de « La Belle Héloïse », Ernest Cognac accumule échecs et déconvenues. Il se met à son compte, ouvre une boutique rue de Turbigo, « Au Petit Bénéfice », mais doit la fermer peu après, faute de clients. Il se retrouve camelot et, après avoir circulé en France, s'installe dans la corbeille de la deuxième arche du Pont-Neuf pour y vendre des cravates et du tissu, abrité sous un grand parapluie rouge.

Marie-Louise Jaÿ a quitté « La Belle Héloïse » pour le « Bon Marché ». Elle est devenue première vendeuse au rayon confection.

En 1869, Ernest Cognac veut à nouveau tenter sa chance. Il crée son propre établissement, sous-loue un petit local de six mètres sur huit, contigu à un café, au coin des rues de la Monnaie et du Pont-Neuf. Il le baptise « La Samaritaine », par référence au nom attribué à la pompe hydraulique installée sous le règne d'Henri IV au Pont-Neuf pour alimenter en eau le cœur de Paris.

Alors qu'il était encore employé à « La Belle Héloïse », il avait éprouvé de vifs sentiments pour sa collègue Marie-Louise Jaÿ et admiré ses talents de vendeuse. Il la retrouve, elle a trente-quatre ans, ils décident de travailler ensemble et, le 17 janvier 1872, de se marier.

Grâce à leur sens du commerce, à leur savoir-faire et à leurs économies, ils agrandissent leur magasin, achètent de nouveaux locaux dans le quartier. La conjoncture économique est favorable. Le Second Empire a été un âge d'or pour le capitalisme et a offert de bonnes perspectives à la bourgeoisie. Paris se transforme. Le succès de l'Exposition de 1878 montre, après celles organisées sous le règne de Napoléon III, que la République ne fait plus peur aux étrangers. Les grands travaux de Haussmann ont modifié l'aspect du centre de la capitale. La percée du boulevard Sébastopol est achevée ; elle constitue un élément important de l'axe nord/sud qui traverse le cœur de Paris et coupe le prolongement de la rue de Rivoli reliant l'est et l'ouest parisiens. « La Samaritaine » est aux abords de ce croisement.

Entre 1852 et 1870, les halles de Paris se sont modernisées avec la construction des dix pavillons de Baltard. Très animées, elles attirent de nombreux grossistes, commerçants et badauds… Ernest Cognac et Marie-Louise Jaÿ profitent de l'achèvement de ces travaux et de l'attractivité de plus en plus évidente du quartier pour agrandir et moderniser leur entreprise.

Le premier magasin en 1883, puis le deuxième en 1905, sont aménagés dans un style contemporain, de type « Art nouveau », par l'architecte Frantz Jourdain. Par la suite, toujours dans le même quartier, et proches les uns des autres, s'ouvriront un troisième et un quatrième espace commercial.

Comme Marguerite et Aristide Boucicaut qui ont développé « Au Bon Marché », comme Xavier Ruel, quincaillier lyonnais, qui a installé « Le Bazar de l'Hôtel-de-Ville » rue de Rivoli, comme Alfred Chauchard et Auguste Hériot qui ont ouvert en 1855 « Les Magasins du Louvre », comme Jules Jaluzot et Jean-Alfred Duclos qui ont créé la société « Au Printemps » et implanté en 1865 leur premier magasin sur un terrain en friche du quartier Saint-Lazare, Marie-Louise et Ernest Cognac savent que, pour réussir, il convient d'innover et d'offrir aux clients une nouvelle conception du commerce. Ils structurent leurs magasins en rayons autonomes, sous l'autorité d'un véritable responsable, inaugurent une politique de faibles marges, développent la vente à crédit aux mêmes prix que les achats au comptant, ce qui n'était nullement la règle ailleurs. Pour ce faire, ils investissent dans une maison spécialisée dans l'octroi du crédit.

S'inspirant des pratiques commerciales des Boucicaut, ils instaurent des périodes de promotion pour certains produits. Deux fois par an, à l'automne et à la fin de l'hiver, ils organisent ainsi une vente d'articles nouveaux. Ils lancent un grand rayon spécialisé dans la photographie d'enfants, y compris à domicile.

À partir d'un grand entrepôt sis quai des Célestins, à Paris, fonctionne un important service de vente par correspondance et de livraisons à domicile, *via* le chemin de fer et par bateau au départ de Marseille pour l'outre-mer.

Marie-Louise et Ernest Cognac confectionnent méticuleusement un fichier de clients pour leur expédier un catalogue des produits de « La Samaritaine ». Les adresses sont collectées au fur et à mesure des gros achats opérés dans leurs magasins.

Ils installent également un grand atelier de confection de vêtements pour hommes, où travaillent près de 500 ouvrières, afin de produire à coûts moins élevés.

Plus question de négocier, de marchander, de discuter des remises : les prix sont clairement affichés dans tous les rayons. Les clientes pourront en revanche essayer les vêtements, échanger la marchandise défectueuse.

Des ristournes importantes, de l'ordre de 15 %,

sont officiellement accordées aux employés de « La Samaritaine » pour qu'ils achètent sur place ce dont ils ont besoin.

Marie-Louise et Ernest Cognac exigent du personnel un parfait professionnalisme et une tenue impeccable. Un carnet remis à chaque employé précise ses obligations. Est obligatoire, pour les hommes, le port « de vêtements de nuance foncée ; pas de cols mous ni de chemises de couleur. Les chaussures sont noires ». Le personnel féminin doit revêtir des lainages discrets ; le noir et le blanc sont les seules couleurs admises. Surveillant les étalages, des inspecteurs veillent à la politesse des employés à l'égard des clients et à leur tenue : « Pas de mains dans les poches ni de jambes croisées ». Les Cognac-Jaÿ imposent en effet à leurs vendeurs une courtoisie sans faille. Ils sont persuadés que si les clients sont bien reçus, s'ils sont satisfaits de l'accueil, ils reviendront à « La Samaritaine ».

« Quand un des rayons sous sa surveillance est encombré, l'inspecteur ne doit pas hésiter à prélever du personnel dans les rayons où il y a peu de clientes pour les faire débiter ou faire des ventes dans ceux où il y a foule. Une prime est accordée pour chaque débit », indique le règlement. Les instructions précisent aussi à chaque vendeur qu'il « ne doit sous aucun prétexte » quitter une cliente avant de « s'assurer qu'un autre employé s'occupe d'elle ».

La discipline est sévère, les écarts ne sont guère tolérés. Pendant le travail, les employés ne doivent pas bavarder entre eux, si ce n'est pour les nécessités du service. Naturellement, les absences sans motif ou répétées ne sont pas acceptées.

Marie-Louise et Ernest Cognac règnent, dirigent,

ordonnent, veillent et surveillent en permanence. Pour eux, la vie, c'est d'abord et presque exclusivement le travail. Pendant que l'un prend son repas, l'autre assure une présence visible de tous.

« La Samaritaine » est leur revanche sur la vie et sur leurs débuts difficiles ; c'est l'enfant qu'ils n'ont pu avoir, sur lequel ils veillent jalousement et sans partage, attentifs à sa croissance.

Il n'est pas bon, dans ces conditions, de contester l'organisation ou les méthodes, ni de critiquer la discipline. Lorsqu'un salarié affiche trop ouvertement une appartenance syndicale, il est vite repéré et, s'il persiste, tout est mis en œuvre pour qu'il quitte l'entreprise.

Tout employé à « La Samaritaine » a quinze jours de congé par an. La politique de Marie-Louise et d'Ernest Cognac consiste à ne pas fermer complètement les magasins le dimanche afin que les familles qui se promènent ou déambulent dans le centre de Paris puissent y faire des achats.

Le préfet de Police ayant pris un arrêté interdisant à « La Samaritaine » d'accorder à son personnel le repos hebdomadaire légal *par roulement*, les Cognac-Jaÿ saisissent la justice aux fins de faire annuler la décision préfectorale. Finalement, le Conseil d'État, le 29 novembre 1913, leur donne partiellement cette autorisation.

En octobre 1917, ils lancent boulevard des Capucines un nouveau concept, « La Samaritaine de luxe », pour attirer une clientèle plus fortunée ou étrangère et populariser le luxe.

En quarante ans, la modeste boutique est devenue un empire : de 2 employés en 1871, 40 en 1874, les effectifs sont passés à 8 000 en 1927, et le chiffre d'affaires a suivi une évolution parallèle.

Les Cognac-Jaÿ, devenus riches, vivent dans un hôtel particulier avenue du Bois-de-Boulogne. Mais cette réussite, ils entendent la partager avec leur personnel. À l'instar des Boucicaut, ils instituent l'intéressement aux bénéfices. En sus de leur salaire, les employés reçoivent un pourcentage sur le chiffre d'affaires réalisé dans leur rayon.

Le 16 juillet 1914, « La Samaritaine » est constituée en société en commandite par actions, et 65 % des bénéfices sont redistribués chaque année. Les Cognac-Jaÿ cèdent la moitié du capital aux salariés et l'autre moitié à la Fondation qu'ils créent pour financer de nombreuses œuvres sociales.

Lorsqu'un salarié décède, ses actions dans le capital de « La Samaritaine » doivent obligatoirement être rachetées par un autre employé.

Marie-Louise et Ernest créent en 1916 la Fondation Cognac-Jaÿ, qu'ils dotent d'une somme de 40 millions de francs de l'époque. Elle a pour mission de faire fonctionner une maternité, une maison de retraite, un « pouponnat » prenant en charge 40 enfants d'employés jusqu'à l'âge de cinq ans, un orphelinat pour 50 enfants, une maison de repos et de cure en montagne, en Haute-Savoie, deux ensembles immobiliers de 236 et 300 logements bon marché pour familles nombreuses. La Fondation assure aussi le financement de colonies de vacances à la mer et à la montagne pour les enfants du personnel.

Des allocations sont accordées aux familles dont l'un des parents travaille à « La Samaritaine » ; elles varient en fonction du nombre d'enfants à charge.

Des indemnités de maladie sont versées aux employés non assurés.

En 1920, le prix Cognac-Jaÿ, doté de 100 millions de francs-or, est destiné à aider certaines familles nombreuses.

Le 27 décembre 1925 disparaît avec Marie-Louise Jaÿ une femme qui, par son travail, a su avec son mari, qui décède trois ans plus tard, créer un imposant empire commercial et a voulu être à l'origine d'une œuvre sociale et philanthropique à bien des égards exemplaire.

Bibliographie

Sur Marguerite Boucicaut

Archives du Bon Marché. Remerciements à Madame Denise Janody, qui nous a permis d'avoir accès à l'original du testament de Madame Boucicaut.

Au Bon Marché. Résumé du règlement général, Imprimerie Lahure.

André Balleyguier, *Le Bon Marché et son quartier*, Société d'histoire et d'archéologie des VIIe et XVe arrondissements de Paris, 18 novembre 1967. Institut d'études politiques.

Michael Barry-Miller, *Le Grand Magasin et le changement social dans la France moderne. Le cas du Bon Marché, 1869-1929*, Archives du Bon Marché.

Monica Burckhardt, *Le Bon Marché rive gauche*, Assouline, 2012.

Jeanne Chauvin, *La Femme dans la charité : Mme Boucicaut*, conférence du 23 décembre 1897.

Marie-Thérèse Cuny et Pierre Bellemare, « La révolution du commerce », *Le Pèlerin Magazine*, 12 avril 1991.

François Faraut et Cloud Dupuy de Grandpré, *Le Bon Marché*, 1990.

Tristan Gaston-Breton, « Marguerite Boucicaut », *Les Échos*, 20 juillet 2010.

Antonin Guillot, *Mme Boucicaut, un destin hors du commun*, Groupe d'études historiques de Verdun-sur-le-Doubs, 1995.

Marie-Hélène Marchand, *Histoire des dons et legs*, Institut Pasteur.

Jean-Claude Martin, *Madame Boucicaut, du Bon Marché*, Les Amis de l'Aigle n° 19, juin 1993.

Francis Puyalte, « Du Bon Marché au Bonheur des Dames », *France Soir*, 24 juillet 1991.

Pierre Scize, « Sur Marguerite Boucicaut », *Paris Soir*, 19 décembre 1938.

« Le cinquantenaire de la mort d'une grande bienfaitrice », *Excelsior*, décembre 1937.

L'Illustration du 10 août 1889, Les magasins du Bon Marché.

L'Illustration du 2 octobre 1880, Les agrandissements du Bon Marché.

Institut Pasteur. Assemblée générale, 22 mai 1886.

Pascaline Balland, *Hôtel Lutetia, Paris. L'esprit de la Rive gauche : 100 ans d'un hôtel de légende*, Lattès, 2009.

Sur Marie-Louise Jaÿ

Jean-Marie Jeudy, *Femmes et rebelles du XVe au XXIe siècle en Savoie*, Éditions En train de lire, 2007.

Fernand Laudet, *La Samaritaine*, Dunod, 1933.

Collectif, *Une femme de Samoëns, Marie-Louise Cognac-Jaÿ*, Gens de Savoie, 1988.

Un couple de travailleurs comme il y en avait tant parmi nous, La Samar. Imprimerie E. Pigelet, 20 janvier 1931.

Le Figaro, 28 décembre 1929.
L'Illustration, 24 mai 1924.
Le Monde, 9-10 février 1986 : « Ernest et Louise ».
Le Petit Parisien, 28 décembre 1929.
Le Temps, 26 septembre 1926.

Julie-Victoire Daubié
(1824-1874)

Première bachelière

Le 17 août 1861, Julie-Victoire Daubié obtient à trente-sept ans son baccalauréat. Il n'y aurait à cela rien d'extraordinaire si ce n'était pas la première fois qu'une femme devenait ainsi bachelière.

Cette réussite constitue une étape essentielle dans le combat des femmes pour se voir reconnaître des droits identiques à ceux des hommes. À l'époque, la femme est considérée non pas comme inférieure à l'homme, mais comme façonnée différemment par la nature. Son rôle social est de se consacrer essentiellement à sa fonction d'épouse et de mère. Sa mission, estime-t-on, est trop importante et nécessaire au bon épanouissement de la famille, cellule de base de la société, pour qu'elle puisse s'en détourner et ambitionner l'exercice de professions qui l'éloigneraient du foyer familial.

Même Condorcet, pourtant si favorable à l'égalité de droits entre l'homme et la femme, et partisan « que les femmes partagent l'instruction donnée aux hommes », subordonne la femme aux intérêts de l'homme et de la famille. N'affirme-t-il pas, dans son rapport aux députés sur l'instruction publique, « que les femmes partagent l'instruction donnée aux hommes pour qu'elles puissent surveiller celle de leurs enfants » ?

Mais même les propositions de Condorcet demeurent lettre morte et sont rapidement remisées au rayon des rêveries révolutionnaires. En définitive, l'unique réalisation de la Révolution en ce domaine viendra de Lakanal, avec son décret du 25 octobre 1795 annexé à la loi du 27 vendémiaire an IV : « Chaque école primaire sera divisée en deux sections, l'une pour les garçons, l'autre pour les filles. En conséquence, il y aura un instituteur et une institutrice. Les filles apprendront à lire, à écrire, à compter, et les éléments de la morale républicaine. Elles seront formées aux travaux manuels. »

L'enseignement dispensé aux jeunes filles reste en réalité différent et très inférieur à celui dont bénéficient les garçons. La loi Guizot de 1833 prévoit pour ceux-ci une école primaire dans chaque commune d'au moins 500 habitants ; il faut patienter jusqu'en 1850 et la loi Falloux pour qu'une mesure similaire soit adoptée pour les filles, mais seulement dans les villes de 800 habitants et plus.

L'enseignement secondaire pour elles est sommaire, surtout assuré par des religieuses qui, à la différence des instituteurs laïcs, n'ont pas à passer le brevet supérieur leur conférant la capacité d'enseigner.

La Seconde République n'a pas apporté de profonds changements. Hippolyte Carnot, ministre de l'Instruction publique, a certes autorisé l'ouverture au Collège de France d'un cours spécialement destiné aux femmes, mais il s'agit d'une décision symbolique, sans conséquence pour l'accès des jeunes femmes à l'Université. Il n'est toujours pas prévu d'ouvrir le baccalauréat aux filles.

Dans ces conditions, ce diplôme, même dans sa version de 1808 modifiée sous Napoléon III, est réservé aux seuls jeunes gens âgés de seize ans révolus, et l'enseignement supérieur n'est donc pas accessible aux femmes.

Avec le Second Empire, la pensée politique dominante repose encore sur l'idée qu'il suffit d'apprendre aux jeunes filles les bonnes manières, la cuisine, la couture, comment élever les enfants ; le reste est du domaine du mari. Il est superflu, et même dangereux pour certains, de trop développer l'« esprit » des femmes, de leur permettre d'accéder à l'enseignement supérieur et à certaines professions.

Ne pas pouvoir présenter les épreuves du baccalauréat, se voir de ce fait fermer les portes de l'enseignement supérieur, c'est considérer que les « femmes savantes » n'ont de place que dans les comédies de Molière.

Julie-Victoire Daubié entreprend de bousculer cet interdit et d'ouvrir la voie qui mène à l'Université en leur permettant d'être bachelières. Elle partage la remarque que Fénelon avait jadis formulée au début de son *Traité sur l'éducation des filles* : « Rien n'est plus négligé que l'éducation des filles ; la coutume et le caprice des mères y décident souvent de tout ; on suppose qu'on doit donner à ce sexe peu d'instruction. » Elle sait d'ailleurs que Fénelon ne se souciait guère, en l'occurrence, de l'éducation des jeunes filles du peuple ou de celles de la bourgeoisie. « Ce sont les familles aisées, les hautes classes qui donnent en général l'éducation particulière à leurs filles… », écrit-elle dans *La Femme pauvre au XIXe siècle* ; elle a néanmoins conscience de la nécessité d'obtenir une transformation des principes régissant leur éducation, dont l'accès aux épreuves du baccalauréat lui paraît constituer une étape essentielle de leur émancipation.

*

Née à Bains-les-Bains, dans les Vosges, le 26 mars 1824, Julie-Victoire est la dernière d'une modeste famille de huit enfants. Son père fut caissier à la manufacture de fer-blanc de Bains, près d'Épinal. Son grand-père avait joué un certain rôle au service de la Révolution dans la région, et espéré en l'avènement de la République.

Orpheline de père peu après sa naissance, elle est élevée par sa mère, Marie-Victoire, qui s'installe non loin de Bains, à Fontenoy-le-Château. Le grand-père paternel de Julie-Victoire y possède une maison. Elle apprend à écrire, à lire ; son frère aîné, prêtre, s'occupe aussi d'elle, lui enseignant l'histoire, la géographie, le latin et le grec. Julie-Victoire est douée, manifeste un grand appétit de connaissances nouvelles, une soif de lectures et une très forte curiosité.

Elle suit la scolarité à l'école primaire et obtient le brevet élémentaire, puis, à Épinal, le 31 août 1844, le brevet de capacité pour exercer dans l'Instruction primaire supérieure. Il s'agit du seul et unique diplôme d'enseignant auquel les jeunes filles peuvent alors prétendre. Il leur permet de tenir une classe dans une école élémentaire.

Elle ne compte pas en rester là et souhaite poursuivre ses études. Toujours par l'entremise de son frère, elle devient préceptrice dans une famille d'industriels de la région établie sur les rives de la Vologne, à Docelles. Elle séjourne ensuite en Allemagne, s'occupe d'enfants, leur enseigne le français ; elle s'initie à l'allemand, lit beaucoup, notamment les auteurs contemporains qui critiquent l'organisation sociale et rêvent d'un monde plus solidaire et égalitaire. Elle commence à réfléchir à un livre qu'elle intitule déjà *La Femme pauvre au* XIXe *siècle*.

Revenue en France, à Strasbourg, elle trouve un poste de préceptrice de jeunes enfants, puis réintègre rapidement sa famille. Elle occupe divers petits emplois, vit modestement, mais se convainc que son destin est ailleurs. Elle vient à Paris. Elle s'inscrit au Muséum d'histoire naturelle et suit les cours d'Isidore Geoffroy Saint-Hilaire.

Animée de la volonté de réagir contre cette société inégalitaire et désespérante pour les jeunes filles, notamment celles de conditions modestes, elle poursuit sa réflexion. En 1859, elle participe à un concours organisé par l'Académie impériale des sciences et belles-lettres et arts de Lyon : il s'agit de « rechercher, surtout au point de vue moral, et indiquer aux gouvernants, aux administrateurs, aux chefs d'industries et aux particuliers, quels seraient les meilleurs moyens, les mesures les plus pratiques (…) pour élever le salaire des femmes à l'égal de celui des hommes lorsqu'il y a égalité de services ou de travail ; pour ouvrir aux femmes de nouvelles carrières et leur procurer des travaux qui remplacent ceux qui leur sont successivement enlevés par la concurrence des hommes et par la transformation des usages ou des mœurs ».

Ce sujet est inspiré par l'influent industriel lyonnais Arlès-Dufour, saint-simonien, qui accompagne déjà Elisa Lemonnier dans sa volonté de promouvoir un enseignement professionnel pour les jeunes filles. Julie-Victoire Daubié remporte le 15 juin 1859 le premier prix pour son mémoire « La femme pauvre par une femme pauvre ». Elle s'attache alors la sympathie et la protection de Francis Barthélemy Arlès-Dufour, soutien déterminant pour la poursuite de son ambition.

Autodidacte, Arlès-Dufour a acquis par son dynamisme une grande influence dans la sphère économique lyonnaise, voire nationale. Commissionnaire soyeux, il est élu à trente-cinq ans membre de la Chambre de commerce et d'industrie de Lyon. Son engagement dans le projet de construction de la ligne de chemin de fer Lyon-Paris est décisif. Il s'implique également dans le financement du canal de Suez, la création du Crédit Lyonnais… Mais surtout – c'est ce qui compte dans l'histoire de Julie-Victoire Daubié –, il croit en une société plus juste, plus égalitaire. Il partage les idéaux saint-simoniens, fonde la Ligue internationale et permanente de la paix avec Émile de Girardin et Frédéric Passy, prend part à la création de la Société de secours mutuel pour les ouvriers en soierie, et d'une caisse de retraite.

Les idées exprimées par Julie-Victoire Daubié coïncident avec ses aspirations et avec les fondements de son militantisme social. Il ne va cesser de la soutenir et d'entretenir sa flamme militante.

En 1860, Julie-Victoire répond à un deuxième concours organisé par le ministère de l'Instruction publique sur le thème des besoins de l'enseignement primaire dans une commune rurale. Son mémoire n'est pas retenu ; il ne sera publié que plus tard.

Convaincue que rien, juridiquement, n'interdit aux jeunes femmes de s'inscrire aux épreuves du baccalauréat, elle dépose à cet effet son inscription successivement auprès du rectorat des académies de Paris et, semble-t-il, d'Aix. À chaque fois, elle se heurte à des refus catégoriques des autorités universitaires. Les beaux esprits de l'Université estiment, comme Aristote, que « l'homme est, par nature, plus apte au commandement que la femme », et qu'il importe de lui réserver l'accès au savoir.

Alors que l'on considère que l'instruction des jeunes filles n'est pas de même nature que celle dispensée aux garçons, admettre les femmes à concourir aux épreuves du baccalauréat reviendrait à estimer qu'elles peuvent s'inscrire à l'Université, et que l'enseignement des garçons et des filles doit être semblable. Il n'est pas concevable, pour les autorités de la prestigieuse Sorbonne, d'accueillir des étudiantes : ce serait là une révolution qu'ils n'imaginent ni possible, ni souhaitable.

Julie-Victoire plaide qu'aucune loi ne réserve formellement le baccalauréat aux hommes, même si le terme « bachelière » n'existe pas. Pour elle, celui de « bachelier » englobe aussi bien les hommes que les femmes. Elle ne parvient cependant pas à convaincre les responsables des universités, qui veillent à ce que les femmes ne viennent pas troubler la sérénité de l'ordre qu'ils imposent et bousculer leurs vérités. Tout est mis en œuvre pour la dissuader de se présenter à l'examen.

Mais, à Lyon, avec l'aide d'Arlès-Dufour et du doyen de la faculté, le philosophe Francisque Bouillier, Julie-Victoire obtient du recteur une autre interprétation de la loi, et le droit de s'inscrire en candidate libre aux épreuves du baccalauréat.

Le 16 août 1861, elle présente le baccalauréat ès lettres. L'écrit comprend une version latine et une composition latine ou française suivant tirage au sort. La note totale aux épreuves écrites conditionne l'accès à l'oral, qui se compose d'une explication de textes grecs, latins et français, d'une épreuve de logique, d'histoire, de géographie, d'arithmétique, de géométrie et de physique élémentaire.

Julie-Victoire réussit à l'écrit. En version latine, elle se voit accorder une boule rouge, c'est-à-dire la moyenne, et en composition de latin une boule blanche, c'est-à-dire la meilleure appréciation. D'une manière générale, son niveau est jugé excellent par le jury. Le lendemain, à l'issue de l'oral, elle devient, à trente-sept ans, la première femme bachelière ès lettres. Les membres du jury de l'oral lui ont attribué deux boules blanches pour ses prestations dans l'épreuve « explication des textes d'un auteur latin » et pour ses réponses en histoire et géographie. Elle reçoit pour les autres matières des boules rouges, et seulement une noire en arithmétique, géométrie et physique, indiquant qu'en ces domaines ses connaissances sont estimées insuffisantes.

Peu importe cette dernière contre-performance : malgré un jury qui ne lui est pas *a priori* favorable, Julie-Victoire est sans contestation possible déclarée le 17 août 1861 bachelière ès lettres, la première de France.

Quelques jours plus tard, le doyen de la faculté, Francisque Bouillier, écrit dans *Le Salut public* du 23 août, en évoquant le succès de Julie-Victoire : « Aujourd'hui, par son exemple, elle ouvre une voie nouvelle aux femmes, plus nombreuses qu'on ne le pense, qui, comme elle, ont reçu en partage la force de la volonté et les dons de l'intelligence. Il en est plusieurs, nous en avons l'assurance, qui suivront avec succès cet exemple excellent, avec un grand avantage non seulement pour elles-mêmes, mais aussi pour la société qui, si elle n'a pas besoin que toutes les femmes apprennent le grec et le latin, est grandement intéressée à ce qu'elles reçoivent un enseignement plus fort et plus solide. »

Mais ce succès n'est pas du tout apprécié par le recteur de l'Université, qui ne délivre à Julie-Victoire qu'une simple attestation, non un diplôme officiel. Le ministre de l'Instruction publique, Gustave Rouland, saisi du cas Daubié, est lui aussi hostile à l'idée de décerner à Julie-Victoire le titre de bachelière. Il refuse, « pour ne pas ridiculiser le ministère », de signer le diplôme attestant sa réussite aux épreuves du baccalauréat. Sans ce document officiel, Julie-Victoire ne peut prétendre, comme elle l'envisage, continuer dans la voie universitaire vers la licence ès lettres.

C'est seulement à la suite d'une pressante intervention d'Arlès-Dufour auprès de l'impératrice Eugénie que le ministre consent finalement, en mars 1862, au bout de sept mois d'attente et de tergiversations, à parapher le diplôme officiel.

En cette fin du Second Empire, l'éducation des filles est devenue un enjeu politique majeur. Les monarchistes, conservateurs, cléricaux, espèrent que l'Église catholique, en dominant et contrôlant l'enseignement des filles, pourra freiner le développement des idées progressistes. Les républicains, eux, misent sur la fin de la prééminence de l'Église dans l'enseignement des filles et sur la reconnaissance de la laïcité en matière d'éducation pour accroître leur influence politique.

Il faut cependant attendre Victor Duruy et surtout Camille Sée – la loi du 21 décembre 1880 et celle du 21 juillet 1881 créant l'École normale de Sèvres – pour qu'apparaisse officiellement un véritable enseignement secondaire laïque, obligatoire et gratuit, destiné aux jeunes filles.

Le premier lycée public de filles est inauguré à Montpellier en 1882. À Paris, l'année suivante, le lycée Fénelon s'ouvre pour la première fois aux jeunes filles. C'est seulement en 1924, avec le décret de Léon Bérard, sous-secrétaire d'État à l'Instruction publique, que les programmes destinés aux garçons et aux filles deviennent similaires dans les établissements secondaires. Le baccalauréat est dès lors identique pour tous.

*

Julie-Victoire Daubié reprend la rédaction de son ouvrage sur *La Femme pauvre au XIXe siècle*, dont une partie a été perdue lorsqu'elle a adressé le manuscrit pour concourir au prix de l'Académie de Lyon.

Percevant l'espérance qu'elle a suscitée et le soutien des féministes, elle poursuit aussi ses études. Elle a conscience de l'importance de son combat, elle sait que c'est d'abord par l'instruction, le savoir, que les femmes gagneront la bataille de l'égalité avec les hommes et leur indépendance économique. Elle souhaite qu'à travail égal la femme touche un salaire égal à celui de l'homme.

Avec ténacité, la bachelière Julie-Victoire Daubié continue sa croisade pour le droit des femmes. Le premier tome de *La Femme pauvre* paraît en 1866, et le second trois ans plus tard. Il traite de la condition de la femme qui doit travailler pour vivre. Cette fresque historique détaillée sur la place et le rôle de la femme dans la société est surtout l'expression d'une révolte passionnée. Julie-Victoire ne se contente pas de dénoncer la situation économique, professionnelle ou morale des « femmes pauvres » ; sans complaisance, elle décrit la misère de nombre de femmes, et n'hésite pas à fustiger l'hypocrisie de la morale bourgeoise. Elle critique le mariage en ce qu'il n'est plus qu'« un contrat d'intérêts mercenaires faisant de la famille la parasite de l'héritage… On se marie par cupidité d'argent, par économie ou par convenance de position ». Mais elle ne condamne pas totalement le mariage et s'en prend aussi bien au concubinage ou à l'union libre qui placent la femme dans une grande précarité, car elle peut à tout moment être abandonnée, de même que les enfants naturels ou adultérins qui, à cette époque, ne bénéficient pratiquement d'aucun droit. Elle milite pour une société plus morale, où le mariage ne serait pas une union de dupes au seul bénéfice de l'homme, mais un véritable partenariat, dirait-on aujourd'hui, entre le mari et l'épouse, ce qui passe à ses yeux par une plus grande responsabilité de la part de l'homme.

« Si la femme subit trop souvent le vice, l'homme le choisit toujours », lit-on dans le second tome de *La Femme pauvre*. « Si nous examinons la condition actuelle des femmes sans fortune, nous les voyons opprimées surtout par la centralisation et par l'irresponsabilité morale (…), mais aussi [par] une partialité inconcevable de l'État dans la distribution des emplois publics et la fausse organisation d'un suffrage prétendu universel… »

Julie-Victoire Daubié ressent combien le Code civil encore en vigueur, reflétant l'état d'esprit de l'époque napoléonienne, est inspiré par un mépris envers la femme et par une conception patriarcale de la famille. Après le frémissement du féminisme lors de la Révolution, le Premier Empire a marqué une réaction. La conception du mariage qui prévaut est toujours celle d'une union dominée par l'homme, où la femme est considérée comme une servante, un être soumis dont le seul rôle est d'enfanter. Il n'est nul besoin de tenir compte de ses désirs et, naturellement, de ses opinions. Napoléon n'a-t-il pas écrit dans son *Mémorial de Sainte-Hélène* : « Et de quoi vous plaignez-vous, mesdames ? (…) Vous prétendiez à l'égalité ! Mais c'est folie : la femme est notre propriété, nous ne sommes pas la sienne, car elle nous donne des enfants et l'homme ne lui en donne pas. Elle est donc sa propriété, comme l'arbre à fruits est celle du jardinier. »

Avec la Restauration, la Monarchie de Juillet, l'éphémère Seconde République, l'aspiration à la liberté, l'exigence de considération, de respect et d'égalité pour les femmes, s'expriment de plus en plus clairement. Symptômes d'une société qui, se sentant entravée par des fondements hérités du passé, se cherche un idéal. George Sand, avec qui Julie-Victoire Daubié correspond, en est une des expressions. Des proches du mouvement saint-simonien comme Elisa Lemonnier, mais aussi Marie Reine et Jeanne Désirée, fondatrices du journal *La Femme libre*, en sont d'autres incarnations.

Pendant tout le Second Empire, l'action de Julie-Victoire Daubié est significative de sa volonté de contribuer à cette prise de conscience de leurs droits par les femmes. Elle veut prendre sa part au réveil du féminisme. En 1862, elle publie dans *Le Journal des économistes* des chroniques qui reproduisent des extraits de *La Femme pauvre*. Dès 1869, elle participe aux journaux *Le Droit des femmes* et *L'Avenir des femmes*, créés par Léon Richer et Maria Deraismes, qui, cette année-là, ont fondé l'Association pour le droit des femmes.

Ses articles ont trait à « l'inégalité de l'enseignement primaire pour les deux sexes », au « travail des femmes dans les mines ». Elle évoque le « chômage hebdomadaire », la « prostitution », la « recherche de paternité ». Elle signe en 1869 une « adresse » au Sénat pour l'abolition de la prostitution réglementée et pour la recherche de la paternité et de la maternité.

Elle aborde à plusieurs reprises la nécessité d'une implication des femmes dans la vie politique. En ce qui concerne leur participation aux élections, elle a tôt fait de constater combien il n'y a pas unanimité parmi les féministes. Nombreuses sont celles qui redoutent les conséquences politiques de ce droit accordé aux femmes de voter aux élections. Elles considèrent soit que ce n'est pas une priorité, soit qu'elles n'y sont pas prêtes. Pour d'autres, l'influence de l'Église catholique sur les femmes est telle que leur conférer ce droit aboutirait à renforcer son influence sur la politique. Mais peu importe : Julie-Victoire s'engage à fond dans cette revendication. Elle tente en 1870 sa propre inscription sur les registres électoraux, qui lui est refusée par le maire du VIIIe arrondissement de Paris. Elle réitère sa demande, toujours sans succès, en 1871.

L'accès aux droits politiques est un thème important pour Julie-Victoire. Si la femme, écrit-elle dans *La Femme pauvre*, « est traitée en majeure pour les fautes et la chute, en mineure pour les droits et les lois qui concernent sa condition sociale, il y aura trouble dans l'harmonie universelle, lésion des intérêts et abaissement des mœurs ». Elle conclut : « En général, l'infériorité, le mépris des femmes attestent la barbarie ou la décadence », et elle ajoute plus loin : « Je n'ai pas besoin de démontrer que, les droits naturels étant les mêmes pour tous, la femme se trouve opprimée dès qu'elle n'a point concouru à la formation des lois. » Elle précise sa pensée : « La participation de la femme aux affaires ferait aussi étudier avec le cœur nos redoutables problèmes sociaux. »

Julie-Victoire qualifie de « retardataires de l'avenir » ceux qui s'opposent à la reconnaissance des droits politiques de la femme.

Le 20 novembre 1871, elle fonde l'Association pour l'émancipation progressive de la femme. Elle en est la vice-présidente, et Arlès-Dufour le président et financier. L'association publie *La Question de la femme*, d'Alexandre Dumas fils, *Le Manuel du jeune homme*, de Silvio Pellico, et *La Tolérance légale du vice*, ouvrages préfacés par Julie-Victoire Daubié. Ils sont interdits au « colportage ».

En 1871, Julie-Victoire s'inscrit à la Sorbonne. Elle est la première femme à suivre les cours de la faculté des lettres pour obtenir une licence.

La faculté des lettres s'ouvre ainsi aux étudiantes, après celle des sciences qui, en 1867, a admis Emma Chenu, et celle de médecine qui, en 1868, a autorisé trois jeunes femmes étrangères, ayant fait valoir que le diplôme obtenu dans leur pays équivalait au baccalauréat, à s'inscrire aux cours. La faculté de droit va suivre le mouvement quelques années plus tard. La dernière faculté à admettre des étudiantes sera celle de pharmacie, en 1891.

Le 7 novembre 1871, le ministre de l'Instruction

publique et des Cultes adresse à Julie-Victoire ses félicitations pour son succès à la licence ès lettres.

Dix ans se sont alors écoulés : l'Empire s'est effondré, la République peine à trouver ses fondations, mais elle est installée ; le ministre ne rechigne plus à féliciter Julie-Victoire de son succès universitaire. Jules Simon a remplacé Gustave Rouland au ministère de l'Instruction.

La nouvelle licenciée envisage la présentation d'une thèse de doctorat sur *La Condition de la femme dans la société romaine*. Mais elle décède le 26 août 1874 sans avoir pu en terminer la rédaction.

Première bachelière, Julie-Victoire Daubié a aussi été la première femme licenciée ès lettres. Elle a imposé sa personnalité et sa détermination aux autorités universitaires et politiques de son temps, et inscrit par là son nom dans l'histoire de notre pays.

Bibliographie

De Julie-Victoire Daubié

La Femme pauvre au dix-neuvième siècle, 1866.

Du progrès dans l'enseignement primaire, justice et liberté, De Claye, 1862.

L'Émancipation de la femme en dix livraisons, Thorin, 1871.

Sur Julie-Victoire Daubié

Véronique André-Durupt, *La Première « Bachelier », Julie-Victoire Daubié*, AVF, 2011.

Véronique André-Durupt et Sabine Lesur, *Julie-Victoire*

Daubié : pionnière du journalisme féministe et social, Amis du vieux Fontenoy, Fédération des Sociétés savantes des Vosges, 2011.

P. Bascou-Bance, *Première femme bachelière : Julie Daubié*, Bulletin Budé.

Francisque Bouillier, « Une femme bachelière ès lettres », *Le Salut public*, 23 août 1861.

Jean-Louis Debré, *Les Oubliés de la République*, Fayard, 2008.

Dossier « J.-V. Daubié », Bibliothèque Marguerite Durand, Paris.

Gilles Laporte, *Julie Victoire*, Éditions ESKA, 2007.

Françoise Mayeur, *L'Éducation des filles en France au XIXe siècle*, Hachette, 1979.

G. Poull, « Julie-Victoire Daubié », dans *Les Vosgiens célèbres*, Louis éd., 1990.

R.A. Saliou-Bulger, « Les démarches et l'exploit de Julie Daubié », *French Review*, vol. 71, 1997.

Bruno Théveny, *Julie-Victoire Daubié*, Annales de la Société d'émulation du département des Vosges, 1988.

Agnès Thiercé, *Julie-Victoire Daubié, femme savante*, 1990.

MARIA DERAISMES
(1828-1894)

Première femme franc-maçonne

C'est au sein d'une famille bourgeoise, libérale, installée dans la région parisienne, que Marie Adélaïde Deraismes, Maria pour ses proches, est née le 17 août 1828. Son père, commissionnaire en marchandises séduit par les idées de Voltaire, manifeste un évident anticléricalisme et une vive hostilité à l'égard des jésuites. Il n'empêche pas sa femme d'aller deux à trois fois par an à la messe, pas plus qu'il ne s'oppose au baptême, le 20 août 1828, de sa fille Maria.

Malgré ce père anticlérical et cette mère dont la foi religieuse n'est pas très profonde, Maria éprouve le besoin d'étudier la Bible, la patristique, de chercher à comprendre les religions orientales.

Ayant appris le grec et le latin pour découvrir les auteurs anciens, elle étudie les écrits des principaux philosophes des Lumières et apparaît à vingt ans comme une femme très érudite, idéaliste. Elle est persuadée de la perfectibilité de l'homme, de sa capacité à construire la société sur les fondements de la liberté et la recherche de l'égalité. Elle accorde une attention particulière à l'injustice qui frappe femmes et enfants. Maria croit aux changements, mais pas à la révolution. Dans son action politique, elle entendra toujours faire bouger la société par des réformes progressives, ce qu'elle appelle « la politique des petits pas » et non par un grand bouleversement. Elle reviendra souvent dans ses discours sur sa stratégie : « la politique de la brèche et de la lutte par étapes ». Elle se convainc de l'importance de l'éducation pour débloquer la société et du recours à la loi pour porter les réformes.

Après le décès de son père en 1852, elle poursuit, aux côtés de sa mère et de sa sœur aînée, une existence studieuse. Elle possède le goût de l'écriture, rédige de petites comédies, collabore à des publications comme *Le Nain jaune* ou *Le Grand Journal*. Mais, très vite, elle découvre l'art oratoire et perçoit « combien l'influence de la parole "parlée" est supérieure à celle de la parole écrite », dit-elle, et combien, « dans cette communication directe, l'orateur, au fur et à mesure qu'il avance dans son discours, étudie les physionomies, fait profit des applaudissements, des sourires, des silences : il modifie, il tempère, il augmente, il agit sur le cœur et sur l'esprit de l'assemblée qui est elle-même son guide et son régulateur ». Elle recherche ces moments où, par ses discours, elle entre en communion avec son public.

Aussi se fait-elle remarquer dans les milieux républicains qu'elle fréquente en cette fin du Second Empire, où la force de ses convictions impressionne les opposants au régime impérial. La situation d'infériorité de la femme dans la société française l'interpelle, et elle en fait le sujet de ses réflexions.

Financièrement indépendante, bénéficiant à la suite du décès de ses parents d'une confortable rente qui lui permet de satisfaire ses ambitions intellectuelles, elle entame une carrière de journaliste.

C'est l'époque – 1866 – où le Grand Orient de

France, pour répondre aux campagnes de critique et de dénigrement dont les francs-maçons sont l'objet, décide d'organiser régulièrement des « conférences philosophiques » dans ses locaux de la rue Cadet, à Paris. À l'initiative de Léon Richer, libre penseur, républicain, franc-maçon actif et influent, vénérable de la loge « Mars et les Arts », il est fait appel à Maria Deraismes. Féministe résolu, Léon Richer apprécie son talent et ses idées sur la nécessaire émancipation de la femme.

Après avoir hésité, c'est seulement à la suite d'un article désobligeant pour les femmes, signé de Barbey d'Aurevilly, paru sous le titre « Les bas-bleus » dans *Le Nain jaune*, que Maria Deraismes accepte de prononcer une conférence au Grand Orient sur le thème de « La morale ». Et de prendre ainsi la parole devant un auditoire qui ne lui est pas familier, et qui est encore moins habitué à écouter une femme.

Satisfaite du succès qu'elle remporte, elle donnera d'autres conférences devant les francs-maçons sur divers thèmes : « La morale indépendante », « Le plaisir », « La polémique », « La vie privée », « L'éducation », « L'influence du roman »… Toujours suivies par un public nombreux, assidu et attentif, ses interventions lui confèrent une certaine notoriété dans les milieux intellectuels et maçonniques, tout en la confortant dans ses positions féministes et dans la quête d'une nouvelle morale.

Sa rencontre avec Léon Richer est une étape décisive dans sa trajectoire. Il voue au féminisme son action publique. Dans plusieurs loges, il prononce des conférences sur la place de la femme dans la société, sur son émancipation juridique. Il arrive ainsi à susciter un réel intérêt des francs-maçons pour la question et, dès 1866, il évoque le principe du droit des femmes à l'initiation maçonnique.

Avec lui, Maria Deraismes, tout en fréquentant les milieux francs-maçons, entreprend de défendre la cause des femmes, qu'elle associe à son combat pour la laïcité.

Elle soutient ainsi la féministe anglaise Josephine Butler dans sa lutte pour l'abolition de la prostitution qui, pour elle, est une des manifestations de l'oppression de la société masculine. Elle se lie d'amitié avec Victoire Léodile Béra, *alias* André Léo, qui dès 1867, comme romancière et journaliste, milite pour la création d'associations ouvrières. Elle est désormais en relation avec Jeanne Deroin, qui a fondé avec Désirée Gay *L'Opinion des femmes* et réclame pour elles « le rang qui leur appartient dans le Temple, dans l'État et dans la Famille ».

Maria Deraismes préside en 1869 l'Association pour le droit des femmes aux côtés de Paule Minck, Louise Michel et Léon Richer, et participe au journal *Le Droit des femmes*, fondé par Léon Richer, qui deviendra en 1870 *L'Avenir des femmes*.

Après le désastre de Sedan, elle quitte Paris et vit à Saint-Malo, chez son oncle. La Commune de Paris ne lui donne pas l'occasion de se faire entendre, de prendre place au premier rang dans les manifestations, de mobiliser les femmes. Certes, à la demande du conseil municipal de la cité malouine, elle prononce une conférence sur le thème « République et monarchie », mais on ne peut pas dire qu'elle se soit impliquée dans les événements qui ont lieu à Paris et dans diverses villes de province. Elle perçoit cependant combien les mentalités ont évolué et combien il est nécessaire de transformer les fondements d'une société enfermée dans des structures sociales périmées.

Elle s'en prend, lors d'une conférence en avril 1870, à Alexandre Dumas fils, qui a osé écrire que « la femme est un être circonscrit, passif, instrumentaire, disponible en expectative perpétuelle. C'est le seul être inachevé que Dieu ait permis à l'homme de reprendre et de finir. C'est un ange de rebut ». Révoltée par ces affirmations, deux ans plus tard, elle publie un pamphlet d'une trentaine de pages, « Eve contre Dumas fils », dans lequel elle qualifie son œuvre d'« incohérence, confusion, contradiction ». Elle affirme que la femme est un « être complet et que le résultat obtenu par la servitude des femmes est l'amoindrissement de l'Humanité ».

Lors du premier banquet féministe organisé le 11 juillet 1870, Maria Deraismes donne lecture d'un manifeste demandant aux parlementaires d'accorder aux femmes les droits civils et politiques. Elle se mobilise pour la laïcité « qui implante réellement l'amour du prochain », écrit-elle. Sa priorité : obtenir l'égalité civile des femmes avec les hommes, la reconnaissance juridique des droits des femmes, et concentrer son action sur cet objectif. La revendication du droit de vote n'est certes pas secondaire pour elle, mais ce combat, elle l'estime prématuré, desservant, par son échec à ses yeux programmé, la cause des femmes.

En 1874, avec Virginie Griess-Truaut, militante fouriériste, pacifiste et féministe, Aline Valette, qui cherche à lier le socialisme au féminisme, Hubertine Auclert, Maria Deraismes crée la Société pour l'amélioration du sort de la femme. Victor Hugo, à qui elles ont écrit pour qu'il soutienne publiquement les revendications qu'elles portent, répond par des encouragements dans une lettre du 31 mars 1875 : « Dans notre société telle qu'elle est faite, les femmes subissent et souffrent ; elles ont raison de réclamer un sort meilleur. »

Dans le journal *Le Républicain de Seine-et-Oise*, qu'elle dirige, Maria Deraismes dénonce les antiféministes et les antirépublicains. Conférencière inlassable, la voici fustigeant, le 21 janvier 1875, lors d'une conférence au Grand Orient, Victorien Sardou et sa pièce *Rabagas* dont le propos, s'écrie-t-elle, est de « dénigrer, ravaler la démocratie au profit de l'aristocratie ». Elle défend aussi « Les Droits de l'enfant », qui « ne saurait être un objet de possession, de propriété, d'exploitation… C'est en révisant le code et en substituant à la puissance paternelle la protection qu'on parviendra à modifier l'état d'esprit », écrit-elle en 1876, réclamant aussi une éducation de même niveau pour les garçons et les filles et militant en faveur d'une école laïque. Elle se déplace partout en province : la voici à Elbeuf, à Troyes, à Méru, dans l'Oise, où le sujet traité est « Clergé et patriotisme »…

Le 5 août 1878, lors du premier Congrès international des droits des femmes, elle critique le Code civil qui, « en ce qui concerne la femme, n'est que la longue énumération des humiliations et des servitudes qu'elle est appelée à subir dans toutes les conditions de la vie ». Elle illustre son réquisitoire par des exemples. La pénalité de l'adultère : « Elle est insignifiante pour le mari, terrible et cruelle pour la femme. Au sujet des enfants naturels, la recherche de maternité seule est admise. Pendant ce temps, le père prend tranquillement ses ébats et recommence à engendrer d'autres infortunées créatures dont il n'a pas plus de souci que des précédentes. En matière de fornications commises entre personnes libres, et quelles que soient les circonstances qui accompagnent le délit, l'homme n'est jamais inquiété, tandis que la femme peut être précipitée dans les bas-fonds les plus immondes de l'avilissement. Le respect de la personne humaine est violenté de propos délibéré et de par la loi. La femme devient alors l'objet du dernier outrage. La loi peut la faire descendre au rang des choses dont on a la libre disposition ; la loi peut la métamorphoser en marchandise qu'on achète, dont on use et dont on abuse, en instrument dont on se sert en propriété sociale… Chaque ligne du Code trahit la partialité de l'homme et le désir d'exploiter le sexe qui n'est pas le sien… » Pour autant, elle ne remet pas en cause le mariage, ou la famille, même si elle se prononce pour le divorce. La famille est pour elle une institution qui doit reposer sur une égalité entre époux.

*

Dans le cadre de son combat pour la République, Maria Deraismes fréquente de nombreux libres penseurs et francs-maçons qui partagent et vivifient son anticléricalisme : Léon Richer, Victor Poupin, avocat, homme de lettres, député, Émile de Girardin, le docteur Georges Martin, sénateur de la Seine…

Depuis le Congrès international des droits des femmes organisé par *L'Avenir des femmes* en août 1878 à l'occasion de l'Exposition universelle, elle s'est liée d'amitié avec Victor Schœlcher. Celui-ci, dont le prestige est grand depuis son combat pour abolir l'esclavage, est membre de la loge « La Clémente Amitié » du Grand Orient de France. Lors du premier Congrès anticlérical de Paris, en 1881, qui se tient sous l'égide du Grand Orient de France et rassemble près de 4 000 délégués, elle entend Schœlcher manifester publiquement sa volonté d'« enrayer la propagande [du christianisme] et assurer (…) le triomphe des doctrines de la libre pensée, fondées sur la raison et la science ».

Son anticléricalisme la fait acquiescer aux résolutions votées à l'issue de ce congrès. Elles concernent l'abolition du Concordat, la suppression du budget des Cultes, l'affirmation de la liberté de culte. Tout en partageant les thèses des anticléricaux et en approuvant le principe de la séparation des Églises et de l'État, Maria Deraismes reconnaît toutefois qu'il est impossible de se soustraire complètement au divin. Dans *L'Ancien devant le Nouveau*, elle précise ainsi sa pensée : « L'idée de Dieu est, pour nous autres humains, féconde en vertus. Le jour où les esprits les plus distingués d'une époque laisseront choir de leur cerveau l'idée de Dieu, toute la société ira à la dérive. »

À son initiative, les congressistes de 1881 ont émis le vœu d'une recherche d'égalité entre hommes et femmes. Elle fait adopter la résolution qu'elle a rédigée selon laquelle les congressistes souhaitent que « les hommes et surtout les libres penseurs fassent de leurs femmes leurs compagnes dans leurs réunions, cercles, comices et travaillent à les faire reconnaître légalement comme leurs égales ».

Ce congrès est un succès, notamment pour Maria Deraismes. Elle a été omniprésente, suppléant souvent Schœlcher à la présidence des séances. En clôturant les travaux, Louis Blanc lui rend d'ailleurs hommage : « Vous avez la véritable éloquence, celle qui part du cœur et va droit au cœur », lui dit-il sous les applaudissements.

Militante de l'égalité des droits, Maria Deraismes estime cependant que cette exigence passe par deux réformes essentielles : la gratuité et la laïcité de l'enseignement. Elle porte donc une appréciation positive sur la loi du 16 juin 1881 établissant la gratuité de l'école primaire. Elle y voit une efficace incitation, pour les parents, à envoyer leurs enfants dans les écoles publiques. Pour ce qui concerne l'éducation des filles, elle est choquée que l'État ait tendance à abandonner ses responsabilités à l'initiative privée, principalement celle des religieux. En cela, elle se distingue des idées des philosophes des Lumières, sur qui elle porte – comme nombre de libres penseurs – un jugement plutôt prudent, car ils ne se préoccupent presque exclusivement que de l'éducation des garçons.

Pour elle, la laïcité et la gratuité de l'enseignement se conjuguent pour restreindre l'influence de l'église catholique. Au surplus, elle est persuadée que la laïcité est le passage obligé pour progresser dans la voie de l'émancipation de la femme, en la faisant sortir du rôle de soumission dans lequel la cantonne l'Église.

Sa notoriété est telle dans les milieux républicains que certains espèrent et lui demandent de faire acte de candidature aux législatives des 21 août et 4 septembre 1881. Elle ne cède pas à la pression de ses amis. Les femmes n'ayant pas encore obtenu le droit de se présenter aux élections, elle sait que sa candidature sera invalidée. De toute façon, elle ne croit guère aux vertus de la politique. N'a-t-elle pas écrit, en 1869, « qu'on modifie le gouvernement, qu'on promulgue des sénatus-consultes, que les ministres soient rendus responsables, la société n'en demeurera pas moins très malade » ? Elle n'a pas fondamentalement modifié son opinion sur les hommes politiques. Certes, elle incarne parfaitement l'esprit républicain, mais pour autant elle n'est pas une militante politique, au même titre que Louise Michel ou Hubertine Auclert. Maria Deraismes adopte plutôt une attitude voisine de celle de George Sand, son combat se place au niveau des idées. Elle croit en la République mais se méfie des républicains qui, une fois au pouvoir, lui apparaissent trop conservateurs et prudents quant aux réformes à engager, ou trop opportunistes, comme Jules Ferry. Elle ne se retrouve pas totalement dans les diverses formations républicaines qui impriment leurs marques à la politique française en ce début de Troisième République.

En novembre 1881, au cours d'une cérémonie au Trocadéro, à Paris, à la mémoire des « morts illustres de la Libre Pensée », elle s'engage plus résolument que jamais aux côtés de la franc-maçonnerie dans sa lutte contre la toute-puissance de l'Église romaine.

L'ennemi est clairement désigné : c'est le catholicisme, sa volonté d'obscurantisme et sa misogynie. L'adversaire, ce sont les prêtres qui propagent la foi chrétienne, en ce qu'elle suppose et impose la prééminence de l'homme sur la femme. Pour Maria Deraismes, c'est la hiérarchie de l'Église qui empêche ou retarde la reconnaissance des droits civils de la femme. Aussi affirme-t-elle : « La rupture de la femme avec le dogme est un acte de délivrance, une œuvre de libération, une déclaration d'indépendance… Qui nous a avilies, abaissées, si ce n'est la foi religieuse ? » Elle ajoute : « Nous répudions à la face de l'univers cette fable du péché originel, aussi absurde que monstrueuse. Il est temps que l'humanité soit libérée de cette malédiction légendaire, et qu'elle repousse comme une fable cette fatalité de malheur ! »

Maria Deraismes est désormais prête pour son initiation en franc-maçonnerie, d'autant plus qu'elle participe souvent à des « tenues blanches » au Grand Orient. Mais cette obédience n'est pas encore disposée à admettre les femmes en son sein : la franc-maçonnerie française se méfie des femmes.

Léon Richer, pourtant franc-maçon influent et féministe ardent, n'est pas parvenu, malgré ses efforts, à convaincre ses « frères », toutes obédiences confondues, de faire une place aux femmes dans leurs « temples ». Il semble qu'il soit seulement arrivé à faire voter par ses frères de la loge « Mars et les Arts », qu'il présidait, un vœu reconnaissant « le droit des femmes à l'initiation maçonnique ». Mais cette position est loin d'être majoritairement partagée au sein de la maçonnerie française.

Comme le rapporte Éliane Brault dans son ouvrage consacré à la maçonnerie : « Un frère trouvait que la maçonnerie mixte était "une maçonnerie de fantaisie", et ce "frère" ajoutait : "L'idée maçonnique est claire et nette, mais, pour la comprendre et l'expliquer avec sûreté, il faut des esprits sérieux et complets, opérant dans la plénitude de leurs droits d'homme et de citoyen." Un autre atelier, au cours d'une discussion, avait déclaré : "Chez l'homme, en général, le cerveau est plus développé que chez la femme ; chez celle-ci, c'est le cœur qui est plus développé." » Partout, la grande majorité des maçons affirment que la franc-maçonnerie est une affaire d'hommes. Ceux qui envisagent la possibilité d'une mixité ne sont pas légion.

Certes, en 1869, Frédéric Desmons a déposé auprès du « convent » du Grand Orient un vœu en faveur de l'admission des femmes, et des « frères » réitèrent régulièrement ce souhait, sans résultat. La loge parisienne « Le Travail » a cru pouvoir, le 11 mai 1881, demander au Conseil de l'Ordre du Grand Orient l'admission des femmes ; sa requête a été repoussée. Au cours de l'été 1881, du côté de la Grande Loge symbolique écossaise, la loge « La Justice » n° 3 a bien voté le principe de l'admissibilité des femmes, mais cette velléité n'a pas eu de suite.

Ainsi, le journal *La République maçonnique* publie le 23 octobre 1881, à la une de son premier numéro, un article sans ambiguïté qui reflète l'état d'esprit des maçons vis-à-vis de la mixité des loges : « Non, la femme n'est pas égale à l'homme, non ; il n'y a égalité ni morale ni physique entre ces deux êtres... Peut-on dire que le Noir soit égal au Blanc ? (...) Bien entendu, nous ne sommes pas de ceux qui pensent que la femme est un être inférieur que la nature a fait pour l'esclavage ou le servage ; et il y a longtemps que l'humanité civilisée a rompu avec ces théologiens qui se demandaient sérieusement si la femme avait une âme... Ces deux êtres (...) ont chacun un rôle spécial et distinct. À l'homme, l'action extérieure, à lui les luttes de la vie et de la tribune, à lui le côté actif et brillant, et peut-être un peu superficiel. À la femme, l'action lente, douce et persévérante du foyer. À elle d'être le conseiller avant la bataille, la consolatrice après la défaite, la récompense après la victoire... Ce que nous voulons (...), c'est que chacun reste à la place que lui a assignée la force des choses. » Et l'article de conclure en refusant l'admission des femmes dans la maçonnerie : « La femme reste ce qu'elle est (...) : la mère, la nourrice, l'éducatrice de nos fils. »

D'autres arguments sont avancés, tout aussi contestables, pour refuser l'initiation des femmes. Certains « frères » expliquent que la maçonnerie requiert une discrétion dont les femmes ne seraient pas capables. Pour d'autres, introduire des femmes dans des « ateliers » serait risquer le désordre et la désunion : « La désagrégation sourde poursuivrait lentement mais sûrement son œuvre dissolvante, jusqu'au moment où le choc résultant du contact prolongé entre des éléments hétérogènes anéantirait les fruits de nos efforts vainement dépensés », peut-on lire sous la signature d'un maçon de la loge « Le Héros de l'Humanité ». Bref, tous les arguments, tous les préjugés sont mis en avant pour fermer les portes des « ateliers » aux femmes.

La loge du Pecq décide alors d'entrer en résistance. Avec la complicité active du docteur Georges Martin, Maria Deraismes est « initiée » le 14 janvier 1882 dans la loge des « libres penseurs » du Pecq, près de Saint-Germain-en-Laye, de l'obédience de la Grande Loge symbolique écossaise. La manœuvre n'a pas été facile, et le procès-verbal de cette séance du 14 janvier 1882 en porte les stigmates : « Si nous ne sommes point en communion d'idées avec tous les maçons, nous sommes au moins persuadés que beaucoup d'entre eux, remarquables par leur sagesse et leur talent, voient avec plaisir ce pas que fait aujourd'hui la loge du Pecq. »

Après son initiation au « grade » d'« apprentie », lors des « agapes » qui suivent, la « sœur » Maria Deraismes prononce un long discours consigné dans le procès-verbal de la séance. Elle déclare notamment : « La porte que vous m'avez ouverte ne se refermera pas sur moi, et toute une légion me suivra… Sans doute, vous êtes une minorité, mais une minorité glorieuse à laquelle sera bientôt forcée de se rallier la majorité des loges… Vous êtes aujourd'hui considérés comme des hérétiques parce que vous êtes des réformateurs. Mais, comme partout où la nécessité des réformes s'impose, vous ne tarderez pas à triompher… Depuis le commencement du monde, la femme est un être déclassé, c'est, permettez-moi le mot, une valeur méconnue. » Et de poursuivre : « La religion l'a déclarée coupable ; une fausse science a affirmé qu'elle est incapable. Entre les deux extrêmes (…), on a dit : la femme est un être de sentiment, l'homme est un être de raison. On a cru faire là une trouvaille. En raison de ce préjugé, on a conclu que la femme, être sensible, affectif, impressionnable, est inhabile à la direction des affaires et d'elle-même. Il appartient donc à l'homme de faire les lois, et à la femme de s'y soumettre. Certes, il n'est pas difficile de prouver que cette classification est absolument abstraite. Il n'est pas donné à l'homme de distribuer les rôles, parce qu'il n'a pas distribué les facultés. Il s'égare étrangement en tranchant en créateur… La nature a fait les races, les espèces, les sexes. Elle a fait les destinées. C'est donc elle qu'il faut observer, qu'il faut suivre… »

Cette « initiation » de Maria Deraismes provoque un profond séisme dans la franc-maçonnerie française. Sa loge est suspendue de la Grande Loge symbolique écossaise. Des tractations ont lieu avec les « frères » rebelles et, cinq mois plus tard, la loge du Pecq adresse à la Grande Loge symbolique écossaise la liste de ses membres, parmi lesquels le nom de Maria Deraismes n'apparaît pas. L'incident est clos ; la loge est réintégrée au sein de l'obédience de la Grande Loge symbolique.

Pendant plus de dix ans, de 1882 à 1893, Maria Deraismes est une maçonne sans loge. Elle ne se résigne pas à cette mise à l'écart. Avec Georges Martin, elle décide de créer une franc-maçonnerie mixte. Pour ce faire, elle réunit chez elle un certain nombre de femmes qui acceptent le principe de leur initiation. Elle dresse des procès-verbaux de ces rencontres qui se déroulent à partir du 14 mars 1893. Une nouvelle obédience autorisant la mixité voit ainsi le jour : la Grande Loge symbolique écossaise mixte de France « Le Droit humain ». Maria Deraismes en est la Vénérable. Elle « initie » seize de ses amies et leur confère les grades maçonniques.

Clémence Royer, philosophe, scientifique, romancière et traductrice en France de l'œuvre de Charles Darwin, en devient le 4 avril 1893 la Vénérable d'honneur, et Georges Martin l'orateur. Parmi ces « sœurs » figurent Marie Béquet, de Vienne, qui s'est signalée par son action sociale et a créé des centres d'accueil pour mères célibataires et une société d'allaitement maternel ; Louise Koppe, qui dirige une maison maternelle à Belleville ; Julie Pasquier, qui a cofondé l'Union des femmes socialistes, tandis que Marie Bonnevial, institutrice, active pendant la Commune et exilée après en Turquie, est militante de la Ligue des droits de la femme… Maria Pognon et Louisa Wiggishoff, vice-présidente de la Société pour l'amélioration du sort de la femme, absentes à la première réunion, recevront le grade d'« apprenties » par « communication, quand elles auront rempli les formalités préalables exigées, et elles prêteront ensuite le serment maçonnique ».

La Grande Loge symbolique écossaise mixte « Le Droit humain », qui deviendra l'Ordre maçonnique mixte international « Le Droit humain », cinquième obédience maçonnique française, est ainsi créée. L'article premier de ses statuts prévoit la mixité.

Lors de la troisième séance, le 1er avril 1893, Maria Deraismes, comme Vénérable fondatrice, prononce une allocution dont le thème est, indique le procès-verbal, « la visite de Balkis, reine de Saba, au roi Salomon au moment où il faisait construire par Hiram le Temple de Jéhova ». Ce récit la conduit à conclure « que l'heure est venue, pour la femme, de se grouper pour marcher à la conquête de droits égaux à ceux de l'homme ; que c'est principalement en vue de ce but à atteindre qu'elle fonde la Grande Loge symbolique écossaise "Le Droit humain", qui est ouverte à tous sans distinction de sexe, de religion, de race et de nationalité. L'émancipation de la femme aussi bien que celle de l'homme devra se faire dans l'univers entier… J'ai voulu faire profiter d'autres femmes de mes connaissances et les organiser pour la lutte pour la revendication de nos droits, sous la même forme que les hommes se sont organisés pour la revendication des leurs. Aidez-moi, mes sœurs, et nous réussirons ! »

*

Maria Deraismes a ainsi fait tomber une Bastille et porté un coup à la misogynie de la franc-maçonnerie française. Elle décède le 6 février 1894. Elle incarne parfaitement l'esprit républicain des premières années de la Troisième République, l'aspiration à la liberté, à la laïcité de l'État et de l'enseignement, la recherche de l'égalité des droits entre la femme et l'homme.

Bibliographie

De Maria Deraismes

Ce que veulent les femmes. Articles et discours, 1869-1894, Syros, 1968.

L'Ancien devant le Nouveau, 1869.

Ève dans l'humanité, Abeille et Castor, 1891.

Lettre au clergé français, E. Dentu, 1879.

Les Droits de l'enfant, E. Dentu, 1887.

Sur Maria Deraismes

Remy Boyau, *Histoire de la Fédération française de l'Ordre maçonnique mixte international*, Le Droit Humain, 1976.

Éliane Brault, *La Franc-maçonnerie et l'émancipation des femmes*, Dervy-livres, 1967.

Jean-Claude Caron, *Maria Deraismes, Ève dans l'humanité*, Revue d'histoire du XIXe siècle n° 37, 2008.

Gisèle et Yves Hivert-Messeca, *Comment la Franc-maçonnerie vint aux femmes*, Dervy, 1997.

Françoise Jupeau-Réquillard, *L'Initiation des femmes*, Éditions du Rocher, 2000.

Procès-verbal du 14 janvier 1882, *Loge du Pecq*, Grande Loge de France.

Procès-verbaux, 14 mars 1893, 24 mars 1893, 1er avril 1893, 4 avril 1893, Grande Loge de France.

Nous exprimons nos remerciements à François Rognon, archiviste-bibliothécaire à la Grande Loge de France, et à Irène Mainguy, bibliothécaire principale au Grand Orient de France, qui ont bien voulu nous aider dans nos recherches.

LOUISE MICHEL
(1830-1905)

Le drapeau noir des anarchistes

Louise Michel arbore pour la première fois un drapeau noir lors de la manifestation des « sans-travail », organisée sur l'esplanade des Invalides par le syndicat des menuisiers, le 9 mars 1883. Il a été rapidement confectionné à l'aide d'un chiffon accroché au manche d'un balai. Il était certes déjà apparu au début de 1831 lors d'une manifestation de terrassiers à Reims, et utilisé peu après, en novembre, par les « canuts » de Lyon pour clamer leur détresse face à la Garde nationale.

Brandi par Louise Michel, héroïne de la Commune de Paris, figure emblématique du mouvement ouvrier, déportée sept ans en Nouvelle-Calédonie, le drapeau noir revêt désormais une très forte signification politique. Il est le symbole du refus de tout compromis avec le pouvoir, de la lutte pour un changement radical de la société, de la « révolution sociale ». Il est la bannière de celles et ceux qui se réclament des théories anarchistes.

En 1840, le courant anarchiste qui s'est constitué au sein du mouvement ouvrier se range comme les autres sous la bannière rouge. Mais, très vite, des tensions apparaissent entre les anarchistes qui se réfèrent à Bakounine et les socialistes « autoritaires » qui se retrouvent dans les idées de Marx. Les premiers se démarquent de plus en plus ouvertement des seconds, et leur rupture est consommée en 1872, au congrès de l'Association internationale des travailleurs, la Première Internationale étant née à Londres en 1864.

*

Après la Commune, à laquelle elle a pris une part active, Louise Michel, à quarante et un ans, est condamnée le 16 décembre 1871 par le 6e conseil de guerre de Versailles à une peine de déportation à vie dans une enceinte fortifiée. Elle est reconnue « coupable d'avoir, dans un mouvement insurrectionnel, porté des armes apparentes, étant revêtue d'un uniforme militaire, et d'avoir fait usage de ces armes ».

Malgré les morts, les exécutions, les représailles, les 147 communards fusillés par les Versaillais le 28 mai 1871, l'échec de la Commune, la répression qui a suivi, Louise Michel devient une référence historique. Plus que la simple lutte du monde ouvrier contre le chômage et la misère, elle incarne le courage et l'espoir d'une société radicalement meilleure. Elle personnifie la révolution prolétarienne.

Victor Hugo lui rend hommage en décembre 1871 dans un long poème intitulé « Viro Major » :

Et ceux qui, comme moi, te savent incapable
De tout ce qui n'est pas héroïsme et vertu...
Ceux qui savent tes vers mystérieux et doux,
Tes jours, tes nuits, tes soins, tes pleurs donnés
à tous,

Ton oubli de toi-même à secourir les autres...
Ta bonté, ta fierté de femme populaire,
L'âpre attendrissement qui dort sous ta colère...
Qui savent que si on te disait : « D'ou viens-tu ? »
Tu répondrais : « Je viens de la nuit où l'on souffre... »

Lors de son procès, refusant d'être défendue par un avocat, elle demande aux juges du conseil de guerre d'être condamnée à mort : « J'appartiens tout entière à la révolution sociale et je déclare accepter la responsabilité de tous mes actes... Ce que je réclame de vous (...), c'est le camp de Satory où sont déjà tombés nos frères... Puisqu'il semble que tout cœur qui bat pour la liberté n'a droit qu'à un peu de plomb, j'en réclame ma part. Si vous me laissez vivre, je ne cesserai de crier vengeance... Si vous n'êtes pas des lâches, tuez-moi ! »

Elle écope d'une condamnation à la déportation à vie. Incarcérée pendant vingt mois à la centrale d'Auberive, en Haute-Marne, puis transférée à la prison de La Rochelle, elle quitte en août 1873 la France métropolitaine au départ de Rochefort, à bord de la frégate *La Virginie*, en compagnie du journaliste et polémiste politique Henri de Rochefort, et de Nathalie Lemel, également condamnée à la déportation pour sa participation à la Commune.

Militante anarchiste et féministe, spécialiste de l'agitation révolutionnaire, dirigeante de l'Union des femmes pour la défense de Paris, Nathalie Lemel a adhéré dès 1865 à l'Association internationale des travailleurs et a participé à de nombreux mouvements de grève dans le milieu des relieurs. Sous le Second Empire, elle n'a pas craint de s'élever contre l'ordre établi et, lors d'un conflit du travail, fait exceptionnel pour l'époque, elle a été élue déléguée syndicale.

Durant ces quatre mois de traversée, Louise Michel et Nathalie Lemel ont le temps d'évoquer leurs expériences, d'analyser les causes de l'échec de la Commune. Peut-être est-ce sous l'influence de Nathalie que Louise accoste alors sur les rives de l'anarchie ?

« Eh bien ! À force de comparer les choses, les événements, les hommes, ayant vu à l'œuvre nos amis de la Commune (…), j'en vins rapidement à être convaincue (…) qu'il est impossible que jamais la liberté s'allie à un pouvoir quelconque », écrira-t-elle plus tard en évoquant cette période de sa vie et ses conversations à bord de *La Virginie* avec Nathalie Lemel. Dans ce même article publié dans le journal de Sébastien Faure, *Le Libertaire*, en date du 17 janvier 1896, elle ajoute : « Je suis donc anarchiste parce que l'anarchie seule fera le bonheur de l'humanité, et parce que l'idée la plus haute qui puisse être saisie par l'intelligence humaine est l'anarchie, en attendant qu'un summum soit à l'horizon. » Elle se persuade que l'anarchie « seule peut rendre l'homme conscient, puisqu'elle seule le fera libre », écrit-elle encore dans ses Mémoires.

*

Ayant bénéficié de la loi d'amnistie du 11 juillet 1880, Louise Michel rejoint le port de Dieppe le 9 novembre 1880. Des milliers de personnes l'y attendent. En gare de Saint-Lazare où elle arrive ensuite, une foule considérable l'accueille avec chaleur, dont Rochefort, déjà revenu de Nouvelle-Calédonie, Louis

Blanc et Clemenceau. Elle apparaît comme l'incarnation de la révolution espérée.

Cette ferveur qui l'entoure préoccupe le préfet de police, qui comprend difficilement l'élan d'enthousiasme dont elle est l'objet. Avec inquiétude, il constate que, malgré dix ans d'emprisonnement et de déportation, Louise Michel n'a toujours pas renoncé à défendre ses idées subversives.

Désormais, elle se veut une militante de la cause libertaire, compose des poèmes, écrit des romans populaires et participe à de très nombreuses tournées en province.

Elle fait sa rentrée politique le 21 novembre 1880 à la salle de l'Élysée-Montmartre, lors d'une réunion organisée en son honneur par le Cercle d'études sociales du XVIIIe arrondissement, devant une foule enthousiaste. Des drapeaux rouges, deux bannières noires avec l'inscription de la date de 1871 pour rappeler la Commune, ornent l'estrade à côté d'un buste de la République coiffée d'un foulard rouge.

La presse au grand complet suit l'événement ; selon elle, de 2 000 à 4 000 personnes s'entassent pour écouter leur héroïne – la « Vierge noire », comme certains la surnomment déjà.

Elle est accueillie par Charles-Ferdinand Gambon, bien connu des militants socialistes révolutionnaires. Il avait été condamné en 1848 à dix ans de déportation à Belle-Île. Après la Commune, il avait écopé de vingt ans de travaux forcés, avant d'être condamné à mort. Il a échappé à sa peine en se réfugiant à l'étranger. Revenu à la faveur de la loi d'amnistie, devant cet auditoire excité et impatient, il compare Louise Michel à Jeanne d'Arc.

Louise pénètre dans la salle sous une fantastique

ovation. Toute de noir vêtue, une fleur rouge à son chapeau, elle s'écrie avec force : « Salut aux morts et aux survivants ! Salut à la Commune ! Salut à la révolution sociale ! » rapporte le journaliste du *Français*. Elle menace : « Nous revenons. Nous marchons seuls en avant, car nous savons celui que nous voulons frapper, et ce ne sera pas vengeance, mais justice… » Les journaux *Le Citoyen* et *La Marseillaise* relèvent sa détermination lorsqu'elle proclame : « Nous ne reculerons devant aucun devoir, quel que soit l'homme à atteindre… Nous le combattrons (…) s'il est contre la revendication sociale. » Elle ajoute : « Et quand viendra l'heure, je vous demanderai de frapper la première ! »

Grâce à ses « mouchards » qui suivent attentivement les déplacements et notent scrupuleusement les propos de Louise Michel, le préfet de police ne cesse d'alerter le gouvernement de la menace qu'elle représente pour l'ordre établi. Il perçoit combien ses cris de colère, de revanche et d'espoir impressionnent, émanant d'une femme admirée pour son refus de toute soumission, de tout compromis avec le pouvoir, et combien ils peuvent renforcer une contestation ouvrière latente, mais déjà perceptible.

Véritable icône invitée à tous les rassemblements ouvriers, Louise Michel prêche en « grande prêtresse » les évangiles de la révolution sociale. À chaque fois, elle soulève l'enthousiasme, déchaîne les passions. La voici à une réunion organisée par l'Union des femmes socialistes dans le quartier Saint-Antoine. Elle les incite à rejoindre le mouvement de la révolution, mais ne mêle pas sa voix à celles qui réclament le droit de vote pour les femmes. Elle refuse l'égalité civique et s'oppose à toute participation des femmes au pouvoir.

En revanche, elle revendique pour les femmes l'égalité avec les hommes, un même enseignement, la parité des salaires, la reconnaissance « d'un mariage libre où l'homme ne sera plus le propriétaire de la femme ».

Elle est aux côtés du communiste Auguste Blanqui, rue d'Arras, dans le Ve arrondissement. L'« Enfermé », comme on le surnomme pour avoir passé trente-trois ans en prison, lui rend un vibrant hommage. « Le nom de Louise Michel retentit dans l'Europe entière... », s'écrie-t-il.

La voici de nouveau en compagnie de Blanqui qui, au seuil de la mort, s'en prend au drapeau tricolore, celui de Sedan, de la défaite, de l'humiliation, de la République bourgeoise.

Le 18 mars 1881, elle écrit dans *La Révolution sociale* : « L'anarchisme est un système politique d'après lequel la société pourrait se gouverner sans gouvernement établi... »

Lors du premier anniversaire, le 8 janvier 1882, du décès de Blanqui, Louise est à nouveau interpellée, près du cimetière du Père-Lachaise, pour « outrages à agent de la force publique », et condamnée à quinze jours de prison. À sa sortie, bien loin de se calmer et de modérer ses propos, elle réitère ses appels à la révolution sociale.

Tant à Paris qu'en province, avec toujours le même enthousiasme et un égal succès, elle mobilise, fédère les opposants, attise l'ardeur et la foi des révolutionnaires. « J'arborerai le drapeau noir, portant le deuil de nos morts et de nos illusions ! » s'écrie-t-elle, le 18 mars 1882, au cours d'une réunion à Paris, salle Favié.

Le 9 mars 1883, Louise Michel soutient les revendications des menuisiers. Elle arbore alors au bout d'un bâton un chiffon noir. La manifestation dégénère : plusieurs manifestants profitent des boulangeries ouvertes pour dérober les miches de pain et les distribuer autour d'eux ; d'autres veulent se diriger vers l'Élysée, mais ils sont arrêtés par d'importantes forces de police sous la direction du nouveau préfet. Des heurts ont lieu avenue de Marigny. Le pouvoir a peur.

Appréhendée, placée en détention à la prison de femmes de Saint-Lazare, Louise Michel comparaît peu après, le 22 mars, devant la cour d'assises de la Seine. Au représentant du ministère public qui soutient l'accusation, elle réplique vivement : « Ah ! certes, monsieur l'Avocat général, vous trouvez étrange qu'une femme ose prendre la défense du drapeau noir. Pourquoi avons-nous abrité la manifestation sous le drapeau noir ? Parce que ce drapeau est le drapeau des grèves, et qu'il indique que l'ouvrier n'a pas de pain. Si notre manifestation n'avait pas dû être pacifique, nous aurions pris le drapeau rouge ; il est maintenant cloué au Père-Lachaise au-dessus de la tombe de nos morts… Le peuple meurt de faim et il n'a pas même le droit de dire qu'il meurt de faim. Eh bien, moi, j'ai pris le drapeau noir et j'ai été dire que le peuple était sans travail et sans pain ! »

La cour d'assises la condamne à six ans de réclusion criminelle, peine particulièrement lourde pour celle qui n'est pas l'auteur du vol des miches de pain. Considérée comme la meneuse de la manifestation, elle est jugée responsable de tous les désordres. Cette sentence politique est l'expression de la volonté, exprimée par l'avocat général, de mettre Louise Michel hors d'état de nuire et de dissuader ceux ou celles qui voudraient suivre son exemple. Elle est à la mesure des craintes que Louise inspire au pouvoir.

Emprisonnée à la centrale de Clermont, puis à nouveau à Saint-Lazare, Louise Michel en profite pour rédiger ses Mémoires, étudier l'anglais et apprendre le russe.

Paul Lafargue, gendre de Karl Marx, ayant eu le droit de s'entretenir avec elle au parloir de la prison, rapporte ses propos dans *Le Socialiste* du 26 septembre 1885 : « Je suis plus libre que beaucoup de ceux qui se promènent à ciel découvert : ceux-là sont prisonniers par la pensée, enchaînés par leur propriété, par leurs intérêts d'argent, par leurs tristes nécessités de vie, absorbés au point de ne pouvoir vivre en êtres humains. »

Bravade ou propos sincères ? Comment démêler la vérité d'un personnage aussi complexe ?

Surprenante, cette personnalité qui écrit dans ses Mémoires : « Oui, barbare que je suis, j'aime l'odeur de la poudre, la mitraille dans l'air. » Et elle précise : « Dans l'idée, dans la mise en scène du danger, mes sens d'artiste sont pris et charmés. »

Cet aveu d'une mise en scène de son action, de son désir d'apparaître comme une martyre, ne laisse pas d'étonner. Déjà, peu après son arrestation en 1871, elle avait écrit à Thiers pour demander la peine capitale : « J'ai droit à la mort et viens la réclamer » – requête, on l'a noté, qu'elle a réitérée face à ses juges.

Pourquoi informa-t-elle les membres du conseil de guerre de son projet d'aller à Versailles assassiner Thiers, puisque l'accusation, faute d'en avoir été informée, ne pouvait lui en faire reproche ?

Cherchait-elle, espérait-elle une fin héroïque ? Pour

elle, peut-être, une authentique révolutionnaire, une véritable anarchiste se devait fatalement de mourir sur l'échafaud, sous les balles d'un peloton d'exécution, ou, tel Victor Baudin en 1849, sur une barricade, un drapeau à la main.

*

En janvier 1886, Jules Grévy signe sa grâce ; Louise Michel la refuse ; on doit la sortir de prison.

Elle reprend alors son action militante avec la même ferveur, dénonce la politique d'expansion coloniale de Jules Ferry, sillonne la France pour exposer ses idées, développer sa propagande. Elle répète maintenant comme une litanie que « la révolution sera internationale ou ne sera pas », et s'approprie l'idée, déjà exprimée avant elle, que c'est la société qui pourrit l'homme. « Je veux donc, en supprimant les castes, en détruisant le capital, en établissant l'égalité de tous, arriver à ce que chacun, travaillant selon ses forces, jouisse de tout selon ses besoins. »

Tout ne se passe pas toujours calmement. Parfois, le public s'échauffe aux propos de Louise Michel, et blanquistes, anarchistes, collectivistes s'invectivent. Il arrive même qu'elle soit contestée, injuriée, prise à partie. Le 22 janvier 1888, au Havre, un certain Pierre Lucas la blesse à la tête d'un coup de revolver. Mais, telle une missionnaire enragée, moins de deux mois après cet attentat, elle réapparaît lors d'une réunion à Belleville, continue à prôner la grève, la révolution sociale, à condamner la politique du gouvernement quel qu'il soit, à tout critiquer, y compris même l'alliance franco-russe.

En mars 1890, lors d'une réunion salle des Capucines, à Paris, elle prêche le refus par les contribuables de payer l'impôt, suggère que les mères envoient leurs fils à l'étranger pour qu'ils échappent à la conscription.

Peu après, elle publie une brochure intitulée *Prise de possession*, qui débute par une citation de Blanqui : « L'anarchie, c'est l'avenir de l'humanité. » Louise Michel y précise le sens qu'il convient de donner au titre de son texte, plus exact selon elle que celui d'*expropriation*, qui « impliquerait une exclusion des uns ou des autres, ce qui ne peut exister : le monde entier est à tous, chacun prendra ce qu'il lui faut ». Dans cette publication de combat, elle dénonce le caractère oppresseur de tout gouvernement : « Il n'existe aucune différence entre un empire et tout gouvernement régi par les mêmes moyens, si ce n'est le titre et la quantité des souverains. Notre république a des rois par milliers. » Elle fustige les mirages du suffrage universel, s'en prend aux « Bastilles capitalistes »… Reprenant ses refrains habituels, elle prône la révolte totale, la grève générale, l'anarchie : « Coule, coule, sang rouge du captif, la terre fleurira, rouge comme les verveines, et le captif sera vengé ! » Elle voit poindre et monter le communisme à l'horizon.

À l'approche de la fête du Travail, le 1er mai 1890, Louise Michel multiplie les déplacements : Reims, Lyon, Saint-Étienne, Firminy, Saint-Chamond… Elle entend, par ses discours, faire se lever un souffle d'espérance et favoriser l'éclosion de l'ère nouvelle : « Rien ne peut l'empêcher que la mort. Seul un cataclysme universel empêcherait l'éocène qui se prépare ! » Elle lance même des appels à la violence : « La manifestation du 1er mai doit revêtir un caractère révolutionnaire, annoncer la révolution sociale. » Faisant allusion à ce qui s'est déroulé quatre ans plus tôt à Chicago à l'occasion d'un 1er mai qui a donné lieu à des heurts violents entre manifestants et police, elle déclare à Vienne : « Nos amis de Chicago sont morts pour une idée, pour l'idée révolutionnaire. C'est le sort que je souhaite pour moi ! »

À Londres, où elle vit de juillet 1890 à novembre 1895 avec la militante libertaire Charlotte Vauvelle, sa compagne depuis plusieurs années, elle participe à des meetings organisés par des anarchistes, et y remporte un succès d'estime.

Revenue en France, elle reprend ses tournées en province avec toujours la même fièvre contestataire. Elle blâme le militarisme, la peine de mort, affirme son opposition à la religion, fait le procès de l'Église catholique, des congrégations religieuses, des prêtres, naturellement de l'armée, condamne le capitalisme, se dit favorable à l'union libre, s'enthousiasme pour ce qui se passe en Russie…

Multipliant tournées en province à la rencontre des militants ouvriers et paysans, discours, réunions et conférences, c'est vraisemblablement le 13 septembre 1904 qu'elle trouve encore la force d'intégrer la franc-maçonnerie. Elle est initiée au sein de la loge « La Philosophie sociale », en même temps que son amie Charlotte Vauvelle. Elle traite le lendemain, devant ses « frères et sœurs » de la loge « Diderot », du thème « La femme et la franc-maçonnerie ». Ses propos sont rapportés par le *Bulletin* de la Grande Loge. La femme, dit-elle, doit être « elle-même l'artisane de son émancipation », refuser « de demeurer l'être inférieur que la vieille société a prétendu faire d'elle à perpétuité ».

Toujours aussi combative, elle ajoute : « Le pouvoir abêtit les hommes ; aussi devons-nous non point le conquérir et nous l'arracher entre hommes et femmes, mais l'éliminer de la société en faisant de celle-ci une grande famille libre, égalitaire et fraternelle, selon la belle devise maçonnique. » Sur la Commune, elle livre un jugement sévère : « Les hommes de la Commune étaient individuellement énergiques, d'une grande valeur. Membres de la Commune, ils ne furent pas à la hauteur de leur tâche. » Au soir de sa vie, Louise Michel fixe enfin devant ses frères et sœurs maçons les lignes de l'action militante : « Ce n'est pas le gouvernement qui possède la grande force, c'est le reflux des revendications ouvrières qui pousse le pouvoir dans le dos et le force à exécuter quelques réformes indispensables. Il faut donc que notre action active celle des pouvoirs. »

Surprenante, à soixante-quatorze ans, cette initiation à la maçonnerie chez une femme qui a toujours voulu être libre. Peut-être souhaitait-elle ainsi marquer sa reconnaissance et rendre hommage à son amie Maria Deraismes, qui avait ouvert les portes des temples maçonniques aux femmes et venait de décéder ?

Le 9 janvier 1905, lors d'une tournée de propagande à Marseille, le destin de Louise Michel s'arrête dans une chambre de l'hôtel de l'Oasis. Elle est inhumée au cimetière de Levallois-Perret.

*

Née le 29 mai 1830, Louise Michel serait la fille de Laurent Demahis, fils d'Étienne-Charles Demahis, châtelain et maire de Vroncourt, en Haute-Marne, et de la servante de ses parents. La rumeur répandue à l'époque aux alentours du château attribuait en revanche à Étienne-Charles Demahis la paternité de Louise. Fille naturelle ou illégitime, elle est déclarée de père inconnu.

« Je suis ce qu'on appelle une bâtarde, mais ceux qui m'ont fait le mauvais présent de la vie étaient libres. Ils s'aimaient... », écrit-elle dans ses Mémoires. Il est probable que ce départ dans la vie a imprimé sa personnalité.

Son père est issu d'une lignée de hobereaux de province anoblis au XVIIe siècle. Au moment de la Révolution, par prudence, les de Mahis ont ressoudé la particule à leur nom. Par sa mère, Louise appartient à une petite famille paysanne.

Les Demahis s'occupent avec tendresse de l'éducation de l'enfant, tout en conservant à leur service sa mère, Marianne Michel.

Le rêve de jeunesse de Louise est d'écrire des poèmes, ce qu'elle fit tout au long de son existence, comme Victor Hugo qu'elle vénéra. Après avoir lu *Les Misérables*, elle lui adressera ces vers :

Et moi, le cœur ému, n'osant plus avancer,
Sur la page, de loin, je lus : Les Misérables *;*
On eût dit voir dans l'air quelque chose passer.
C'était une blancheur d'aurore et de lumière
Et l'âme, comprenant cette langue sans mots,
Montait et descendait comme montent les flots
Où l'esprit voit l'esprit ; un parfum de prière,
Je ne sais quelle paix à la terre inconnue
Régnait ; tout disparut un instant à mes yeux.
Au loin je vis Patmos entre l'ombre et la nue,
Et l'apôtre debout, l'œil fixé sur les cieux.

Louise Michel fut certainement plus douée pour l'enseignement que pour la poésie…

Ayant obtenu son brevet de « sous-maîtresse », c'est-à-dire d'institutrice, pour éviter de prêter serment à l'Empire, elle ouvre en 1853 une école libre à Audeloncourt, et plus tard à Millières. « À ma classe (…) on chantait *La Marseillaise* avant l'étude du matin et après l'étude du soir », précise-t-elle.

Le peu d'empressement qu'elle met à inciter ses élèves à se rendre à l'église, comme l'y invite la circulaire ministérielle de 1849, aurait rapidement dressé contre elle les « amis de l'ordre » : ils « me disaient rouge, c'est-à-dire républicaine ». Elle aurait fait l'objet de plusieurs dénonciations auprès du recteur qui, semble-t-il, y aurait été sensible.

Ces affirmations de Louise Michel relevées dans ses Mémoires sont plausibles, mais elles ont été écrites bien plus tard. Il est donc légitime de se demander si elle n'a pas voulu les exagérer *a posteriori* pour travestir un brin son itinéraire afin de montrer qu'elle avait toujours été une révolutionnaire.

Ainsi, elle prétend qu'elle dissuadait ses élèves de fréquenter l'église, et surtout de prier pour l'empereur. C'est peut-être exact. Il est probable qu'elle avait pris ses distances avec la religion. Elle était sans doute déjà athée et ne vouait pas grande estime à Napoléon III, mais elle n'était certainement pas encore aussi furieusement anticléricale et antireligieuse qu'elle le fut au moment de la Commune. En effet, pourquoi ne mentionne-t-elle pas dans ses Mémoires qu'elle a eu recours au curé d'Audeloncourt, le 4 novembre 1854, pour qu'il appuie sa nouvelle nomination à Millières ?

Après avoir dépouillé les archives de la Haute-Marne, l'une de ses meilleures biographes, Édith Thomas, note que le curé Renaut a indiqué dans un document : « Mademoiselle Louise Michel, institutrice laïque, s'est toujours bien conduite depuis qu'elle reste à Audeloncourt. » Il n'a donc pas été informé des consignes que Louise aurait données à ses élèves ! Si elle avait été aussi manifestement antireligieuse qu'elle veut bien le dire, le curé l'aurait certainement su et ne l'aurait à l'évidence pas parrainée…

Elle quitte la Haute-Marne pour Paris vers 1856 et trouve une place de sous-maîtresse dans une pension du Xe arrondissement, rue du Château-d'Eau. Elle acquiert grâce à sa mère un internat, d'abord 5, rue des Cloÿs, puis, en 1868, 24, rue Oudot, dans le XVIIIe arrondissement. Elle y enseigne avec passion, tout en écrivant des poèmes qu'elle adresse à Hugo.

Derrière l'institutrice pointe la militante. Pour préparer les épreuves du baccalauréat, Louise Michel suit les cours d'instruction populaire de la rue Hautefeuille, dirigés par les républicains Jules Favre et Eugène Pelletan.

À la Société pour l'instruction élémentaire, elle fait la connaissance de Maria Deraismes, partage son combat pour l'égalité des sexes. Elle rencontre Mme Jules Simon, mais également la républicaine, socialiste et féministe Victoire Léodile Béra, *alias* André Léo. Elle côtoie Jenny d'Héricourt, en réalité Jeanne-Marie Poinsard, institutrice, adepte des théories collectiviste de Cabet, qui, en 1848, a été l'une des fondatrices de la Société pour l'émancipation des femmes.

Elle approche Jules Vallès – qui sera en janvier 1871 l'un des auteurs de l'« Affiche rouge » apposée sur les murs de Paris : « Place au peuple, place à la Commune…

La Sociale arrive !… » –, le révolutionnaire et blanquiste Théophile Ferré, dont elle tombe amoureuse et qui sera fusillé après la Commune malgré les démarches qu'elle a tentées pour le sauver. Toutes ces rencontres renforcent ses convictions républicaines, développent sa capacité d'indignation et son sens de la contestation.

Avec la guerre contre la Prusse, l'agitation des blanquistes, l'appel à la fraternisation internationale des ouvriers, les trahisons, la défaite et la chute de l'Empire, la militante évince l'institutrice. La républicaine s'affirme avec ferveur et enthousiasme :

Amis, l'on a la République,
Le sombre passé va finir !
Debout, tous, c'est l'heure héroïque,
Fort est celui qui va mourir !

Mais à l'euphorie suscitée par la chute de l'Empire et le rétablissement de la République succède le temps de la déception. Face à l'attitude du gouvernement provisoire, à son inertie devant l'envahisseur dont l'armée se rapproche de Paris, Louise Michel la républicaine devient révolutionnaire.

Le refus de l'armistice et de la capitulation engendre une réaction populaire et la propulse sur le devant de la scène. Appréciée dans le XVIIIe arrondissement, elle est élue présidente du Comité de vigilance. Dans son école, elle organise une cantine pour nourrir les enfants pendant le siège de la Commune.

Les atrocités qu'entraînent toute guerre civile et toute répression font d'elle une révoltée. Elle appelle les citoyennes montmartroises à prendre les armes. Ambulancière et soldat, infirmière et combattante, elle se retrouve sur de nombreuses barricades. Son énergie à combattre, à faire feu si nécessaire, son mépris du danger sont remarqués, reconnus, admirés.

Louise Michel a choisi son engagement idéologique : la République, sa voie pour y parvenir : la révolution, son mode d'action : le refus de tout compromis.

La légende Louise Michel est en marche.

*

Louise Michel reste une source d'inspiration et de fierté pour l'extrême gauche. Pour les militants anarchistes, le drapeau noir doit continuer de flotter dans les manifestations et les cortèges politiques, sur les usines occupées ; il doit être le signe du refus de toute entente avec le pouvoir, le cri de la révolte, l'emblème de la grande marche vers la révolution sociale. Pour eux, Louise Michel est le symbole de la résistance indomptable ; elle est la vraie rebelle, la révolutionnaire authentique.

Elle dont Victor Hugo disait qu'elle était « plus grande qu'un homme », demeure la propagandiste et la militante anarchiste la plus charismatique.

Louise Michel ne fait plus peur. La promotion 1984 de l'École nationale d'administration a pu porter son nom sans déclencher une polémique sérieuse. Plus de cent-soixante huit écoles, collèges ou lycées de l'enseignement public arborent son nom. Il est difficile de recenser toutes les rues, avenues, boulevards ou places Louise-Michel. Une station du métro parisien a reçu son nom en 1937.

Des politiques se parent de son parrainage pour justifier leur engagement militant, éclairer d'une émotion particulière leur combat, peut-être même conférer un sens à leur quête permanente de l'inaccessible.

Bibliographie

De Louise Michel

Mémoires. La mémoire du peuple, 1886.

Sur Louise Michel

Actes du colloque Louise Michel, Centre d'études féminines de l'Université de Provence, Marseille, 11-12 juin 1980, Université de Provence, 1982, Aix-en-Provence.

Pensée et action : Louise Michel, Les Cahiers n° 9, janvier-mars 1959.

Irma Boyer, *Louise Michel*, André Delpeuch, 1927.

Bulletin trimestriel de la Grande Loge symbolique écossaise, 20 juillet 1904.

Robert Cassagnan, *Vive l'Anarchie !*, Éditions France-Empire, 1973.

Renée Desvoyons, *La Communarde Louise Michel*, L. Laub éditeur, Anvers.

E. Girault, *La Bonne Louise*, Bibliothèque des auteurs modernes, 1907.

Marcel Henriot, *Une Haut-marnaise à la mesure du monde moderne. Louise Michel*, 1972.

Paule Lejeune, *Louise Michel, l'indomptable*, Des femmes, 1968.

André Lorulot, *Louise Michel : la Vierge rouge*, Éditions de l'idée libre, 1930.

Françoise Moser, *Une héroïne, Louise Michel*, Jean Vigneau éditeur, 1947.

Fernand Planche, *La Vie ardente et intrépide de Louise Michel*, Paris, 1946.

Gérard Plon, *Les Grandes Révolutionnaires – socialistes, utopistes, anarchistes à la recherche du bonheur*, Martinsard, 1977.

Édith Thomas, *Louise Michel ou la Velléda de l'anarchie*, Gallimard, 1971.

Madeleine Brès

(1842-1921)

Première docteur en médecine

Blanche Edwards

(1858-1941)

et Augusta Klumpke

(1859-1927)

Premières externes et internes des hôpitaux

Fille d'un charron de Bouillargues, dans le Gard, Madeleine Gebelin a raconté dans *La Chronique médicale* du 1er avril 1895 comment sa vocation médicale était née : « J'avais à peine huit ans quand mon père, qui était charron de son état – il n'y a pas de sot métier –, me conduisit chez les sœurs où il exécutait des travaux. Ma curiosité naturelle, mon esprit d'observation, devrais-je plutôt dire, qui se manifestait dès cette époque, me portant à examiner tout ce qui se faisait autour de moi, je considérai avec attention les religieuses confectionnant les tisanes et préparant les potions. Il me vint à mon tour l'idée de les imiter, et voici ce que, dans ma naïveté d'enfant, j'imaginai : je me mis à disposer des chaises en cercle – ces chaises, dans mon idée, figuraient des malades. Alors je les interpellai, conversant avec elles, m'inquiétant de leur santé comme si j'avais affaire à des êtres animés. Poussant la comparaison jusqu'au bout, j'allai même jusqu'à verser sur chacune d'elles une mixture que je préparais, retenez bien la recette, avec des pelures d'oranges et de la réglisse noire ! Pour tout dire, j'avais un tel goût pour tout ce qui touchait la médecine qu'un ami de ma famille, le docteur Pleindoux, me voyant si zélée, si secourable, me disait souvent : “Quelle infirmière tu ferais, mon enfant !”, et il ajouterait plus tard : “Quel dommage que tu ne puisses pas te faire médecin !” Au fait, me disais-je, pourquoi ne deviendrais-je pas médecin ? C’est l’idée qui, depuis longtemps, me hantait et qui prit à la fin consistance. »

Ainsi, très tôt, la jeune Madeleine pénètre l’univers de la médecine, découvre l’étrange atmosphère de l’hôpital – celui de Nîmes –, la maladie, la souffrance et l’admirable dévouement des religieuses et infirmières. Les hôpitaux ressemblaient alors souvent à des hospices, voire à des mouroirs, où s’entassaient malades et indigents. Ce n’est qu’en 1899 qu’un décret insista sur la nécessité de distinguer l’hospice de l’hôpital. Les chambres individuelles ou ne regroupant que quelques malades n’existaient pas, ou rarement. Les malades étaient alignés dans de grandes salles communes, privés de toute intimité même dans la souffrance et la mort. Dans les services des hôpitaux recevant des enfants, et surtout des nouveau-nés, la situation n’était guère meilleure, comme en témoigne la mortalité infantile qui y sévissait.

Ce triste et pénible spectacle qu’elle découvre ne dissuade pas Madeleine de donner suite à la vocation médicale arrimée en elle.

Elle a douze ans quand la famille Gebelin part pour Paris. Elle n’a que quinze ans et un mois lorsqu’elle est mariée à Adrien-Stéphane Brès, conducteur d’omnibus.

C’est en 1866 qu’elle entame les démarches pour obtenir l’autorisation de s’inscrire aux cours de la faculté de médecine de Paris. Le doyen, Charles-Adolphe Würtz, lui précise qu’il examinera sa candidature lorsqu’elle aura obtenu les baccalauréats de lettres et de sciences indispensables pour accéder à la faculté de médecine. Le prenant au mot et relevant le défi, elle lui répond sans la moindre hésitation : « Qu'à cela ne tienne, je les aurai ! » Madeleine Brès montre ainsi la force de son caractère et de sa détermination.

La voie du baccalauréat ayant été ouverte pour les femmes en 1861 grâce à Julie-Victoire Daubié, Madeleine Brès se met au travail avec d'autant plus d'ardeur qu'elle entend satisfaire ses ambitions. Après quatre années d'études studieuses et son succès aux baccalauréats de lettres et de sciences, elle se représente en 1868 devant le doyen de la faculté de médecine de Paris. Elle lui fait remarquer que rien ne s'oppose plus à son inscription aux cours, d'autant que trois étrangères – une Américaine, Mary Putman, une Russe, Catherine Gontcharoff, et une Anglaise, Elizabeth Garrett –, dont les diplômes nationaux ont été reconnus comme équivalant au baccalauréat français, ont obtenu le droit de suivre les cours de médecine à la faculté.

Manifestement, pour une Française, c'est plus délicat. Même s'il y est personnellement favorable, le doyen saisit cependant le ministre de l'Instruction publique de cette candidature. Il n'ose de lui-même admettre Madeleine en faculté de médecine.

Victor Duruy approuve lui aussi le souhait de Madeleine Brès, mais la question lui paraît trop délicate et nouvelle pour ne pas devoir l'évoquer en Conseil des ministres. L'ouverture aux femmes des facultés de médecine est loin de faire l'unanimité des universitaires, des médecins et, au sein même du gouvernement, des ministres.

Naturellement, par le passé, des femmes avaient déjà exprimé le vœu d'être médecins. Tout avait alors été organisé pour que cela reste au niveau des velléités. Reflétant le sentiment général de la communauté universitaire et médicale, le docteur Henri Montanier écrivait en 1868 dans la très sérieuse *Gazette des hôpitaux* : « Pour faire une femme médecin, il faut lui faire perdre la sensibilité, la timidité, la pudeur, l'endurcir par la vue des choses les plus horribles et les plus effrayantes. Lorsque la femme en serait arrivée là, je me le demande, que resterait-il de la femme ? Un être qui ne serait plus ni une jeune fille, ni une femme, ni une épouse, ni une mère. » Difficile d'être plus éloquent pour fermer, à l'aide d'arguments spécieux, les portes de la médecine aux femmes.

Finalement, c'est l'impératrice Eugénie qui, se référant à la loi du 19 ventôse de l'an XI proclamant la liberté du travail, obtient, après délibération du Conseil des ministres, et alors que la majorité d'entre eux y sont hostiles, que soit acceptée l'inscription de Madeleine Brès à la Faculté de médecine.

Madeleine Brès a alors vingt-six ans, elle est mère de trois enfants, et elle doit cependant obtenir l'accord, non plus cette fois des autorités gouvernementales et administratives, mais de son propre mari ! Cette formalité est indispensable. Le maire du Ve arrondissement de Paris reçoit ce consentement. Elle devient élève stagiaire en 1869 dans le service du professeur Broca à l'hôpital de la Pitié.

Avec la guerre et le départ pour le front de nombreux médecins des hôpitaux, elle est nommée, sur proposition de Broca, « interne provisoire » jusqu'en juillet 1871. « La plupart des internes avaient obtenu de faire du service dans les ambulances, où ils rencontraient des cas plus intéressants et où ils étaient mieux payés que dans les hôpitaux, auxquels ils ne cessaient d'ailleurs pas d'être officiellement attachés. Je devais donc faire les pansements de mes camarades, et même signer pour eux les jours qu'ils ne venaient pas, c'est-à-dire presque tous les jours », a raconté Madeleine Brès.

Le professeur Broca note qu'en qualité d'interne provisoire, « pendant les deux sièges de Paris et jusqu'au mois de juillet 1871, elle a fait son service avec une exactitude que n'a pas interrompue le bombardement de l'hôpital. Son service a toujours été très bien fait, et sa tenue irréprochable ».

Forte de cette expérience comme interne provisoire, Madeleine Brès entend poursuivre une carrière hospitalière et présenter les concours de l'externat, puis de l'internat. Malgré l'appui du professeur Broca, fondateur de l'anthropologie physique, chirurgien, anatomiste, neurologue, dont la renommée est considérable, le directeur des hôpitaux de l'Assistance publique lui refuse cette possibilité le 21 décembre 1871. Le Conseil de l'Assistance publique, indique-t-il, « a eu le regret de ne pouvoir autoriser l'innovation que votre admission aurait consacrée ». Il ajoute cependant : « S'il ne s'était agi que de vous personnellement, je crois pouvoir dire que l'autorisation demandée eut été probablement accordée », mais il s'agit d'une question de principe qui ne souffre, pour un responsable de l'Assistance publique, aucune exception.

Madeleine Brès n'insiste pas. Veuve, elle a la charge de trois enfants. Elle décide de devenir pédiatre et de s'installer en ville, puisque la voie de la médecine hospitalière lui est refusée. Elle sait que le milieu médical est particulièrement hostile à l'arrivée des femmes. En juin 1875, un article publié dans le journal de la médecine ose encore affirmer : « La femme ne peut prétendre à parcourir sérieusement la carrière médicale […] qu'à la condition de cesser d'être femme. De par les lois psychologiques, la femme médecin […] est un être douteux, hermaphrodite ou sans sexe, en tout cas un monstre. »

Elle prépare sa thèse dans le laboratoire du professeur Würtz et, le 3 juin 1875, la soutient sur le sujet « De la mamelle et de l'allaitement ». Elle obtient la mention « très bien » et devient la première Française docteur en médecine. Le sujet qu'elle traite n'est pas choisi au hasard mais est dû à sa conviction que l'alimentation du nourrisson est essentielle pour son développement futur. Madeleine Brès précise dans la préface de sa thèse : « Mon intention a toujours été de m'occuper d'une manière exclusive des femmes et des enfants. Je me suis attachée de préférence pendant toute la durée de mes études aux services des hôpitaux où je pouvais trouver l'enseignement dont j'avais besoin. C'est ainsi que j'ai été amenée à faire un long séjour dans les salles d'accouchement et à étudier la question de l'alimentation des enfants d'une façon toute particulière. »

*

Deux étudiantes en médecine, Augusta Klumpke et Blanche Edwards, vont marcher sur les pas de Madeleine Brès et tenter de se présenter à l'externat et à l'internat en médecine.

Originaire de San Francisco où elle est née le 15 octobre 1859, Augusta Klumpke, à la suite de la séparation de ses parents, vit avec sa mère depuis avril 1871 en Suisse, à Lausanne. À la fin de sa scolarité, elle apprend qu'en France Madeleine Brès vient de soutenir sa thèse de doctorat en médecine. Impressionnée par cet exemple, elle décide, en 1875, de s'installer à Paris pour y entamer des études médicales, qu'elle débute à la Faculté en 1877 après avoir fait valoir ses équivalences aux baccalauréats en lettres et en sciences.

Le professeur Vulpian, doyen de la faculté de médecine, la met cependant en garde contre ce qui l'attend. L'entretien a été rapporté par Mme Sorrel-Déjerine : « Mais, mademoiselle, vous êtes-vous rendu compte de l'aridité des études ? Connaissez-vous le milieu de la faculté de médecine ? Les allures indépendantes de cette jeunesse médicale, jalouse de ses libertés, ardente, turbulente, malaisée à conduire, difficile à régenter ? Je vous en parle en doyen ! Réparties en six années d'études, vous allez être onze femmes inscrites à la faculté. Ce sont pour la plupart des femmes de trente, trente-cinq, quarante ans, et vous êtes jeune… »

Cette mise en garde n'ayant eu aucun effet sur la jeune Augusta, le doyen lui indique qu'« une place lui est réservée dans l'hémicycle », mais lui recommande « d'attendre dans les vestiaires des professeurs. Soyez-y avant l'heure du cours, et suivez immédiatement le professeur sans jamais rentrer seule dans l'amphithéâtre… ». Il craint des manifestations déplacées de la part des étudiants à la vue d'une jeune femme s'installant dans l'amphithéâtre.

Fille d'un médecin anglais, Blanche Edwards, elle, est née à Milly le 24 novembre 1858. Élevée à Neuilly, bachelière en lettres et en sciences, elle s'inscrit à la faculté de médecine de Paris alors qu'elle n'a que vingt ans.

Augusta et Blanche se retrouvent sur les bancs de

la faculté et supportent ensemble les quolibets des étudiants à leur entrée dans l'amphithéâtre. Il leur faut une force de caractère à toute épreuve pour demeurer impassibles et ne pas riposter.

Cette hostilité doublée de sexisme n'est encore rien par rapport à ce qu'elles endureront pour obtenir simplement, en 1882, le droit de concourir à l'externat des hôpitaux de Paris.

« C'est en 1881 que je demandai mon inscription au concours de l'externat des hôpitaux de Paris, ce qui me fut refusé d'emblée, raconte Blanche Edwards-Pilliet. Rien ne motivait ce refus que… le libellé du concours : "tout étudiant". Pendant dix-huit mois, je me heurtai à tous les refus : administrateurs, du petit au grand, médecins des hôpitaux, internes étaient unanimes. Impossible de vous autoriser à concourir : l'externat donne accès au concours de l'internat et une femme ne peut pas être interne. »

À force de pressions, démarches, consultations de juristes, les femmes sont admises à prendre part au concours de l'externat, mais, précise l'arrêté préfectoral du 17 janvier 1882, à condition de « ne se prévaloir en aucun cas de leur titre d'élèves externes pour concourir à l'internat ».

Autorisées à présenter l'externat de médecine et reçues en octobre 1882, Augusta Klumpke et Blanche Edwards décident cependant de poursuivre leurs études, et de viser l'internat.

C'en est trop pour beaucoup de médecins hospitaliers et universitaires. Permettre aux femmes de présenter l'externat, soit, mais pas question de les autoriser à devenir internes des hôpitaux ! Sitôt connues leurs prétentions, Augusta et Blanche vont devoir braver l'opposition et parfois même subir l'agressivité de bon nombre de médecins hospitaliers. Plusieurs pétitions en leur défaveur sont signées et adressées à l'Assistance publique. Des internes rédigent une motion déniant aux femmes les qualités morales, physiques et professionnelles adaptées aux fonctions d'internes des hôpitaux.

La tension est extrême, en novembre 1884, lorsque médecins et chirurgiens des hôpitaux prennent connaissance de la volonté de Blanche Edwards et d'Augusta Klumpke de contester tout fondement juridique à l'arrêté de 1882.

« De 1883 à 1885, au milieu d'une hostilité qui nous fit successivement fermer les conférences de préparation, et nous poursuivit dans les services », elles ne renoncent pas. « À la Société des médecins des hôpitaux, relate encore Blanche, quatre seulement se prononcèrent pour l'admission des femmes. À la Société de chirurgie, seulement quatre chirurgiens déclarèrent qu'il était juste de les admettre… »

Même s'ils ne sont qu'une faible minorité parmi ceux qui s'expriment, des chefs de service, médecins et chirurgiens des hôpitaux osent aller à contre-courant de l'opinion de leurs confrères et afficher publiquement leur soutien à Augusta Klumpke et Blanche Edwards. Ainsi le professeur Charles Richet, rédacteur en chef de *La Revue scientifique*, qui n'est pas encore Prix Nobel, mais dont la renommée est déjà grande, leur apporte un appui remarqué. L'éminent professeur Charcot adopte une position plus ambiguë : il signe une pétition en faveur de l'ouverture aux femmes de l'internat, tout en pensant que leur « nature » leur rend difficile l'exercice de la médecine hospitalière.

Cela ne modère pas l'hostilité de l'Association des

anciens internes, particulièrement active pour empêcher l'admission des femmes dans le corps des médecins des hôpitaux. Elle inspire plusieurs articles humiliants envers les femmes, désobligeants vis-à-vis d'Augusta Klumpke et de Blanche Edwards. Faute d'arguments juridiques valables, ils n'hésitent pas à mettre en cause la « nature » des femmes.

Le Journal de Paris s'interroge ainsi en octobre 1884 sur les qualités requises, outre le savoir et les compétences, pour faire un bon interne : celui-ci doit être « en possession de soi-même », savoir prendre des initiatives, faire preuve de sang-froid, de jugement ; « or, ces qualités sont-elles au même degré l'apanage de la femme que de l'homme ? » La réponse est naturellement négative, d'autant que le journal pose la question : « Si mademoiselle se trouve sous l'influence lunaire, croyez-vous qu'elle sera dans une disposition morale et physique convenable pour être à la hauteur de la situation ? » D'autres opposants sont plus précis et se demandent si « une semaine par mois, durant leurs menstruations » où elles « sont contraintes de se ménager », les femmes pourront accomplir leurs fonctions d'internes. Et de s'interroger encore publiquement : « Quand elles seront enceintes, que se passera-t-il ? »

Tous arguments, parmi beaucoup d'autres, qui illustrent parfaitement le niveau de la campagne de presse orchestrée par les internes pour faire apparaître les femmes comme des êtres à part, incapables d'émettre un diagnostic, de soigner en urgence, ayant une « nature » incompatible avec l'exercice de la médecine. « La salle de garde d'un hôpital, si l'on y admet un interne féminin, sera transformée en arche de Noé », ose écrire *La France médicale*.

Les internes ou anciens internes admettent que les femmes puissent être infirmières, aides-soignantes, mais il n'est pas question de les tolérer comme internes, ni bien sûr comme chefs de service.

Ce médiocre débat permet aux féministes de faire entendre leurs voix et leurs revendications, d'autant plus qu'est perceptible l'embarras de l'administration. Elle hésite à heurter de front une large partie du milieu médical. L'occasion est néanmoins trop belle pour ne pas la saisir, et nombre de féministes publient des chroniques en faveur de l'accès des femmes aux concours, notamment en médecine.

La confusion est telle, et les réticences à l'ouverture de l'internat à Augusta Klumpke et à Blanche Edwards si vives, que le ministre de l'Instruction publique, Paul Bert, est contraint d'ordonner au préfet de la Seine, Eugène Poubelle, de prendre un nouvel arrêté et d'autoriser l'internat des hôpitaux aux femmes.

En dépit des avis contraires du doyen de la faculté de médecine, du Conseil de surveillance de l'Assistance publique et de l'Association des anciens internes, l'arrêté de 1882 est donc rapporté. Il est remplacé par celui du 31 juillet 1885 : « Les élèves externes femmes qui rempliront les conditions déterminées par le règlement sur le service de santé seront admises à prendre part au concours de l'internat. Les internes femmes seront soumises à toutes les règles de l'ordre intérieur et de discipline qui concernent les hommes. »

Le pouvoir politique a imposé sa décision sans calmer la grogne de ceux qui, au sein de la communauté des internes, continuent à manifester leur opposition à toute féminisation de la médecine, notamment hospitalière.

Augusta Klumpke et Blanche Edwards savent qu'elles

devront particulièrement bien se préparer à ce concours, et qu'elles ne devront attendre aucune bienveillance des membres du jury. Elles suivent à cette fin les conférences des docteurs Queyrat, Colleville et Legendre. Les épreuves sont fixées au 7 octobre 1885, mais reportées au 19 octobre au motif qu'il y aurait eu des « fuites »...

« Je fus brûlée en effigie au bal Bullier, le soir du concours de 1885, après une séance des plus orageuses où, sur la place de l'Hôtel-de-Ville, tous les jeunes gens appartenant à toutes les jeunesses, sauf peut-être à la jeunesse studieuse, vinrent manifester contre mon admission au concours », se souvient Blanche Edwards.

Augusta Klumpke obtient la meilleure note à l'écrit, mais échoue à l'oral : elle récolte l'hostilité manifeste de membres du jury. Blanche Edwards, elle, ne passe pas le stade de l'écrit.

Elles représentent l'épreuve l'année suivante. Augusta Klumpke obtient à nouveau la meilleure note à l'écrit. Elle est reçue, après l'oral, seizième sur cinquante-deux. Blanche Edwards est admise comme interne provisoire.

En 1886, Augusta Klumpke devient ainsi la première femme interne des hôpitaux. Elle s'oriente vers la neurologie et l'anatomo-pathologique aux côtés du docteur Jules Déjerine, qu'elle épousera en 1889. Cette même année, elle rédige une thèse de doctorat intitulée « Des polynévrites en général et des paralysies et atrophies saturnines en particulier. Étude clinique et anatomo-pathologique ». Son travail obtient la médaille d'argent de la Faculté de médecine et un prix de l'Académie des sciences.

Avec son mari, entre 1895 et 1901, elle publie un traité en deux volumes sur *L'Anatomie des centres nerveux*.

Augusta Klumpke et Blanche Edwards ont ainsi forcé les portes de l'internat. Blanche, atteinte par la limite d'âge de vingt-huit ans pour son dernier concours, demeurera interne provisoire. En 1889, elle soutient une thèse sur « L'hémiplégie dans quelques infections nerveuses ». Médecin généraliste, elle installe son cabinet à Paris, rue Saint-Honoré, où elle soigne surtout les femmes et les enfants. Elle épouse son confrère, le docteur Alexandre-Henri Pillet. Plus tard, elle militera à la Ligue pour le droit des femmes, dont elle sera la vice-présidente en 1906.

Après 1888 et l'admission de Nageotte Wilbouchewitch, les portes de l'internat se refermeront pendant douze ans, période durant laquelle aucune femme ne sera nommée interne. Ce n'est qu'à partir de 1901 que les nominations reprendront avec Marie Landry, Jeanne Debat-Ponsan, Marianne Giry, Mlle Francillon, Mme Mouroux, Reine Maugeret…

En 1911, Marie Landry devient la première femme chef de clinique dans le service du professeur Déjerine. Pendant la Première Guerre mondiale, Augusta Klumpke installe dans la clinique Charcot, à l'hôpital de la Salpêtrière, à Paris, un service consacré aux blessés militaires, alors que Jeanne Debat-Ponsan est déléguée à des fonctions de chef de clinique. En 1917, Augusta Klumpke met sur pied le service des grands infirmes à l'hôpital des Invalides.

*

Pendant ce temps, Madeleine Brès se consacre à la médecine des femmes et des enfants. Elle enseigne l'hygiène des enfants aux directrices des écoles maternelles de la Ville de Paris, dirige le journal *Hygiène de la femme et de l'enfant*. En 1891, l'administration la missionne pour qu'elle étudie en Suisse l'organisation et le fonctionnement des crèches et autres établissements destinés aux enfants du premier âge. Elle crée une crèche-garderie aux Batignolles, à Paris, rue Nollet, inaugurée le 28 mai 1893 par le docteur Théophile Roussel, président de la Société protectrice des enfants, membre de l'Académie de médecine et des sciences morales et politiques, sénateur, auteur d'une loi votée en 1873 sur la protection de l'enfance. Cet établissement fait également office d'école populaire d'hygiène.

Pour lutter contre l'effrayante mortalité infantile, Madeleine Brès a compris – peut-être la première – combien la médecine préventive est essentielle, et l'éducation de la mère indispensable. De même, elle a très vite perçu l'importance de la qualité de l'alimentation donnée au nourrisson, et établi les « variations » de la composition du lait.

Sa renommée grandit à Paris et de nombreuses mères de famille viennent la consulter rue Nollet. Pendant près de cinquante ans, elle exerce son métier avec compétence et dévouement. Elle est nommée membre du Conseil de surveillance des crèches de la Ville de Paris.

*

En forçant les portes de la médecine française, Madeleine Brès, Augusta Klumpke et Blanche Edwards ont donné une impulsion décisive à la cause des femmes. Elles ont ouvert une brèche dans une citadelle exclusivement masculine ; elles ont réveillé un monde replié sur sa morgue, son conservatisme, ses certitudes et ses privilèges.

Bibliographie

Madeleine Brès, *De la mamelle et l'allaitement*, thèse de médecine, Paris, 1875, *Chronique médicale*, 1er avril 1895.

André et Anna Cornet, « Une campagne de presse en faveur des candidatures féminines à l'internat des Hôpitaux de Paris en 1884 », *Histoire des sciences médicales*, t. XXIX, n° 2, 1995.

Josette Dall'Ava Santuci, *Des sorcières aux mandarines. Histoire des femmes médecins*, Calmann-Lévy, 1989.

Robert Debré, *L'Honneur de vivre*, Stock-Hermann, 1974.

Blanche Edwards-Pilliet, « Conférence », *La Française*, 31 mars 1913.

Blanche Edwards-Pilliet, *Les Femmes docteurs en médecine*, Cinquante ans de féminisme, Ligue française pour le droit des femmes, 1921.

Maurice Lacomme, « Premières femmes médecins », *Bulletin de l'Académie de médecine*, t. 159, n° 9.

Françoise Leguay et Claude Barbizet, *Blanche Edwards-Pilliet*, Éditions Cenomane, Le Mans, 1988.

M. Lipinska, *Histoire des femmes médecins*, Librairie G. Jacques & Cie, 1900.

Gustave-Antoine Richelot, *La Femme-médecin*, Dentu, 1875.

Caroline Schultze, *La Femme médecin au XIXe siècle*, Thèse, Paris, 1888.

André Sicard, « Madeleine Brès », *La Chronique médicale*, 1er avril 1895.

Y. Sorrel-Déjerine, « Madame Déjerine-Klumpke », *Presse médicale*, 14 novembre 1959.

Les Pionnières de la médecine féminine, Bull. Ass. Fr. Femmes médecins, 1966.

HUBERTINE AUCLERT
(1848-1914)

Suffragiste, gréviste de l'impôt,
militante de la séparation
entre féminisme et lutte des classes,
de la féminisation des mots,
de la condamnation du Code civil,
de la reconnaissance de Jeanne d'Arc
comme première féministe

« Je suis presque de naissance une révoltée contre l'écrasement féminin, tant la brutalité de l'homme envers la femme, dont mon enfance avait été épouvantée, m'a de bonne heure déterminée à revendiquer pour mon sexe l'indépendance et la considération. »

Cet aveu d'Hubertine Auclert explique combien le combat de sa vie fut celui de la cause des femmes.

Originaire de Saint-Priest-en-Murat, dans l'Allier, cinquième enfant d'une fratrie de sept, Hubertine est née le 10 avril 1848 dans une famille aisée. Son père, riche fermier, affiche des idées nettement républicaines. Avec l'avènement de la Seconde République, en 1848, il devient maire de la commune de Tilly. Après le coup d'État de Louis-Napoléon Bonaparte, en 1852, il est destitué, mais demeure un opposant résolu au Second Empire.

Placée dès neuf ans dans une pension catholique tenue par des religieuses, Hubertine y suit toute sa scolarité. Très croyante, elle envisage une destinée religieuse au sein de la congrégation des filles de la Charité (ou sœurs de Saint Vincent de Paul). Mais elle n'y est pas acceptée. Il semble que la réputation républicaine de son père ait effrayé les supérieures de cet ordre religieux respectueux du régime napoléonien…

En 1864, à seize ans, elle rejoint sa mère, installée chez son oncle après la mort de son mari trois ans plus tôt. Au décès de sa mère, en 1866, Hubertine est placée par son frère dans un couvent à Montluçon. Elle n'y trouve pas sa voie, et les religieuses, la jugeant beaucoup trop indépendante pour la vie monacale, la renvoient. Ce rejet, qu'elle ne comprend pas et estime injustifié, la meurtrit profondément et fait surgir en elle un ressentiment anticlérical.

Hubertine Auclert est désormais libre, et matériellement indépendante : elle a hérité de ses parents. Elle a besoin de se découvrir une ambition, de se mobiliser pour une cause. Elle choisit la foi républicaine et s'engage dans la conquête de la liberté pour les femmes.

Elle a vingt-deux ans, le 4 septembre 1870, lorsque, place de l'Hôtel-de-Ville à Paris, la République est proclamée. Dans de nombreuses communes de France, cet avènement est salué par les habitants avec espoir. La chute de Sedan puis, le 27 octobre, la capitulation et la trahison de Bazaine ont exacerbé le nationalisme des Français et le patriotisme d'Hubertine. C'est à la République de sauver l'honneur de la France ; c'est de la République, elle en est convaincue, que viendront la régénération de la société et la reconnaissance de l'égalité entre hommes et femmes.

*

Hébergée chez sa sœur à Paris, Hubertine Auclert rejoint la Société pour l'amélioration du sort des femmes et l'Association pour le droit des femmes, dont Victor

Hugo est le président d'honneur, Léon Richer et Maria Deraismes les clefs de voûte. Elle en deviendra la bibliothécaire. En attendant, elle intègre le monde de ceux – principalement des femmes – qui œuvrent pour la reconnaissance par la République de l'égalité juridique des deux sexes. D'ailleurs, elle le confessera plus tard, ce sont « les échos des discours prononcés aux banquets périodiques organisés par Léon Richer qui, presque à ma sortie du couvent, m'ont fait venir du Bourbonnais à Paris combattre pour la liberté de mon sexe ».

Le 9 juin 1872, au restaurant Corazza, au Palais-Royal, Hubertine Auclert participe au banquet voulu par Léon Richer et Maria Deraismes pour défendre la cause des femmes. Elle applaudit à la lecture de la lettre que Victor Hugo a adressée la veille à Léon Richer pour soutenir son action : « Dans la civilisation actuelle, il y a une esclave. La loi a des euphémismes ; ce que j'appelle une esclave, elle l'appelle une mineure. Cette mineure selon la loi, cette esclave selon la réalité, c'est la femme. L'homme a chargé inutilement les deux plateaux du Code, dont l'équilibre importe à la conscience humaine ; l'homme a fait verser tous les droits de son côté et tous les devoirs du côté de la femme. De là, un trouble profond. De là, la servitude de la femme. Dans notre législation telle qu'elle est, la femme ne possède pas, elle n'este pas en justice, elle ne vote pas, elle ne compte pas, elle n'est pas. Il y a des citoyens, il n'y a pas de citoyennes. C'est là un état violent ; il faut qu'il cesse… » Hubertine saisit dans ce propos le fil d'Ariane de son engagement. Mais elle se rend vite compte que, sur le droit au suffrage, cette prise de position de Hugo ne fera pas bouger les féministes.

Elle collabore au journal *Le Droit des femmes* de Léon Richer (qui deviendra en 1871, on l'a vu, *L'Avenir des femmes*) et fait partie de son « comité féministe ». Elle est d'ailleurs, semble-t-il, la première à utiliser le terme « féminisme ».

Elle privilégie rapidement sur tout autre combat l'obtention du droit au suffrage pour les femmes. La reconnaissance de leurs droits civiques est, pour elle, un préalable à l'amélioration de leurs droits civils. Elle est convaincue que l'évolution positive du statut de la femme implique d'abord que leur soit accordé le droit de vote à l'élection des députés.

Elle apparaît en France comme la première « suffragiste » et se démarque ainsi des positions de Léon Richer et de Maria Deraismes, qui n'osent s'engager sur ce terrain de lutte. Leur anticléricalisme leur fait craindre en effet que l'influence de l'Église catholique sur les femmes n'aboutisse à renforcer le parti des adversaires de la République. Pour eux et pour d'autres féministes, le moment n'est pas encore venu de revendiquer l'accès au suffrage pour les femmes. Ainsi Maria Deraismes entend-elle d'abord œuvrer à l'égalité juridique, prélude à l'égalité politique.

Ce n'est pas la position d'Hubertine Auclert qui, pour favoriser son action, crée en 1876 la Société du droit des femmes qui deviendra plus tard, en 1883, la Société du suffrage des femmes.

Elle lance ainsi au printemps 1877 un appel aux femmes de France : « Nous n'avons aucun droit. Si préoccupées que nous soyons du gouvernement de notre pays, nous sommes impitoyablement repoussées de toutes les Assemblées, tant électives que législatives. La République n'aurait cependant pas trop du concours de tous et de toutes. Nous comptons moins que rien dans l'État. L'homme qui joint le plus de sottise au plus d'ignorance compte plus, en France, que la femme la plus instruite ; il peut nommer ses législateurs, la femme ne le peut pas ; elle est un être à part qui naît avec beaucoup de devoirs et pas de droits… »

Elle dresse cet amer constat : « En présence de la loi pénale, la femme est cependant l'égale de l'homme. Quelle drôle d'anomalie ! La femme est incapable pour les actes de la vie sociale et politique, on l'assimile aux interdits et aux fous ; mais quand elle s'écarte de la loi, elle est tout aussi sévèrement punie que l'homme en pleine possession de ses capacités. Toute carrière libérale nous est fermée ; nous ne devons nous immiscer dans aucune administration financière ; mais le fisc nous trouve bonnes pour payer des impôts que notre sexe n'a pas été admis à discuter… Femmes de France, nous aussi nous avons des droits à revendiquer : il est temps de sortir de l'indifférence et de l'inertie pour réclamer contre les préjugés et les lois qui nous humilient. Unissons nos efforts, associons-nous ; l'exemple des prolétaires nous sollicite ; sachons nous émanciper comme eux ! »

Elle se tourne alors vers le mouvement socialiste et participe au troisième Congrès national ouvrier, qui se tient à Marseille à la fin d'octobre 1879. Elle y fait un long rapport où elle indique : « Une République qui maintiendra les femmes dans une condition d'infériorité ne pourra pas faire les hommes égaux », et avertit : « Avant que vous, hommes, vous ne conquériez le droit de vous élever jusqu'à vos maîtres, il vous est imposé le devoir d'élever vos esclaves, les femmes, jusqu'à vous… » Elle ajoute : « Si je posais cette question :

"Êtes-vous partisans de l'égalité humaine ?", tous me répondraient : "Oui", car ils entendent en grande majorité, par égalité humaine, l'égalité des hommes entre eux. Mais si je changeais de thème et vous disais : "Êtes-vous partisans de l'égalité de l'homme et de la femme ?", beaucoup me répondraient : "Non"... Si vous, prolétaires, vous voulez aussi conserver vos privilèges, les privilèges du sexe, je vous demande : quelle autorité avez-vous pour protester contre les privilèges de classe ? Que pouvez-vous répondre aux gouvernants qui vous dominent, vous exploitent, si vous êtes partisans de laisser subsister dans l'espèce humaine des catégories de supérieurs et d'inférieurs ? »

Hubertine crée, pour diffuser ses idées, le journal *La Citoyenne*. Son premier numéro date du 13 février 1881. Il cessera de paraître le 15 novembre 1891. Dans cette entreprise, elle est aidée par Léon Giraud et par Antonin Lévrier, qui deviendra son mari en 1887. Elle le suivra quelques années en Algérie, où il sera juge de paix dans l'Oranais.

*

Pour donner plus d'éclat à son militantisme, Hubertine tente de se faire inscrire sur les listes électorales. Elle invoque le respect de la loi du 5 mai 1848 qui précise que sont électeurs « les Français ». Elle considère que ce terme englobe aussi bien les hommes que les femmes.

L'administration n'accepte pas cette interprétation et s'oppose à son inscription. Elle entame alors une grève de l'impôt, requérant du préfet de la Seine, puisqu'on lui dénie le droit de vote, qu'il efface son nom du rôle des assujettis. Comment pourrait-elle être contribuable puisqu'on ne lui accorde pas le droit de désigner ceux qui décident de ses impôts ? demande-t-elle.

Naturellement, le préfet ne fait pas droit à sa requête et ne la raie pas du rôle des contributions directes. Elle-même refuse alors de s'incliner et saisit le Conseil de préfecture aux fins d'annulation de la décision. L'arrêté du préfet du 11 août 1880 est validé.

Hubertine Auclert ne s'avoue toujours pas vaincue et dépose un recours devant le Conseil d'État. Le 8 avril 1881, la haute juridiction administrative rejette sa requête. Les impôts étant exigibles, elle doit régler au fisc sa contribution mobilière et personnelle. Comme elle s'obstine dans son attitude, les huissiers déboulent à son domicile et y apposent les scellés. Hubertine finit par obtempérer.

Sa grève de l'impôt n'est pas passée inaperçue et lui confère une notoriété certaine. Les journalistes se passionnent pour cette femme « seule contre tous », pour reprendre le titre d'un article du *Petit Parisien* du 27 juillet 1880.

Forte de cette popularité, elle entame un cycle de conférences en France, publie des articles pour justifier son combat, n'hésitant pas, par des actions d'éclat, en s'invitant par exemple dans les mairies au moment des mariages, à interpeller élus et notables.

En 1885, elle refuse d'être inscrite sur la liste de la Fédération républicaine socialiste des candidats à la députation, mais dans son journal *La Citoyenne* elle publie « un programme électoral des femmes » dont le titre, hautement significatif, dénonce « l'esclavage de la femme [qui] entrave la liberté de l'homme ».

Dans *La Citoyenne* du 13 février 1887, après avoir passé en revue toutes les dispositions de notre législation

portant atteinte à l'égalité entre hommes et femmes, elle affirme : « Il ressort de toute évidence que le droit politique est, pour la femme, la clef de voûte qui lui donnera tous les autres droits. Quand les femmes pourront intervenir dans les affaires publiques, leur premier soin sera de réformer l'injuste législation ; leur premier acte sera d'user du droit qui leur sera donné de changer leur sort. »

*

Hubertine Auclert n'entend pas que son combat féministe soit écarté au profit de la lutte des classes. Elle considère même que la révolution promise par certains ne changerait rien pour ce qui concerne le droit des femmes. Dans un article publié par *La Citoyenne* en mai 1885, elle précise des propos qu'elle a tenus devant le Congrès ouvrier de Marseille, quelques années auparavant : « Des Français, au nom de ceux qui ne possèdent rien, et d'autres Français, au nom de ceux qui possèdent quelque chose, se sont formés en camp retranché et, en attendant l'heure de se battre à coups de fusil pour ou contre la mise en commun des fortunes particulières, ils se préparent à se battre à coups de bulletins de vote… Ceux qui partent en guerre contre les monopoleurs du capital ne songent pas que les hommes sont, comme les riches, des monopoleurs dans la société. Les hommes sont les monopoleurs du travail lucratif, des fonctions publiques, des emplois, des droits et de la souveraineté… La femme n'a ni le droit ni le pouvoir d'arriver à la liberté… C'est à tort que certains révolutionnaires englobent dans leur haine pour la classe possédante les femmes riches ; les femmes riches sont souvent, de par les lois qui régissent le mariage, de véritables pauvres… La situation civile et politique des femmes riches ou pauvres est identique. »

Elle conclut : « Toutes les femmes sont opprimées par les lois et par les préjugés qui en découlent, toutes les femmes sont dupes dans l'association humaine… Les femmes étant, dans la société, les opprimées parmi les opprimés, ceux qui veulent réellement fonder un ordre de justice doivent d'abord s'occuper d'elles. La question des femmes est le nœud gordien qui, une fois tranché, permettra de résoudre la question sociale ; mais, pendant que les femmes ont les mains liées par les lois civiles et sont, au point de vue politique, bâillonnées, la transformation économique préconisée par les collectivistes s'opérerait au seul profit des hommes. »

Dans *Les Femmes au gouvernail*, Hubertine Auclert précise même : « Les hommes de la révolution ont commis une faute en ne voulant point entendre parler de l'immixtion des ouvriers dans la politique. Eh bien, les républicains d'aujourd'hui qui ne veulent point entendre parler de l'immixtion des femmes dans la politique commettent une faute bien plus grande, puisqu'ils rendent la République impuissante à inaugurer l'ère de la justice que tout le monde attend. »

Elle se permet même de tancer les députés socialistes qui reconnaissent que le suffrage est l'instrument de l'émancipation politique et économique de l'homme : « S'ils ne s'efforcent point de mettre la femme en possession de cet instrument, c'est qu'ils ne veulent point qu'elle s'émancipe ! »

*

Hubertine Auclert innove encore dans le combat féministe en réclamant la féminisation de certains mots : « L'omission du féminin dans le dictionnaire contribue plus qu'on ne croit à l'omission du féminin dans le Code (côté des droits). L'émancipation par le langage ne doit pas être dédaignée. N'est-ce pas à force de prononcer certains mots qu'on finit par en accepter le sens qui, tout d'abord, heurtait ? » écrit-elle dans *Le Radical* du 18 avril 1898. Elle ajoute : « La féminisation de la langue est urgente, puisque, pour exprimer la qualité que quelques droits conquis donnent à la femme, il n'y a pas de mots. »

Elle cite des exemples : puisque les femmes peuvent désormais devenir avocats, faut-il dire « une avocat ou une avocate » ? La femme pouvant être appelée à témoigner au civil, conviendra-t-il de dire « une témoin » ? La loi du 15 janvier 1898 ayant accordé aux femmes, sous certaines conditions, le droit de voter pour la désignation des juges au tribunal de commerce, mais non d'y être élues, devra-t-on dire « une électeur ou une électrice » ?

Hubertine Auclert conclut ainsi son article : « En mettant au point la langue, on rectifierait les usages dans le sens de l'égalité des sexes. La féminisation initiale est celle de la langue, car le féminin non distinctement établi sera toujours absorbé par le masculin. Quand on aura révisé le dictionnaire et féminisé la langue, chacun de ses mots sera, pour l'égoïsme mâle, un expressif rappel à l'ordre. »

Elle ne cesse de harceler les ministres et parlementaires en leur adressant pétitions, injonctions et réclamations. En 1904, elle interpelle le ministre de la Justice pour protester contre l'absence de femmes dans la commission chargée de préparer des modifications au Code civil : « C'est décider à l'avance que la législation laissera subsister l'injustice pour les Françaises, donc restera toujours en contradiction avec les principes républicains. »

Dans une « lettre ouverte » aux sénateurs et députés, qu'elle cosigne avec Caroline Kauffmann, secrétaire générale de l'association « Solidarité des femmes », Jeanne Oddo-Deflou pour le groupe d'« Études féministes » et V. Vincent, elle fait part de son émotion à « voir nos législateurs glorifier le Code qui, depuis cent ans, asservit les femmes françaises ». Elle fait distribuer un tract intitulé « Le Code écrase la femme », et proteste « contre sa glorification » et « contre la contradiction des hommes qui, après avoir rejeté l'Empire, glorifient sa législation despotique ». Elle appelle les femmes françaises, « riches et pauvres, femmes de tous rangs et de toutes conditions », à manifester devant la Chambre des députés.

Le 29 octobre 1904, avec les autres mouvements féministes, elle manifeste au pied de la colonne Vendôme, non pour la déboulonner, comme l'avait demandé le peintre Gustave Courbet, mais pour tenter de brûler un exemplaire du Code civil.

Elle profite de la campagne électorale de 1906 pour faire placarder dans Paris des affiches réclamant le droit de vote pour les femmes. En 1908, après avoir publié son livre portant sur ce sujet, la campagne électorale pour les municipales lui procure l'occasion d'interpeller l'opinion sur sa revendication. Le 3 mai, des militantes suffragistes tentent de s'emparer des urnes électorales dans les mairies des Ier et IIe arrondissements. Leur opération échoue, mais sème une grande confusion. À la mairie du IVe arrondissement, Hubertine parvient à se saisir de l'urne, qu'elle renverse par terre en s'écriant, selon les termes rapportés dans *Le Vote des femmes* : « Ces urnes sont illégales ! Elles ne contiennent que des bulletins de vote masculins ! Alors que les femmes ont, comme les hommes, des intérêts à défendre à l'Hôtel de Ville ! » Elle est appréhendée et conduite au commissariat de police.

Un mois après, le 4 juin, Hubertine Auclert doit répondre de ses agissements devant les juges de la 9e chambre correctionnelle du tribunal de Paris. Elle en profite, dans un prétoire rempli par les chroniqueurs judiciaires et les militantes féministes, pour déclarer : « Les hommes ont dressé des barricades pour conquérir le droit de vote ; j'ai secoué une urne pour arriver au même but et pour venir devant vous afin que vous donniez aux législateurs une leçon en m'acquittant… »

Le tribunal la condamne à 16 francs d'amende avec sursis ! Il ne pouvait faire moins…

Le 24 avril 1910, Hubertine Auclert fait acte de candidature aux élections législatives dans le XIe arrondissement de Paris, imitée par deux autres femmes, Renée Mortier et Gabrielle Chapuis ; ensemble, elles signent un programme commun. Mais naturellement leur candidature n'est pas retenue.

*

Rendre hommage à Jeanne d'Arc, en faire un symbole de la lutte des féministes, c'est ce à quoi s'emploie aussi Hubertine Auclerc. En 1908 – ce n'est pas la première fois –, elle vient déposer une couronne de fleurs au pied de la statue de Jeanne, place des Pyramides, à Paris. Elle déclare alors dans une brève allocution résumée dans un tract : « Jeanne d'Arc fut la personnalisation du féminisme, elle ne tint compte ni des usages, ni de l'autorité des puissants, et elle usa, malgré les hommes, des droits des hommes pour sauver le pays. »

Par cet hommage à Jeanne d'Arc qu'elle souhaitait renouveler chaque année, Hubertine Auclert illustre parfaitement le sens qu'elle a voulu donner à son militantisme en faveur de la dignité, de l'égalité et du droit de vote pour les femmes.

Jusqu'à son décès, le 4 août 1914, elle ne cesse de vouer sa vie à cette cause. Sur sa sépulture, au cimetière du Père-Lachaise, on peut lire : « Suffrage des femmes ».

Bibliographie

D'Hubertine Auclert

Femmes arabes en Algérie, Lamarre, 1900.

L'Argent de la femme, 1904.

Le Nom de la femme, 1905.

Le Vote des femmes, Giard, 1908.

Les Femmes au gouvernail (ouvrage posthume dont l'introduction sur la vie d'Hubertine Auclert est de Marie Chaumont), Giard, 1923.

La Citoyenne, 1881-1891, préface, notes et commentaires d'Édith Taïeb, Syros, 1968.

Fonds Hubertine Auclert, Bibliothèque Marguerite Durand.

Sur Hubertine Auclert

Steven Hause, *Hubertine Auclert : The French Suffragette*, Yale University Press, 1987.

Paul Bonnet, *Une croisée du féminisme : Hubertine Auclert*, Bulletin de la Société d'émulation du Bourbonnais, 2000-2001.

Maurice Sarazin, *Hubertine Auclert*, Les Cahiers du Bourbonnais n° 204, 2008.

Recueil du Conseil d'État, 8 avril 1881, p. 419.

Jeanne Chauvin

(1862-1926)

Première avocate

Maria Vérone

(1874-1938)

et Marguerite Dilhan

(1876-1956)

Premières avocates à plaider aux assises

Paule René Pignet

(1889-1970)

Première bâtonnière en France

Le combat de Jeanne Chauvin, première femme avocat, pour contraindre magistrats, avocats, parlementaires à autoriser les femmes à s'inscrire au barreau, fut à bien des égards exemplaire.

Pourvue des diplômes nécessaires – elle est titulaire d'un doctorat en droit et d'une licence ès lettres –, Jeanne Chauvin se présente à la cour de Paris pour prêter le serment des avocats. Après en avoir délibéré, le 30 novembre 1897, les magistrats lui refusent l'accès au barreau de Paris. Le motif invoqué est que la loi n'autorise pas les femmes à exercer la profession d'avocat. Alors qu'elles peuvent devenir médecins ou pharmaciens, qu'elles plaident déjà dans de nombreux autres pays, la France leur dénie l'accès aux prétoires.

Jeanne Chauvin devra encore attendre trois ans, et le vote de la loi du 1er décembre 1900 : c'est le 19 décembre 1900 qu'elle prêtera serment comme avocate au barreau de Paris.

*

Née en 1862 à Jargeau, dans le Loiret, où son père était notaire, orpheline à seize ans, brillante élève, elle fut l'une des premières jeunes filles à réussir deux baccalauréats (lettres et sciences), deux licences (droit et philosophie), et à être reçue docteur en droit.

Dès novembre 1887, dans *La Revue de France*, elle écrit : « Les femmes sont les égales des hommes par le cœur et par le sentiment, par la pensée et par la raison… Dans la civilisation moderne, la femme ne peut plus n'être rien alors que l'homme serait tout… Philosophiquement et rationnellement, l'idée de l'égalité se conçoit et s'impose dans tous les domaines. »

En 1892, elle soutient sa thèse sur le thème : « Étude historique des professions accessibles aux femmes ». Elle y affirme que c'est notamment sous l'influence de la Bible et du catholicisme qu'a été introduite et consolidée l'inégalité juridique entre les hommes et les femmes, cette différenciation existant de façon beaucoup moins prononcée dans l'Antiquité gréco-latine. Elle revendique pour la femme l'égalité tant dans son éducation que dans l'accession à toutes les professions, aussi bien privées que publiques.

Mais ces idées ne font pas l'unanimité et sont même contestées. Lorsqu'elle se présente devant le jury, des étudiants envahissent la salle, chantent *La Marseillaise* et déclenchent un vacarme tel qu'il faut ajourner la soutenance.

Quelques jours plus tard, elle est reçue docteur en droit à l'unanimité des membres du jury. Forte de cette victoire, Jeanne prend la plume et célèbre, dans *L'Illustration* du 16 juillet 1892, la mort d'une légende : celle de la supériorité masculine et de l'abîme séparant les deux moitiés de l'humanité.

Elle est alors chargée de dispenser des cours dans plusieurs lycées parisiens pour jeunes filles, mais n'oublie pas son combat pour l'égalité. Dès 1893, elle demande aux parlementaires « d'accorder à la femme mariée le droit d'être témoin dans les actes publics ou privés, et d'admettre la capacité des femmes mariées à disposer des produits de leur travail ou de leurs industries personnels ».

Elle ne veut cependant pas en rester à ces suppliques, mais faire tomber l'interdiction faite aux femmes de choisir le métier d'avocat. Après avoir adressé au bâtonnier Ployer une demande d'inscription au barreau de Paris, elle se voit opposer, on l'a dit, une fin de non-recevoir alors même qu'elle est titulaire des diplômes requis. Elle décide de passer outre et, assistée d'un avoué, Maître Guyon, se présente en personne à l'audience de la première chambre civile de la cour de Paris, le 24 novembre 1897, qui doit recevoir la prestation des nouveaux avocats. Elle veut convaincre les magistrats que rien ne s'oppose à ce qu'elle prête serment. Elle ne peut naturellement pas compter sur le soutien du bâtonnier, même s'il est bien présent dans le prétoire pour assister au serment d'un certain nombre de jeunes licenciés en droit. Il s'éclipse quand l'avoué – c'est la procédure, à l'époque – donne lecture à la Cour des conclusions de Jeanne Chauvin contestant les arguments du procureur général selon lesquels les conditions d'aptitude à la profession, autres que la qualité de licencié, impliquent toutes le sexe masculin.

Il faut souligner que le refus du bâtonnier et l'argumentation du procureur général sont le reflet de l'état d'esprit qui prévaut alors au Palais et dans les milieux judiciaires. Quelques jours avant cette audience de la Cour, lors de la séance solennelle de rentrée de la Conférence du stage des avocats au barreau de Paris, le deuxième secrétaire, Maître Camille Ducreux, a clamé devant ses confrères : « La profession d'avocat, comme la carrière politique, demande une vie extérieure, une domination du public, un côtoiement de la foule qui doivent être interdits à la femme. » Et ce jeune avocat a poursuivi ainsi sa plaidoirie antiféministe : « Le Grec cachait sa femme dans le gynécée, le Romain l'avait placée sous la garde du dieu lare, le musulman l'enferme dans son harem, notre société l'abrite sous le toit protecteur du foyer ; il y a là, messieurs, à tous les âges et dans toutes les civilisations, une idée qui est restée la même. La moralité d'un peuple risque de se perdre quand la vie publique des femmes commence. Et qui oserait nier que tous ces dangers (…) ne se retrouvent au premier chef dans la carrière politique et dans l'exercice de la profession d'avocat ? (…) Le tempérament émotionnel et, par là même, passionné de la femme », de même que sa « nature essentiellement analytique, sont incompatibles avec la sérénité et l'esprit de synthèse qui doivent caractériser la justice ».

C'est dire l'hostilité qui règne alors à l'encontre des prétentions de Jeanne Chauvin. À la fin de son discours, le jeune deuxième secrétaire n'a pas été hué par ses confrères, mais applaudi !

Les magistrats de la Cour suivent les conclusions du procureur général, venu en personne à l'audience. Après en avoir délibéré, ils rendent leur décision, le 30 novembre 1897 : ils n'ont pas la possibilité, en l'état du droit, d'autoriser Jeanne Chauvin à prêter serment, et renvoient au législateur la responsabilité de modifier la loi. Il s'agit là, à l'évidence, d'une interprétation juridique contestable qui sert d'alibi au manque de courage.

Aucune disposition législative ne s'oppose directement ou indirectement à ce qu'une femme puisse exercer la profession d'avocat. Les magistrats auraient pu faire application du principe selon lequel, en l'absence d'interdiction formelle, en matière de liberté, l'interdiction est l'exception et la possibilité, la règle. Il leur aurait fallu faire preuve d'audace, ce qui était probablement trop leur demander. Et puisque le bâtonnier lui-même n'était pas favorable à l'immixtion d'une femme dans son barreau, pourquoi ne pas se contenter de reprendre sa position et innover ?

Il n'est pas impossible que, par cette décision, les conseillers à la Cour aient aussi cherché à retarder l'arrivée de femmes dans la magistrature. Dans certains cas, un avocat peut en effet être appelé à suppléer un juge. Admettre qu'une femme puisse devenir avocat reviendrait à lui donner la possibilité, dans des circonstances bien définies, de remplacer un magistrat…

Jeanne Chauvin ne se décourage pas pour autant et se tourne vers le Palais-Bourbon, tout en prenant à témoin la presse. L'affaire fait grand bruit. Jeanne connaît une forte notoriété et les féministes admirent son combat.

Le législateur vient au secours de Jeanne Chauvin. La séance de la Chambre du 21 novembre 1898 est consacrée à l'examen d'une proposition de loi de René Viviani qui reprend celle, déposée au cours de la législature précédente, de Léon Bourgeois, Paul Deschanel, Jules Léveillé et Raymond Poincaré, qui n'avait pu être inscrite à l'ordre du jour. Ce texte vise à autoriser les femmes à exercer la profession d'avocat.

Dans l'exposé des motifs de leur proposition, les députés affirment : « Les femmes, comme les hommes, sont obligées de travailler pour vivre honnêtement et honorablement ; elles doivent donc pouvoir travailler selon leurs facultés. » De même qu'on n'interdit pas aux hommes, sous prétexte que ce seraient plutôt là des occupations féminines, de coudre des vêtements ou de mesurer des dentelles et du ruban, de même le législateur moderne ne peut pas laisser subsister dans les lois un silence que l'on interprète comme une interdiction faite aux femmes d'exercer la profession d'avocat sous prétexte que ce fut là, autrefois, un « office viril ».

Au cours du débat dans l'hémicycle du Palais-Bourbon, René Viviani s'écrie : « Il y a un an, à pareille époque, une jeune femme pourvue du diplôme de docteur en droit se présentait au Palais de Justice de Paris et réclamait son inscription au tableau de l'ordre des avocats… La Cour (…) a exclu toutes les femmes de la profession d'avocat. Ainsi, messieurs, était créée cette situation singulière : la magistrature représentant l'État brisait entre les mains d'une femme le diplôme que lui avait remis l'Université représentant également l'État ! »

Le débat parlementaire permet aux adversaires du féminisme de dénoncer les « agissements » de Jeanne Chauvin et de marquer leur totale opposition à toute velléité de féminisation du métier d'avocat, l'institution judiciaire devant, pour eux, demeurer un temple réservé aux hommes.

Voici Joseph Massabuau, député de l'Aveyron, qui s'en prend d'abord personnellement à Jeanne Chauvin, accusée d'avoir souhaité « faire un acte retentissant », de « vouloir se mettre à l'avant-garde du féminisme ». Cette demande d'inscription au tableau de l'ordre des avocats de Paris n'est, pour Massabuau, qu'une tentative de Jeanne Chauvin de « faire triompher en sa personne » le « principe du féminisme » ; or, à ses yeux, « cette égalité complète de la femme vis-à-vis de l'homme, ce droit d'égalité en vertu duquel elle revendique la liberté d'exercer la profession d'avocat nous mène, comme conséquence fatale, à la suppression de la propriété et au collectivisme ». Le parlementaire expose ainsi la logique de son raisonnement : « Si l'égalité des sexes est reconnue par la loi, la femme préfère l'union libre au mariage… Il n'y aura plus d'héritier légitime ; sans héritier, point d'héritage ; sans héritage, plus de propriété individuelle ! » Ainsi, permettre aux femmes d'accéder à la profession d'avocat va favoriser le déclin du capitalisme et l'avènement du collectivisme. Il fallait y penser !

Le comte du Périer de Larsan, député de la Gironde, se montre tout aussi catégorique : « Quand on invertit les rôles, quand la femme veut faire l'homme, elle s'en acquitte aussi mal que quand l'homme veut faire la femme. » Il précise ainsi sa pensée : « Vous aurez beau être niveleurs tant que vous voudrez, vous ne nivellerez jamais un sexe ! » Il se demande même : si les femmes reçoivent le droit de plaider, ne risque-t-on pas d'accuser le magistrat de « s'être laissé convaincre par d'autres moyens que de bons arguments juridiques » ? Il va jusqu'à dire que le plaideur dont l'adversaire a été défendu par une femme avocat ne manquerait point d'alléguer que l'éloquence de l'avocate s'était exercée aussi bien par les yeux que par la langue ! Avant de quitter la tribune, il s'écrie encore : « Notre devoir ici est de faire des lois sérieuses, réclamées par le pays, et non du canevas pour opérettes ! »

Heureusement, les arguties de ces orateurs ne

convainquent pas la majorité des parlementaires. Finalement, les députés adoptent le 30 juin 1899 la proposition de loi de leur collègue René Viviani par 319 voix contre 174.

Il faut encore près d'un an et demi pour que les sénateurs consentent à examiner à leur tour cette proposition de loi votée en première lecture par les députés. Au palais du Luxembourg, son examen, le 13 novembre 1900, se fait sur le rapport du sénateur Tillaye, qui déclare : « La place naturelle de la femme est dans la famille, et le législateur doit s'efforcer de l'y maintenir. » Il se dit néanmoins favorable à la réforme. Cette position n'est pas partagée par son collègue le sénateur Gourju, qui affirme : « Admettre les femmes à exercer la profession d'avocat, les admettre à ce ministère essentiellement masculin de la défense judiciaire, c'est vouloir les changer en hommes ! »

C'est le 13 novembre 1899 que le Sénat adopte finalement la proposition de loi par 172 voix contre 34. Elle est publiée au *Journal officiel* le 1er décembre 1900. Désormais, les femmes peuvent devenir avocates. Jeanne Chauvin a gagné.

Une dernière mesquinerie lui est réservée par ses confrères de l'Ordre. Le 5 décembre 1900, le barreau de Paris admet comme avocat stagiaire Maître Sophie Petit. Le Conseil de l'Ordre l'autorise à s'inscrire sur la liste du stage sous le nom de Balachowski-Petit. L'intéressée est en effet l'épouse d'Eugène Petit, lui-même avocat au barreau de Paris. Ainsi, Jeanne Chauvin ne sera pas la première avocate stagiaire : ce n'est que deux semaines plus tard, le 19 décembre, qu'elle est admise à son tour comme stagiaire.

Le ressentiment envers Jeanne Chauvin est évident.

Mais elle tiendra sa revanche en devenant la première femme inscrite au tableau de l'ordre des avocats de Paris.

La première plaidoirie de Jeanne concerne une affaire de contrefaçon de corsets. Sa cliente est suspectée d'avoir fabriqué des corsets trop similaires à ceux d'un autre fabricant. Avant les plaidoiries est organisé un pittoresque défilé de mannequins portant les fameux corsets afin que le tribunal se fasse sa propre idée sur les similitudes dénoncées.

À la suite de Jeanne Chauvin, les femmes vont s'introduire peu à peu dans les prétoires. À Paris, de 1900 à 1906, on ne compte que deux femmes inscrites au barreau. Elles seront 50 en 1920, et 1 170 sur les 8 300 inscrits aux barreaux de France et d'outre-mer. Il faut attendre 1921 pour que le barreau de Marseille ouvre ses portes à une femme, Germaine Poinso-Chapuis.

*

Originaire de Miélan, dans le Gers, inscrite au barreau de Toulouse où elle prête serment le 13 juillet 1903, Marguerite Dilhan est la première avocate à avoir la redoutable responsabilité de plaider devant une cour d'assises, celle de la Haute Garonne.

En 1903, alors qu'elle n'a que vingt-sept ans, elle assiste une femme accusée d'avoir, avec la complicité de son mari, assassiné son gendre à coups de couteau. La présence d'une avocate dans le prétoire de la cour d'assises, le 26 novembre, confère à cette audience un fort retentissement, attire un nombreux public. Les commentaires sont abondants et significatifs. Le Tout-Toulouse, précise un journaliste, a envahi le prétoire. Aux dires du bâtonnier Paul Duserm, « sans la coiffure qui trahissait son sexe, on aurait pris facilement la jeune femme, sous ce costume androgyne, pour un joli adolescent encore imberbe ». Un autre s'intéresse à l'allure de l'avocate, à « l'arrangement soigné de ses cheveux », au « fin rabat allongé par un petit col droit aux pointes cassées d'où sortait une nuque dégagée, un parfum très discret dont la petite toque d'ailleurs s'était imprégnée ». On pourrait croire que l'on assiste à un défilé de mode. « Maître Marguerite Dilhan entre sous une toge noire, relevée d'hermine, qu'elle porte très coquettement, avec une toque gentiment posée sur des cheveux châtains fort abondant », précise un journaliste. Un autre apprécie « la taille moyenne, bien prise, avec sa physionomie mobile et expressive, son regard clair et droit, sa voix bien timbrée et caressante ». On pourrait imaginer qu'il s'agit de l'élection de « miss barreau », « très crâne, très jolie, très expressive, elle entre avec son casque de cheveux bruns, entourant des sourcils résolus et des yeux mobiles ».

À la lecture de ces commentaires de chroniqueurs judiciaires, on arrive à oublier que la scène est celle du prétoire d'une cour d'assises qui va juger des accusés d'un crime passionnel.

Face à un jury exclusivement masculin, pourtant, Marguerite Dilhan plaide avec talent, discute avec pugnacité toutes les affirmations et arguments de l'accusation. La cause est difficile. Elle arrive cependant à convaincre les jurés de ne pas retenir les circonstances aggravantes de « coups ayant occasionné la mort », mais seulement de « coups et blessures ». Cette qualification pénale n'entraîne pas la même peine. Sa cliente ne sera condamnée qu'à dix-huit mois de prison.

Son confrère Paul Duserm, également rédacteur en

chef de *La Gazette des tribunaux du Midi*, dans son édition du 29 novembre, reconnaît que la jeune avocate a montré qu'elle « pouvait aborder la barre ». Compliment prudent, car il convient de ne pas trop la couvrir d'éloges. Paul Duserm précise en effet qu'elle a pu compter sur l'aide du bâtonnier présent à ses côtés. L'avocat chroniqueur conclut cependant son article en se déclarant hostile à l'intrusion des femmes dans la profession d'avocat. « Je ne la crois ni utile ni pratique… Mesdames, vous devez être et vous devez rester – sauf anomalies exceptionnelles – des filles, des épouses et des mères. »

Cette recommandation n'est pas du tout du goût de Marguerite Dilhan, qui entend bien faire carrière au barreau de Toulouse. En 1904, elle plaide de nouveau devant les assises, celles de Grenoble. Elle obtient l'acquittement de la militante féministe Joséphine Gondon, dite Arria Ly, accusée d'avoir voulu tuer le médecin à qui elle reprochait d'avoir mal soigné son père. Un peu plus tard, devant les assises du Lot-et-Garonne, à Agen, Marguerite Dilhan fait acquitter un homme poursuivi pour avoir voulu tuer son avoué.

Elle se présente au bâtonnat en 1906. En sollicitant le vote de ses 180 confrères, elle se doute qu'il lui sera bien difficile de recueillir la majorité. Effectivement, elle n'obtient qu'une voix, la sienne. Elle renouvellera par la suite sa tentative, toujours sans succès. Pendant douze ans, Marguerite Dilhan est la seule femme du barreau de Toulouse. Durant la Première Guerre mondiale, elle assiste à plusieurs reprises des militaires traduits devant des conseils de guerre.

Quelques années plus tard, témoignage de sa renommée, elle est élue vice-présidente de l'Association amicale des avocats de France, puis devient membre du conseil directeur de l'Association nationale des avocats. En 1933, elle reçoit les insignes de chevalier de la légion d'honneur et sera élevée au grade d'officier en 1949. Cette dernière distinction lui sera remise par le premier président de la cour d'appel de Toulouse. Marguerite Dilhan est devenue une personnalité reconnue dans le sud-ouest : elle a été secrétaire général adjoint de la société de patronage des libertés et de la section toulousaine de l'école de la paix. Elle s'est aussi impliquée dans la lutte contre la tuberculose et la mortalité infantile. Elle est membre de La Goutte de lait, œuvre sociale créée en 1911 à Toulouse pour distribuer du lait de qualité pour lutter contre la mortalité des jeunes enfants.

*

En 1907, Maria Vérone est admise au barreau de Paris. Par sa personnalité et son dynamisme, elle va rapidement y imprimer sa marque.

Issue d'une famille parisienne modeste – son père, chef comptable, socialiste et anticlérical, est l'un des fondateurs de la Libre Pensée –, Maria Vérone perpétue la tradition familiale : à quinze ans, elle est désignée comme secrétaire du Congrès international de la Libre Pensée qui se tient à Paris. Institutrice suppléante de la Ville de Paris, elle dispense aussi des leçons gratuites au Cercle populaire d'enseignement laïc, dont elle a été en 1891 l'un des membres fondateurs.

Son activisme déplaît au gouvernement, car elle participe à de nombreuses réunions politiques. À ses supérieurs hiérarchiques qui le lui reprochent, elle réplique que sa liberté est totale en dehors des cours qu'elle assure. Mais les propos qu'elle a tenus sur « L'éducation du peuple » lors d'une conférence publique à Orléans, le 11 septembre 1897, en ont agacé plus d'un. Elle n'est pas titularisée et le préfet de la Seine reçoit instruction de faire disparaître son nom de la liste des institutrices suppléantes.

Elle reprend ses études à vingt-huit ans et obtient sa licence en droit. Elle devient alors avocate au barreau de Paris, tout en donnant parallèlement des cours de droit au Syndicat des femmes caissières, comptables et employées de commerce.

Militante de la Ligue française pour le droit des femmes, rédactrice au journal de Marguerite Durand, *La Fronde*, Maria Vérone y tient notamment, sous le pseudonyme de « Thémis », la rubrique judiciaire. Elle collabore aussi comme journaliste à *La Paix*, *La Bataille syndicaliste*, *La France libre*, *L'Œuvre*. Elle a dirigé la revue *Le Droit des femmes*.

Par de nombreuses conférences, des articles, un militantisme de tous les instants comme secrétaire générale puis présidente de la Ligue française des droits de la femme entre 1919 et 1938, elle consacre sa vie à la cause de la femme. Le féminisme n'est pas pour elle, « comme voudraient le faire croire certains adversaires de mauvaise foi, un programme de revendications émanant de vieilles filles aigries dans le célibat et d'épouses acariâtres déçues par une union malheureuse. Le féminisme est une doctrine philosophique basée sur l'égalité de tous les êtres humains et qui a pour but d'établir l'égalité des sexes dans tous les domaines, civil, politique, intellectuel, économique et social », déclare-t-elle en 1932 dans un enregistrement gravé par les disques Polydor.

La promotion d'un droit social protecteur des salariés est l'une de ses préoccupations. Elle lance un appel aux participants à la Conférence de la paix pour obtenir d'eux la reconnaissance « de la limitation de la journée de travail à huit heures maximum ; du principe de la fixation d'un minimum de salaire proportionnel au coût de la vie dans chaque pays ; l'application obligatoire du principe de l'égalité des salaires pour les deux sexes… ». Elle lance dans *L'Œuvre* du 3 mars 1926 le slogan : « À travail égal, salaire égal », et s'élève contre le travail de nuit.

Elle réclame une législation identique pour les hommes et les femmes. Parmi les règles régissant le droit à la maternité, elle défend l'idée qu'un temps de repos soit accordé aux femmes avant et après leur accouchement, avec paiement intégral du salaire, par le biais d'un système d'assurance.

Maria Vérone s'est aussi mobilisée pour que soit reconnu aux femmes le droit de vote.

*

En octobre 1907, Maria Vérone est commise d'office pour défendre une Anglaise déjà condamnée et suspectée de « vol à la tire ». Au moment où son affaire est appelée à la barre par le président, elle se rend compte que le greffe du tribunal a omis de faire extraire sa cliente de la prison de Saint-Lazare. Déçue, elle doit attendre le lendemain pour prononcer sa première plaidoirie.

Au Palais, elle se mobilise d'abord pour la défense des mineurs. Elle est membre du Comité de défense des enfants traduits en justice. Elle dépose systématiquement des conclusions demandant la relaxe pure et simple des mineurs poursuivis en justice sous l'inculpation de vagabondage, qui dissimule le délit encore inexistant de prostitution. Son action est à l'origine de la loi du 11 avril 1908 sur la prostitution des mineurs.

Elle œuvre à l'instauration de tribunaux pour enfants. À la barre des juridictions, elle souligne à maintes reprises combien il est regrettable de traduire devant le tribunal correctionnel des jeunes de sept à treize ans, montrant que les familles sont plus coupables qu'eux. Devant la 7e chambre de la cour de Paris, elle obtient en 1908 que la puissance parentale soit confiée à la mère qu'elle défend, et non pas au père de l'enfant.

Maria Vérone est nommée membre de la Commission extra-parlementaire pour la rédaction d'un Code de l'enfance. Elle est l'une des principales inspiratrices de la loi du 22 juillet 1912 sur les tribunaux pour enfants et, plus tard, de celle du 24 mars 1921 sur le vagabondage des mineurs.

Elle restera aussi et surtout dans l'histoire du barreau de Paris comme la première femme à avoir plaidé devant une cour d'assises. En décembre 1907, elle est présente dans le prétoire de celle de Paris dans l'affaire dite du « pioupiou de l'Yonne ». Sur la dizaine d'accusés, elle défend trois jeunes, deux hommes et une femme, accusés d'avoir tenu des propos antimilitaristes tendant à l'« excitation des conscrits à la révolte ». L'audience est marquée par un incident : sur un ton sec, le président Bertulus interrompt Maria Vérone et lui demande de modérer son langage, lui reprochant des remarques désobligeantes vis-à-vis de l'armée. Courtoisement, Maria Vérone lui répond que les paroles qu'elle a prononcées ne sont pas d'elle, mais extraites du rapport du Comité Pelletan et de « votre chef direct, monsieur Aristide Briand, garde des Sceaux ».

Au grand dam du président des assises qui n'ose plus l'interrompre, elle continue sa plaidoirie en l'émaillant – indique le document des archives du barreau de Paris – « des citations les plus corsées empruntées aux écrits de M. Aristide Briand, propagandiste ou législateur poursuivant avec Camille Pelletan la réforme de la caserne et la transformation de l'armée ».

Elle obtient deux acquittements.

En 1909, Maria Vérone plaide à nouveau aux assises dans une affaire d'assassinat, celui d'un garde des Tuileries. L'accusé est à son tour acquitté.

Dans un document manuscrit figurant parmi ses archives conservées à la bibliothèque Marguerite-Durand, Maria Vérone raconte : « C'était pendant mes premières années de Palais. Je défendais devant la cour d'assises une femme qui avait tué son mari, brute alcoolique terrorisant toute sa famille… C'est l'acquittement… Je m'avance vers le banc des jurés : "Tenez, maître, voici pour votre cliente", et je reçois douze belles pièces d'or… Au moment où je m'apprête à quitter la salle, quelqu'un s'avance vers moi et me dit : "Maître, tendez votre toque. On a fait une quête dans l'auditoire, voici ce que l'on a recueilli…" » Elle court au dépôt avant la levée d'écrou de sa cliente et lui remet le petit trésor. Difficile d'imaginer pareille scène aujourd'hui…

En 1911, elle est aux côtés du déjà célèbre ténor du barreau Moro Giafferi dans une importante affaire de fabrication de faux titres.

Elle est aussi la première femme avocat à plaider devant un Conseil de guerre.

La voici cette même année devant un Conseil de préfecture pour y défendre Jeanne Laloé, candidate aux élections municipales dans le IXe arrondissement de Paris, la première femme à avoir osé défier les hommes devant le corps électoral.

En 1914, Maria Vérone fait le tour de toutes les justices de paix de Paris pour défendre le droit des femmes à se faire inscrire sur les listes électorales.

Personnalité reconnue et respectée au sein du barreau de Paris, on disait d'elle au Palais : « Il y a des femmes avocates et une femme avocat : Maria Vérone. » Au début de 1931, elle crée l'Association nationale des avocates françaises, puis l'Union internationale des avocates.

Malgré cette activité judiciaire et la notoriété qu'elle lui vaut, Maria Vérone a échoué à plusieurs reprises à se faire élire au Conseil de l'Ordre. Sans doute ses confrères ne partageaient-ils pas son combat féministe et se méfiaient-ils de son dynamisme.

En 1934, à la veille des élections au Conseil, le journal *L'Étudiant français* vend devant le Palais de Justice une plaquette sur les avocats francs-maçons. Il y est indiqué que « Maria Vérone est membre de la loge "Le Droit humain" ». Face à une telle affirmation, qu'elle dément, Maria assigne les responsables du journal en référé. À l'audience, un accord est trouvé entre les parties. Le nom de Maria Vérone est supprimé des numéros restants et un rectificatif est passé dans *L'Action française*. Il n'empêche : Maria Vérone ne sera pas élue au Conseil de l'Ordre.

En 1936, Léon Blum lui propose d'entrer dans son gouvernement et de devenir ainsi la première femme ministre. Pour raisons de santé, elle décline l'offre. Elle décédera deux ans plus tard, en 1938, après avoir reçu la Légion d'honneur.

*

En dépit de ce refus, le gouvernement de Front populaire constitué par Léon Blum comprendra trois femmes : Irène Joliot-Curie, Cécile Brunschvicg, Suzanne Lacore. Elles intègrent son ministère avec le titre de sous-secrétaires d'État. Leur nomination apparaît plus comme un affichage politique que comme la volonté de leur confier de véritables responsabilités et de progresser dans la reconnaissance du droit de vote des femmes.

Léon Blum se borne à appliquer le programme du Rassemblement populaire, qui ne promet pas ce droit, et il rate sur cette question le rendez-vous de la gauche française avec les femmes.

Après la démission du premier gouvernement Blum, le 22 juin 1937, il faudra attendre encore dix ans et les débuts de la Quatrième République pour qu'une femme, Andrée Viénot, accède à nouveau, pour moins de sept mois, à la fonction de sous-secrétaire d'État (à la Jeunesse et aux Sports). La première femme ministre, et non plus simplement secrétaire d'État, sera Germaine Poinso-Chapuis, qui occupera pendant huit mois les fonctions de ministre de la Santé publique et de la Population dans le gouvernement de Robert Schuman, du 24 novembre 1947 au 26 juillet 1948. Sous la Quatrième République, seule Jacqueline Thome-Patenôtre, après Germaine Poinso-Chapuis, intégrera à la fin de 1957, et pour cinq mois, le sous-secrétaire d'État au Logement et à la Reconstruction.

Elles n'auront été au total que six femmes à bénéficier d'une expérience ministérielle de 1875 à 1959.

Sous la Cinquième République, les femmes sont plus nombreuses à accéder à des fonctions gouvernementales importantes et aux ministères régaliens. Il faut cependant attendre le 15 mai 1991 pour qu'une femme devienne chef du gouvernement. Nommée Premier ministre par François Mitterrand, Édith Cresson restera à Matignon du 15 mai 1991 au 2 avril 1992 – la plus courte durée pour un Premier ministre de la Cinquième République !

*

Ce sont les avocats de La Roche-sur-Yon qui, en octobre 1933, ont été les premiers à élire une femme bâtonnier : Maître Paule René Pignet. Elle sera la seule femme élue à cette fonction pendant toute la Troisième République.

Originaire d'Aix-en-Provence, établie en Vendée par les aléas de la carrière d'ingénieur des Ponts et Chaussées de son père, Paule Joubert épouse en avril 1914 René Gaston Pignet, professeur agrégé d'allemand. Veuve peu après son mariage – son mari, mobilisé au 2e régiment d'infanterie, est tué au front le 15 février 1915 –, mère d'un enfant, elle reprend ses études et passe sa licence en droit.

Maître Paule René Pignet s'inscrit en 1919 au barreau de La Roche-sur-Yon, devient la collaboratrice de Maître Lathébaudière et reprend son cabinet au décès de celui-ci. Elle plaide devant différentes juridictions de la région et devant la cour d'assises. Elle bénéficie d'une réputation favorable auprès de ses confrères. À quarante-quatre ans, consécration : elle est élue bâtonnier.

La Vie judiciaire du 20 octobre 1933 consacre à cet événement sa première page. Mais le journaliste, en fin d'article, se demande : comment la nommer ? « Monsieur le Bâtonnier » ? Naturellement impossible. Alors, « Madame la Bâtonnière » ? Cela constituerait un affreux solécisme. Le journaliste conclut que le mieux serait de dire tout simplement : « Mon bâtonnier » !

*

Les avocats parisiens n'ont pas montré un grand empressement à désigner une femme pour les diriger. Il aura fallu attendre 1950 pour que Lucie Tinayre y soit la première femme élue membre du Conseil de l'Ordre. La tradition voulait alors que le mandat soit renouvelé au bout de deux ans ; ce ne fut pas le cas pour Lucie Tinayre, éliminée par ses confrères au premier renouvellement du Conseil.

*

Les avocates représentent de nos jours 53 % des membres des barreaux, et leur nombre a été multiplié par six en quarante-deux ans.

Ce n'est qu'en 1996 que le plus important barreau de France, celui de Paris, pour marquer la fin du XXe siècle, a élu pour la première fois de son histoire une femme comme bâtonnier. Avocate depuis 1968, Dominique de La Garanderie a exercé son bâtonnat pendant deux ans (1998-1999). Spécialiste du droit social dans l'entreprise, elle est la fondatrice de l'Association française des femmes juristes.

Depuis janvier 2012, les 24 300 avocats parisiens ont

pour la deuxième fois de leur histoire une femme pour bâtonnier : Maître Christiane Féral-Schuhl, spécialiste du droit des nouvelles technologies.

Dominique de La Garanderie et Christiane Féral-Schuhl sont les deux seules femmes à avoir été élues bâtonniers au barreau de Paris depuis la création de cette fonction, au XIIIe siècle, par saint Louis.

Les quelque 2 500 avocats du barreau de Lyon, composé depuis 2008 en majorité de femmes, auront dû patienter jusqu'en janvier 2010 pour avoir, pour la première fois de leur histoire, une femme, Maître Myriam Picot, comme bâtonnière. En 2012, Maître Hélène Fontaine est devenue bâtonnière à Lille. Les avocats marseillais, en revanche, n'ont encore jamais, à ce jour, fait confiance à une femme pour les représenter…

*

Le monde de la magistrature ne se sera ouvert aux femmes qu'en 1946, et ce n'est qu'en 1976 que le tribunal de grande instance le plus important de France, celui de Paris, s'est trouvé présidé par une magistrate, Simone Rozès. Elle sera aussi, en 1984, la première à présider la Cour de cassation, juridiction suprême de l'ordre judiciaire. L'année 1984 est d'ailleurs celle où, pour la première fois en France, la moitié des juges sont des femmes.

En 2012, selon la Direction des services judiciaires, près de 60 % des juges sont des femmes ; elles comptent pour 86,93 % des reçus au concours de la magistrature. Six femmes exercent la fonction de premier président de cour d'appel, contre 30 hommes ; 44 magistrates président une juridiction, contre 122 hommes. En ce qui concerne le parquet, on dénombre 32 femmes procureurs de la République, contre 126 hommes, et 5 procureurs généraux femmes sur un total de 36. Qu'on songe que, il y a seulement cinquante ans, la magistrature était presque exclusivement masculine…

Bibliographie

Sur Jeanne Chauvin

Henry Aubépin, Discours Association nationale des avocats, Bulletin n° 18 de l'Association, janvier 1926.

Anne-Laure Catinat, *Les Premières Femmes avocats du barreau de Paris*, Persée n° 16, 1998.

Jean-Louis Debré, « Jeanne Chauvin », dans *Les Oubliés de la République*, Fayard, 2008.

Sur Paule René Pignet

Ouest France, 7 octobre 1933.

Droit des femmes, octobre 1933.

La Vie judiciaire, 20 octobre 1933.

L'Illustration, 21 octobre 1933.

La France judiciaire, 10 novembre 1933 : « La femme et la loi ».

Sur Marguerite Dilhan

Archives de la légion d'honneur, dossier Dilhan.

Paul Duserm, *La Gazette des tribunaux du Midi*, 29 novembre 1903.

Gil Blas, 30 novembre 1903.

L'Intransigeant, 6 mars 1903.

Le Matin, 28 novembre 1903.

Dominique Josse, « Éloge de femmes », séance d'ouverture de la conférence du stage du barreau de Toulouse, 2 mars 1990.

Soleil du dimanche, n°81, 20 décembre 103, photo de Marguerite Dilhan.

De Maria Vérone

Résultats du suffrage des femmes, ligue française des droits de la femme.

Le Suffrage des femmes en pratique, 1913.

Pourquoi les femmes veulent voter, 1913.

La Gazette du Palais, 2 février 1933, 25e anniversaire de l'inscription au tableau de Maria Vérone.

La Condition juridique de la femme française, Rapports au Congrès des femmes, Chicago.

Archives du Barreau de Paris. Dossier Maria Vérone (Note vraisemblablement rédigée par le mari de Maria Vérone, Georges Lhermitte).

Fonds Maria Vérone, Bibliothèque Marguerite Durand.

Sur Maria Vérone

Jacques Charpentier, *Discours du bâtonnier sur Maria Vérone*, Séance d'ouverture de la Conférence, 3 décembre 1938.

Albert Haubrechts, « Comment Maria Vérone, institutrice révoquée, devint journaliste et avocat », *La Tribune de Genève*, 14 juin 1927.

Maurice Hamburger, *La Robe noire*, Éditions les Presses modernes, 1936.

Sur la magistrature

Dictionnaire biographique, Services des Archives de Paris, 2012.

Statistiques, Direction des Services judiciaires, 2012.

Sur l'histoire du barreau

André Damien, *Les Avocats du temps passé*, Éditions Henri Lefebre, 1973.

Jean-Louis Debré, *Les Républiques des avocats*, Perrin, 1984.

Marguerite Durand
(1864-1936)

Créatrice et dirigeante d'une entreprise de presse exclusivement féminine

Marguerite Durand est à l'origine du quotidien *La Fronde*, dont le premier numéro paraît le 9 décembre 1897. Journal de femmes pour les femmes, *La Fronde* n'est certes pas la première publication de ce genre.

Le Courrier de la Nouveauté, dont les historiens ont retrouvé la trace, portait en 1758 pour sous-titre « Feuille hebdomadaire à l'usage des dames » et apparaît ainsi comme l'ancêtre de la presse féminine. Il y eut notamment par la suite *Le Journal des dames*, dans les années qui précédèrent la Révolution, époque où virent le jour des « gazettes » aux tirages très limités, à l'existence éphémère, plus ou moins rédigées par des *citoyennes* sans que l'on sache au juste de qui il s'agissait.

La Révolution fut une période de grande confusion pour les femmes. Elles réclamaient l'égalité et ne récoltèrent souvent que le mépris.

Ainsi Mme Mouret, descendante de La Fontaine, lance par souscription *Les Annales de l'éducation du sexe*, sous-titré « Le journal des demoiselles ». Dans le rapport qu'elle présente à l'Assemblée nationale le 18 février 1790, elle précise son ambition : « Le journal, où nous citerons avec éloge les jeunes personnes qui se distingueront par les bonnes qualités de leur esprit et de leur cœur, sera un puissant aiguillon pour porter le sexe a acquérir les vertus et les lumières qui feront sa gloire et son bonheur. » Mme Mouret, « au nom de la patrie », entend proscrire « tous ceux qui ont manqué de la faire périr en corrompant le sexe par leur séduction, par leurs adulations et par leur conduite scandaleuse ».

Les Événements du jour, journal publié en 1791, rédigé par une « société de citoyennes », ou *La Feuille du soir*, conçue par une « société de femmes », ne firent qu'une très fugace apparition et leur audience, semble-t-il, demeura extrêmement restreinte.

Le foisonnement idéologique au moment de la Monarchie de Juillet et de la Seconde République favorisent l'éclosion d'une contestation politique, d'une presse de combat et, parmi celle-ci, d'une presse féminine.

Parfois influencée par des saint-simoniennes qui entendent éveiller les femmes à la liberté et à une existence sociale. *La Femme libre*, devenue *La Tribune des femmes*, dont le but affiché est de traiter des questions intéressant les épouses et mères de famille, en est l'illustration. Celles qui écrivent dans ce journal signent de leur prénom, seule chose qui « leur appartient en propre ».

Le Journal des femmes milite notamment, avec Clémence Royer, pour l'accès des jeunes filles à l'instruction publique.

La Mère de famille, bimensuel créé par une nièce de Mirabeau, journal pourtant modéré, soutient ce mouvement en faveur des droits des femmes.

La Gazette des femmes connaît un certain retentissement en publiant une « Charte des droits et devoirs des femmes »...

La Voix des femmes, sous-titrée « Journal socialiste et politique, organe d'intérêts pour toutes les femmes », est le premier quotidien français féministe important, mais ne paraît que pendant quelques mois.

Le Droit des femmes, fondé en 1869 par Léon Richer, revue à laquelle collabore Maria Deraismes, est le support de l'Association pour le droit des femmes. Celle-ci propose « d'organiser l'agitation légale et de faire une propagande active pour préparer les esprits tant masculins que féminins à comprendre la légitimité d'une revendication progressive des droits inhérents à toute personne humaine, dont nos lois et nos mœurs ont déshérité les femmes ».

La Citoyenne, créée en février 1881 par Hubertine Auclert, soutient la « révolte des contribuables ». Elle défend l'idée que les femmes, n'étant pas représentées à la Chambre des députés, ne doivent pas être soumises à l'impôt.

Le journal de Marguerite Durand, *La Fronde*, a pour originalité de ne pas être seulement un journal destiné aux femmes, mais un quotidien conçu, rédigé, administré, fabriqué et distribué exclusivement par des femmes : journalistes, rédactrices, collaboratrices, typographes, imprimeurs, colporteurs, l'équipe est entièrement féminine. Marguerite Durand entend ainsi prouver que des femmes peuvent fort bien réussir dans le monde du journalisme, fortement dominé par les hommes, et une entreprise de presse fonctionner sans recourir à leur assistance.

La Fronde s'affiche résolument en faveur de la République, veut incarner les forces du mouvement contre celles du conservatisme et du parti de l'Ordre. L'ambition de Marguerite Durand est de défendre la cause des femmes par un journal plus féministe que féminin. Ainsi, *La Fronde* se doit d'aborder tous les sujets politiques, culturels, artistiques, mais également économiques et financiers, publier des informations boursières aussi bien que les pronostics hippiques ou les résultats sportifs. Il s'agit là d'une réelle nouveauté pour un journal destiné aux femmes. Aucun domaine, pour Marguerite Durand, n'est tabou ou considéré comme ne devant intéresser que les hommes.

La Fronde – Marguerite Durand en fait son postulat – est destinée à « toutes les femmes, jeunes et vieilles, travailleuses et intellectuelles », précise l'affiche de lancement, qui indique aussi que le quotidien s'assigne pour but de défendre les droits, de faire entendre les revendications « des milliers de femmes, célibataires ou veuves », des « femmes qui forment en France la majorité de la population (...) et y vivent sans le soutien légal de l'homme ».

On peut y lire également : « Les femmes paient des impôts qu'elles ne votent pas, contribuent par leur travail manuel ou intellectuel à la richesse nationale, et prétendent avoir le droit de donner officiellement leur avis sur toutes les questions intéressant la société et l'humanité dont elles sont membres comme les hommes. »

La condition des femmes, il est vrai, n'est pas alors marquée du sceau de la liberté et de l'égalité. En 1804, le Code Napoléon a consacré leur incapacité juridique ; il faudra attendre 1938 et 1965 pour qu'elle soit totalement abrogée.

Comme mineure, la jeune fille est placée sous la tutelle de ses parents ; elle passe sous celle de son époux lorsqu'elle est mariée. Selon le Code Napoléon, alors que pour se marier le fils doit jusqu'à vingt-cinq ans demander l'autorisation à ses parents, celle-ci est nécessaire sans limite d'âge pour la fille.

L'épouse doit obéissance à son mari, qui choisit le lieu de résidence du couple, gère la communauté des biens, exerce l'autorité parentale sur les enfants. La fidélité dans le ménage est à sens unique. L'adultère est une infraction pénale, réprimée de trois mois à deux ans d'emprisonnement s'il est commis par la femme, d'une simple amende s'il est le fait de l'homme, et à condition qu'il ait eu lieu au domicile conjugal. Le divorce est supprimé en 1816 et ne sera rétabli qu'en 1884.

En 1874, la loi, pour les protéger, restreint le droit des femmes à travailler ; en 1892, le travail de nuit leur est interdit.

Il faut attendre 1881 pour qu'elles puissent ouvrir un livret de caisse d'épargne sans autorisation de leur mari, et bien plus tard – 1938, puis 1965 – pour qu'elles aient le droit de détenir librement un compte en banque et, dans tous les cas, de se passer de l'assentiment de leur conjoint.

Elles n'ont pas la possibilité de témoigner pour des actes civils et notariés, d'ester en justice, et elles devront attendre 1937 pour bénéficier d'un passeport sans autorisation de leur mari.

Naturellement, elles ne peuvent ni voter ni être élues lors des élections politiques.

Même leur tenue vestimentaire est réglementée. Ainsi, le préfet de police de Paris décide le 7 novembre 1800 que celles qui veulent porter un pantalon et s'habiller comme un homme devront y être autorisées par les services de la Préfecture de police. Par la suite, deux circulaires préfectorales de 1892 et 1909 ont atténué cette interdiction : le port du pantalon est toléré si la femme tient par la main les rênes d'un cheval ou le guidon d'une bicyclette… Lors d'un congrès féministe, Maria Pognon évoquera en 1896 la « bicyclette égalitaire ».

Le certificat de capacité à la conduite automobile institué en 1893 par le préfet Lépine pour la région parisienne est réservé aux hommes majeurs de vingt et un ans. Il faut attendre 1897 pour que les femmes aient accès à ce permis, désormais nécessaire sur tout le territoire français. C'est la duchesse d'Uzès, en 1899, qui sera la première femme titulaire du permis de conduire, et la première à se voir infliger une contravention pour avoir, au volant de sa Delahaye, place Saint-Augustin, à Paris, dépassé les 20 kilomètres à l'heure autorisés.

*

La Fronde ne se veut pas d'abord un pamphlet anti-hommes. Si ses responsables déclarent la guerre, « ce n'est pas à l'antagonisme masculin, mais aux tyrans qui s'appellent : abus, préjugés, codes caducs, lois arbitraires », précise le premier numéro en date du 9 décembre 1897. Le journal « ne cherche pour la femme aucun triomphe sur l'homme, ni le pouvoir despotique par la ruse, ni l'identité des sexes », mais « réclame l'égalité des droits, le développement sans entraves des facultés de la femme, la responsabilité consciente de ses actes, une place de créature libre dans la société ».

« Journal absolument éclectique, porte-parole de tous les partis féministes », *La Fronde* « rêve de l'union de toutes les femmes sans distinction de culte ni de race », écrit Marguerite Durand dans le numéro du 13 décembre

1897. Elle ajoute que *La Fronde* « prêchera la croisade des intelligences et des cœurs contre les ennemis de l'humanité tout entière : l'ignorance qui fait des brutes, les tourmenteurs de bêtes, les bourreaux d'enfants ; l'alcoolisme, pépinière de fous et d'assassins ; l'intransigeance qui crée les martyrs ; la guerre qui met en deuil les familles et ruine les cités ».

Le journal va aussi publier des articles sur l'histoire du féminisme ou sur le mouvement en faveur du droit des femmes à l'étranger, se faire l'écho des revendications d'associations féministes. Le numéro du 11 décembre 1897 évoque le « féminisme chrétien ». Celui du 10 décembre 1897 publie la pétition de la Ligue française pour le droit des femmes au conseil municipal de Paris, demandant un tarif minimum pour les travaux de couture. Le 17 décembre 1897 paraît la motion de la Société des femmes qui réclame au groupe parlementaire des « Droits des femmes » la promulgation d'une loi les autorisant à plaider en justice.

Pour permettre à *La Fronde* d'exister comme un quotidien normal, et à ses journalistes d'avoir accès aux mêmes sources d'information que leurs confrères masculins, Marguerite Durand doit lutter contre des habitudes, des conformismes, des règles imposées par une société régie exclusivement par des hommes.

Elle fait ainsi tomber l'interdiction opposée aux femmes de pénétrer au Palais-Bourbon. Hélène Sée peut rencontrer pour *La Fronde* les députés dans le « salon de la Paix » de la Chambre. Elle est la première femme à intégrer les rangs de la presse parlementaire. Régulièrement, elle rend compte des travaux des députés. La politique est aussi, pour Marguerite Durand, l'affaire des femmes : elles doivent être tenues informées de l'élaboration des lois, même si elles n'ont pas encore le droit de vote. Marguerite Durand obtient pour elle-même une place dans la tribune de l'hémicycle réservée aux directeurs de journaux.

À Mathilde Méliot, responsable de la rubrique financière et boursière, elle fait ouvrir les portes de la Bourse. *La Fronde* publie quotidiennement les cotations.

Jeanne Brémontier réussit à avoir accès aux bancs de la presse du Palais de Justice, et Maria Vérone bénéficie de l'autorisation de suivre les délibérations du conseil municipal de Paris et du conseil général de la Seine, de même qu'Hélène Sée, qui rendra compte elle aussi des débats.

Marguerite Durand se trouve par ailleurs confrontée aux représentants des syndicats de la Fédération du livre, qui n'acceptent pas la concurrence féminine sur la question du travail de nuit. Les typographes de *La Fronde* composent le journal la nuit pour lui permettre d'être distribué le matin. Marguerite Durand refuse donc d'appliquer la loi du 2 novembre 1892 interdisant aux femmes tout travail de nuit. Elle transgresse les dispositions législatives et doit payer des amendes.

L'argumentation de Marguerite Durand pour braver la loi est que ses ouvrières ne sont pas exploitées, ne courent aucun danger, sont payées comme les hommes occupant des emplois identiques. L'interdiction du travail de nuit pour les femmes est une mesure très controversée par nombre de féministes : sous prétexte de protection des femmes, elle permet de ne pas leur accorder le même droit au travail que les hommes. En 1889, Maria Deraismes avait déjà signalé les arrières pensées qui pouvaient se dissimuler derrière le projet d'écarter les femmes du travail de nuit.

Olympe de Gouges

Julie-Victoire Daubié

George Sand

Marguerite Boucicaut

Elisa Lemonnier

Louise Michel

Madeleine
Brès

Blanche Edwards

Hubertine Auclert

Maria Deraismes

Maria Vérone

Jeanne Chauvin

Marguerite Dilhan

Camille
Claudel

Marie Curie
et Irène Joliot-Curie

© Albert Harlingue / Roger-Viollet

Colette

© Roger-Viollet

Louise Weiss

© Bibliothèque du Sénat

Marthe Simard

Marguerite Yourcenar

© Robert Doisneau / Rapho

D.R.

Nafissa
Sid Cara

Simone Veil

Face à l'intransigeance de la Fédération du livre, et avec l'aide de Marguerite Durand, est fondé le 31 avril 1899 le Syndicat des femmes typographes. Le 22 novembre 1900, une société coopérative de femmes typographes est créée, toujours avec l'assistance de Marguerite Durand.

À l'occasion d'un conflit social au sein de la maison Berger-Levrault, en 1902, plusieurs membres du Syndicat des femmes typographes se rendent à Nancy pour occuper les emplois laissés vacants par les typographes en grève. Cette action déclenche la colère du responsable de la Fédération du livre. Elle entraîne l'exclusion de la Bourse du travail du Syndicat des femmes typographes, au motif que son action constitue une rupture de la solidarité syndicale et une complicité avec les patrons de Berger-Levrault.

Marguerite Durand ne cède pas et porte cette exclusion devant la justice. Finalement, le 23 décembre 1904, le Conseil d'État lui donne raison et, peu après, la représentante du Syndicat des femmes typographes peut, non sans difficulté, et sous les huées des hommes, retrouver son bureau à la Bourse du travail.

L'autorité et le prestige de Marguerite Durand sortent renforcés de ce conflit opposant les femmes typographes à leurs collègues masculins et à la Fédération du livre.

*

L'influence de *La Fronde* vient non seulement de la pugnacité de Marguerite Durand, mais aussi des collaboratrices qu'elle sait s'adjoindre. Et d'abord son amie Caroline Rémy, connue sous le nom de « Séverine ». Secrétaire de Jules Vallès, qui poursuit après la mort de son mentor la publication du *Cri du peuple*, qu'il a fondé en 1883. Elle revendique pour les femmes l'égalité des droits et, en novembre 1890, plaide, dans un article du journal *Gil Blas*, pour le droit à l'avortement. Séverine signe chaque jour, jusqu'en 1900, en première page du quotidien de Marguerite Durand, un éditorial intitulé « Notes d'une frondeuse ». Elle écrit également de longs articles sur le procès Zola, prend sa défense, apporte son soutien à Dreyfus. À cette occasion est consommée la rupture avec les féministes chrétiens. La très catholique Marie-Anne de Bovet quitte *La Fronde* après avoir pris fait et cause pour la veuve du lieutenant-colonel Henry, auteur des faux bordereaux qui entraînèrent la condamnation de Dreyfus. Elle rejoint alors *La Libre Parole*.

La Fronde devient la cible d'une presse nationaliste haineuse et l'objet de campagnes injurieuses de la part d'Édouard Drumont, fondateur du journal *La Libre Parole*, initiateur de la Ligue antisémitique de France et du slogan « La France aux Français ».

Maria Pognon, féministe, libre penseuse, franc-maçonne, républicaine, pacifiste et socialiste, présidente de la Ligue française pour le droit des femmes, contribue à asseoir l'autorité du quotidien de Marguerite Durand.

Nelly Roussel, militante néo-malthusienne, antinataliste, collabore aussi à *La Fronde* et son engagement féministe ne laisse pas indifférent. Lors d'une conférence prononcée le 28 janvier 1908 dans le cadre de l'université populaire de Lille et intitulée « L'éternelle sacrifiée », elle ose revendiquer la « liberté de maternité » ; elle est une des premières à affirmer le droit des femmes à disposer librement de leur corps. Elle dénonce la « maternité sans consentement », et prône le droit aux contraceptifs et à l'avortement. Elle fustige les capitalistes, patriotes et cléricaux, rassemblés dans les « ligues reproductrices », la « société férocement masculine », et soutient les « mères opprimées ». Elle s'en prend à l'institution du mariage : « Pour ma part, dit-elle au cours de la même conférence, je n'assiste jamais à la célébration d'un mariage, civil ou religieux, sans éprouver une impression très pénible. À une époque où l'on prétend avoir aboli l'esclavage, dans une république basée sur la liberté et l'égalité, comment peut-on admettre ce serment d'obéissance prêté en public par une créature humaine ? »

En dépit de ses prises de position radicales, la force et l'originalité de ses convictions font de Nelly Roussel une collaboratrice de premier ordre pour *La Fronde*.

Clémence Royer figure aussi au nombre de celles qui signent dans *La Fronde*. Autodidacte, première femme à être admise à la Société d'anthropologie de Paris en 1884, puis à enseigner à la Sorbonne, elle est à l'origine de la Société des études philosophiques et morales, et milite activement pour l'instruction des femmes. Cofondatrice de la première obédience maçonnique mixte, « Le Droit humain », en 1901, elle est la première femme à recevoir la Légion d'honneur pour ses travaux scientifiques.

Jeanne Chauvin, qui a ouvert en 1900 le métier d'avocat aux femmes, et Maria Vérone apportent à *La Fronde* la richesse de leurs personnalités, de même qu'Avril de Sainte-Croix, qui signe ses articles « Savioz », du nom de sa mère. Celle-ci milite avec détermination et courage contre la prostitution et le trafic des femmes. Elle fonde en 1901 l'Œuvre libératrice, destinée à venir en aide aux prostituées.

La diversité de ces femmes, dont nous n'avons mentionné ici que certaines parmi les plus actives auprès de Marguerite Durand, permettent à *La Fronde* de canaliser toutes les formes du féminisme, d'en gérer certaines contradictions, d'en être un fantastique porte-voix.

Marguerite Durand ne partage pas sans nuances l'ensemble des revendications qu'affichent ses chroniqueuses. Elle ne semble cependant pas les avoir le moins du monde censurées.

La plupart de celles qui l'entourent expriment des opinions politiques, idéologiques ou philosophiques différentes. Certaines ne cachent pas leur attirance pour le socialisme, d'autres sont ouvertement anarchistes, les catholiques voisinent avec les franc-maçonnes. Marguerite Durand, elle, s'affirme anticléricale ; elle n'appartient pas, semble-t-il, à la franc-maçonnerie, contrairement à bon nombre des collaboratrices de *La Fronde*. Son anticléricalisme se veut tolérant. Elle lutte, au nom de l'égalité, pour que l'État détache l'enseignement des jeunes filles de la tutelle de l'Église. Bien des « frondeuses », moins modérées, approuvent sans réserve la politique radicale et anticléricale d'Émile Combes.

Les combats dans lesquels Marguerite Durand s'investit totalement concernent la condition des ouvrières et employées, l'égalité de salaires hommes/femmes, mais également l'égalité d'accès à la fonction publique et aux professions libérales, la liberté pour la femme de gérer son patrimoine et de disposer des fruits de son travail.

Maints progrès de notre législation résultent à cet égard du travail conjoint d'associations féministes, de politiques courageux et des « frondeuses » de Marguerite Durand.

En 1894, Léopold Goirand, député des Deux-Sèvres,

dépose une proposition de loi « ayant pour objet d'assurer à la femme mariée la libre disposition des fruits de son travail ». Cette réforme est préconisée par les féministes, notamment Jeanne Schmahl. Votée par les députés en 1896, la proposition de loi est enterrée par les sénateurs. Elle est finalement adoptée et promulguée le 13 juillet 1907, au terme de treize années d'efforts, notamment grâce à Goirand, devenu sénateur.

Si elle ne satisfait pas encore toutes les féministes – elle ne rétablit pas l'égalité complète entre hommes et femmes –, cette loi est néanmoins considérée comme un premier progrès dans cette voie.

En 1897, les femmes obtiennent le droit de témoigner dans les actes civils et notariés.

Le 13 novembre 1899, on l'a vu, le Parlement vote la proposition de loi de René Viviani autorisant les femmes à accéder à la profession d'avocat. C'est un succès personnel pour Jeanne Chauvin, mais aussi pour Marguerite Durand et *La Fronde* qui ont soutenu son combat.

Éligibles en 1903 au Conseil supérieur du travail, les femmes sont admises deux ans plus tard dans les commissions communales d'assistance.

En 1905, elles acquièrent le droit d'ester en justice sans l'assentiment de leur mari.

La Fronde et Marguerite Durand revendiquent pour les femmes le même niveau d'instruction que pour les hommes, la mixité à tous les niveaux de l'enseignement, l'introduction de notions de droit dans les programmes d'études. Mais elles entendent aussi – ce qui n'est pas contradictoire – que la vocation de mère, la maternité soient mieux protégées, que l'on enseigne aux jeunes filles la pratique des soins à dispenser aux nourrissons.

Pauline Kergomard, cousine d'Élisée Reclus, nommée par Jules Ferry en 1881 inspectrice générale des écoles maternelles, qui collabore avec Marguerite Durand, insiste ainsi sur l'importance des crèches.

Pour ce qui est de la protection de la maternité, Fernand Engerand, député du Calvados, dépose en 1906 une proposition de loi sur la protection des femmes avant et après leur accouchement. Mais il faudra encore attendre trois ans pour que cette loi soit définitivement votée et qu'un congé non rémunéré soit instauré.

Sur les droits civiques, la position des « frondeuses » n'est pas dénuée d'ambiguïtés. Marguerite Durand considère que la priorité consiste à obtenir des progrès dans l'éducation politique des femmes. Tant que l'Église catholique n'aura pas relâché son emprise sur l'enseignement des jeunes filles, il est préférable, à ses yeux, de se montrer prudent sur la question de l'octroi du droit de vote aux femmes. Elle se méfie de la récupération antirépublicaine que pourrait opérer un clergé catholique conservateur si les femmes avaient la possibilité de voter et d'être éligibles. Sa circonspection n'est évidemment pas partagée par toutes les « frondeuses ».

*

Marguerite Durand est née à Paris le 24 janvier 1864 d'Anna-Caroline Durand et déclarée de père inconnu à la mairie du VIIIe arrondissement.

L'homme présent à la mairie pour cette déclaration est le sculpteur Jean-Baptiste, dit Auguste Clésinger. Il a fait scandale au Salon de Paris en exposant en 1847 son œuvre intitulée *Femme piquée par un serpent*. Ses détracteurs lui reprochent son indécence, en particulier le fait d'avoir réalisé directement un moulage des seins de son modèle. En guise de réponse, il expose l'année suivante, dans une position sensuelle et dénudée, une *Bacchante couchée*. Une autre de ses œuvres connues est le portrait, exécuté en 1850, de la comédienne Rachel.

Séparé mais non divorcé de son épouse, la fille de George Sand, Auguste Clésinger a entretenu une liaison prolongée avec Anna-Caroline Durand. En réalité, il semble bien que le père biologique de Marguerite soit le colonel Alfred Bocher.

Marguerite Durand est vite attirée par le milieu artistique et nourrit l'ambition d'intégrer la troupe du Théâtre-Français. Ses efforts de deux ans au Conservatoire seront couronnés par un premier prix de comédie. À dix-sept ans, le 1er septembre 1881, elle entre comme pensionnaire à la Comédie-Française. Elle est engagée, précise son contrat, pour interpréter « des rôles d'ingénues amoureuses ».

Elle joue vingt-huit rôles différents, dont quatre créations. Le 21 janvier 1882, elle débute dans le rôle de Marcelle dans *Demi-monde*, d'Alexandre Dumas fils. Un critique écrit alors dans les *Annales du théâtre* que, selon lui, « elle a été, surtout au cinquième acte, au-dessous du médiocre ».

Suzanne, dans *Le Marquis de Villemer*, de George Sand, est son dernier rôle sur la scène du Français. Elle a auparavant interprété Casilda dans *Ruy Blas*, Fanchette dans *Le Mariage de Figaro*, Henriette dans *Les Femmes savantes*, Marianne dans *L'Avare*, Junie dans *Britannicus*…

Elle se marie en 1888 et quitte alors la scène. Le 22 février 1888, elle écrit à l'administrateur du Français :

« pour des raisons personnelles », elle le « prie de vouloir résilier à la fin de ce présent mois l'engagement » qui la lie à la troupe nationale. Son contrat vient d'ailleurs à expiration quelques mois plus tard.

Une nouvelle vie débute pour elle aux côtés de son mari, l'avocat et politicien Georges Laguerre. Inscrit au barreau de Paris depuis 1879, celui-ci est l'avocat de prévenus socialistes, anarchistes, ouvriers, y compris Louise Michel en 1883. Il est encore élu du Vaucluse, rattaché au groupe de la Gauche radicale. Lorsqu'il a été élu pour la première fois en 1883, il était le cadet des députés.

Une nouvelle scène et un tout autre décor s'ouvrent à Marguerite. Elle pénètre le monde fascinant, en perpétuel mouvement, de la politique, ressent l'excitation que procurent l'engagement et l'agitation passionnée de la vie parlementaire. Elle se met à aimer l'univers effervescent de la presse d'opinion. Il est vrai que la période est particulièrement agitée. La République est menacée par les agissements de conspirateurs en tout genre, par les revanchards de la monarchie et les nostalgiques du bonapartisme qui hantent encore les couloirs du Palais-Bourbon. L'État, déstabilisé par le « scandale des décorations », suscite un antiparlementarisme déjà latent.

Le journalisme devient la nouvelle passion de Marguerite. La voici qui collabore au journal de son mari, *La Presse*, qui l'entraîne sur les traces du général Boulanger. Souvent surnommée la « muse du boulangisme », elle croit, un temps, que le général aura assez d'audace pour sauver et régénérer la République. Déception : il quitte la France et, à la République, il préfère sa maîtresse – sur la tombe de laquelle il se suicidera le 30 septembre 1891.

Marguerite Durand se détourne alors de ce qui subsiste du boulangisme et du combat politique de son époux.

Après son divorce, le 9 mai 1895, elle ne reprend pas le chemin du théâtre, mais entre au *Figaro* et entretient une liaison avec son directeur, Antonin Périvier, qui lui donne un fils.

En avril 1896, elle suit le Congrès féministe international qui se tient à Paris. L'ordre du jour de cette réunion est important : outre la reconnaissance des droits civiques, des questions aussi différentes que le mariage, le divorce, la famille, l'éducation, la prostitution ou le travail doivent être abordées. Les congressistes ne sont pas unanimes sur tout. Les débats risquent d'être confus, et d'aucuns s'en réjouissent par avance : ils considèrent que les revendications des féministes sont absurdes, qu'elles tendraient à faire croire que la femme peut ressembler à l'homme, à nier leurs différences naturelles, à remettre en cause les fondements de la société.

De fait, bien des discussions se révèlent houleuses et déconcertantes, notamment sur le travail des femmes. S'opposent d'une part celles pour qui il faut protéger les femmes, les laisser à la maison pour s'occuper du ménage, des repas et des enfants, d'autre part celles pour qui les femmes doivent être libres de travailler et de recevoir, à travail égal, le même salaire que les hommes. Aux femmes désireuses de travailler, certains reprochent en effet d'entraîner une baisse des salaires. Ces questions donnent lieu à de vifs affrontements politiques.

Sur le divorce, les congressistes se montrent plus pondérés : ils émettent le vœu que le consentement des époux soit suffisant pour faire prononcer le divorce, et réclament l'abolition de l'article du Code qui défend aux complices d'adultère de s'épouser après le divorce.

Sur le mariage, les échanges redeviennent difficiles, surtout lorsque est affirmée l'inutilité du mariage ou qu'il est qualifié de « survivance du rapt »... Houleux aussi sont les débats sur la prostitution lorsqu'il est proclamé à la tribune « que les femmes doivent être libres de se vendre si tel est leur bon plaisir ».

Pour Marguerite Durand, plus modérée qu'extrémiste sur les questions soulevées par le congrès, et qui croit plus en la liberté qu'elle n'est militante féministe, il eût été facile de caricaturer ces débats. Elle aurait pu aisément profiter de certaines propositions ou déclarations pour ridiculiser ces femmes, montrer qu'elles voulaient simplement prendre la place des hommes. Cela aurait sûrement plu aux lecteurs du *Figaro*. Si elle a perçu les bases parfois divergentes des opinions des congressistes féministes, elle est impressionnée par la pertinence de certaines revendications et n'écrit pas l'article critique commandé par *Le Figaro*.

Elle décide alors de fonder un journal où pourra s'exprimer librement le désir de liberté et d'égalité des femmes. Elle pressent que le féminisme va s'inscrire de plus en plus à l'ordre du jour des débats, rythmer les affrontements politiques. Il est donc important pour elle de les canaliser, pour leur assurer une plus large audience, et de rassembler les femmes sur leurs revendications. Elle quitte *Le Figaro*.

C'est dans ce contexte que naît en 1897 *La Fronde*, journal de femmes pour les femmes, destiné, dans l'esprit de Marguerite Durand, on l'a dit, à susciter une prise de conscience de leurs aspirations, de la grandeur qu'elles ignorent en elles, à les intéresser à autre chose que la mode, la cuisine, la layette des nouveau-nés, à les ouvrir à toutes les problématiques de la société contemporaine, à les extraire du ghetto social où les ont cantonnées les hommes.

Ainsi, avec Marguerite Durand et *La Fronde*, nombre de Français et de responsables politiques découvrent – ou ne peuvent plus faire semblant d'ignorer – les revendications des femmes sur leur droit au respect et à l'égalité avec les hommes. Certes, ces revendications ne sont pas nouvelles, elles existaient auparavant, mais, avec *La Fronde*, elles acquièrent une dimension plus globale et spectaculaire, donc plus politique.

Mais le féminisme n'assure pas la pérennité financière d'un quotidien dont les frais fixes sont élevés. Le premier numéro de *La Fronde* bénéficie d'un important tirage : plusieurs dizaines de milliers d'exemplaires. Comme il fait l'objet d'attention, de curiosité, voire de critiques de la part d'une certaine presse, Marguerite Durand peut espérer en son succès prochain.

Quotidien de 1897 à 1907, *La Fronde* revendique, un an après son lancement, près de 4 000 abonnés. Mais la vente au numéro est difficile et décline régulièrement ; le nombre d'invendus progresse pour atteindre, semble-t-il, les deux tiers des dépôts sur Paris. Des difficultés financières découlent des problèmes sociaux ; le personnel est souvent payé avec retard. Marguerite Durand doit licencier une partie des salariés et, finalement, se résoudre à la fin de la parution quotidienne. Le journal devient mensuel à partir de 1903, avant de disparaître en 1905.

Même si Marguerite Durand justifie cette décision par le succès des idées développées par son journal, ce sont bien des considérations matérielles qui ont empêché la pérennité de l'entreprise.

Elle décide aussitôt de se lancer dans une nouvelle aventure de presse. Avec Henry Bérenger, journaliste à *La Dépêche de Toulouse*, plus tard ambassadeur de France à Washington, et Victor Charbonnel, prêtre défroqué, directeur de l'hebdomadaire anticlérical *La Raison*, elle participe à la création en 1903 d'un quotidien anticlérical et socialiste, *L'Action*. En réalité, *La Fronde*, dont elle tente d'assurer ainsi la survie, devient le supplément mensuel de cette publication.

Même si cette expérience ne dure pas au-delà de 1905 – Marguerite ne peut s'entendre avec les autres dirigeants –, elle ne renonce pas au féminisme et profite même de l'année 1904, centenaire du Code civil, pour dénoncer l'œuvre napoléonienne. Elle organise une grande réunion, salle des Sociétés savantes, à Paris. Le numéro de *La Fronde* du 1er novembre 1904 rapporte ainsi ses propos : « Il n'est pas une femme qui ne doive maudire le Code, il n'est pas une femme, riche ou pauvre, grande dame ou travailleuse, qui, dans sa misère ou dans ses biens, dans sa personne, dans ses enfants, dans son travail ou son désœuvrement, n'ait eu ou n'aura à souffrir grâce au Code. »

*

Avec la fin de *La Fronde*, le 1er mars 1905, Marguerite Durand s'éloigne du journalisme, mais non de l'action politique au service de la cause des femmes. Elle tente de fonder l'Office du travail féminin. René Viviani, son très cher ami, étant devenu ministre du Travail dans le gouvernement Clemenceau en octobre 1906, elle entend profiter de cette opportunité pour faire avancer son projet. Elle obtient son accord, et du député de la Seine Adrien Meslier le dépôt et le vote par la Chambre d'une proposition de résolution accordant un premier crédit à cet effet. Impatiente, elle adresse aussitôt aux élus une lettre les informant que le but de cet office est de « transmettre aux législateurs les justes revendications des travailleuses qui, n'étant pas électeurs (…), ne peuvent être consultées quand leurs intérêts sont en jeu ». Mais, faute de crédits suffisants, et du fait de la farouche opposition du syndicat CGT, cet office ne pourra remplir son rôle.

Elle n'abdique pas pour autant et assiste à plusieurs congrès ou réunions féministes, participe à la création d'un nouveau journal en 1909, *Les Nouvelles*. Elle s'investit surtout dans la campagne pour le vote des femmes. Elle défend désormais leur droit d'élire et d'être élues.

Elle profite des législatives du 24 avril 1910 pour faire entendre sa voix et présenter dans tous les arrondissements de Paris des candidates, alors même qu'elles ne sont pas éligibles et, bien sûr, pas électrices. Elle entend braver ainsi la loi et les hommes qui s'opposent au vote féminin et à l'élection de députés femmes.

Lors d'une réunion qu'elle organise, alors même qu'il lui a été signifié qu'elle ne pouvait solliciter les suffrages des électeurs du IXe arrondissement de la capitale, elle fait monter à la tribune un débile mental qu'elle a fait venir, et à qui elle donne la parole. Naturellement, le malheureux ne peut s'exprimer. Elle en conclut que, pour le législateur, il vaut mieux être un homme, même dérangé mentalement, plutôt qu'une femme. Le premier peut voter et même être élu, alors qu'une femme n'en a aucunement la possibilité.

L'action de Marguerite Durand a le mérite de sensibiliser l'opinion, car la presse relate abondamment cet épisode et ses démêlés avec la justice. Elle attaque devant le Conseil d'État le préfet de la Seine, qui a refusé de lui délivrer un récépissé de sa déclaration de candidature aux législatives de 1910. La haute juridiction administrative ne se presse pas de rendre sa décision. Ce n'est en effet que le 26 janvier 1912 qu'elle rejette sa requête, au motif que « les dispositions législatives qui régissent la composition de la Chambre des députés sont, dans leur ensemble, sans application au regard du sexe féminin ».

Quelques années plus tard, en 1914, Marguerite, qui n'a pas renoncé à son combat, tente de relancer *La Fronde.* Elle ne peut faire paraître que quelques numéros : les temps ont changé, c'est la guerre. Les préoccupations des Français et des Françaises ne se tournent plus en priorité vers des revendications comme celles portant sur le statut des femmes.

Même si elle considère que féminisme et pacifisme sont étroitement liés, Marguerite incite les femmes à participer à l'effort de guerre. Elle dit son espoir qu'à la suite de la déflagration mondiale la société aura changé et les femmes pourront bénéficier de droits nouveaux. Elles auront prouvé que, en l'absence des hommes partis au front, elles ont su assumer leurs responsabilités.

Sa déception est au rendez-vous de l'armistice. La guerre terminée, les femmes qui avaient occupé les emplois des hommes sont incitées à laisser place aux hommes démobilisés.

Pour ce qui est du vote des femmes, bien que la prise de conscience de la nécessité de leur accorder ce droit ait semblé progresser avant guerre dans l'esprit des parlementaires, le projet, repris par les députés en 1919, est enterré par les sénateurs.

En 1901, Fernand Gautret, député de la Vendée, avait tenté de proposer, sans succès, cette extension du droit de vote aux femmes. La proposition avait été reprise en 1906 par Paul Dussaussoy, député du Pas-de-Calais, qui la restreignait aux élections locales. Fernand Buisson, député de la Seine, avait déposé le 16 juillet 1909 un rapport favorable à cette réforme. Ce n'est que le 20 mai 1919 que la Chambre l'adopte.

Les féministes et Marguerite Durand se prennent alors à espérer que leur combat n'aura pas été vain. Mais le Sénat, après avoir pris son temps, refuse, dans sa séance du 21 avril 1922, de passer à l'examen de cette modification législative, pourtant votée en première lecture par les députés. Les femmes devront attendre 1944 pour devenir véritablement des citoyennes, en bénéficiant du droit de vote et de celui d'être éligibles.

Déception aussi en ce qui concerne la reconnaissance du droit pour les femmes de choisir librement le temps de leur maternité. Après l'hécatombe de la guerre, l'époque est au repeuplement de la France. La maternité est érigée en devoir national, et la loi du 31 juillet 1920 réprime la provocation à l'avortement et la propagande anticonceptionnelle.

Marguerite Durand s'active pour créer une « Maison des œuvres et institutions féminines » où pourraient se retrouver les représentantes des différents mouvements féminins. Malgré ses efforts, ce projet n'aboutit pas.

Elle tente encore de relancer *La Fronde*. Le journal reparaît de mai 1926 à juillet 1928, mais l'esprit n'est plus le même. Il n'est plus le projet exclusif de femmes ; sa rédaction est mixte. Certes, Marguerite Durand continue à y militer pour transformer la condition féminine, mais il est surtout un instrument au service du Parti républicain socialiste, auquel elle a adhéré.

Le 16 mars 1936, Marguerite Durand décède à l'âge de soixante-douze ans. Elle aura imprégné par sa personnalité son époque et l'histoire du féminisme. Elle aura dérangé des habitudes, contrarié des comportements, bouleversé des privilèges, réveillé un monde politique arcbouté sur ses vérités. Elle aura incarné le mouvement, la liberté et l'équité.

Bibliographie

Sur Marguerite Durand

La Fronde et dossier Marguerite Durand, Bibliothèque Marguerite Durand, Paris.

Dossier Marguerite Durand, Archives de la Comédie-Française.

Laure Adler, *À l'aube du féminisme. Les premières journalistes (1830-1850)*, Payot, 1979.

François Chaignault, *L'Affaire Berger-Levrault. Le féminisme à l'épreuve (1897-1905)*, Presses Universitaires de Rennes, 2009.

Elizabeth Coquart, *La Frondeuse*, Payot, 2010.

Clotilde Dissard, *Opinions féministes. À propos du Congrès féministe de Paris*, Revue internationale de sociologie, juillet 1896.

Annie Dizier-Metz, *Histoire d'une femme, mémoire des femmes*, Bibliothèque Marguerite Durand, 1992.

Jean Rabaut, *Marguerite Durand*, L'Harmattan, 1996.

M.-L. Roberts, « Copie subversive : le journalisme féminin à la fin du siècle dernier », *Clio*, n° 6, 1997.

Vincent Soulier, *Presse féminine : la puissance frivole*, L'Archipel, 2008.

Évelyne Sullerot, *La Presse féminine*, Armand Colin, 1963.

René Viviani, *Cinquante ans de féminisme*, Ligue française pour le droit des femmes, 1921.

Odile Welfele, *La Fronde : histoire d'une entreprise de presse*, Thèse de doctorat, École des chartes, 1982.

Camille Claudel

(1864-1943)

Le génie emprisonné

Lorsque le Conseil constitutionnel, le 26 novembre 2010, délibère sur la loi du 30 juin 1838 concernant l'hospitalisation sans consentement, le souvenir de Camille Claudel est présent dans la mémoire de certains de ses membres. Cette femme sculpteur, au génie incontesté, fut, à la demande de sa famille, internée contre sa volonté et séquestrée pendant trente ans.

*

Le 10 mars 1913, Camille Claudel vit recluse chez elle, dans un état de profonde solitude, de désarroi total. Obsédée par l'idée d'être pillée de ses œuvres par la « bande de Rodin », elle s'est barricadée, bloquant même ses fenêtres par des chaînes.

Camille a rencontré pour la première fois Auguste Rodin en 1882 quand, remplaçant le sculpteur Alfred Boucher, il est venu à l'atelier, au 117 rue Notre-Dame-des-Champs, conseiller un groupe de jeunes femmes, dont Camille et plus tard une jeune Anglaise, Jessie Lipscomb.

L'École des Beaux-Arts est alors interdite aux femmes. Il faudra onze ans de détermination tenace et habile de la part d'Hélène Bertaux, présidente de l'Union des femmes peintres et sculpteurs, pour que l'entrée des femmes y devienne effective.

C'est seulement en 1903 que les femmes sont autorisées à présenter le concours du Prix de Rome. La première lauréate en sculpture est Lucienne Heuvelmans, avec *La Sœur d'Oreste défendant le sommeil de son frère*, en 1911.

Mais Camille ne s'intéresse guère au combat mené par les féministes pour l'égalité civile et le droit des femmes à recevoir le même enseignement que les hommes. Elle a rejoint Rodin dans son atelier de la rue de l'Université et s'est engagée corps et âme à l'assister et à travailler à ses côtés, notamment à *La Porte de l'Enfer*, commande du musée des Arts décoratifs pour sa porte d'entrée.

Admirant le talent de Camille, Rodin la considère comme son égale : « Je lui ai montré où elle trouverait de l'or, mais l'or qu'elle trouve est à elle. » Elle a dix-neuf ans, il en a vingt-quatre de plus ; il est son maître, son mentor, et va devenir son amant ; elle est son assistante, son modèle, sa conseillère et sa muse.

Rodin exprime sa passion pour Camille par des lettres enflammées : « Je t'embrasse les mains, mon amie, toi qui me donnes des jouissances si élevées, si ardentes ; près de toi, mon âme existe avec force et, dans sa fureur d'amour, ton respect est toujours au-dessus », lui avoue-t-il en 1886, concluant : « Ah ! Divine beauté, fleur qui parle, et qui aime, fleur intelligente, ma chérie ! Ma très bonne, à deux genoux, devant ton beau corps que j'étreins ! »

Cet amour de plusieurs années ne peut s'exprimer au grand jour. Rodin entretient déjà une liaison publique avec Rose Beuret, dont il a un fils. Cette double vie engendre une profonde détresse chez Camille, attise sa jalousie, nourrit un besoin personnel de reconnaissance et l'oblige à mentir à sa famille qui, catholique, réprouve les relations hors mariage et se soucie du qu'en dira-t-on. « L'ignoble comédie que tu nous as jouée. Moi assez naïve pour inviter ce grand homme à Villeneuve, avec Madame Rodin, sa concubine ! et toi, qui faisais la sucrée, qui vivais avec lui en femme entretenue », lui ressortira sa mère en 1927 pour la blâmer.

Au firmament de leur amour, Rodin lui propose de mettre un terme à l'ambiguïté de leur relation. Dans une étrange lettre en forme de contrat, datée du 12 octobre 1886, il s'engage vis-à-vis d'elle : « Je ne tiendrai pour mon élève que Mlle Camille Claudel et je la protégerai seul par tous les moyens que j'aurai à ma disposition, par mes amis qui seront les siens, surtout par mes amis influents… Je n'irai plus sous aucun prétexte chez Mme…, à qui je n'enseignerai plus la sculpture. Après l'exposition, au mois de mai, nous partirons pour l'Italie et y resterons au moins six mois, commencement d'une liaison indissoluble après laquelle Mlle Claudel sera ma femme… D'ici au mois de mai, je n'aurai aucune femme, sans cela les conditions sont rompues… »

Mais Rodin n'honore pas sa promesse, la « trompe » avec d'autres femmes et ne quitte pas Rose, qu'il épousera même à la toute fin de sa vie. Cette « trahison » est, pour Camille, le début d'une « descente aux enfers » et d'une déchéance intérieure ; l'avortement auquel elle est par ailleurs contrainte brise son idéal amoureux.

Elle se rapproche un temps de sa famille, renoue avec une vie sociale grâce à son frère Paul, qui l'intègre à son cercle d'amis, dont Daudet, Mallarmé… et Debussy, avec lequel plane l'ombre d'une liaison amoureuse.

Les œuvres de Camille sont un livre ouvert des drames psychologiques qu'elle traverse. Le modèle en plâtre de *Clotho* présenté en 1893 exprime sa détresse de femme abandonnée. *Le Dieu envolé*, exposé en 1894, *L'Implorante*, étude pour *L'Âge mûr*, symbolisent la supplication de l'amante, allégorie du mythe de Psyché. *La Vague*, élaborée de 1889 à 1897, inspirée par le Japonais Hokusaï, évoque l'insouciance avant le drame.

En 1899, *L'Âge mûr* marque la rupture définitive avec Rodin et la révélation au grand jour de leur relation passée. Dans une première version de cette sculpture, une jeune femme suppliante, humiliée, à genoux et nue, retient du bout des doigts son amour, emporté par la vieillesse, tandis que, dans la version finale, les amants n'auront plus aucun contact entre eux. Toute la critique y verra Rodin et Rose, plus âgée que Camille. Son frère Paul, lui, commentera ainsi le drame et le déchirement intérieur de sa sœur : « Tout est fini ! C'est ça, pour toujours, qu'elle nous a laissé à regarder ! Et savez-vous ? Ce qui s'arrache à elle, en ce moment même, sous vos yeux, c'est son âme !… Car l'œuvre de ma sœur est (…) l'histoire de sa vie. »

La commande d'État de *L'Âge mur* en bronze est annulée par le ministère des Beaux-Arts et la sculpture est refusée à l'Exposition universelle de 1900. Pendant dix ans, Camille va livrer une bataille désespérée, sans résultat, pour que l'État revienne sur sa décision et subventionne la réalisation de cette œuvre. En la soutenant financièrement, quelques mécènes permettront plusieurs éditions en bronze.

Dans la solitude de son nouvel atelier du 19, quai

de Bourbon, Camille travaille comme une forcenée pour exister face à Rodin, dont le talent est déjà unanimement célébré. Elle espère sa revanche, sa propre consécration, obsédée par la reconnaissance de son style, de son œuvre en tant que telle, non comme une imitation de celle de Rodin.

Mais les absences prolongées de son frère à l'étranger plongent Camille dans une solitude qui devient souffrance. Les conditions de travail très rudes, les difficultés financières quotidiennes liées tant à son métier de sculpteur qu'à ses besoins pour survivre l'amènent à négliger son état de santé, les premiers signes de désespérance se font sentir chez elle. Elle accuse Rodin de jalouser son travail et d'être l'instigateur des persécutions dont elle se croit victime.

En réalité, à l'exception de la période de leur rupture étalée au grand jour, il demeure l'un de ses plus fervents protecteurs. Discrètement, il soutient son œuvre, fait jouer ses relations et s'arrange pour que son aide financière parvienne à Camille sans qu'elle puisse en soupçonner l'origine.

Dès 1905, Paul Claudel écrit : « La pauvre fille est malade […] Avec tout son génie, la vie a été pleine pour elle de tant de déboires et de dégoûts que le prolongement n'en est pas à désirer. » Et le 5 septembre 1909, il note dans son journal : « À Paris, Camille folle. » Profondément croyant, il s'est fait à l'idée de la nécessité d'interner Camille. Il semble interpréter les tourments de sa sœur comme une expiation de sa faute. Il qualifiera même l'avortement auquel elle a été contrainte de « crime ».

Après l'exposition de 1910, « Femmes peintres et sculpteurs », où Camille présente *L'Imploration*, *Persée*,

Les Bavardes, elle s'isole de plus en plus, vit parmi les chats dans la saleté et un incroyable désordre, disparaît parfois sans que personne ne sache où elle se trouve. Elle se coupe peu à peu de la réalité du monde ; elle est déjà ailleurs.

Elle en vient aussi à détruire une partie de son travail : « C'est comme ça que je fais quand il m'arrive quelque chose de désagréable : je prends mon marteau et j'écrabouille un bonhomme », avoue-t-elle dans une lettre à sa cousine Henriette, en décembre 1912.

Dans ce courrier, elle ajoute, témoignage poignant de sa déchéance, de son délire obsessionnel, de son incapacité à surmonter la trahison de Rodin : « Aussitôt que je sors, Rodin et sa bande entre [*sic*] chez moi pour me dévaliser. Tout le quai Bourbon en est infesté ! Aussi maintenant, ma maison est transformée en forteresse : des chaînes de sûreté, des mâchicoulis, des pièges à loup derrière toutes les portes, témoignent du peu de confiance que m'inspire l'humanité. Depuis que je vous ai vue, toutes les horreurs sont tombées sur moi : les maladies, le manque d'argent, les mauvais traitements de toute espèce… »

*

Au petit matin du 10 mars 1913, deux hommes pénètrent à son domicile, 19, quai de Bourbon, l'évacuent par la fenêtre, la contraignant de force à monter dans une automobile pour la conduire à l'asile de Ville-Évrard. Paul Claudel, son frère, qui a organisé le « transfert », écrira à André Gide, le 22 mars 1913 : « Quant à ma sœur Camille, je viens de la conduire dans une maison de santé. »

Selon la loi de 1838, son internement est légal. Il fait suite à une demande de la famille Claudel – sa mère Louise et son frère Paul – appuyée par le certificat médical du docteur Michaux qui atteste « que Mademoiselle Claudel est atteinte de troubles intellectuels très sérieux ; qu'elle porte des habits misérables ; qu'elle est absolument sale, ne se lavant jamais (…) ; que, d'après des lettres écrites tout récemment à son frère, d'après des propos tenus par le concierge, elle a toujours la terreur de la "bande à Rodin", que j'ai constatée chez elle à plusieurs reprises depuis sept ou huit ans ; qu'elle se figure être persécutée ».

Parmi tous les documents présentés par Jean-Paul Morel dans son ouvrage *Une mise au tombeau*, l'original du certificat médical comportait trois lignes que Paul Claudel a fait corriger, après avis du directeur de l'asile de Ville-Évrard, afin que ni la famille ni le médecin ne soient inquiétés. A été supprimé : « que son état, dangereux pour elle à cause du manque de soins et même parfois de nourriture, est également dangereux pour ses voisins, et qu'il serait nécessaire de l'interner dans une maison de santé ». La famille écarte ainsi le risque d'une mise en jeu de sa responsabilité pénale pour n'avoir pas porté assistance à personne en péril.

La mère de Camille, Louise Cerveaux, veuve Claudel, a dûment rempli la « demande de placement volontaire » en ces termes : « …déclare en ma qualité de mère que mon intention est de placer dans l'asile de Ville-Évrard, et prie en conséquence Monsieur le directeur dudit établissement d'y recevoir, pour l'y faire traiter de l'Aliénation Mentale dont elle est atteinte, Claudel Camille, âgée de quarante-huit ans… »

Cette demande d'internement n'a pu être formulée

qu'après le décès du père qui, toute sa vie, a protégé Camille. Il avait compris son besoin de se rapprocher de sa famille pour sortir de l'isolement dont elle souffrait. Dans une lettre à son fils Paul, il précisait en 1909 : « Jusqu'ici, personne n'a voulu s'occuper d'elle. Il y a bel âge que j'aurais voulu que ta mère allât la voir, vérifier son trousseau, son mobilier, car, pour moi, je n'ai jamais pu me faire entendre de Camille sans amener des scènes écœurantes. Je voudrais que Camille vienne nous voir de temps en temps. Ta mère ne veut pas entendre parler de ça, mais je me demande si ce ne serait pas le moyen de calmer, sinon guérir, cette folle enragée. »

Au début de 1913, devant un père très affaibli, l'internement est envisagé par la famille. Camille, dans une lettre à sa cousine Henriette, pressent ce qui se trame : « En ce moment, le sieur Rodin a persuadé mes parents de me faire enfermer… Dans tous les cas, je tenais à ce qu'un membre de ma famille soit au courant de ce qui se passe… »

Quand son père décède le 2 mars 1913, Camille n'est pas encore hospitalisée, elle aurait pu se rendre aux obsèques, mais la famille la tient dans l'ignorance de sa disparition. C'est son cousin Charles Thierry qui l'en informera. Elle lui répondra – dernière lettre d'une femme libre, le 10 mars, quelques instants avant son interpellation : « Tu m'apprends la mort de Papa ; voilà la première nouvelle, on ne m'a rien dit. Depuis quand est-ce arrivé ?… Le pauvre Papa ne m'a jamais vue telle que je suis ; on lui a toujours fait croire que j'étais une créature odieuse, ingrate et méchante ; c'était nécessaire pour que l'autre puisse gratter… »

*

En vertu de l'arrêté définitif du préfet de police, Camille Claudel devient « le placement volontaire n° 39996 à la maison spéciale de santé » de Ville-Évrard, où elle est admise le jour même. Diagnostic des médecins : une paranoïa caractérisée par un délire de persécution à base d'interprétations. Tous les certificats de situation indiqueront : « Cette affectation justifie le maintien de cette malade en asile. »

Or, dès 1909, Paul Sérieux et Joseph Capgras, médecins des asiles d'aliénés de la Seine, qui font autorité, affirment dans leur ouvrage sur *Les Folies raisonnantes* que les malades atteints de cette pathologie « ne méritent pas l'épithète d'aliénés ». Ils doutent même de la nécessité de les interner, car, en dépit de leurs « bizarreries », ils ont conscience de leur état et souffrent de la privation de liberté, comme le souligne Jean-Paul Morel.

Personne ne se pose alors la question de savoir si l'internement de Camille Claudel est nécessaire à sa guérison, si elle n'est pas justement dans la situation décrite par ces spécialistes.

D'ailleurs, Camille elle-même écrit le 21 mars 1913 avec une grande lucidité à son cousin Charles : « Je ne suis pas rassurée, je ne sais ce qui va m'arriver… Te rappelles-tu le pauvre marquis de Sauvencourt, du château du Muret, ton ex-voisin ? Il vient seulement de mourir après avoir été enfermé pendant trente ans ! C'est affreux, on ne peut se le figurer… »

Alerté, inquiet, Charles Thierry décide de lui rendre visite, mais une lettre du médecin-chef l'informe que « l'administration de la maison de santé a reçu de la famille de cette pensionnaire l'ordre formel de ne la laisser visiter par aucune personne et de ne pas donner de ses nouvelles ».

Camille est séquestrée. Les visites, les correspondances, tout lien avec l'extérieur lui sont interdits. Quand elle parviendra à déjouer la vigilance du personnel de la maison de santé, sa mère n'aura de cesse de rappeler à l'ordre la direction de l'établissement. Ainsi, le 5 avril 1913, Mme Claudel écrit au médecin-chef : « Je me félicite de vous avoir prié de ne permettre à qui que ce soit de visiter Mlle Claudel ni de la laisser correspondre avec personne », et le 21 juillet 1913 elle réaffirme qu'elle ne veut toujours pas aller la voir, qu'elle est satisfaite de la savoir internée : « Au moins, elle ne peut nuire à personne. » Elle insiste derechef pour qu'elle soit coupée du monde : « Qu'elle se fasse oublier, c'est tout ce qui peut arriver de mieux. »

Face à cet isolement organisé, Charles Thierry, considéré par Mme Claudel comme « le voyou le plus infâme », alerte un journal local, *L'Avenir de l'Aisne*, pour dénoncer la situation terrible où se trouve Camille.

En décembre 1913, à l'occasion du débat au Sénat sur la loi de 1838, le journaliste Paul Vibert, du *Grand National*, faisant référence au cas de Camille Claudel, lance une campagne, à travers plusieurs articles, pour demander la révision totale de cette loi « monstrueuse » qui vous met à « la merci (...) d'une famille criminelle qui veut vous dépouiller ».

La Ligue des droits de l'homme et son président, Ferdinand Buisson, sollicitent une enquête du ministre de l'Intérieur. Ils n'obtiendront qu'une réponse administrative le 4 avril 1914.

Les événements internationaux et la déclaration de

guerre entre l'Allemagne et la France enterrent tout examen de la loi de 1838.

Suite à l'ordre de mobilisation générale, Camille et les pensionnaires de Ville-Évrard sont évacués vers la maison de santé d'Enghien, en attendant une destination définitive. Au lieu d'être rapprochée de sa famille, Camille est transférée près d'Avignon le 5 septembre 1914 et enregistrée officiellement le 12 février 1915 à l'asile de Montdevergues, sous les matricules 2307, puis 6071.

Elle n'aura plus de cesse que d'écrire pour alerter sa famille, son entourage, ses anciens amis, sur la situation dont elle est la victime, sans imaginer que les deux plus ardents protagonistes de sa séquestration ne sont autres que sa mère et son frère.

Devant les améliorations que connaît son état de santé, les médecins vont en effet proposer à plusieurs reprises une sortie : « Mlle Camille est calme, ses idées de persécutions sont très atténuées. Elle manifeste vivement le désir de retourner auprès de sa famille et de vivre à la campagne », constate le docteur Brunet, qui conclut en juin 1920 : « Je crois que, dans ces conditions, une sortie peut être essayée. » Et le docteur Charpenel, en novembre 1923 : « Ne serait-il pas possible d'essayer de la satisfaire dans une certaine mesure ? » Sa mère refuse catégoriquement de revoir sa fille, comme dans sa lettre au directeur de l'établissement du 20 octobre 1915 : « Je ne veux pas la revoir ! »

Camille elle-même écrit le 25 juin 1918 au docteur Michaux, qui avait pris la décision de l'interner : « Vous ne vous souvenez peut-être plus de votre ex-cliente et voisine, Mlle Claudel, qui fut enlevée chez elle (…) et transportée dans les asiles d'aliénés d'où elle ne sortira peut-être jamais. Cela fait cinq ans, bientôt six, que je subis cet affreux martyre… On me reproche (ô crime épouvantable !) d'avoir vécu toute seule, de passer ma vie avec des chats, d'avoir la manie de la persécution ! C'est sur la foi de ces accusations que je suis incarcérée depuis cinq ans et demi comme une criminelle, privée de liberté, privée de nourriture, de feu et des plus élémentaires commodités… On donne ici pour moi 150 francs par mois, et il faut voir comme je suis traitée ; mes parents ne s'occupent pas de moi et ne répondent à mes plaintes que par le mutisme le plus complet – ainsi, on fait de moi ce qu'on veut. C'est affreux d'être abandonnée de cette façon, je ne puis résister au chagrin qui m'accable… Maman et ma sœur ont donné l'ordre de me séquestrer de la façon la plus complète, aucune de mes lettres ne part, aucune visite ne pénètre. »

Mme Claudel restera intraitable, quels que soient les appels de détresse lancés par sa fille, qui écrit encore le 18 février 1927 : « Je suis tellement désolée de continuer à vivre ici que je ne vois plus une créature humaine. Je ne puis plus supporter les cris de toutes ces créatures, cela me tourne le cœur. Dieu, que je voudrais être à Villeneuve ! »

Dans une lettre adressée à son frère le 3 mars 1927, Camille lui explique l'inutilité de gaspiller son argent dans des améliorations de confort qui ne correspondent pas à la réalité d'une maison d'aliénés : « Il y a une manière de vivre adaptée (…) il s'agit de tenir en respect toutes sortes de créatures atroces, violentes, criardes, menaçantes… Ce n'est pas ma place au milieu de tout cela, il faut me retirer de ce milieu après quatorze ans aujourd'hui d'une vie pareille (que je suis séquestrée), je réclame la liberté à grands cris ! »

Après la mort de sa mère, sa sœur Louise fera une exception en autorisant la venue de l'ancienne camarade d'atelier Jessie Lipscomb dont la famille, semble-t-il, n'avait rien à craindre. De leur visite à Camille restent de rares clichés pris par William Elborn, le mari de Jessie. Camille Claudel est méconnaissable : bras croisés, les traits marqués, c'est une vieille dame comme celles que l'on rencontre aujourd'hui dans nos mouroirs médicalisés, des êtres enfermés dans leurs mystères, dont nous ne percevons plus que les corps décharnés.

*

Camille Claudel, l'une des plus grandes femmes sculpteurs de tous les temps, dont les œuvres ont aujourd'hui retrouvé leur place au musée Rodin, va passer le reste de ses jours à clamer son innocence au corps médical qui l'entoure, à persévérer dans l'écriture de ses lettres – autant de témoignages accablants – et à attendre que vienne la mort, précipitée par les conditions inhumaines de la Seconde Guerre mondiale. Elle va mourir de faim dans un hôpital public français, le 19 octobre 1943. Aucun membre de sa famille n'assistera à ses obsèques.

Quand Pierre, le fils de Paul Claudel, s'enquerra de sa sépulture, le maire de Montfavet répondra en septembre 1962 : « Le terrain en cause a été repris pour les besoins du service, les renseignements concernant la famille de la défunte n'ayant pas été fournis au service du cimetière. »

*

La décision du Conseil constitutionnel du 26 novembre 2010 sonne comme un hommage posthume à Camille Claudel et annule l'article 337 du Code de la santé publique, devenu son article L 3212-7. Désormais, l'hospitalisation d'une personne atteinte d'une maladie mentale ne peut être maintenue au-delà de quinze jours sans l'intervention d'une juridiction de l'ordre judiciaire, sous peine de méconnaître les exigences de l'article 66 de la Constitution selon lequel « nul ne peut être arbitrairement détenu ».

Bibliographie

Sur Camille Claudel

Odile Ayral-Clause, *Camille Claudel, sa vie*, Hazan, 2008.

Dominique Bona, *Camille et Paul : La passion Claudel*, Grasset, 2006.

Jacques Cassar, Jeanne Fayard et Monique Laurent, *Dossier Camille Claudel*, Maisonneuve et Larose, 2008.

Anne Delbée, *Une Femme*, Presses de la Renaissance, 1982.

Bruno Gaudichon et Anne Rivière (dir.), *Camille Claudel, Correspondance*, Gallimard, 2008.

Eric Liberge et Vincent Gravé, *Camille Claudel*, Glénat, 2012.

Montdevergues, les mémoires d'un hôpital, Éditions du centre hospitalier de Montfavet, 2000.

Jean-Paul Morel, *Camille Claudel, une mise au tombeau*, Les Impressions nouvelles, 2009.

Reine-Marie Paris, *Chère Camille Claudel*, Economica, 2012.

Reine-Marie Paris, *Camille Claudel 1864-1943*, Economica, 2012.

Hélène Pinet et Reine-Marie Paris, *Camille Claudel : Le génie est comme un miroir*, Gallimard, 2003.

Musée des lettres et manuscrits, lettres à Louis Tissier.

Nous remercions Sandra Boujot de la bibliothèque du musée Rodin pour son accueil.

Marie Curie

(1867-1934)

Première femme Prix Nobel.
Prix Nobel de physique
et prix Nobel de chimie

Irène Joliot-Curie

(1897-1956)

Prix Nobel de chimie,
première femme secrétaire d'État

Le 20 avril 1995, les cendres de Marie et de Pierre Curie sont transférées au Panthéon. François Mitterrand, président de la République, leur rend un hommage national.

Le 15 mai 2012, François Hollande, qui vient de prendre ses fonctions de président de la République, dépose une gerbe de fleurs à l'Institut Curie.

Deux témoignages de la reconnaissance de la France envers une femme qui, aux côtés de son mari, a su se construire un destin exceptionnel et donner un élan remarquable à la recherche scientifique et médicale française.

Arrivée à Paris, gare de l'Est, en novembre 1891, elle a aujourd'hui le Panthéon pour ultime demeure.

*

Originaire de Pologne, Marya Salomé Sklodowska est née le 7 novembre 1867 à Varsovie, cinquième et dernier enfant d'un couple d'enseignants modestes et érudits. Dans cette famille, il paraît « fort naturel de connaître le grec, le latin et, à part le polonais, de parler le français, l'anglais, l'allemand, de traduire dans sa langue natale, en prose ou en vers, les plus beaux ouvrages des auteurs étrangers », précise Ève Curie dans son livre consacré à sa mère.

Marya n'a que onze ans quand elle devient orpheline de sa mère. Son père ayant été révoqué par les autorités russes de son poste d'enseignant en mathématiques et physique pour manque de « docilité », la jeune Marya est confrontée aux difficultés financières de la famille, mais termine brillamment sa scolarité à quinze ans.

Il lui est impossible d'accéder à des études supérieures alors réservées aux hommes. Elle doit travailler, tente de se placer dans des familles bourgeoises pour dispenser des cours aux enfants, ce qui lui permet d'envoyer un peu d'argent à sa sœur Bronia qui a entrepris des études de médecine à Paris.

Elle rêve au jour où sa patrie sera libre, débarrassée du joug de l'envahisseur russe. Dans cet espoir, elle se laisse séduire par le positivisme d'Auguste Comte, pour qui l'esprit humain traverse successivement l'« âge théologique », puis l'« âge métaphysique », pour aboutir enfin à l'« âge positif » où la vérité n'est accessible que par les sciences positives, telles les mathématiques ou la physique. Cette théorie des trois âges convient à Marya.

Pour contourner la tutelle russe, des jeunes filles et des garçons polonais organisent une université clandestine. Elle permet à des professeurs bénévoles de dispenser un enseignement positiviste. Étudiants et enseignants sont persuadés que le salut de l'humanité en général, et celui de la Pologne en particulier, résident dans le développement de la science. Marya participe autant qu'elle peut à cette « université volante ».

En novembre 1891, à vingt-quatre ans, elle rejoint

Bronia à Paris, s'inscrit en Sorbonne pour suivre les cours de licence à la faculté des sciences. Elle francise alors son prénom et devient Marie Sklodowska.

Elle travaille sans relâche pour se mettre à niveau et réussir ses examens, car cela fait huit ans qu'elle a interrompu ses études.

Au début de 1894, Gabriel Lippmann, professeur de physique mathématique, membre de l'Académie des sciences dont il deviendra le président en 1912 après avoir obtenu le prix Nobel de physique en 1908, l'accueille dans son laboratoire.

La jeune Polonaise, particulièrement talentueuse, est reçue première à la licence en sciences physiques. Elle s'inscrit alors en licence de mathématiques, suit les enseignements de Paul Painlevé, d'Henri Poincaré, de Paul Appel, qui font autorité. Elle est reçue deuxième à cette seconde licence.

C'est alors qu'elle rencontre Pierre Curie, chef de laboratoire à l'École supérieure de physique et chimie industrielles de la Ville de Paris. L'une des premières réalisations de ce brillant chercheur, la « balance Curie », sera utilisée plus tard par Marie pour déterminer le poids atomique du radium. Ses autres travaux connaîtront des applications pratiques dans la mise au point du télégraphe, du téléphone, de la radio… Elle partage avec lui un même goût pour la science et la recherche, mais aussi une vision identique de la société.

Elle l'épouse civilement le 26 juillet 1895 ; il a neuf ans de plus qu'elle, et il est athée ; elle-même est catholique, mais se détachera de la religion, et ses filles ne seront pas baptisées. Marie devient légalement française par son mariage. Le couple aura deux filles, Irène et Ève, à sept ans d'écart.

En 1896, Marie est reçue première à l'agrégation de mathématiques, ce qui lui ouvre le droit d'enseigner dans les établissements secondaires de jeunes filles, mais elle préfère s'atteler à la rédaction d'une thèse de doctorat sur l'étude des rayonnements produits par l'uranium.

Le physicien Henri Becquerel ayant observé en février 1896 que certains minerais émettent un rayonnement aux caractéristiques identiques à celles des rayons X découverts en 1895 par le physicien allemand Wilhelm Röntgen, Marie Curie cherche à déceler l'origine de ces « rayons uraniques ». Grâce à une incroyable persévérance, à un travail méticuleux, à sa passion pour la recherche, à une admirable intuition, dans le hangar de la rue Lhomond, à Paris, qui lui tient lieu de laboratoire, elle progresse rapidement : il lui suffit d'un an pour découvrir le polonium et le radium.

Le polonium, qu'elle appelle ainsi par référence à ses origines, et le radium sont respectivement 400 et plus de 900 fois plus radioactifs que l'uranium.

La découverte du radium par Marie Curie avec le concours de son mari a été facilitée notamment par un préparateur exceptionnel, Eugène Demarçay, un chimiste, le professeur Bémont, et un physicien de grand talent, André Debierne, ami fidèle des Curie et admirateur de Marie.

Désormais, les physiciens disposent d'une source de rayonnement très puissante qui va leur permettre d'explorer et comprendre la structure de l'atome, base de toute la matière sur terre. Mais il convient, après la découverte de ces deux substances, d'en déceler les propriétés chimiques ; et, pour cela, il faut extraire du radium pur d'un minerai riche en uranium, la « pechblende ».

Pierre et Marie Curie acquièrent à leurs frais plusieurs tonnes de pechblende provenant de mines d'uranium autrichiennes et, avec le concours de la Société centrale de produits chimiques, ils procèdent aux opérations nécessaires pour obtenir du radium pur.

L'obstination de Marie Curie a raison du radium, qui lui dévoile tous ses secrets, à la différence du polonium, dont elle n'arrivera pas à percer les mystères.

Le radium, dont on ignore encore les dangers, a, plus que les rayons X, la faculté de résorber des tumeurs en brûlant les cellules malades. Cette découverte ouvre de grandes perspectives à la médecine dans le traitement des cancers.

Grâce au célèbre mathématicien Henri Poincaré, Pierre Curie devient assistant à l'École de physique, chimie et sciences naturelles de l'université de Paris, et Marie donne des cours à l'École normale supérieure pour jeunes filles de Sèvres. Première femme à enseigner dès 1900 à des « sévriennes », Marie succède à ce poste à Lucien Poincaré.

Les recherches auxquelles le couple se consacre avec passion font connaître les Curie de la communauté scientifique étrangère. Le 25 janvier 1903, Pierre Curie, ayant appris qu'il pourrait recevoir le prix Nobel, demande à ce qu'il soit partagé avec sa femme, afin que « nous soyons considérés comme solidaires de même que nous l'avons été dans nos travaux », écrit-il à Henri Poincaré. En juin 1903, le Royal Institute de Londres leur rend hommage en les invitant à prononcer une conférence sur le radium. Seul Pierre peut s'exprimer dans l'enceinte de cette noble institution, les femmes n'étant pas autorisées à y prendre la parole !

Peu après ce déplacement à Londres, où elle a accompagné son mari, Marie soutient sa thèse de doctorat ès sciences physiques sur les substances radioactives, pour laquelle elle obtient les félicitations du jury. Elle devient ainsi, en France, la première femme docteur ès sciences physiques.

À la fin de cette même année, l'Académie royale des sciences de Stockholm attribue à Pierre et Marie Curie le prix Nobel de physique, qu'ils partagent avec Henri Becquerel. Tous trois sont récompensés pour leur découverte de la radioactivité.

Huit ans après son arrivée en France pour y poursuivre ses études, la jeune Polonaise devient ainsi la première femme à recevoir le prix Nobel de physique.

Du fait de la dégradation de leur état de santé, conséquence de leur irradiation au radium dont ils n'ont pas encore conscience, Pierre et Marie ne peuvent aller à Stockholm, où ils se rendront plus tard.

La gloire s'abat maintenant sur eux. Mais Marie Curie et son mari, comme souvent les grands savants, sont gênés par toute cette agitation médiatique. Ils ne sont pas à leur aise quand le président de la République, Émile Loubet, et le ministre de l'Instruction publique viennent leur rendre visite dans leur petit laboratoire, puis lorsqu'ils sont invités à dîner à l'Élysée.

Dans le monde entier, de nombreux industriels comprennent tout l'intérêt de la découverte du radium, mais les Curie, eux, n'en profitent pas. Ce sont avant tout des scientifiques, des chercheurs tournés vers l'exploration.

La mise au jour des propriétés du radium ne constitue pas une simple contribution à la découverte de l'atome.

Le radium est, pour les médecins, un moyen extraordinaire d'enrayer certaines pathologies particulièrement graves, de traiter notamment certaines tumeurs malignes. Mais il peut aussi devenir, en d'autres circonstances, une terrible arme de destruction. Avec le radium se profile le spectre de la guerre atomique qui verra les destructions de Hiroshima et de Nagasaki. Mais pouvait-on alors imaginer l'étendue de la folie des hommes ?

Dans le discours qu'il prononce en Suède, où il s'est finalement rendu avec Marie en juin 1905 pour recevoir le Nobel, Pierre Curie est conscient des conséquences de leur découverte : « On peut concevoir, déclare-t-il, que, dans des mains criminelles, le radium puisse devenir très dangereux, et ici l'on peut se demander si l'humanité a avantage à connaître les secrets de la Nature, si elle est mûre pour en profiter, ou si la connaissance ne lui est pas nuisible… »

*

Le décès accidentel de son mari, le 19 avril 1906, renversé par un fourgon attelé au carrefour de la rue Dauphine, du quai des Grands-Augustins et du Pont-Neuf, met dramatiquement fin à la collaboration entre Marie et Pierre, qui aura duré onze années.

Marie Curie poursuit néanmoins ses recherches en laboratoire et son enseignement. Le 15 mai 1906, elle est nommée chargée de cours, puis, le 20 novembre 1908, professeur à la faculté des sciences de Paris. Elle reprend la chaire de physique générale et de radioactivité dont Pierre avait la responsabilité avant son décès. Elle est ainsi la première femme à occuper un tel poste dans l'enseignement supérieur.

Le 5 novembre 1906, Marie Curie commence son cours de physique là où son mari s'était arrêté. Le sujet, la « théorie des ions dans les gaz », n'aurait pas dû, normalement, attirer un grand nombre d'auditeurs, mais le nouveau professeur n'est pas n'importe qui : c'est Marie Curie, première femme Prix Nobel, et l'amphithéâtre de la Sorbonne, envahi avant l'heure, se révèle bien trop exigu pour accueillir tout le monde. « À côté des étudiants se pressaient journalistes curieux, femmes du monde aux immenses chapeaux, et sévères professeurs », note le chroniqueur du journal *L'Illustration*.

Marie Curie travaille alors à la publication des *Œuvres* de Pierre Curie et de son propre *Traité de radioactivité*.

En 1909, sous l'impulsion du docteur Émile Roux, directeur de l'Institut Pasteur, est prise la décision de créer l'Institut du radium. Il comprend deux laboratoires : celui sur la radioactivité est dirigé par Marie Curie ; le docteur Claudius Regaud est responsable de celui sur le traitement du cancer. La recherche fondamentale, la recherche appliquée et l'étude clinique doivent permettre d'élaborer une « thérapeutique scientifique du cancer ».

En 1910, avec l'aide de son fidèle assistant André Debierne, Marie Curie isole du radium sous forme métallique. Il présente l'aspect d'un minuscule rectangle blanc qui ternit dès qu'il est exposé à la lumière. Elle en précise aussi le point de fusion : 700 degrés. Marie Curie réfute de manière éclatante la thèse de certains scientifiques, notamment anglais, soutenant que le radium n'est pas un élément nouveau, mais un simple composé moléculaire de plomb et d'hélium.

En septembre 1910, lors d'un congrès international

réuni à Bruxelles, les plus grands savants du monde en matière de radioactivité étudient pour la première fois la création d'un étalon de référence du radium ; c'est Marie Curie qui est notamment chargée de le préparer. Auparavant, les savants avaient décidé de baptiser « curie » l'unité de mesure de la radioactivité.

Décision unique dans son histoire, le Comité Nobel de l'Académie royale des sciences de Stockholm décerne à Marie Curie, le 7 novembre 1911, un second prix Nobel, celui de chimie, pour avoir préparé un gramme de radium pur.

*

En 1914, dès le déclenchement des hostilités, Marie Curie transporte à Bordeaux, dans un cylindre de plomb, 25 kilos de radium, afin que les Allemands ne puissent s'en emparer, et enferme le stock qu'elle a ainsi constitué dans le coffre d'une banque bordelaise.

Durant le conflit mondial, elle organise le service de radiologie aux armées, participe à la conception d'unités chirurgicales mobiles appelées par les poilus les « Petites Curies ». Celles-ci sont d'une très grande utilité et permettent aux chirurgiens militaires, grâce à leurs équipements – notamment un appareil pouvant prendre des radiographies aux rayons X –, de déceler l'état des blessures et fractures, et d'opérer avec plus d'efficacité les soldats blessés. À maintes reprises, Marie Curie et sa fille Irène (qui n'a pas encore vingt ans) se rendent ainsi derrière les lignes de front, dans les hôpitaux de campagne.

Après la guerre, avec l'assistance de sa fille, Marie développe l'Institut du radium. Il débouchera, grâce à une donation d'Henri de Rothschild, sur la Fondation Curie dont le but, reconnu d'utilité publique, est d'assurer le financement de l'Institut et de contribuer à l'essor de sa composante thérapeutique.

Le radium apparaît vite comme une arme à manier avec une extrême prudence et beaucoup de précautions. Les rayons radioactifs qu'il émet peuvent servir à lutter contre certaines maladies, détruire les cellules malades, traiter le cancer, mais aussi toucher les cellules saines.

En cet après-guerre, la notoriété de Marie Curie dépasse de loin les frontières de l'Europe, ainsi qu'en témoigne son triomphal voyage aux États-Unis, en mai 1921, organisé par une journaliste américaine, Mrs. Meloney, dite Missy, au cours duquel le président des États-Unis, Warren Harding, lui remet un gramme de radium acquis grâce à une souscription.

Exposée trop fréquemment aux éléments radioactifs, Marie Curie voit sa santé se détériorer et sa vue décliner. Atteinte d'une leucémie, elle décède le 4 juillet 1934 et est inhumée au cimetière de Sceaux en toute simplicité, hors la présence du monde des officiels.

*

Personnage de légende, Marie Curie a inspiré plusieurs films ou pièces de théâtre. Personnalité complexe, introvertie, essentiellement tournée vers la recherche, accaparée par ses travaux, elle se laisse assez peu détourner par d'autres activités ou capter par un militantisme féministe ou politique. Elle n'apposera pas sa signature au bas de pétitions ou manifestes. Certes, elle aura suivi attentivement, dès janvier 1905, la révolution qui se prépare dans l'Empire russe, et sa sympathie pour les révolutionnaires est évidente, mais elle ne se laissera pas entraîner dans le courant marxiste. Quand elle a connu la gloire, elle a évité toute récupération politique et a refusé d'être promue dans l'ordre de la Légion d'honneur comme son mari l'avait été en 1903.

Certes, elle a souhaité siéger à l'Académie des sciences. Mais, en janvier 1911, les académiciens lui interdirent l'accès à l'Institut de France alors qu'elle était déjà Prix Nobel de physique. Ils lui préférèrent Édouard Branly, l'inventeur de la TSF.

Sitôt connue sa candidature à l'Académie, Marie Curie, pourtant soutenue par certains scientifiques, aura été l'objet d'une odieuse campagne de dénigrement et de calomnies de la part de membres de l'Action française.

Il faudra attendre 1979, et la physicienne et mathématicienne Yvonne Choquet-Bruhat, pour qu'une femme entre à l'Académie des sciences.

L'Académie de médecine, qui ne fait pas partie de l'Institut de France, a cependant admis Marie Curie à siéger en son sein comme membre associé libre le 7 février 1922. Son élection a été acquise par 64 voix, 15 académiciens seulement s'abstenant et un bulletin étant considéré comme nul. Les autres candidats se sont désistés pour assurer à Marie Curie une brillante élection. N'étant docteur ni en médecine, ni en médecine vétérinaire, ni en pharmacie, au regard des statuts de cette Académie, elle ne pouvait être que membre associé libre.

Modeste, Marie le sera demeurée toute sa vie, ce qui ne l'aura pas empêchée de défendre avec ardeur ses découvertes et de tenir tête à certains de ses confrères.

*

À la veille de sa mort, Marie Curie aura eu la joie d'apprendre que, dans leur laboratoire de l'Institut du radium, sa fille Irène, alors âgée de trente-six ans, et le mari de celle-ci, Frédéric Joliot, ont découvert la *radioactivité artificielle.* Mais elle ne sera plus de ce monde quand ils recevront en 1935 le prix Nobel de chimie : le radium l'a tuée.

Irène n'avait que six ans quand ses parents reçurent le prix Nobel de physique. Son univers est alors peuplé par un grand-père, le docteur Eugène Curie, qui veille avec affection sur elle et sa sœur Ève, mais aussi par des personnalités, amies de ses parents, qui ont voué leur vie à la recherche scientifique. Jean Perrin, célèbre pour ses études sur les rayons cathodiques, réside dans la maison contiguë à celle des Curie, boulevard Kellermann, à Paris. Paul Langevin, brillant élève de son père, docteur ès sciences physiques, a entamé des recherches sur la physique des électrons ; marié et père de quatre enfants, il aura une liaison avec Marie Curie, devenue veuve, qui fera scandale.

Parmi ceux qui fréquentent également la famille Curie, citons Émile Borel, reçu premier à l'École polytechnique, à l'École normale et à l'agrégation de mathématiques, qui recueillera chez lui Marie Curie et ses deux filles au plus fort de ce scandale ; Aimé Cotton, dont les travaux, notamment sur les interactions de la lumière et du magnétisme, commencent à faire autorité ; les fidèles collaborateurs, André Debierne, Georges Sagnac, Eugénie Feytis, physicienne, l'élève préférée de Marie Curie lorsqu'elle enseigne à Sèvres, qui épousera en 1913 Aimé Cotton. Tous font partie du « clan Curie ».

Certaines de ces personnalités hors du commun décident, comme le souhaite Marie, de créer une « coopérative d'enseignement » et de prendre eux-mêmes en charge, en dehors du système scolaire, la formation de leurs enfants. Ceux-ci sont une dizaine, dont la jeune Irène, qui a neuf ans au décès tragique de son père.

Marie Curie leur apprend les bases de la physique ; Henri Mouton, biologiste à l'Institut Pasteur, les sciences naturelles ; Paul Langevin, qui enseigne au Collège de France, les mathématiques ; Édouard Chavannes, sinologue réputé, membre de l'Académie des inscriptions et belles-lettres, professeur au Collège de France, les langues étrangères… Des cours pratiques de chimie sont dispensés une fois par semaine dans son laboratoire par Jean Perrin, dont l'épouse se charge des cours d'histoire, de français et de littérature. Deuxième prix de Rome de sculpture, professeur de modelage et de dessin à la Sorbonne, Jean Magrou les initie aux arts plastiques.

Cet enseignement bien particulier et privilégié va durer plus de deux ans. Irène achève sa scolarité dans un établissement privé, le collège Sévigné. Elle impressionne ses maîtres par ses connaissances en mathématiques et en physique. À quinze ans, elle passe la première partie du baccalauréat. Elle lit indifféremment le français, l'anglais, l'allemand et le polonais.

En décembre 1911, elle se tient aux côtés de sa mère lorsque celle-ci reçoit son second prix Nobel, et elle mesure le respect qu'elle inspire aux scientifiques. Elle constate aussi sa fatigue, les stigmates de sa maladie.

La guerre venue, Irène, à dix-sept ans, aide sa mère à faire fonctionner son service de radiologie aux armées. Elle sera décorée de la Médaille militaire. Expérience décisive, pour cette jeune femme élevée dans l'ombre d'une mère qu'elle vénère.

Elle passe sa licence ès sciences, puis son doctorat qu'elle prépare dans le laboratoire de sa mère, sous son regard attentif et affectueux. À l'Institut du radium, où elle débute sa carrière scientifique, elle rencontre Frédéric Joliot qui, à la suite d'une recommandation de Paul Langevin, assiste lui aussi Marie Curie dans ses recherches.

Irène l'épouse le 9 octobre 1926. Tous deux conjuguent leurs recherches sur le polonium extrait du radium. Leurs travaux suscitent curiosité et intérêt de la part des milieux scientifiques. En 1934, ils découvrent la *radioactivité artificielle*. Rapidement, ils mesurent l'importance de leur découverte dans les domaines médicaux et industriels : elle va permettre un développement de la radiothérapie, le cobalt remplaçant le radium.

La joie d'Irène est de courte durée : Marie, sa mère, décède le 4 juillet 1934. Peu après, en novembre 1935, Irène et Frédéric Joliot-Curie reçoivent le prix Nobel de chimie, le troisième à échoir aux Curie. Lors de la cérémonie de remise du prix, à Stockholm, Irène explique leur découverte : « Nous avons montré que l'on pouvait communiquer de même une radioactivité avec émission d'électrons positifs ou négatifs au bore ou au magnésium par bombardement de rayons alpha. Ces radioéléments artificiels se comportent en tout point comme des radioéléments naturels… »

Frédéric met en évidence les conséquences de cette découverte : « Des chercheurs brisant ou construisant des atomes à volonté sauront réaliser des réactions nucléaires en chaîne explosives. Si de telles transmutations arrivent à se propager dans la matière, on peut concevoir l'énorme énergie qui sera alors libérée… »

*

Marie Curie s'était montrée prudente vis-à-vis de tout engagement partisan publiquement affiché, et avait refusé tout embrigadement politique militant. Comme de nombreux intellectuels ou scientifiques, Marie et Pierre sont assurément « dreyfusards », mais il ne semble pas qu'ils aient signé la moindre pétition en faveur du capitaine Dreyfus. Si Marie a souhaité soutenir financièrement les insurgés qui, en 1905, à Saint-Pétersbourg, se sont dressés contre le tsar, ce n'était pas par sympathie particulière pour l'idéologie des révolutionnaires, mais dans l'espoir que la chute de l'autocrate permettrait à sa patrie, la Pologne, de recouvrer la liberté. Elle signera une pétition réclamant la clémence pour des révolutionnaires jugés à Moscou.

Même après la Première Guerre mondiale, la crise de 1929, l'échec de la Société des Nations, la montée du fascisme, Marie Curie reste réservée à l'égard de tout engagement militant alors même que les milieux intellectuels sont en pleine ébullition. Comme le note Ève Curie dans son ouvrage consacré à sa mère, elle estime que le rôle du scientifique est d'abord de travailler au progrès de la science pour le bien de l'humanité, non de s'engager dans un combat politique.

Ainsi, Marie Curie n'adhère pas à la « Déclaration de l'indépendance d'esprit » rédigée par Romain Rolland au lendemain du traité de Versailles, publiée par *L'Humanité* le 26 juin 1919, cosignée par de nombreux intellectuels et scientifiques français ou étrangers, dont

Albert Einstein, appelant à servir « la seule vérité, libre, sans frontières, sans limites, sans préjugés de races ou de castes », et à n'être « au service de rien ».

Henri Barbusse, qui rejoint le parti communiste en 1923, espère en vain la collaboration de Marie Curie au magazine *Clarté*.

Si elle évite ouvertement d'emprunter des chemins partisans, Marie n'est pas pour autant indifférente aux drames qui l'entourent. Son action pour secourir les blessés pendant la guerre en témoigne, même s'il s'agit d'abord d'un engagement humanitaire. En 1921, elle accepte toutefois de figurer sur la liste des personnalités qui protestent contre l'incarcération de « suffragistes » en Grande-Bretagne. Elle a aussi autorisé que son nom soit cité parmi celles et ceux qui s'élèvent contre la peine de mort. Elle a soutenu le droit de vote des femmes comme parfaitement juste et devant être reconnu.

En mai 1922, Marie Curie accepte enfin de devenir membre de la Commission internationale de la coopération intellectuelle de la SDN.

À ce titre, elle rédige un rapport sur la situation de la Pologne. En 1826, elle propose de créer des bourses internationales afin de développer la recherche scientifique. Elle suggère aussi que la SDN mette en place une bibliothèque scientifique internationale pour aider les chercheurs du monde entier à diffuser leurs expériences. Marie Curie accepte aussi de présider à Madrid, du 3 au 7 mai 1933, une conférence internationale sur l'avenir de la culture. Y participent pour la France Paul Valéry, Jules Romains, Paul Langevin. Lors de son intervention, Marie Curie plaide en faveur de l'internationalisation de la culture et souligne que l'objectif est de promouvoir une culture et une civilisation universelles. « Je suis de ceux qui pensent que la science a une grande beauté. Je ne crois pas que dans notre monde l'esprit d'aventure risque de disparaître. Si je vois autour de moi quelque chose de vital, c'est précisément cet esprit d'aventure qui me paraît indéracinable et s'apparente à la curiosité. » Toute sa philosophie transparaît dans cette déclaration. La science doit sans cesse chercher à repousser les frontières du savoir, à traquer les mystères de la matière et les secrets de la vie. Marie Curie affirme sa foi dans la science. En dehors de cette participation aux travaux de la commission internationale de la coopération intellectuelle, Marie Curie est restée éloignée de tout militantisme idéologique.

Une telle réserve vis-à-vis de l'engagement politique n'est pas partagée par sa fille Irène. Le contexte international, il est vrai, est alors marqué par la montée des nationalismes. Hitler accède à la chancellerie du Reich au début de 1933. En France, les partis s'affrontent durement. La droite préconise une politique de conciliation et de temporisation face aux dictatures ; la gauche socialiste a abandonné son pacifisme et revendique une attitude de fermeté à l'égard de Hitler et de Mussolini. Les scandales politiques et financiers, l'instabilité gouvernementale engendrent un fort courant antiparlementaire, alimenté par une médiocre situation sociale.

Les partis de gauche s'unissant sous la bannière du Front populaire et de son héros, Léon Blum, Irène Joliot-Curie se laisse alors tenter par une expérience gouvernementale. Avec Cécile Brunschvicg, sous-secrétaire d'État à l'Éducation nationale, et Suzanne Lacore, sous-secrétaire d'État à la Santé chargée de la protection de l'enfance, Irène Joliot-Curie entre le 4 juin 1936 dans le gouvernement Léon Blum avec le titre de sous-secrétaire d'État à la Recherche scientifique. Éphémère expérience : elle ne s'exprimera jamais devant les députés et démissionnera de sa fonction au bout de deux mois, le 28 septembre 1936.

Adhérant à la politique que souhaite initier Léon Blum, elle entend servir le droit des femmes et le travail féminin. Mais elle est rapidement déçue par le milieu politique, la passivité de Blum qui, malgré les efforts de son successeur, son ami Jean Perrin, ne semble pas défendre, comme il le lui avait promis, la recherche scientifique. Elle est aussi désappointée par son inaction face au fascisme espagnol.

Irène Joliot-Curie participe en mai 1938 à la Conférence internationale des femmes pour la défense de la paix, de la liberté, de la démocratie. Elle dénonce avec d'autres intellectuels l'engrenage menant à la guerre et les accords de Munich. Elle s'est alors rapprochée du parti communiste.

Déjà minée par la maladie, elle vit cette période de la guerre réfugiée en Suisse, cependant que son mari agit au service de la Résistance.

À la Libération, Irène rejoint l'Union des femmes françaises, proche du parti communiste. Elle s'engage en faveur du droit de vote des femmes, mais précise dans le journal *Femmes françaises* que cette reconnaissance doit se faire par étapes. Elle souhaite aussi une augmentation de l'allocation destinée aux femmes mariées pour qu'elles puissent, si elles le désirent, demeurer dans le foyer familial pour y élever leurs enfants.

Cet engagement ne la détourne pas de ses recherches. Le Commissariat à l'énergie atomique est créé le 18 octobre 1945 par le général de Gaulle, qui nomme à sa tête Frédéric Joliot-Curie ; Irène y a la responsabilité de la section chimie.

Directrice de l'Institut du radium, Irène a occupé la chaire de physique générale et de radioactivité précédemment tenue par son père puis par sa mère.

Le CEA mettra au point en 1948 une pile atomique et démontrera ainsi la qualité de la recherche française et le rôle essentiel qu'y ont joué les Curie.

Irène décède d'une leucémie le 17 mars 1956.

Bibliographie

De Marie Curie

Marie Curie, *Pierre Curie*, Denoël, 1955.

Marie Curie et ses filles, lettres, Pygmalion, 2011.

Pierre et Marie Curie, *Conférences Nobel (1936-1911)*, Librairie Félix Alcan, 1912.

Sur Marie Curie et Irène Joliot-Curie

Ève Curie, *Madame Curie*, Gallimard, 1938.

Catalogue de l'exposition Pierre et Marie Curie, Préface d'Étienne Dennery, Bibliothèque nationale, 1967.

Henri Bénard, *Marie Curie-Sklodowska*, Académie nationale de médecine. Bull., janvier 1967, t. 151, n° 1-2.

Eugénie Cotton, *Les Curie*, Seghers, 1963.

Mathilde Embry et Marie Farge, *Marie Curie*, Martinsart, 1981.

Henry Gidel, *Marie Curie*, Flammarion, 2008.

Noëlle Loriot, *Irène Joliot-Curie*, Presses de la Renaissance, 1991.

Rosalynd Pflaum, *Marie Curie et sa fille Irène*, Belfond, 1989.

Michel Pinault, *Marie Curie, une intellectuelle engagée ?*, Clio n° 24, 2006, Variations.

Cl. Regaud, *Marie Sklodowska-Curie*, Académie nationale de médecine, Bulletin, t. CXII, n° 25.

Robert Reid, *Marie Curie, derrière la légende*, Seuil, 1974.

André Rossel, « Marie Curie », dans *Femmes exceptionnelles*, La Courtille, 1979.

Le Musée des lettres et manuscrits de Paris détient plusieurs lettres de Pierre et Marie Curie.

COLETTE
(1873-1954)

Première femme grand officier de la Légion d'honneur

« L'immoralité et le manque total de dignité de la vie de l'intéressée sont de notoriété publique. Dans ces conditions, la faire accéder aux plus hautes dignités de notre Ordre national, alors surtout qu'elle serait la première Française à être ainsi proposée en exemple, serait une mesure bien déconcertante », écrit le 3 septembre 1952 le général Dassault, grand chancelier de la Légion d'honneur, à Vincent Auriol, président de la République.

Le chef de l'État, grand maître de l'Ordre, est irrité. En témoigne sa lettre du 26 août 1952 au général Dassault, à la suite de l'avis négatif opposé par le Conseil de l'Ordre au projet du gouvernement d'élever Colette à la dignité de grand officier.

Sur proposition du président du Conseil, Antoine Pinay, le Conseil des ministres unanime avait pourtant émis un avis favorable. Mais, pour les membres du Conseil de l'Ordre, qui avaient déjà refusé deux ans auparavant qu'une telle distinction soit décernée à Colette, l'opposition est partagée par la totalité des sept membres présents à la séance du 5 août qui a statué sur la proposition gouvernementale. Chevalier en 1920, officier huit ans plus tard, commandeur en

1936, tous considèrent – « certains farouchement » – que Colette n'est pas digne d'être promue grand officier. Le général Dassault ose même indiquer au président de la République qu'il « serait mauvais et inutile (...) et d'ailleurs désobligeant » de saisir à nouveau le Conseil de l'Ordre du dossier Colette. À n'en pas douter, la personnalité de l'écrivain n'a pas séduit ces honorables et sans doute vertueux personnages. Pouvait-il en être autrement ?

Colette a goûté aux amours masculines aussi bien que féminines, s'est mariée à trois reprises, a fréquenté les salons littéraires comme les bouges de Montmartre. Elle a été mime, danseuse nue, saltimbanque, journaliste, romancière. C'est un esprit libre et souvent provocateur. Il est vrai que la turbulence de sa vie ne répond pas aux standards bourgeois de l'époque. Tel est l'avis du grand chancelier de l'Ordre, qui précise au chef de l'État : « D'ailleurs, certains journaux et revues ayant publié la nouvelle de sa promotion, je ne cesse de recevoir la visite d'hommes éminents, civils, militaires et anciens combattants, appartenant aux milieux les plus sains du pays et venant m'exprimer leur inquiétude et leur indignation... » C'est aussi le ton de la presse catholique, qui a constamment accusé Colette d'immoralité.

*

Colette épouse en premières noces, le 15 mai 1893, Henry Gauthier-Villars. Elle a vingt ans, et quatorze ans de moins que lui. Elle, la paysanne de Saint-Sauveur-en-Puisaye, la provinciale bourguignonne attirée par tout ce qui fleure bon la campagne, s'entiche d'une personnalité de la vie parisienne. Critique musical, homme de lettres et de théâtre, insatiable chroniqueur sous différents pseudonymes dans un grand nombre de revues, Willy, comme il aime à se faire appeler, apparaît comme un homme contestable et contesté, mondain, viveur, libertin, appréciant la compagnie des femmes, aimant les séduire. Il a recours à des collaborateurs pour écrire des livres qu'il présente ensuite comme les siens. Il exploite sans remords Colette, l'enferme pendant des heures pour qu'elle produise pour lui. « La vraie geôle », avoue-t-elle ; pour en sortir, « il me fallait (…) montrer pages noircies ». Willy mise sur la « rentabilité » et le talent de Colette. C'est la période des *Claudine*. Le rendement est à la mesure de la pression qu'il exerce sur sa femme. *Claudine à l'école* est publiée en 1896, puis, à partir de 1901, le rythme est d'un livre chaque année : *Claudine à Paris, Claudine en ménage, Claudine s'en va*, *Minne*. En 1905, *Les Égarements de Minne* est encore signé Willy, alors que *Sept dialogues de bêtes* est publié sous le nom de Colette Willy.

Le succès impressionnant des *Claudine* est peut-être dû aux thèmes abordés qui paraissent scandaleux pour l'époque. La naissance et le frisson du désir physique, les troubles intimes de l'amour équivoque, de la jalousie, ces sensations et ces sentiments se retrouvent dans *Claudine à l'école*, où il est déjà question de l'amour lesbien. Voici l'héroïne de Colette amoureuse d'une jolie institutrice, Mademoiselle Aimée. Ses « yeux de chat » « brillent tout en or, malins, câlins… [ils] scintillent d'un tel éclat… [sa] nature de chatte caressante, délicate et frileuse, incroyablement câline… Je me sens déjà prête à l'aimer tant et tant, avec tout mon cœur déraisonnable ». La voici encore qui surprend l'étreinte de deux maîtresses, ou décrivant la façon très spéciale du docteur Dutertre de l'ausculter, et ses rapports équivoques avec Luce, la jeune élève. « La volupté est faite de désir, de perversité, de curiosité allègre, d'insistance libertine », écrit Colette dans *Claudine en ménage.* Elle y évoque avec indulgence l'homosexualité féminine : « Vous pouvez tout faire, vous autres. C'est charmant, et c'est sans importance ! »

Une nouvelle femme, Marguerite Maniez, qu'il rebaptise Meg Villars, entre en 1905 dans la vie de Willy. Ouvertement trompée, Colette, à trente-trois ans, se sent méprisée, expulsée. Après treize ans de mariage, Willy la congédie. Une autre vie débute pour elle, d'autres aventures s'annoncent, rapidement marquées par la recherche de la liberté sentimentale et l'expérience de la scène. En sortira une nouvelle personnalité qui donnera des œuvres aussi remarquables que *Les Vrilles de la vigne, L'Ingénue libertine, La Vagabonde…*

*

Déçue par son expérience conjugale, incitée par la perversité de celui qui est encore son mari, Colette noue des amitiés saphiques ; elle connaît, pendant un séjour à Bayreuth, une première relation avec une ancienne maîtresse de son mari et partage avec lui les faveurs de Georgie Raoul-Duval, la Rézi de *Claudine.*

L'« Amazone », surnom de Natalie Clifford Barney, Américaine à l'étrange personnalité, concentre aussi ses désirs sur Colette. À son contact, elle découvre un art de vivre débarrassé des contraintes du « qu'en-dira-t-on », la possibilité pour une femme d'être libre de ses amours, notamment avec des femmes.

Sa liaison avec la dernière fille du duc de Morny, demi-frère de Napoléon III et de la princesse Troubetskoï, Mathilde de Morny, marquise de Belbeuf, dite Missy, également surnommée « Oncle Max », de dix ans plus âgée qu'elle, est de notoriété publique, particulièrement entre 1906 et 1911, période où les deux femmes s'exhibent fréquemment en public. Mathilde de Morny fume le cigare, s'habille à la garçonne ; souvent bottée, elle a déjà défrayé la chronique parisienne en affichant son homosexualité, notamment avec la princesse Poniatowska.

Colette, qui a donné dans les *Claudine* le nom de Flossie à Natalie Barney, appelle Mathilde de Morny la « Chevalière » dans *Le Pur et l'Impur*, qu'elle a consacré à « ces plaisirs que l'on nomme, à la légère, physiques ».

Ayant pris dès 1905 des leçons de mime avec Georges Wague, elle débute le 6 février 1906 sur la scène du théâtre des Mathurins, à Paris, dans un mimodrame, *Le Désir, l'Amour et la Chimère,* de Francis de Croisset. Elle crée ensuite un autre mimodrame, *La Romanichelle*, à l'Olympia, puis à Marigny. Elle est Paniska dans *Pan,* poème dramatique de Charles Van Leberghe, sur une musique de Robert Haas. Elle devait alors jouer avec Mathilde de Morny qui, pour cause de trac, est remplacée au pied levé par Georges Wague, son professeur de pantomime.

Le 3 janvier 1907, *Rêve d'Égypte*, interprété par Colette et Mathilde de Morny au Moulin-Rouge, provoque un scandale. Le long baiser qu'elles échangent sur scène révolte les nostalgiques du bonapartisme, qui n'acceptent pas que l'héritière du duc de Morny apparaisse ainsi en travesti et embrasse une femme dans une ostensible étreinte amoureuse. Le marquis de Belbeuf, lui, ne supporte pas de voir Mathilde, dont il est pourtant séparé depuis plusieurs années, s'exhiber en public dans les bras d'une femme, en particulier de Colette qu'il qualifie de « saltimbanque ». Il se démène pour que soit interrompu ce spectacle qu'il juge immoral et indécent. Il organise des manifestations, tant dans la salle qu'aux abords du Moulin-Rouge. Pour éviter ces « troubles à l'ordre public », Louis Lépine, préfet de police, finit par interdire la poursuite des représentations.

Rêve d'Égypte devient *Songe d'Orient*, et Georges Wague remplace Mathilde. Mais les caricaturistes s'en donnent à cœur joie. Georges Goursat, qui bénéficie déjà, sous le nom de Sem, d'une bonne notoriété, et Albert Guillaume ne se privent pas de prendre pour cibles de leur talent Mathilde et Colette.

En 1908, Colette interprète à l'Alcazar de Bruxelles *Claudine à Paris*, tout en publiant *Les Vrilles de la vigne*, puis, en 1909, *L'Ingénue libertine*.

Dans *La Chair*, de Georges Wague, elle interprète une danseuse gitane dont la robe, déchirée par son amant, dévoile un de ses seins. Cette scène suscite un nouveau scandale, le bonheur des journalistes et le succès de la pièce.

« Je veux faire ce que je veux… Je veux jouer la pantomime, même la comédie… Je veux danser nue si le maillot me gêne et humilie ma plastique… Je veux écrire des livres tristes et chastes… Je veux chérir qui m'aime et lui donner tout ce qui est à moi dans le monde, mon corps rebelle au partage, mon cœur si doux et ma liberté ! » proclame-t-elle dans *Dialogues de bêtes*.

Fin juin 1910, après le délai légal de trois ans qui suit la séparation de corps, le divorce entre Colette et Willy est prononcé.

Dans *La Vagabonde*, qui paraît en feuilleton dans *La Vie parisienne* de mai à octobre 1910, personne n'est dupe : Colette se venge et décrit son ancien mari sous les traits d'un homme sans talent qui n'a « d'autre génie que celui du mensonge… [il] mentait avec fièvre, avec volupté, inlassablement, presque involontairement. Pour lui, l'adultère n'était qu'une des formes – et non la plus délectable – du mensonge ».

Colette revendique plus que jamais sa liberté, celle de vivre comme elle l'entend, avec qui elle souhaite. Elle ne veut pas être enfermée dans un carcan moral ou social, ni accepter la moindre entrave à sa liberté sexuelle. Deux femmes enlacées, « réfugiées aux bras l'une de l'autre pour y dormir, y pleurer, fuir l'homme souvent méchant, et goûter, mieux que tout plaisir, l'amer bonheur de se sentir pareilles, infimes, oubliées » – ainsi l'héroïne de *La Vagabonde* chante-t-elle les relations lesbiennes.

Elle refuse de se soumettre à l'homme et de traîner une « vie humiliée de femme », avoue son héroïne de *La Vagabonde*. Elle n'accepte pas de surprendre « le geste brusque qui cache une lettre froissée, ni la conversation faussement banale au téléphone, ni le regard du valet de chambre complice… ». Si l'homme a droit à une vie libre, la femme également. Colette revendique la liberté de la femme, l'égalité des sexes dans l'amour.

Elle assume fièrement et publiquement sa condition de femme libre, sa sexualité. La provocation ne lui fait pas peur, car, pour elle, l'amour, avec un homme ou avec une femme, est naturel. Ainsi, plus tard, en 1936, dans *Mes apprentissages*, elle reconnaîtra avoir connu, à la trentaine, « une exceptionnelle disette d'amitiés féminines, de complicités, d'appuis féminins ».

Sans se séparer totalement de Mathilde de Morny, Colette entretient en 1910 une courte liaison avec Auguste Hériot, de treize ans plus jeune qu'elle. Très fortuné – sa famille possède les Grands Magasins du Louvre –, celui-ci lui fait découvrir le luxe. Il veut l'épouser, elle refuse. *La Vagabonde* fera écho à cet épisode.

Elle devient la maîtresse du baron Henry de Jouvenel des Ursins, l'un des rédacteurs en chef du *Matin*, journal auquel elle collabore. Elle l'épouse le 19 décembre 1912 à la mairie du XVIe arrondissement de Paris. Elle est alors enceinte d'une petite fille qui naîtra le 3 juillet 1913, et à qui elle donnera le prénom de Colette. Elle livre ses impressions de maternité dans *Paysages et portraits* ainsi que dans *L'Étoile Vesper*.

Cette maternité ne modifie ni sa sensualité ni sa sexualité multiple. Elle ne renonce pas à son attirance pour les femmes. Elle se lie d'amitié avec Germaine Patat, la maîtresse de son mari, comme elle l'avait fait avec celles de son premier mari. Dans *La Seconde*, on trouve l'écho de cette entente peu banale.

Les succès féminins de son mari, de plus en plus publics, aiguisent la jalousie de Colette. Elle s'éloigne de lui, d'autant plus qu'elle apprécie peu le monde politique dans lequel il évolue désormais : il sera en 1917 chef de cabinet d'Anatole de Monzie, sous-secrétaire d'État à la Marine marchande, sénateur de Corrèze en

1921 et ministre de l'Instruction publique en mars 1924 dans le gouvernement Poincaré.

En 1920, à quarante-sept ans, Colette entreprend de faire l'éducation sentimentale de son beau-fils, Bertrand de Jouvenel, âgé de seize ans. Il est le fils que son mari a eu avec sa première épouse, Claire Boas. Leur relation amoureuse va durer cinq ans. Cette liaison, qui ne passe pas inaperçue, scandalise et sera finalement une cause de leur séparation. Si Bertrand de Jouvenel n'est pas *Chéri* – histoire d'un jeune homme qui, en pleine lune de miel, retrouve sa vieille maîtresse qui finit par le renvoyer à sa jeune épousée – en revanche il est dans *Le Blé en herbe,* où la « Dame en blanc » séduit un adolescent et fait son éducation : Colette écrit là une histoire inspirée de la relation qu'elle a entretenue avec son beau-fils.

Dans *La Fin de Chéri*, à trente ans, son héros, qui s'ennuie auprès de son épouse, va revoir son ancienne maîtresse, mais il ne la reconnaît pas, tant elle a grossi. C'est le roman d'un amour devenu impossible. *La Naissance du jour* est aussi largement le fruit de ce que Colette a vécu et observé.

Au début de 1923, Colette se sépare d'Henri de Jouvenel, pour divorcer officiellement le 6 avril 1925. Depuis peu, elle a fait la connaissance de celui qui va devenir son troisième mari, Maurice Goudeket. Elle va l'arracher à sa maîtresse et vivre avec lui près de trente ans. Ils se marieront le 3 avril 1935, après dix années de vie commune. Colette a alors soixante-deux ans, et Maurice Goudeket quarante-cinq…

*

La personnalité complexe de Colette, son existence mouvementée, non conventionnelle, provocatrice, est assurément déconcertante, incompréhensible, voire choquante pour les membres du Conseil de l'ordre de la Légion d'honneur. Elle ne saurait convenir à son grand chancelier, même s'il reconnaît « que la très haute valeur littéraire de Madame Colette est au-dessus de toute contestation ».

Romancière, comédienne, artiste de music-hall, mime, danseuse, metteur en scène, dialoguiste, journaliste, conférencière, mais encore dirigeante d'un institut de beauté, Colette manifeste une insatiable curiosité de la vie, une intelligence hors du commun.

Elle est libre. Libre de vivre sa liberté et d'écrire sur la liberté. Dépourvue de tout préjugé, son incarnation de la bisexualité féminine dénote une étonnante indépendance d'esprit pour l'époque. Elle a montré qu'une femme pouvait chercher à s'approprier sa vie, non la subir, et, sans culpabilité ni complexe, assumer son homosexualité, choisir sa façon d'aimer. *La Vagabonde* apparaît de ce point de vue comme un hymne à la liberté.

Colette confère à l'homosexualité féminine « sa spécificité en la référant à la féminité et en la détachant de l'homosexualité masculine », a noté Michèle Sarde, l'une de ses biographes. Pour Colette, la relation amoureuse entre deux femmes est moins passionnelle que celle des hétérosexuels. « Ce n'est point de la passion qu'éclôt la fidélité de deux femmes, mais, à la faveur d'une sorte de parenté (…), l'étroite ressemblance rassure même la volupté. L'amie se complaît dans la certitude de caresser un corps dont elle connaît les secrets et dont son propre corps lui indique les préférences », écrit-elle dans *Le Pur et l'Impur*.

Mais elle est lucide sur la situation de soumission des femmes dans leur rapport avec l'homme. Ainsi, dans *L'Entrave*, elle évoque les limites de cette liberté : « Librement… être libre… Je parle tout haut pour que ce beau mot décoloré reprenne sa vie, son vol, son vert reflet d'aile sauvage et de forêt… En vain… Il repartira demain… Je le regarde, à jamais amarrée. »

En remettant en question la définition du bien et du mal (« si l'on donne au commerce charnel son ancien nom de mal », précise-t-elle dans *La Naissance du jour*), en abordant librement les thèmes de l'homosexualité, de l'avortement, de l'inceste, de l'égalité ou de l'inégalité dans les plaisirs de la chair et de l'amour, en traitant de la condition féminine, Colette a bousculé bien des dogmes.

Mais c'est aussi une écriture inclassable dans un genre littéraire précis, souvent fascinante par la légèreté des phrases, le style imagé. Ce n'est pas l'expression d'une volonté de provoquer par un voyeurisme malsain des rapports amoureux, mais une peinture des comportements, désirs, passions et pulsions humaines, même si certains passages ont pu, à l'époque, être considérés comme relevant d'une littérature libertine.

« Le temps de monter cinq étages, de jeter son chapeau sur le lit, moi dans le fauteuil… Les pierrots dans les gouttières ne s'y prennent pas autrement… Je vous dis : un quart d'heure après, j'étais sa maîtresse, et je pleurais d'énervement, de fatigue mal satisfaite, et aussi parce qu'il avait été si rapide et un peu brutal… Soudain il se retourne, saute sur moi et recommence ! Et ce fut la même rapidité impérieuse du petit coq soucieux de son seul plaisir… », raconte-t-elle dans *Retraite sentimentale.* « Ces filles à peine nubiles qui rêvent d'être le spectacle, le jouet, le chef-d'œuvre libertin d'un homme mûr… En peu d'heures, un homme sans scrupule fait d'une fille ignorante un prodige de libertinage qui ne compte avec aucun dégoût », écrit-elle dans *Mes apprentissages.* « Elle s'offre de dos, la tête tournée vers lui, cambrée et les coudes levés. Il tend des mains rapides, cherche la place plate des petits seins… Bientôt bloquée contre la porte, elle s'y arc-boute… Antoine saisit ses poignets fins, écarte ses bras *peureux* et songe alors que deux autres mains lui seraient à ce moment bien utiles… », relate-t-elle dans *L'Ingénue libertine.* Dans le même roman, Colette décrit ainsi les rapports de Minne non plus avec Antoine, mais avec Jacques : « Il la garda contre lui… Toute renversée sur son bras, il la contempla de près, curieux du grain de la peau, des veines, des tempes vertes comme des fleuves, des yeux noirs où danse la lumière… Les deux bras de Jacques descendirent, caressèrent les hanches fuyantes de Minne… Minne, terrassée sur le lit, subit son amant (…) et chercha, d'une cambrure fréquente et rythmée de sirène, le choc de sa fougue… »

L'*Histoire de la littérature française* publiée en 1988, manuel destiné aux élèves, précise que si certaines œuvres de Colette « s'intéressent essentiellement aux problèmes affectifs, notamment du couple (…), les relations interpersonnelles y apparaissent dans toute la cruauté du rapport sadomasochiste et des conflits liés à la jalousie ». En réalité, et plus simplement, Colette a observé et décrit la vie, les nombreux problèmes de l'amour : les troubles de l'adolescence dans *Le Blé en herbe* ; la jalousie et ses tourments dans *Duo* ; les difficultés du couple dans *La Retraite sentimentale*, etc.

Colette est aussi une rebelle face à cette société dont toute l'architecture sociale et politique repose sur la prééminence masculine et l'incapacité juridique de la femme, sur la tutelle administrative du mari sur son épouse.

Ce n'est qu'en 1907 que la femme mariée va en effet pouvoir disposer librement de son salaire. La loi de 1804, demeurée en vigueur pendant plus d'un siècle, interdisait à l'épouse d'exercer une profession sans le consentement de son mari.

Il a fallu attendre 1881 pour qu'une femme mariée puisse ouvrir seule un livret de caisse d'épargne, et la loi du 1er février 1943 pour qu'elle puisse, quel que soit son régime matrimonial, « se faire ouvrir, sans l'autorisation du mari (...), des comptes qui ne pourront enregistrer que des dépôts ou retraits de fonds en espèces, par chèque ou par virement ».

La Première Guerre mondiale et les années qui suivent renouvellent la prise de conscience, par les femmes, de leur identité et de leur rôle, qui ne peut être simplement de soumission à l'homme ou au mari, ni se résumer à concevoir des enfants. Les mouvements féministes vont ainsi prendre un nouvel essor en France.

L'école publique s'ouvre aux jeunes filles depuis les efforts de Guizot à la fin de la Monarchie de Juillet, de Jules Ferry, Camille Sée, Victor Duruy pendant les premières années de la Troisième République. Les lycées de jeunes filles augmentent régulièrement en nombre. Mais la femme n'acquiert juridiquement qu'avec lenteur des droits comparables à ceux dont bénéficient les hommes.

Ce n'est qu'à partir d'une loi de 1938 que la femme mariée va pouvoir librement ester en justice. L'autorité parentale sur les enfants ne remplacera la puissance paternelle qu'à partir de la loi de 1970. La possibilité pour un couple de divorcer, même si elle est prévue en cas de faute des époux depuis la loi Naquet de 1884, fait encore polémique. Le divorce est combattu par les représentants de l'Église catholique depuis l'encyclique de Léon XIII, *Arcanum Divinae*, notamment au motif qu'il « fournit de dangereux stimulants à l'infidélité », et la loi du 2 avril 1941 précise qu'aucune demande de divorce ne sera reçue pendant un délai de trois ans à dater du jour de la célébration du mariage.

Naturellement, les femmes ne jouissent alors d'aucun droit politique et il faudra attendre 1945 pour qu'elles puissent voter et être éligibles.

Mais Colette n'est pas une pasionaria féministe, une militante qui défile sous des banderoles pour revendiquer et défendre une cause à laquelle elle croit. Elle n'est pas active comme Hubertine Auclert qui, en 1880, refuse d'acquitter ses impôts parce que, ne bénéficiant pas du droit de vote, elle estime ne rien devoir à l'État. Elle n'est pas motivée comme Marguerite Durand qui crée en 1897 le journal *La Fronde*, exclusivement conçu et réalisé par des femmes. Elle n'est pas revendicatrice comme Jeanne Chauvin qui s'est battue avec ténacité pour devenir avocat, ni comme Maria Vérone, présidente de la Ligue française pour les droits des femmes de 1919 à 1938… Colette ne se joint pas aux 2 000 manifestantes qui, le 5 juillet 1914, fleurissent la statue de Condorcet qui avait prôné jadis l'égalité de droits entre les hommes et les femmes. Elle n'accompagne pas, en 1928, ces femmes qui, avec Maria Vérone, se rassemblent aux abords du Sénat et, en 1936, devant la Chambre des députés, pour revendiquer leur droit à l'égalité.

Colette est d'abord un écrivain, non une militante politique. Son œuvre est son reflet. C'est l'expression de ce qu'elle ressent, a vécu ou subi. Elle y dessine la trace de ses émotions, la blessure de ses déceptions, l'empreinte de ses désirs et de ses espérances. « Imaginez-vous, à me lire, que je fais mon portrait ? Patience, c'est seulement mon modèle », écrit-elle dans *La Naissance du jour*, probablement le plus personnel de ses romans. L'œuvre de Colette n'est cependant pas une autobiographie. Mais, « parce qu'elle n'a rien dépeint qu'elle n'eût observée, parce qu'elle considérait les créatures et les choses sans l'intermédiaire d'aucune idée reçue, jamais œuvre n'a mieux reflété son auteur », remarque Maurice Goudeket.

C'est la magie de son talent de convertir la réalité en fiction et, bien souvent, d'être elle-même, sans l'être totalement, les héroïnes de ses romans. Ses personnages ne sont pas de simples figurants entrant et sortant au fil des pages, sans consistance ; ils apparaissent vrais, authentiques, même s'ils sont imaginaires.

Colette a souvent dépeint les hommes comme des viveurs, séducteurs, gigolos, noceurs et oisifs. Son vécu l'a inspirée, mais cela ne l'a pas empêchée d'être séduite ou de séduire de tels personnages, y compris parfois de jeunes hommes. Ses romans sont colorés d'une sournoise rancune à leur endroit, notamment *La Vagabonde*, *Mes apprentissages* ou *Le Pur et l'Impur*. Son analyse des relations entre hommes et femmes, sa description sans fard des rapports amoureux, du désir charnel, du plaisir, son regard lucide sur la vie valent à son œuvre une audience considérable.

Lagarde et Michard, qui ont éveillé plusieurs générations d'élèves du secondaire à la connaissance de notre littérature, soulignaient que l'humanisme de Colette, « élargi et décanté avec l'âge, nous permet de trouver dans cette œuvre à la fois une somme d'observations (lucides, mais non amères) et la conquête d'un équilibre, d'une sagesse qui, comme celle d'un La Fontaine, sait sourire. Ainsi le miracle se réalise qui fait surgir, d'une vision aiguë du réel, une réaction saine et tonique, et il semble toujours que, pour elle comme pour Montaigne, le cours, cependant mêlé, de la vie se déroule heureusement, puisque c'est naturellement ».

*

L'attitude de Colette pendant la Seconde Guerre mondiale est décevante et déconcertante. Sa participation au *Petit Parisien*, journal proche de Vichy, ses publications dans *Gringoire*, l'hebdomadaire profasciste, surprennent. Certes, ses articles ne sont pas politiques ; certes, son mari, juif, a été arrêté le 12 décembre 1941 et relâché en février 1942 ; certes, Colette a alors besoin d'argent, mais son attitude est ambiguë, comme si, hors des réalités, elle tournait le dos aux événements.

Sa contribution à l'ouvrage *De Jeanne d'Arc au maréchal Pétain*, imaginé en 1942 par Sacha Guitry, où elle évoque Balzac, publié en avril 1944 par l'Imprimerie nationale, qui comporte aussi les signatures de Cocteau, Giraudoux et Valéry, est en fait un hommage discret et habile à Pétain, dont Guitry, lui, est un partisan non dissimulé.

Avant d'être publié en 1944 par La Guilde du Livre, *Gigi* l'a été dans *Présent*, revue qui paraît dans la zone contrôlée par Vichy. À l'automne 1942, Colette vend un article à *La Gerbe* qui prône une coopération militaire entre la France et l'Allemagne. Plusieurs des collaborateurs de cette publication seront emprisonnés à la Libération. En mai 1943, l'hebdomadaire officiel de la Milice, *Combats*, comporte une chronique de Colette qui, certes, n'a rien de partisan : c'est le récit de ces personnes qui font la queue pour bénéficier de places à tarif réduit à la Comédie-Française, mais elle voisine avec des articles agressifs à l'égard des juifs, violents vis-à-vis des gaullistes, belliqueux envers les alliés anglo-américains. *Combats* est dirigé par Henry Charbonneau qui, à la Libération, sera poursuivi pour faits de collaboration et d'intelligence avec l'ennemi. La publication est inspirée par Joseph Darnand qui, lui, sera condamné à mort et exécuté en 1945.

Certains, à la Libération, ont vivement et publiquement regretté la participation de Colette à des organes de propagande contrôlés par les nazis ou leurs affidés.

*

Pour cette Bourguignonne, l'ultime refuge est le Palais-Royal et le 9, rue de Beaujolais, où elle s'installe en 1938. Nombreux sont celles et ceux qui se pressent, à la fin de sa vie, sous ses fenêtres pour la photographier à son balcon, lançant de la mie de pain aux pigeons. Son univers est cette petite province au cœur de Paris : « En me voyant têtue et contente à ma fenêtre, et obstinée à mon Palais-Royal comme un bigorneau à sa coquille, des amis ont soupçonné qu'un amour éclairé m'attachait ici, que ma mémoire chérissait pieusement, chronologiquement, l'histoire du Palais-Royal. C'était me connaître peu et mal… Vous avez trouvé encore une province ? me dit-on. Dieu merci, la province de Paris ne manquera jamais à ses amants parisiens qui savent la découvrir, au besoin la créer. »

Tant qu'elle le peut, elle s'y promène au bras de Jean Cocteau qui, de chez lui, rue de Montpensier, avec Jean Marais, surveille le balcon de Colette. « Entre Cocteau et moi, il y a juste la longueur d'un saut, d'un saut de Jean Marais qui saute l'obstacle comme un cheval… Un geste de la main, un signe de tête, et nous voilà réunis. »

Dans ce Palais-Royal hanté par le spectre des révolutions, celle de 1789 et celle de 1830, « Madame Colette, écrit Jean Cocteau, n'aurait sous aucun prétexte voulu, dans le jardin cruel, se joindre aux porteurs de têtes coupées. Elle détestait que les enfants y jouassent à la guerre et au crime… Elle [leur] adressait toujours, en tirant la langue, une grimace réprobatrice à sa fenêtre qu'elle fermait pour ne plus entendre les coups de pistolet à amorce… Elle avait l'horreur d'un certain alcool d'héroïsme qui grise les mâles. Après maintes fugues où elle se faisait danseuse nue ou marchande de secrets de beauté, vite elle retournait au bercail ». Évoquant Sido, sa mère, et Belgazou, sa fille, Cocteau complète ainsi son portrait de Colette au Palais-Royal : « Parfaite fille de Sido, mère parfaite de Belgazou, elle cuisinait, jardinait, attendait au foyer le retour de l'homme en déplaçant les meubles et soignant le menu… »

Colette apprécie au Palais-Royal la proximité du magicien de la cuisine, Raymond Oliver, qui a repris le Grand Véfour, celle du philosophe Emmanuel Berl et de la compositrice Mireille. Son amie fidèle, la comédienne Marguerite Moreno, confidente de Mallarmé, pour qui Giraudoux a créé *La Folle de Chaillot*, habite tout près, rue de Valois. « Je n'oublie pas que Giraudoux, promeneur nonchalant, désignait ma fenêtre d'un bras levé en disant à son chien : "Dis bonjour à madame Colette !"… »

De sa fenêtre, Colette devine la façade du Théâtre-Français, qu'elle a fréquenté avec son premier mari, et aperçoit celle du théâtre du Palais-Royal.

Dans *Trois... Six... Neuf*, Colette décrit la singularité de ce quartier de Paris où le temps n'a pas de prise : « J'aime à penser qu'un sortilège conserve, au Palais-Royal, tout ce qui périclite et dure, ce qui s'effrite et ne bouge pas », et elle avertit : « Si vous l'habitez, gagnez-y vos grades à l'ancienneté, les seuls ici qui comptent. »

Au Palais-Royal, malgré les agressions que le temps lui fait subir, elle « travaille comme une malheureuse… Cette nuit, comme elle l'écrit à son voisin Jacques Debré, si vous n'étiez l'homme vertueux qui se couche à minuit, vous auriez pu voir de la lumière à mes vitres à deux heures et demie. »

*

Colette reçoit volontiers les témoignages de sympathie de ses amis, observe avec satisfaction la montée de ferveur dont elle bénéficie de la part de ses lecteurs, recueille avec plaisir honneurs et distinctions. « Madame Colette ne méprisait pas la gloire… Elle vécut comme si la gloire n'existait pas ; la gloire tomba dans le panneau… Colette en fit son esclave par une ruse qui n'en est une que dans la mesure où toutes les femmes profondément féminines l'adoptent », précise encore Jean Cocteau.

Elle accepte d'être décorée de la Légion d'honneur, passe du grade de chevalier à celui d'officier, puis de commandeur. La voici aussi, en 1936, élue membre de l'Académie royale de Belgique, où elle succède à Anna de Noailles. Dans son discours de réception, évoquant son métier, elle déclare : « L'écrivain, s'il perd le doute de soi (…) et se fie à une soudaine euphorie, à l'abondance, se doit de poser la plume. »

En 1945, elle est élue à l'unanimité à l'Académie Goncourt. Elle est la deuxième femme à y siéger, après Judith Gautier, fille de Théophile Gautier. Elle en devient la présidente de 1949 à 1954.

Dans un article que publie *Point de vue* le 11 mai 1945, Lucien Descaves, président de l'Académie Goncourt, fait ainsi l'éloge de Colette : « Et la gloire n'a cessé de grandir, ce n'est plus nous qui la lui donnons, c'est elle qui nous l'apporte. » Il ajoute : Colette « aime les lettres, les bêtes, les braves gens ; elle aime tout ce qui aime, pense et respire. Et elle aime, pense et respire dans son œuvre variée, multiple, où surgit la magie des souvenirs et que scelle ce style à la fois exact et fastueux, d'une si puissante et suggestive harmonie ».

Peu avant sa mort, l'Institut national des arts et lettres de New York rendra hommage à son œuvre et l'élira membre honoraire.

*

Le personnage de Colette heurte les conservateurs, ceux qui savent où se trouve le bien et où réside le mal, ceux qui ne tolèrent d'autres vérités que la leur. Ils critiquent l'œuvre de Colette comme l'expression de simples sensations, lui reprochent d'avoir décrit un monde immoral soumis aux plaisirs de la chair.

Les catholiques dénoncent son univers personnel et littéraire sans âme. Colette n'est pas habitée par la foi religieuse. Indifférente aux dogmes, sceptique sur l'existence de Dieu, elle est fondamentalement incroyante, imperméable à tout mysticisme, hostile au sectarisme que peut engendrer la religion.

L'écrivain catholique François Mauriac, dans *La Revue hebdomadaire* de février 1927, ne condamne pourtant pas l'œuvre de Colette, mais y décèle la tragédie des vies sans Dieu. Loin de nous abaisser, « cette païenne, cette charnelle nous mène irrésistiblement à Dieu (...), nous montre jusqu'à l'horreur l'éphémère miracle de la jeunesse, nous oblige à ressentir le tragique de ces pauvres vies qui mettent tout leur enjeu sur un amour aussi périssable, aussi corruptible que l'est son objet : la chair ». Aussi qualifie-t-il *Ché*ri et *La Fin de Chéri* de « livres admirables ».

Malgré cette appréciation, à sa mort le 3 août 1954, le curé de l'église Saint-Roch refuse à Colette des obsèques religieuses. Dans *Le Figaro littéraire,* le cardinal-archevêque de Paris, Mgr Feltin, justifie ce refus par la « conduite inconvenante » de Colette. L'écrivain anglais Graham Greene, grand officier de la Légion d'honneur, adresse au journal, le 7 août, une lettre ouverte au prélat pour lui faire part de son indignation face à une telle décision qui donne le sentiment que « l'Église poursuit la faute au-delà du lit de mort ».

Le gouvernement tient à rendre hommage à l'écrivain. Le samedi 7 août 1954, il organise dans la cour du

Palais-Royal les premières obsèques nationales accordées par la République à une femme.

*

Cette vie non conforme aux standards bourgeois, l'originalité de cette œuvre, cet attentisme et cette apparente « indifférence » pendant la guerre ne pouvaient être compris ni admis par les responsables de l'ordre de la Légion d'honneur. Élever Colette à la dignité de grand officier, et qu'elle devienne ainsi la première femme à accéder à cette distinction, était insupportable à leurs yeux, même s'il « résulte de l'enquête que la moralité et l'attitude [de Colette] pendant l'occupation [le] permettent », lit-on dans le rapport figurant à son dossier.

Malgré cette obstruction, le gouvernement et le président de la République ont finalement et heureusement pu imposer aux membres du Conseil de l'Ordre, le 3 mars 1953, donc peu avant son décès, que Colette soit promue à la dignité qui faisait débat, et la plaque de grand officier lui est remise officiellement par André Marie, ministre de l'Éducation nationale.

Colette a ainsi inscrit son nom sur le grand livre de l'histoire de l'Ordre national. Elle y avait été précédée en 1851 par Marie Angélique Duchemin, faite chevalier par Louis-Napoléon Bonaparte, en 1894 par Rosa Bonheur, première femme officier, en 1931 par Anna de Noailles, première femme commandeur, et elle y sera suivie par Geneviève Anthonioz-de Gaulle, élevée à la dignité de grand-croix en 1997.

Bibliographie

De Colette

Œuvres, Gallimard, « Pléiade ».

Archives de la Grande Chancellerie de la Légion d'honneur, Dossier Colette.

Une amitié inattendue. Correspondance avec Francis Jammes, Émile-Paul, 1945.

Lettres à Jacques Debré (non publiées).

Lettres à Marguerite Moreno, Flammarion, 1959.

Sur Colette

Gérard Bonal et Frédéric Maget, *Colette journaliste*, Seuil, 2010.

Francis Carco, *Colette, mon ami*, Éditions Rive-Gauche, 1965.

Claude Chauvière, *Colette*, Firmin-Didot, 1931.

Jean Cocteau, *Colette*, Grasset, 1955.

Michel Del Castillo, *Colette, une certaine idée de la France*, Stock, 1999.

Europe, revue littéraire : *Colette*, n°s 631-632, novembre-décembre 1981.

Claude Francis et Fernande Gontier, *Colette*, Perrin, 1997.

Maurice Goudeket, *Près de Colette*, Flammarion, 1956.

Elaine Harris, *L'Approfondissement de la sensualité dans l'œuvre romanesque de Colette*, Nizet, 1973.

Madeleine Lazard, *Colette*, Gallimard, 2008.

Herbert Lottman, *Colette*, Fayard, 1990.

Jeannie Malige, *Colette, qui êtes-vous ?*, La Manufacture, 1987.

Masques : *Album consacré à Colette*, octobre 1984, supplément au n° 23.

Le Monde de Colette au Palais-Royal, Éditions du Patrimoine, 2005.

Colette Munoz, *Colette, quatre saisons d'une vie*, Imprimerie artisanale, Bayonne.

Michèle Sarde, *Colette, libre et entravée*, Stock, 1978.

Pierre Trahard, *L'Art de Colette*, Jean-Renard éditeur, 1941.

Marie-Jeanne Viel, *Colette au temps des Claudine*, Les Publications essentielles, 1978.

Louise Weiss
(1893-1983)

Grand-mère de l'Europe

Le 17 juillet 1979, une femme de quatre-vingt-six ans, Louise Weiss, parfois surnommée « la grand-mère de l'Europe », doyenne des députés, prononce à Strasbourg le discours inaugural de la première session du Parlement européen élu au suffrage universel : « Les étoiles du destin et les chemins de l'écriture m'ont menée à cette tribune pour y vivre, présidente d'un jour, un honneur dont je n'aurais pas osé rêver, et une joie – la joie la plus forte que puisse éprouver une créature au soir de son existence –, la joie d'une vocation de jeunesse miraculeusement accomplie », dit-elle avec émotion.

Elle a été élue à l'Assemblée de Strasbourg sur la liste conduite par Jacques Chirac. Trois ans auparavant, le président de la République, Valéry Giscard d'Estaing, l'avait élevée à la dignité de grand officier de la Légion d'honneur. Peu après, la Bibliothèque nationale de France lui rendit hommage par une grande exposition.

Née le 25 avril 1893 à Arras, agrégée de lettres à vingt-et-un ans, féministe, européenne convaincue, pacifiste, Louise Weiss fut aussi une militante du droit de vote pour les femmes.

*

À l'issue de la Première Guerre mondiale, Louise Weiss incarne une volonté d'unité européenne. L'horreur de la guerre la pousse dans les bras du pacifisme et la convainc qu'une Europe organisée et solidaire est nécessaire pour imposer aux gouvernants de dépasser les vieilles querelles forgées dans le nationalisme et d'accepter la paix. La jeune agrégée de lettres se tourne vers le journalisme pour s'exprimer et faire la guerre à la guerre.

Après avoir collaboré au journal *Le Radical* sous le pseudonyme masculin de Louis Lefranc, elle fonde, avec le soutien financier du journaliste Hyacinthe Philouze, la revue *L'Europe nouvelle*, dont le premier numéro paraît le 12 janvier 1918. Elle y ménage une place essentielle à la politique internationale, son objectif étant la réconciliation des États européens en vue du maintien de la paix. Elle est persuadée – elle l'explique dans ses Mémoires – que « la guerre ne pouvait pas rester l'une des données premières de l'organisation des sociétés. La codifier, la limiter, soigner ses blessés, célébrer ses morts, en un mot l'humaniser – quelle comédie ! Elle était inacceptable. Il fallait la supprimer ». Avec cet hebdomadaire, elle a pour ambition de fonder « une méthode et un instrument de travail pour une science de la paix ».

Elle s'oppose, comme elle l'écrit dans la préface au tome III des *Mémoires d'une Européenne*, aux « pacifistes bêlants » qui croient « que des colombes peintes sur les murs peuvent détourner les hommes de s'entretuer ». Elle perçoit bien que le traité de Versailles signé le 28 juin 1919 n'est pas en soi pourvoyeur de paix.

En désaccord avec la ligne doctrinale de Philouze, Louise Weiss quitte *L'Europe nouvelle*, collabore à *L'Information* et au *Petit Parisien*, se rend en reportage à Prague, Budapest, Vienne, Varsovie où elle visite le ghetto qui, vingt ans plus tard, sera un haut lieu des crimes nazis. Dès son retour, elle retrouve *L'Europe nouvelle*, se débarrasse de Philouze qui quitte à son tour le journal, la laissant aux commandes. Elle entend diffuser sa volonté de « pacifisme » dans une société politique imprégnée de nationalisme et d'agressivité revancharde vis-à-vis de l'Allemagne. Elle croit en la Société des Nations pour ouvrir une ère de paix.

Elle sait s'entourer de personnalités souvent encore peu connues qui exerceront à l'avenir de hautes fonctions. Au sein du comité de rédaction, elles lui fournissent une aide précieuse. Louis Joxe, qui est son collaborateur privilégié, lui a été présenté par Daniel Halévy, dont il était le gendre. Henry de Jouvenel, Wladimir d'Ormesson, Georges Bonnet, Aristide Briand, Édouard Herriot, Marcel Cachin, Léon Blum, Saint-John Perse, Paul Valéry, Élie Faure lui apportent leur influent concours, parfois occasionnel.

Louise Weiss reprend ses voyages en Europe pour observer les situations nationales ; elle se rend notamment en Russie, où elle rencontre Trotski, mais ne peut approcher Lénine.

Plus que jamais, elle croit en l'efficacité de la SDN. Elle ne cessera d'ailleurs de réclamer une extension de ses pouvoirs et sa capacité à imposer un désarmement général.

Au début d'octobre 1924, elle accompagne à Genève Édouard Herriot, qui présente à la 5e Assemblée générale de la SDN le « protocole de Genève » qui, pour éviter les conflits, tend à rendre obligatoire l'arbitrage en cas de différend entre deux pays. Elle entend Herriot citer Pascal : « La justice sans force est impuissante. La force sans justice est tyrannique. » Elle l'approuve lorsqu'il lance en forme de slogan ces trois mots : arbitrage, sécurité, désarmement. C'est sur ces bases que le protocole est adopté à l'unanimité par l'Assemblée.

C'est à cette occasion que Louise Weiss rencontre Aristide Briand, qui fait partie de la délégation française à la SDN avec Léon Bourgeois et Joseph Paul-Boncour. Briand vient d'écrire dans *L'Europe nouvelle* un article dans lequel il rappelait son souhait de créer une « compagnie anonyme de la paix ». Il signe au nom de la France le « protocole de Genève » et prononce à cette occasion un vibrant plaidoyer : « Nous disons au monde : il n'est pas admissible que demain la paix soit troublée, il n'est pas admissible qu'il puisse y avoir un problème qui ne soit pas résolu par des voies pacifiques, il n'est pas admissible que, par la volonté d'un pays, une nouvelle catastrophe comme celle que nous avons traversée retombe sur le monde ! »

Une telle profession de foi ne peut que faire tressaillir de satisfaction Louise Weiss. Elle devient une admiratrice – peut-être plus – de Briand, s'efforce de le suivre dans ses déplacements à l'étranger, particulièrement lors de ses rencontres européennes. Elle partage la même conception du pacifisme, la conviction que le recours à l'arbitrage est la meilleure, voire la seule voie pour assurer la sécurité. Elle est à ses côtés quand il arrive au Quai d'Orsay après sa défaite à l'élection présidentielle, le 13 juin 1931, les parlementaires lui ayant préféré Paul Doumer.

L'Europe nouvelle procure à Louise Weiss une

tribune et l'occasion de côtoyer de nombreux responsables politiques. Elle croit avec passion en une Europe unie autour de sa communauté de destin. Elle voit aussi combien l'Europe progresse difficilement, ne parvient guère à dépasser des intérêts nationaux divergents, et combien la puissance politique et économique américaine fausse le jeu diplomatique.

Pour mieux diffuser ses idées pacifistes et européennes, elle publie en août 1925 une édition en anglais de *L'Europe nouvelle*. La France, estime-t-elle, doit mieux se faire entendre des Anglo-Saxons, et elle veut ainsi aider son ami Briand à propager ses thèses pacifistes.

Européenne, pacifiste convaincue, elle perçoit qu'une routine sclérosante envahit désormais le fonctionnement de la SDN, et que ne cessent de s'amonceler les menaces sur l'avenir. Les conséquences économiques de la crise qui frappe les États-Unis en 1929 se ressentent en Europe un an plus tard.

Dès 1930, l'atmosphère en Allemagne n'incline pas à l'optimisme. Les chances de progresser dans la voie du désarmement et de la paix paraissent bien vite illusoires. Le chômage, qui va atteindre près de 30 % de la population active en Allemagne, incite la propagande du parti national-socialiste à lier l'essor de la misère aux conséquences humiliantes, pour les Allemands, de leur défaite à l'issue de la Première Guerre mondiale, et à réclamer l'effacement du traité de Versailles.

Malgré ces sombres perspectives, Louise Weiss entend continuer à alerter l'opinion et les politiques sur la nécessité du désarmement pour la paix. Consciente de l'urgence de développer ses thèses, notamment au sein des communautés étudiantes, de sensibiliser un public plus large à la politique étrangère de la France et aux problématiques européennes, elle crée un prix destiné à récompenser un ouvrage portant sur l'histoire contemporaine. Le jury, composé d'André Tardieu, de Léon Blum, d'André Siegfried et de Maurice Reclus, récompense la première année Wladimir d'Ormesson pour son livre *Confiance en l'Allemagne ?*

Louise Weiss organise aussi un cycle de conférences dans le cadre de l'École de la Paix qu'elle a fondée et dont Louis Joxe est le secrétaire général. Élie Halévy et d'autres personnalités telles que Paul Mantoux, directeur de l'Institut universitaire des hautes études internationales de Genève et ancien directeur à la SDN, sont membres du conseil d'administration. Cette école, placée sous le haut patronage d'Aristide Briand, est inaugurée le 3 novembre 1930 par Paul Painlevé, membre de l'Académie des sciences. Elle connaît un certain succès du fait de la renommée des conférenciers. Édouard Herriot y évoque « La naissance de l'Union européenne » ; Pierre Cot, ancien délégué de la France à la SDN, y parle « Sécurité et désarmement » ; Léon Blum, Paul Reynaud, Marcel Déat, Henry de Jouvenel y prononcent des conférences sur le désarmement ; André Siegfried y traite de « La politique étrangère des États-Unis et l'expansion américaine » ; André Gide, Emmanuel Berl, Jules Romains, Julien Benda, auteur de *La Trahison des clercs*, y participent également. « Regard sur le monde actuel et la coopération des États » est le thème traité par Paul Valéry en février 1932.

Devenue un « établissement libre d'enseignement supérieur », l'École de la Paix, rattachée à l'académie de Paris, alloue aussi des bourses d'étude et de voyage aux étudiants des Écoles normales d'instituteurs et d'institutrices afin de former des « missionnaires de la paix » qui auront pour tâche de faire évoluer les mentalités et d'enclencher des dynamiques pacifistes.

En Allemagne, cependant, le parti national-socialiste d'Adolf Hitler recueille, aux élections de septembre 1930, 6 millions de voix et revendique 107 députés. En juillet 1932, ce sont 230 députés nazis qui font leur entrée au Reichstag. L'accession au pouvoir de Hitler, le 30 janvier 1933, et la politique initiée par le nouveau chancelier allemand inquiètent Louise Weiss.

Elle qui a tant œuvré pour que la paix en Europe soit précédée d'une entente franco-allemande prend conscience que cet espoir s'éloigne, d'autant plus que son « apôtre de la paix » est mort depuis plusieurs mois : Aristide Briand s'est en effet éteint le 7 mars 1932.

Dans ses *Mémoires d'une Européenne*, elle indique qu'en 1933 elle se fit « un devoir de publier les lois d'Adolf Hitler relatives à l'aryanisation des administrations et des écoles allemandes, ainsi qu'à la stérilisation des infirmes et des malades », et elle ajoute : « Personne, en France, n'y fit alors attention. »

Pour l'heure, elle comprend que la conjoncture politique n'est pas favorable à la paix en Europe. L'impossibilité de faire passer le message pacifiste, qui implique la construction d'un ordre mondial réglant ses contentieux par l'arbitrage, et, pour l'Europe, d'une collaboration avec l'Allemagne nazie, est chaque jour plus manifeste. Les tensions sont vives, l'exaspération et les réflexes nationalistes des peuples sont exploités par les politiques.

La SDN n'est pas parvenue à être l'instrument de la paix. Ce constat s'est progressivement imposé à elle comme une évidence. D'abord, avec l'échec en 1930 du projet Briand d'Union européenne. Ensuite, avec l'incapacité du Conseil et de l'Assemblée de la SDN, entre 1931 et 1933, à faire respecter ses décisions concernant l'invasion de la Mandchourie par les Japonais. Ce n'est que dix-huit mois après l'agression japonaise que l'Assemblée ose enfin, le 24 février 1933, condamner Tokyo, qui en profite pour quitter la SDN.

Louise Weiss perçoit l'impossibilité, pour la SDN, d'imposer une politique de désarmement. Le traité de Versailles avait fait du désarmement allemand le préalable à un désarmement général. Les Britanniques souhaitaient qu'il soit rapide, pour obtenir ensuite celui de la France afin que celle-ci réduise sa puissance militaire. Les Français ne l'acceptaient que si la sécurité et l'intégrité de son territoire national étaient assurées. Les discussions débutèrent en 1926 et se soldèrent, le 14 octobre 1933, par le départ de Hitler de la Conférence sur le désarmement et de la SDN.

Les espoirs que portait en elle la SDN n'ayant pas résisté aux réalités politiques ni aux rivalités nationales, Louise Weiss ne peut plus se masquer la vérité : la logique de guerre est enclenchée. Le 3 février 1934, elle fait paraître son dernier éditorial dans *L'Europe nouvelle*. Elle a voulu, écrit-elle, y exprimer encore un espoir, « celui de voir succéder à l'ancien système des alliances, responsable de la course aux armements, et donc de la guerre, une organisation internationale qui, par l'autorité d'une justice arbitrale appuyée par des accords d'assistance mutuelle, rendrait impossible le retour d'un tel sinistre ».

Mais elle ne peut se réfugier dans l'inaction. « J'imaginais qu'après la démonstration éclatante de valeur professionnelle qu'avait représentée *L'Europe nouvelle*, je trouverais facilement une collaboration à ma mesure dans les journaux. Il n'en fut rien », écrit-elle au début du tome III de ses Mémoires. La raison en est, selon elle, que ses confrères « n'entendaient pas confier à une femme une responsabilité éditoriale, si mince fût-elle. Quant aux industriels qui finançaient leurs feuilles (...), ces magnats cherchaient une créature mythique tenant à la fois du lion et du mouton. Je m'explique : ils voulaient un lion – ou une lionne – pour défendre en rugissant leurs intérêts auprès du gouvernement, mais que ce fauve se transformât en un animal bêlant quand l'heure sonnait de leur obéir ». Et d'ajouter : « Supposément docile et à double sens, une femme ne leur aurait pas déplu. Mais quand ils s'aperçurent qu'en moi la lionne l'emportait sur la brebis, ils passèrent leur chemin et je restai dans le caniveau du chômage, non pas faute d'emplois, mais à cause de ma surqualification pour ces emplois. »

*

Louise Weiss se tourne alors vers une deuxième croisade : après l'Europe, les droits des femmes. Elle avoue dans ses Mémoires que ce fut « l'une des campagnes les plus ingrates » de sa vie. « Plus épuisante encore que [son] apostolat pour la Société des Nations. »

Son ambition est de « revivifier le féminisme français » en réparant l'injustice et l'inégalité de leur condition, ce qui passe par l'obtention du droit de vote. Elle se mobilise avec d'autant plus d'énergie dans ce combat que la France, sur ce terrain, est très en retard par rapport aux autres grands pays.

Dès 1917, en Russie, a été proclamée l'égalité politique. En Angleterre, dès 1918, les Anglaises âgées d'au moins trente ans ont obtenu le droit de vote, puis, en 1928, dès vingt et un ans, comme les hommes. En 1919, ce sont les Allemandes qui obtiennent ce droit. La majeure partie des pays européens – Finlande, Norvège, Danemark, Suède, Belgique – ont déjà banni les inégalités dans le domaine civique. Depuis 1920, le droit de vote des femmes a été proclamé sur tout le territoire des États-Unis.

En France, nous l'avons noté lorsque a été évoquée l'action de Marguerite Durand, les parlementaires ont jusqu'alors refusé ce droit aux femmes. Le député de la Vendée, Fernand Gautret, avait bien déposé en 1901 une proposition de loi en ce sens. Même si elle ne concernait que les femmes majeures, célibataires, veuves ou divorcées, elle ne fut pas adoptée. Reprise en 1906 par Paul Dussaussoy, élu du Pas-de-Calais, et pourtant limitée aux élections municipales, cantonales et d'arrondissement, elle subit le même échec.

Ces tentatives d'amendement de notre législation sur la composition du corps électoral sont relancées en 1919 par plusieurs députés, dont René Viviani et Aristide Briand. Ils font adopter par leurs collègues une disposition législative qui reconnaît aux femmes le droit de vote à toutes les élections. Éphémère victoire : c'était sans compter sur l'hostilité des sénateurs.

Le 15 avril 1925, par 390 voix contre 183, les députés approuvent à nouveau le principe permettant aux femmes de participer aux élections municipales et cantonales, mais, peu après, les sénateurs, à une très forte majorité, rejettent une nouvelle fois cette proposition.

Pour protester contre leur inéligibilité et contourner l'hostilité des sénateurs, le parti communiste présente aux municipales de mai 1925 des femmes sur ses listes dans certaines communes de la région parisienne. Augustine Variot remporte le scrutin à Malakoff, mais son élection est invalidée par le Conseil de préfecture. Marie Chaix, élue à Saint-Denis, devient même maire adjoint chargée des Affaires sociales ; mais son élection est elle aussi invalidée par le Conseil de préfecture de la Seine, le 27 mai 1925. Le 29 janvier 1926, le Conseil d'État confirme l'annulation du scrutin qui a vu la victoire de Marthe Tesson à Bobigny.

En 1929, plusieurs associations féministes et le parti communiste entendent à nouveau battre en brèche l'intransigeance du Sénat et présenter des candidates aux municipales, au motif que la loi n'interdit pas formellement de telles candidatures. Ainsi, dans les quatre-vingts quartiers de Paris, des déclarations de candidatures féminines sont déposées. Le 1er mai 1929, le préfet de la Seine adresse aux maires des quartiers de Paris et à ceux des communes du département une circulaire leur rappelant que, selon la jurisprudence du Conseil d'État, « il y aura lieu, le jour du scrutin, de ne pas permettre le dépôt, sur les tables réservées à cet effet (…), de bulletins de vote ne comportant que des noms de femmes ». Mais il ajoute que « devront bien entendu être admis les bulletins portant à la fois des noms d'hommes et de femmes ». Néanmoins, il précise aussitôt : « Les bulletins comportant une liste entièrement composée de noms de femmes seront considérés comme nuls… En ce qui concerne les bulletins comportant une liste composée à la fois de noms d'hommes et de noms de femmes, il y aura lieu de tenir pour inexistants les noms de femmes et d'attribuer les suffrages émis aux noms d'hommes. »

Les candidates des associations féministes profitent de la campagne électorale pour populariser leurs revendications, mais ne font pas imprimer de bulletins afin de ne pas perturber le jeu politique. Le parti communiste, en revanche, adopte une attitude plus déterminée et maintient des candidatures féminines. Ainsi, Marie Lefèvre est incitée par sa cellule d'Ivry-sur-Seine à faire acte de candidature sur la liste du parti et à braver l'autorité administrative. Elle est « élue » le 12 mai 1929 ; le préfet annule son « élection » et lui substitue un homme en la personne du docteur Girard, proclamé à sa place membre du conseil municipal d'Ivry. Elle s'élève contre cette décision de l'autorité préfectorale, mais, le 21 février 1930, le Conseil d'État fait droit à la décision du préfet.

Malgré les tentatives de certaines féministes et de plusieurs associations, la France tarde à admettre le droit de vote pour les femmes et à leur reconnaître celui de participer à la vie de la cité et de la nation. Bon nombre de féministes veulent être entendues et contraindre les élus à bouger. Maria Vérone incarne cette volonté. Avec Marguerite Durand et d'autres, elle a beaucoup œuvré pour faire progresser la cause des femmes. C'est elle, on l'a vu, qui a lancé le slogan : « La femme paie des impôts, la femme doit voter ! » Elle apparaît encore, en ces années, comme l'incarnation du féminisme.

Au lendemain de son décès, en 1938, Louise Weiss, souvent égocentrique et acceptant mal la concurrence, a dressé d'elle, dans *Ce que femme veut*, un portrait acide : « Le souvenir qu'elle me laisse est celui d'une avocate dont le grand talent n'éclipsait ni la méchanceté, ni le manque de grâce. Quels chapeaux et quels souliers ! À elle seule, Maria entretenait la légende de la femme croque-mitaine, ogresse encline à dévorer les pauvres hommes ! »

Cécile Brunschvicg est elle aussi déterminée. Membre de la Ligue française des droits de l'homme, présidente, à partir de 1924, de l'Union française des femmes françaises, membre du Conseil national des femmes françaises, directrice de l'hebdomadaire *La Française*, elle s'est battue sur de nombreux fronts. La description que fait d'elle Louise Weiss dans le tome III de ses Mémoires est, comme pour Maria Vérone, cruelle : « Si le féminisme l'avait introduite dans les milieux politiques, le radicalisme lui avait permis d'y rester et d'en retirer les agréments qui découlent toujours de relations avec un pouvoir que l'on ne désire point heurter. »

Portrait déformé par la propre vanité de Louise Weiss : Cécile Brunschvicg a défendu la liberté économique des femmes, leur droit au travail, elle a œuvré pour qu'elles accèdent à la citoyenneté sociale. Par pragmatisme, elle a certes prôné une reconnaissance par étapes du droit de vote des femmes, mais son objectif était clairement affirmé : un droit de vote total, le même que celui reconnu aux hommes. Mais il est également vrai – ce qui a pu gêner Louise

Weiss – que Cécile Brunschvicg s'est aussi investie dans le pacifisme, a cru à la résolution des conflits par l'arbitrage international. En juillet 1919, elle a d'ailleurs participé à la création de l'Union féminine pour la Société des Nations. Comme Louise Weiss, à partir de 1938, elle a douté de l'efficacité de son pacifisme.

D'autres féministes tentent de faire entendre les revendications des femmes : Marguerite Pichon-Landry, présidente du Conseil national des femmes françaises ; Yvonne Netter, présidente de la Ligue pour l'émancipation et le bien-être de la femme ; Magdeleine Chaumont, dite Magda, qui a créé une petite association, les Forces féminines françaises ; Raymonde Machard, auteur de *L'Œuvre de chair*, directrice du *Journal de la femme*...

La féministe Jeanne Valbot n'a pas craint de perturber la tranquillité des sénateurs en lançant en pleine séance des tracts en faveur du vote des femmes. Peu après, en février 1933, elle a récidivé en s'enchaînant au banc d'une tribune du palais du Luxembourg.

Mais les parlementaires, malgré l'action des mouvements féministes, les promesses ou les slogans, n'ont pas le sincère désir d'accorder aux femmes le droit de voter et d'être éligibles. Pour le moins, ils espèrent gagner du temps. À gauche, conscients du poids de l'Église catholique, notamment en zones rurales, nombreux sont ceux qui craignent qu'elle n'influence le suffrage des femmes. Les communistes s'affichent comme plus favorables, pas mécontents de se démarquer ainsi des radicaux et des socialistes. À droite, sous l'emprise du clergé, beaucoup de politiques jugent que la place naturelle de la femme est au foyer, pour s'occuper des enfants, non dans l'hémicycle du Palais-Bourbon ou d'autres assemblées municipales ou départementales.

De façon injuste et méprisante au regard de l'action des féministes qui l'ont précédée, Louise Weiss estime que « c'est à coups de pied qu'il faut sortir le féminisme des quelques salons où il se pavane et des ligues orthodoxes où il se momifie ». Elle entend bousculer l'inertie des élus nationaux par des méthodes radicales. Elle fonde en 1934 l'association « La Femme nouvelle », dont la vocation est de promouvoir l'égalité civique entre Français et Françaises. Elle rassemblera, selon elle, plusieurs dizaines de milliers d'adhérents.

Elle considère que son association est l'« aile nationale marchante d'un mouvement d'émancipation international », et elle revendique une ardeur politique qu'elle dénie aux autres « sociétés suffragistes », lesquelles « s'en tenaient à des propos académiques », écrira-t-elle plus tard dans son article sur « Le Front populaire et le vote des femmes ».

Elle inaugure le 6 octobre 1934 une boutique, avenue des Champs-Élysées, où une grande mappemonde indique les pays où les femmes ont le droit de voter. Le 8 octobre, pour faire connaître son association, elle se rend à Bordeaux en compagnie d'Adrienne Bolland, de Maryse Bastié et d'Hélène Boucher, dont les exploits aériens font rêver les Français.

Un mois plus tard, elle organise une manifestation place du Palais-Bourbon et, à l'aide d'un porte-voix, harangue les députés pour qu'ils accordent aux femmes le droit de voter. Elle obtient d'être reçue par Georges Mandel, député de la Gironde et président de la commission du Suffrage universel. Il promet de prendre en compte les revendications des manifestantes, mais, un mois plus tard, il quitte la présidence de la commission pour le poste de ministre des PTT.

« À mon idée, pour réussir, il fallait jeter le féminisme dans l'arène de l'actualité… Il fallait divertir au lieu de prêcher, tenir l'opinion en haleine, émouvoir, en un mot obliger le pays tout entier à prendre feu pour notre cause », précise Louise Weiss à Cécile Brunschvicg, présidente de l'Union française pour le suffrage des femmes.

Évoquant la passivité des féministes françaises par rapport à leurs homologues anglaises et américaines, Louise Weiss écrit dans le tome III de ses Mémoires : « Je finis par trouver à leur passivité une première explication. C'est qu'elles avaient été élevées à l'école de la résignation. Catholiques, issues de mères, de grand-mères, d'arrière-grand-mères catholiques, elles avaient appris, comme leurs aïeules, à balbutier, avec les premiers mots, des prières obéissantes… Serves elles étaient nées, serves elles demeuraient. » Et, pour étayer sa certitude, elle cite saint Paul qui, dans la première épître à Timothée, affirme : « Que la femme écoute l'instruction en silence avec une entière soumission… Je ne permets pas à la femme d'enseigner ni de prendre de l'autorité sur l'homme. Car Adam a été formé le premier et Ève ensuite, et ce n'est pas Adam qui a été séduit, c'est la femme qui, séduite, s'est rendue coupable de transgression. »

Louise Weiss entend se situer en dehors des courants politiques et faire appel à des parlementaires de tous horizons idéologiques. Avec le concours de plusieurs députés, elle tente sans succès, avant les élections de

1935, de faire admettre le droit de voter des femmes et celui de se présenter aux élections municipales.

En 1935, avec des militantes de « La Femme nouvelle », elle organise une tournée en France, accompagnée d'une meute de journalistes. Elle manifeste sous les fenêtres du domicile du sénateur de la Vienne, Raymond Duplantier, candidat à sa propre réélection, qui a tenu, lors d'une séance publique, des propos désobligeants à l'égard des femmes et de leur souhait de bénéficier du droit de vote. Peu après, elle est à Marseille. Son activisme plaît aux militantes, moins aux responsables des mouvements féministes qui se sentent dépossédées de leur raison d'être. Elle amuse la presse et surprend, inquiète les politiques.

Louise Weiss se présente symboliquement, le 5 mai 1935, aux élections municipales à Montmartre. Avec Jane Nemo, Jeanne Valbot et Fernande Reboul, elle excelle dans la provocation ironique et se retrouve au commissariat avec ses comparses. Transformant des cartons à chapeaux en urnes, elle recueille 18 000 bulletins en sa faveur. Aux législatives de 1936, elle se présente, toujours symboliquement, au Quartier latin.

Avec l'arrivée au pouvoir du Front populaire, elle estime qu'elle n'obtiendra rien de positif pour ce qui est du droit de vote des femmes. Elle rencontre Léon Blum : « Je le suppliai de nous accorder immédiatement le vote municipal… [il] ne me donna aucun espoir », relate-t-elle dans ses Mémoires. « Certes, remarque-t-elle, les communistes, avec leurs 72 élus, étaient sincèrement acquis à notre cause… Les radicaux, avec leurs 109 élus, ne professaient guère de théorie à notre sujet, mais, dans la pratique, ils s'étaient montrés hostiles à notre droit de vote… Mais il y avait les 144 élus du parti socialiste : ceux-là étaient nos adversaires résolus et furieux. »

Elle entend donc perpétuer la pression que « La Femme nouvelle » exerce sur les politiques. Lors de la rentrée de la Chambre, au début de juin 1936, les militantes de son association distribuent des myosotis aux députés entrant au Palais-Bourbon. Grâce à une complicité interne, des militantes réussissent à trouver des places dans les tribunes, au-dessus de l'hémicycle, et, après le discours du doyen d'âge, déploient des pancartes réclamant le droit de vote pour les femmes. Le lendemain, elles offrent aux sénateurs des chaussettes portant l'inscription : « Même si vous nous donnez le droit de vote, vos chaussettes seront raccommodées ! » Des militantes qui ont pu s'infiltrer elles aussi dans les tribunes surplombant la salle des séances, après le discours du président Jeanneney, lancent des chaussettes sur les sénateurs surpris, au grand dam des huissiers débordés par le chahut qui s'ensuit.

Le 30 juillet 1936, à la quasi-unanimité, l'Assemblée accorde les droits politiques aux femmes, mais le Sénat refuse évidemment d'ouvrir la discussion sur le sujet.

Louise Weiss écrit dans ses Mémoires que, sous sa pression, Léon Blum s'est cru obligé de prendre trois femmes dans son gouvernement, et qu'elle a refusé d'en faire partie. Elle reconnaît quand même « qu'une étape est franchie ». Elle laisse cependant percer son scepticisme sur l'action de ces trois femmes : « Irène Joliot-Curie, la célèbre physicienne, Suzanne Lacore, une militante de Dordogne qui ne savait pas où se trouvait le Pont-Neuf, et une radicale, Cécile Brunschvicg, présidente d'une tranquille Union pour le suffrage (…), quelle allait être l'action de ces dames au sein du ministère ? Pour nos revendications : nulle ! » Son scepticisme se confirme et devient déception quand elle constate que « la déclaration ministérielle ne faisait pas même allusion à nos droits politiques. Jusqu'au dernier moment, Léon Blum avait barguigné, cherchant comment il pourrait apparemment concéder quelques réformes aux femmes, sans rien, au fond, leur accorder ».

Elle ne renonce pas pour autant à l'action parlementaire et médiatique, mais elle avoue que l'inertie des politiques l'incite à multiplier les coups d'éclat. Le dimanche 28 juin, elle profite des courses à Longchamp pour attirer l'attention du public sur les revendications des femmes : « Avec dix de mes plus vaillantes militantes (…), nous entrâmes tranquillement au pesage, nos affiches roulées dans nos sacs et nos pliants au bras, comme tant d'élégantes », juste avant que les chevaux ne s'élancent sur la piste. « C'est le moment précis que nous choisîmes pour enjamber les grilles à l'aide de nos pliants, sauter sur la piste et la remonter lentement vers les chevaux en brandissant nos affiches. » S'ensuivit une certaine pagaille !

Le lendemain, la presse ne lui est pas favorable : « Parmi les journalistes se trouvaient beaucoup de turfistes passionnés », note-t-elle pour expliquer les critiques dont elle est la cible.

Peu lui importe : la voici bientôt manifestant devant le domicile d'un sénateur qui avait fait ajourner une proposition tendant à la création de « conseillères municipales facultatives adjointes » ! Un autre jour, elle et ses militantes, « enchaînées les unes aux autres et nous rivant aux lampadaires des trottoirs, nous barrâmes la rue Royale… ».

Grâce à un élu de Meurthe-et-Moselle, Louis Marin, elle provoque un vote favorable des députés sur une proposition de loi stipulant : « Les lois et dispositions réglementaires sur l'électorat et l'éligibilité à toutes les assemblées élues sont applicables à tous les citoyens français sans distinction de sexe. » Mais cette proposition va connaître le même sort que les précédentes et ne franchira pas les embûches de la procédure législative.

Infatigable combattante, Louise Weiss, au début de 1937, est à Toulon, Villeurbanne, puis Lyon : « Édouard Herriot était fort mécontent de mon raid sur sa bonne ville », concède-t-elle. « J'acceptai un débat public à *La Tribune du Rhône.* Comme d'habitude, je trouvai les communistes prêts à un effort, les socialistes vautrés dans les délices du pouvoir et réticents, la bourgeoisie en décomposition, et la presse de bonne humeur. » Partout elle se bat, fait front.

Le 22 juin 1937, Camille Chautemps remplace Léon Blum et forme un nouveau gouvernement. Aucune femme n'en fait partie, pas même à un poste modeste. Louise Weiss et les militantes de « La Femme nouvelle » continuent d'exercer leur pression sur les politiques. Les voici au congrès des radicaux qui se tient à Lille en octobre 1937, organisant en parallèle une grande réunion pour faire valoir leurs revendications et couvrant les abords de la salle où se rassemblent les militants d'affiches réclamant « les droits politiques, la capacité civile et la transformation des régimes matrimoniaux en accord avec cette capacité, l'accession à la magistrature des tribunaux pour enfants, à travail égal, salaire égal… ».

Mais la conjoncture internationale et la menace de guerre en Europe rendent cette campagne pour la reconnaissance des droits civiques des femmes quelque peu dérisoire. Les actions des suffragettes lassent de plus en plus une opinion d'abord préoccupée par les prémices d'une guerre qui paraît inévitable. Louise Weiss souhaite réorienter alors son action afin d'obtenir des hommes politiques qu'ils associent les femmes à la défense de la patrie.

Elle ne reniera à aucun moment son combat pour le droit des femmes à la citoyenneté, même si elle n'a jamais épousé toutes les causes des féministes et a préféré centrer son action sur leur droit de vote. À la fin de sa vie, en 1973, elle publiera *Lettre à un embryon*, pamphlet contre l'avortement. Elle critiquera la loi que Simone Veil défendra devant le Parlement, la qualifiant dans *Paris-Match* du 9 novembre 1979 de « loi de circonstance », et l'avortement de « conquête masculine ».

Mais revenons à la fin de 1938 : Louise Weiss fonde l'Union des Françaises décorées de la Légion d'honneur. Elle compte sur leur patriotisme pour promouvoir l'importance de la défense passive d'un « service national féminin », par l'intermédiaire d'un « centre de propagande ».

Après l'annexion de l'Autriche, le 12 mars 1938, par l'Allemagne, les volontaires sont nombreuses à vouloir s'engager pour défendre la patrie en cas de guerre, tant celle-ci paraît inéluctable. Mais Édouard Daladier, ministre de la Guerre, et même Albert Lebrun, chef de l'État, refusent de les incorporer.

Lorsque le gouvernement se résout enfin à s'intéresser à la défense passive, réflexe déjà habituel, il crée un « Conseil supérieur », dit « de la défense passive », pour donner suite à la volonté de servir des femmes. « Ces formidables militaires n'accouchèrent même pas d'une souris », écrit Louise Weiss, qui réussit néanmoins à leur extorquer la possibilité de bénéficier d'un stand à l'exposition des « Arts ménagers » et à celle des « Moyens de lutte contre l'incendie » où elle peut sensibiliser les visiteuses aux gestes et réflexes nécessaires à l'« alerte domestique ».

À la fin d'août 1939, alors que la France entame enfin sa mobilisation, Louise Weiss estime qu'il est tout aussi urgent d'utiliser les femmes à la défense de la patrie. Elle fait part de sa conviction au général responsable du Comité de la défense passive. Celui-ci se borne à proposer que les femmes françaises organisent des quêtes pour recueillir de l'argent...

Profondément déçue par l'attitude stérile des autorités administratives, politiques et militaires, Louise Weiss reporte son dynamisme sur le Comité des réfugiés, dont le baron Robert de Rotschild assure par sa générosité le fonctionnement. Elle en avait « arraché » la création le 31 décembre 1938 à son ami Georges Bonnet, ministre des Affaires étrangères, son but étant de venir en aide à celles et ceux qui fuyaient le régime nazi.

Louise Weiss note par ailleurs, terrible constat : « Les persécutions d'Adolf Hitler contre la "race maudite" laissaient, à cette date encore, la moyenne des Français assez incrédules. Les atrocités de la *Kristallnacht*, à partir desquelles l'extermination des israélites de la Grande Allemagne avait été décidée, n'avaient pas autrement ému l'opinion publique, maintenue dans une ignorance délibérée par les partisans de la paix à tout prix, qui, eux-mêmes, fermaient les yeux et se bouchaient les oreilles. »

Le 17 juin 1940, le maréchal Pétain décide de capituler et de collaborer. Le 18 juin, le général de Gaulle appelle au sursaut et à la résistance. Louise Weiss observe et décrit avec tristesse les événements, mais passe à côté de son destin qui aurait dû la pousser vers Londres et l'homme de la France libre.

Dans le tome IV des *Mémoires d'une Européenne*, elle peint l'ambiance qui régnait alors dans les milieux politiques et intellectuels : « Winston Churchill et Charles de Gaulle tonnèrent, mais il ne se trouva pas un homme politique resté à Bordeaux pour protester contre le diktat d'Adolf Hitler… Et les écrivains : Paul Claudel, courtisan, André Gide, cul à l'envers, François Mauriac, masochiste, Charles Maurras, le sourd de la "divine surprise" – autrement dit de la défaite de la Troisième République –, Paul Valéry même, se préparaient à entonner les louanges du Maréchal. Quant aux communistes, Berlin et Moscou n'ayant pas encore rompu, ils fraternisèrent avec les envahisseurs. » Elle ajoute un peu plus loin : « Organisée par Pierre Laval, la marche des députés et des sénateurs vers leur propre suicide avait commencé… La propagande contre les Anglais et les juifs s'accentuait. »

Louise Weiss n'a pas choisi de rallier Londres. Le 3 septembre 1946, elle a indiqué à Radio Canada qu'elle avait dirigé, pendant l'occupation allemande, un journal clandestin, La Nouvelle République, en tant que rédactrice en chef. Elle a laissé entendre qu'elle avait participé à un réseau de résistance, ce qui fut catégoriquement démenti par ses membres. Son passage à Vichy, son séjour de quatre mois aux États-Unis à la tête d'une mission confiée par le gouvernement de Vichy, pour collecter des médicaments destinés aux enfants de France, son retour à Vichy le jour de la Noël 1940, apparaissent comme des ombres sur un itinéraire éclairé par les lumières de la paix et le respect des peuples.

De retour à Paris, elle s'aperçoit que son nom figure sur la liste des personnalités juives qu'il faut éliminer ; elle s'empresse de se faire délivrer un « certificat » de non-appartenance à la « race juive », qu'elle obtient avec la complaisance du pasteur Monod. La mention de son nom disparaît de la liste publiée par le commissariat aux Questions juives. Dans ses Mémoires, elle reste discrète sur les démarches qu'elle effectue à cette fin.

L'écriture passionne Louise Weiss ; elle connaît la puissance du verbe, la force des mots pour changer la société, bouleverser les consciences, modifier les comportements, lutter contre les archaïsmes. La reconnaissance littéraire, elle la recherche. Après *La Délivrance*, publiée en 1936, elle fait paraître entre 1945 et 1947 un roman en trois volumes, en grande partie autobiographique : *La Marseillaise*. Il sera suivi de deux autres, en 1951 et 1979. Louise Weiss écrira cinq pièces de théâtre et publiera plusieurs récits de voyages. À la fin de sa vie, elle cherchera à obtenir un prix Nobel : après avoir songé à celui de la paix, elle aura en vain espéré celui de littérature.

À la Libération, elle entreprend de s'informer en multipliant les voyages à l'étranger, aux États-Unis, au Canada, au Mexique, en attendant que la situation politique en France se décante et qu'elle puisse y retrouver une position d'influence.

Le général de Gaulle lui inspire du respect. Elle ne le rencontrera, semble-t-il, qu'en 1949, soit quatre ans après la Libération. Elle lui exprimera alors son souhait de prendre des responsabilités au sein du Rassemblement du peuple français qu'il a créé le 11 avril 1947. Le 15 avril 1949, de Gaulle la nomme membre de la commission des Affaires étrangères du RPF. Ce faisant, elle se rapproche non des gaullistes, mais de l'homme du 18 Juin, et participe avec diverses personnalités à une sorte de comité de soutien à l'action nationale du Général.

Elle revient ainsi progressivement dans le circuit politique, tout en passant beaucoup de temps à écrire et voyager. Sa curiosité l'oriente notamment vers le Japon. Elle prononce des conférences, signe des articles pour *France Illustration*, participe à des émissions pour Radio Lausanne. On la retrouve en Corée, à Hongkong, à Macao, à Hanoi, au Cambodge, et, après un passage par Paris, elle repart pour les États-Unis. Elle trouve le temps d'écrire un nouveau roman, *Sabine Legrand*, qui paraît en 1951. Elle a cinquante-huit ans quand elle adopte un enfant de douze ans.

Elle reprend ses déplacements à l'étranger, au Liban, en Syrie. Comme le note Célia Bertin, sa biographe : « En fait, le but de ces voyages est double : elle veut à la fois gagner de l'argent et saisir comment se présente la situation sociale et économique de ces pays… Sur le plan politique, que s'y passe-t-il ? Quelles conséquences cela peut-il avoir pour la France, pour l'Europe dont elle se soucie à nouveau ? »

Elle fait acte de candidature à l'Assemblée de

l'Union française et, dans son dossier constitué à cet effet, Célia Bertin note : « Louise dresse la liste de ses missions et voyages aux États-Unis, mais ne mentionne pas sa mission de juillet à décembre 1940. Elle espère donc que la mission que lui avait confiée le gouvernement Pétain a pu échapper à ceux qui combattaient à Londres avec le Général… »

L'arrivée au pouvoir d'Antoine Pinay en 1952 n'est pas étrangère à sa démission du RPF. C'est par respect pour de Gaulle et par opportunisme politique qu'elle a rejoint le mouvement gaulliste, mais c'était là une position d'attente. Elle veut désormais exister par elle-même, être reconnue, tout en continuant à sillonner le monde, tant son appétit de nouveaux horizons reste intact. Cette stratégie lui permet d'éviter de se mêler à la vie politique de la Quatrième République et de se prononcer sur l'évolution des rapports de la France avec l'Algérie. Elle se passionne pour les grandes civilisations du monde, œuvre pour la sauvegarde de peintures éthiopiennes, s'intéresse en 1964 à l'Institut français de polémologie et à son fondateur, Gaston Bouthoul, dont elle devient un temps la maîtresse.

Mais l'action lui manque, elle voudrait revenir sur le devant de la scène politique. Au cours d'un déjeuner, en 1959, elle revoit le général de Gaulle. Elle envisage même un moment de se porter candidate, en 1965 – elle a alors soixante-douze ans –, à la première élection au suffrage universel du président de la République. Mais elle en sera rapidement dissuadée.

Pour donner sens à sa passion de la paix par la connaissance et le respect des civilisations, elle crée une Fondation qui, chaque année, devra récompenser « les auteurs ou les institutions ayant le plus contribué à l'avancement des sciences de la paix et à l'amélioration des relations humaines », et entend donner le jour à un Institut des sciences de la paix.

Toujours ambitieuse, au soir de sa vie, elle cherche encore la reconnaissance. Par deux fois, en 1975, elle tente d'entrer à l'Académie française, pour succéder à Marcel Pagnol puis au cardinal Jean Daniélou. Elle est battue par le professeur Jean Bernard puis par le révérend père Ambroise-Marie Carré. Elle espère un prix Nobel et multiplie sans succès les démarches à cet effet. Son élection au Parlement européen, en 1979, sur la liste de Jacques Chirac, lui apportera les honneurs qu'elle a toujours aimés et une consécration politique.

Lors de la séance inaugurale du Parlement européen, le 17 juillet 1979, elle disserte de l'identité européenne, « l'identité comprise comme perception profonde de soi ». Elle précise : « Les institutions communautaires ont fait des betteraves, du beurre, des fromages, des vins, des veaux, voire des cochons européens. Elles n'ont pas fait d'hommes européens. Ces hommes européens existaient au Moyen Âge, à la Renaissance, au siècle des Lumières et, même, au XIXe siècle. Il faut les refaire. » Pour cela, elle lègue en forme de testament aux dirigeants politiques un appel à « l'unité européenne », qui ne se réalisera qu'en « rallumant les phares de la conscience de la vie et du droit ».

N'oubliant pas ses racines familiales alsaciennes, elle lègue à la bibliothèque universitaire de Strasbourg ses manuscrits et sa correspondance. Elle avait auparavant fait don au château de Rohan, à Saverne, de nombreux tableaux et objets personnels.

Le 26 mai 1983 s'éteint cette femme engagée pour la paix, militante d'une Europe construite par le dialogue entre les peuples et le respect des États. Une femme d'action et d'influence, ayant milité sans relâche pour l'égalité des droits civiques entre les femmes et les hommes.

Bibliographie

De Louise Weiss

Souvenirs d'une enfance républicaine, Denoël, 1937.
Ce que femme veut, Gallimard, 1946.
Depuis le premier jour, Gallimard, 1949.
« Le Front populaire et le vote des femmes », dans *Toute la vérité*, Plon, 1967.
Mémoires d'une Européenne, Payot/Albin Michel, 6 tomes, 1968-1976.
Lettres à un embryon, Julliard, 1973.
Discours d'ouverture du Parlement européen, Strasbourg, 17 juillet 1979.

Romans

Délivrance, Albin Michel, 1936.
La Marseillaise, Gallimard, 3 tomes, 1945-1947.
Sabine Legrand, Julliard, 1951.
Dernières voluptés, Albin Michel, 1979.

Sur Louise Weiss

Célia Bertin, *Louise Weiss*, Albin Michel, 1999.
Michel Loetscher, *Louise Weiss, une Alsacienne au cœur de l'Europe*, Éd. Place Stanislas, 2009.

Marie-Emmanuelle Reytier, « Louise Weiss : pacifiste et féministe par opportunisme ? ou par conviction ? », dans *Femmes, culture et pouvoir*, Centre universitaire d'études québécoises, Université de Laval, Canada, 2011.

Marthe Simard

(1901-1993)

Première parlementaire

Avant même que les Françaises acquièrent le droit de voter et d'être élues, Marthe Simard devient membre de l'Assemblée consultative provisoire, le parlement de la Résistance française, qui siège à Alger du 3 novembre 1943 au 25 juillet 1944. Désignée par le général de Gaulle, elle représente les mouvements de la Résistance extérieure.

*

Née Caillaud, fille de magistrat, Marthe Simard voit le jour le 6 avril 1901 à Bordj-Menaïel, à l'est d'Alger. Elle est la fille d'un avocat dont la famille est établie en Algérie depuis quatre générations. Par sa mère, Emma Paoli, elle est originaire de Corse. Après le décès de son premier mari, elle s'installe d'abord à Douai, où son père est juge d'instruction, puis, à partir de 1932, au Québec, où elle a suivi son nouveau mari, le docteur Simard. Elle prend alors la nationalité canadienne mais elle ne reste pas indifférente aux événements qui se déroulent en Europe, notamment en France. Elle organise dès 1939, depuis le Québec, une aide matérielle en médicaments et en vivres pour les familles de militaires français.

L'appel londonien du Général, le 18 juin 1940, sonne pour elle comme le signe de la nécessaire mobilisation, outre-Atlantique, de tous les moyens pour servir la cause de la France libre.

Le général de Gaulle, conscient de l'importance du Canada et de la nécessité d'une reconnaissance internationale de la France libre, s'adresse depuis les studios de la BBC aux « Canadiens français » : « Votre secours, l'âme de la France le cherche et l'appelle, parce que le destin a fait du Canada la terre d'union de l'Ancien et du Nouveau Monde. [...] Canadiens français, recevez le salut confiant d'un soldat français, à qui pour l'instant incombe le grand devoir de parler seul au nom de la France. »

Marthe Simard va dès lors mener une campagne très active au Canada pour faire comprendre l'action de la France libre et celle du général de Gaulle, lequel ne bénéficie pas toujours, auprès des dirigeants canadiens ou américains, d'une bonne image. Ceux-ci se méfient de ce général de brigade « à titre temporaire », et si d'aucuns l'estiment acquis aux thèses communistes, d'autres le voient tenté par un goût irraisonné du pouvoir. Par certains de leurs représentants officiels, les États-Unis et le Canada sont assez volontiers enclins à s'appuyer sur des dirigeants « plus souples », voire pétainistes.

Marthe Simard s'emploie aussi à trouver des fonds pour les marins et aviateurs qui transitent par le Canada. Avec l'aide de son époux et d'autres personnalités, elle œuvre pour que le Canada contribue à l'effort de guerre et participe à la libération de la France. Il faut attendre le 9 novembre 1942 pour que le gouvernement canadien rompe ses relations avec celui de Vichy.

Marthe Simard crée des Comités de la France libre et s'exprime autant qu'elle peut, à partir du 9 juin 1941, sur les ondes de Radio Canada pour faire entendre la voix de la France libre. Elle est parfois interrogée par un jeune journaliste, René Lévesque, qui sera Premier ministre du Québec de 1976 à 1985.

Dans le mémoire constitué en vue de sa promotion dans l'ordre de la Légion d'honneur, André Malraux précisera que Marthe Simard, « par de nombreux articles et par son action personnelle dans les milieux canadiens, a su maintenir et développer, tant sur le plan moral que politique, les fonctions culturelles de la France dans ce pays, et a été une propagandiste inlassable au service de la cause française ».

Le 23 juin 1942, de Gaulle a promis que, « une fois l'ennemi chassé du territoire, tous les hommes et toutes les femmes de chez nous éliront l'Assemblée nationale qui décidera souverainement des destinées du pays ».

En attendant la Libération et la mise en forme juridique de cet engagement, la France libre se dote d'une représentation nationale provisoire. L'Assemblée consultative provisoire qui siège à Alger est composée de 84 délégués, dont 40 sont des représentants des organismes de la résistance intérieure, 12 sont issus de la résistance extra-métropolitaine, dont 5 viennent des 800 comités de la France libre dans le monde. Les autres délégués proviennent de la Chambre de députés, du Sénat, des conseils généraux de France et 12 élus par les territoires d'outre-mer ralliés à la France libre.

C'est à cette assemblée d'Alger que Marthe Simard, nommée le 20 octobre 1943, a l'honneur d'appartenir.

Elle devient ainsi la première femme parlementaire. Durant la première année de cette institution, elle en sera la seule.

C'est à la fin de janvier 1944 à l'initiative de Fernand Grenier, reprenant les promesses du général de Gaulle en 1942, que les délégués d'Alger débattent de la question du droit des femmes à participer aux élections. Mais leur accorder ce droit ne va pas de soi. Certains délégués font valoir la difficulté d'organiser dès la Libération l'inscription des femmes sur les listes électorales et de les autoriser à voter avant le retour en France des prisonniers et déportés. Ils se méfient des conséquences politiques qu'aurait l'expression d'un électorat majoritairement féminin. Le 23 mars 1944, par 51 voix contre 16, le vœu est finalement émis que le droit de vote soit accordé aux femmes.

Signée à Alger le 21 avril 1944, une ordonnance du gouvernement provisoire présidé par le général de Gaulle reconnaît aux femmes la qualité de citoyennes, c'est-à-dire le droit de vote « dans les mêmes conditions que les hommes », et la possibilité d'être élues. Marthe Simard n'est pas encore à Alger quand cette décision est prise.

Dès son arrivée, elle déclare le 23 avril 1944, aux *Dernières Nouvelles d'Alger*, qu'elle se fera la porte-parole des espoirs féministes. Elle approuve la décision du Général de donner le droit de vote aux femmes : « Il est anormal que la femme française, qui est depuis longtemps intellectuellement (voyez les concours des universités !) et moralement l'égale de l'homme, soit restée la seule à ne pas prendre part aux délibérations politiques. »

Le 15 mai 1944, Marthe Simard s'exprime pour

la première fois à la tribune de l'assemblée d'Alger. « Nous, Français, qui vivons au Canada [...], nous avons été l'expression de la fidélité française à nos alliés, dans un pays qui nous était doublement cher, par des alliances du cœur [...]. Depuis trois ans, les Comités de la France combattante au Canada ont été le porte-drapeau non seulement de la France, toujours présente sur les champs de bataille, mais aussi et surtout d'une France toujours présente, vivante et puissante dans la lutte du bien contre le mal, opposition constante de l'honneur français contre l'abdication de Vichy... »

En novembre 1944, l'Assemblée quitte Alger pour Paris, elle s'installe au palais du Luxembourg, Marthe Simard est alors l'une des dix femmes parlementaires aux côtés notamment de Lucie Aubrac, Gilberte Brossolette, Marie-Hélène Lefaucheux, Mathilde Péri, Andrée Viénot et Madeleine Braun qui deviendra, en 1946, la première femme vice-présidente de l'Assemblée nationale...

Sur proposition d'André Malraux, elle est promue chevalier dans l'ordre de la Légion d'honneur dès la première promotion de la Libération, la promotion « Victoire » du 3 mai 1946. Elle lui sera remise quelques jours plus tard au consulat de France du Québec. Elle est aussi décorée de la médaille de la Résistance et de celle des Services volontaires dans la France libre.

À nouveau veuve, elle épouse en 1957 le docteur Léo Reid. Elle décède en 1993.

*

Lors des élections à l'Assemblée constituante du 21 octobre 1945, 33 femmes sont pour la première fois élues députés.

À la suite de la première élection législative de la Quatrième République, en novembre 1946, 43 femmes siègent au Palais-Bourbon.

L'Assemblée n'entrouvre que lentement les portes de son hémicycle aux femmes. L'évolution du nombre de femmes candidates à un siège de député marque cette évolution. En 1946, sur un total de 2 801 candidats, on ne compte que 382 femmes, soit 13,6 %. Le vote a lieu alors au scrutin de liste à la proportionnelle.

Sous la Cinquième République, le mode d'élection pour les législatives devient le scrutin uninominal et majoritaire à deux tours. En 1959, seulement 65 femmes se portent candidates sur un total de 2 809 postulants, soit un pourcentage infime de 2,3 %.

À la suite de l'alternance politique, on en revient en mars 1986 au scrutin proportionnel : 1 680 femmes aspirent alors à devenir députés, soit 24,7 % des 6 804 candidats.

En 1988, avec le retour du scrutin uninominal majoritaire à deux tours, il n'y a plus que 336 candidates sur un total de 2 896, soit une proportion de 11,6 %.

Lors des législatives de juin 2007, on totalise 7 639 candidats, dont 3 177 femmes, soit 41 %. Ce pourcentage élevé est certainement pour une large part la conséquence de l'adoption des lois sur la parité.

Cette évolution du nombre des candidates se concrétise par une progression du nombre des députés femmes. En novembre 1958, on n'en recensait que 8 sur un total de 579. En 2007, près de cinquante ans plus tard, sur 577 députés, 107 femmes siégeaient à l'Assemblée, soit un pourcentage de 18,5 %. À la suite des législatives de 2012, 155 femmes ont été élues à l'Assemblée nationale.

Bibliographie

Sur Marthe Simard

Archives de la Grande Chancellerie de la Légion d'honneur.

Archives de l'Assemblée nationale, C/15261, dossier 572.

Éric Amyot, *Le Québec entre Pétain et de Gaulle*, Montréal, Fides, 1999.

Jean-Louis Debré, *Les Oubliés de la République*, Fayard, 2008.

Joëlle Garriaud-Maylam, Marthe Simard, Sénat, 25 février 2008.

Laurent Laloup, « Un Français libre parmi les 51 814 », article Marthe Simard, www.francaislibres.net.

Frédéric Smith, *La France appelle votre secours. Le Québec et la France Libre*, VLB éditions, Montréal, 2012.

Françoise Tétu de Labsade, « Marthe Simard », *Mémoires vives*, n° 20, mars 2007.

Marguerite Yourcenar

(1903-1987)

Première académicienne française

Vêtue de velours noir et de soie blanche, Marguerite Yourcenar prend la parole devant les nombreux invités et les académiciens français en habit vert, ce jeudi 22 janvier 1981 :

« Messieurs », lance-t-elle pour débuter son discours dont elle sait qu'il entrera dans l'Histoire. « Comme il convient, je commence par vous remercier de m'avoir, honneur sans précédent, accueillie parmi vous. Je n'insiste pas – ils savent déjà tout cela – sur la gratitude que je dois aux amis qui, dans votre Compagnie, ont tenu à m'élire… »

Certains académiciens sourient, d'autres laissent entrevoir une grimace de contrariété, ou demeurent impassibles.

D'une voix courtoise, imperturbable, elle poursuit :

« Vous m'avez accueillie, disais-je. Ce moi incertain et flottant, cette entité dont j'ai contesté moi-même l'existence et que je ne sens vraiment délimité que par les quelques ouvrages qu'il m'est arrivé d'écrire, le voici, tel qu'il est, entouré, accompagné d'une troupe invisible de femmes qui auraient dû, peut-être, recevoir beaucoup plus tôt cet honneur, au point que je suis tentée de m'effacer pour laisser passer leurs ombres. »

À soixante-dix-sept ans, Marguerite Yourcenar devient la première femme à siéger sous la coupole de l'Institut de France.

Elle n'ignore rien des manœuvres et tractations qui ont entouré son élection, elle qui a si longtemps répondu par le silence aux sollicitations de certains académiciens.

« Toutefois, rappelle-t-elle non sans sarcasme, n'oublions pas que c'est seulement il y a un peu plus ou un peu moins d'un siècle que la question de la présence de femmes dans cette assemblée a pu se poser. En d'autres termes c'est vers le milieu du XIXe siècle que la littérature est devenue en France pour quelques femmes tout ensemble une vocation et une profession, et cet état de chose était encore trop nouveau peut-être pour attirer l'attention d'une Compagnie comme la vôtre. Mme de Staël eût été sans doute inéligible de par son ascendance suisse et son mariage suédois : elle se contentait d'être un des meilleurs esprits du siècle. George Sand eût fait scandale par la turbulence de sa vie, par la générosité même de ses émotions qui font d'elle une femme si admirablement femme ; la personne encore plus que l'écrivain devançait son temps. Colette elle-même pensait qu'une femme ne rend pas visite à des hommes pour solliciter leurs voix, et je ne puis qu'être de son avis, ne l'ayant pas fait moi-même. Mais remontons plus haut : les femmes de l'Ancien Régime (…) inspiraient les écrivains, les régentaient parfois et, fréquemment, ont réussi à faire entrer l'un de leurs protégés dans votre Compagnie, coutume qui, m'assure-t-on, a duré jusqu'à nos jours ; elles se souciaient fort peu d'être elles-mêmes candidates. On ne peut donc prétendre que, dans cette société française si imprégnée d'influences féminines, l'Académie ait été particulièrement misogyne ; elle s'est simplement conformée aux usages qui volontiers plaçaient la femme sur un piédestal, mais ne permettaient pas encore de lui avancer officiellement un fauteuil… »

De sa voix si particulière, à la fois « rude et douce comme les notes basses d'un violoncelle », elle s'adresse à ses détracteurs, allongeant la finale de ses phrases. Elle leur affirme comprendre leurs résistances face aux innovations. Elle justifie leur immobilisme « par l'inquiétude qu'on ressent toujours en ne changeant qu'une seule pierre à un bel édifice debout depuis quelques siècles ».

Au fond d'elle-même, elle nourrit le regret que des hommes érudits, tournés vers la connaissance, la beauté, en soient encore à différencier l'amour homosexuel de l'Amour, à occuper leur esprit à des indignités plutôt qu'à des pensées, des réflexions, des rêves. À plusieurs reprises, elle détache les yeux de ses feuillets, s'interrompt, laisse planer son regard, peut-être à la recherche de la figure familière d'êtres aimés qui ne sont plus, de ses héros littéraires devenus ses compagnons de route…

Elle songe certainement, comme il y a quatorze ans, lors de son entrée à l'Académie belge, « à une dame en costume 1900 qu'elle n'a jamais pu appeler maman, à son oncle Octave Pirmez, poète et romancier, à Jean Cocteau, « cette signature étoilée », à Colette, qu'elle ne vit qu'une fois, mais qui lui fit ce compliment : « Les *Mémoires d'Hadrien*, nom de Dieu ! », à l'homme de sa vie, son père, qui lui fit partager l'amour des livres et publier à compte d'auteur ses premiers textes.

Elle pense à Grace, sa compagne de quarante ans, récemment disparue, et à Jerry Wilson, qui l'accompagne désormais.

Est-il si loin, ce temps où, enfant, elle se sentait si différente, intimement convaincue d'un destin singulier qui lui ferait écrire à trente ans, dans *Feux* : « Solitude… Je ne crois pas comme ils croient, je ne vis pas comme ils vivent, je n'aime pas comme ils aiment… je mourrai comme ils meurent. »

*

8 juillet 1903, à Bruxelles, avenue Louise : Fernande de Crayencour donne le jour à une petite fille au nom de fleur, Marguerite, avant de mourir dix jours plus tard des suites d'un accouchement difficile.

Veuf pour la seconde fois, Michel Cleenewerck de Crayencour se retrouve avec le nourrisson au domaine familial du Mont-Noir, dans les monts des Flandres. Là, sa mère Noémi et son fils Michel Fernand, issu d'un premier mariage, les attendent à contrecœur.

La petite Marguerite grandit dans cet environnement plutôt hostile et s'invente un monde. Il est constitué de Trier, le basset de sa mère, d'un « baigneur » articulé en celluloïd qu'elle appellera André – « hasard ou présage, nom qu'allaient porter deux hommes qui lui furent chers » – et des quelques adultes qui lui témoignent de l'affection : son père, ses deux bonnes et Jeanne de Vietingghoff, la jeune baronne hollandaise, amie de pensionnat de sa mère, dont Marguerite fera une sorte de mère idéale.

Dans son enfance, les manifestations physiques d'affection lui viennent de Jeanne et d'une des bonnes, Barbe, qui ressentait pour la petite « cette passion inconsciemment sensuelle que tant de femmes éprouvent pour de très jeunes enfants ».

La petite fille affronte ses premiers drames de l'existence : le mensonge d'un père à sa fille, avec le renvoi de la bonne déguisé en départ volontaire, puis la mort de son chien malade abattu par le cocher, sont vécus si intensément qu'ils déclenchent chez Marguerite la nécessité d'écrire.

Dans *Souvenirs pieux*, elle révélera que son premier déchirement ne fut pas la mort de sa mère, mais le départ de sa bonne au comportement trop léger avec les hommes de la ville.

Au décès de sa grand-mère Noémi, la propriété familiale du Mont-Noir est vendue, le père et la fille s'installent à Paris… La photographie de Marguerite à huit ans montre une petite fille au regard azur, les yeux grands ouverts, d'un caractère déterminé, se sentant « importante, très importante même ».

Avec l'arrivée de la guerre, ils partent pour l'Angleterre, sur le sol « d'un de ces pays où l'on est instinctivement à l'aise ». À douze ans, Marguerite est confrontée à ses deux premières expériences sensuelles, qu'elle évoquera dans *Quoi ? L'éternité*. L'une avec une femme, Yolande, dont elle doit partager le lit, faute de place : « Couchée cette nuit-là dans l'étroit lit de Yolande (…), un instinct, une prémonition de désirs intermittents ressentis et satisfaits plus tard au cours de ma vie, me fit trouver d'emblée l'attitude et les mouvements nécessaires à deux femmes qui s'aiment. » L'autre avec un homme appelé le « Cousin X » : « Je m'endormis contente d'avoir été trouvée belle, émue (…), satisfaite aussi d'en savoir un peu plus sur ce qu'est un homme. »

Marguerite apprend l'anglais et le latin. Sa passion pour les langues antiques réveille chez son père les « goûts et intérêts d'autrefois », qu'ils partagent désormais, comme la découverte en langue anglaise de Marc Aurèle.

De retour à Paris, un répétiteur lui enseigne le grec, elle s'initie seule à l'italien, s'adonne à sa passion, les livres. Les journées passent en compagnie de Platon, Virgile, Tolstoï. Pour elle déjà, « la véritable nourriture intellectuelle vient de ses lectures ».

Son père lui fait découvrir *Au-dessus de la mêlée*, de Romain Rolland, sa « première expérience de pensée à contre-courant », et l'emmène au théâtre, dans les églises, les musées, le Louvre, Cluny…

Elle décide à seize ans de passer le baccalauréat latin-grec, sa seule « expérience académique ». Elle n'obtient qu'une mention passable et entreprend la rédaction d'un premier poème dialogué, *Le Jardin des chimères*, édité par son père à compte d'auteur en 1921 aux éditions Perrin. Un an plus tard, chez Sansot, elle publie, toujours grâce à son père, *Les dieux ne sont pas morts*. Avec le temps, elle les jugera comme de « simples exercices de débutant où abondent les imitations littéraires ». Ils révèlent cependant une jeune femme déterminée, consciente de la discipline nécessaire à l'accomplissement de son destin.

Pour signer ses livres, Marguerite veut s'inventer un nom de plume. Est-ce une manière de s'inscrire dans la lignée des rares femmes écrivains qui ont déjà marqué l'histoire de la littérature française ? Avec son père, ils passent toute une soirée à chercher. Marguerite choisit l'anagramme obtenu à partir du nom des Crayencour, « Yourcenar », aux consonances lointaines et presque mystiques. Elle signe d'abord Marg Yourcenar, puis pour éviter toute confusion avec un prénom masculin, conserve son prénom.

*

À dix-neuf ans, Marguerite découvre en Italie la beauté « des ruines, du sentiment du temps qui avait passé et qui permettait de juger, de décanter en quelque sorte les événements du passé ».

Elle assiste en octobre 1922 à la marche des Chemises noires sur Rome. La vie quotidienne du peuple confronté à la montée du fascisme servira de « socle » à la version initiale de son roman *Denier du rêve* où, fait rare, l'action se déroule à l'époque contemporaine.

À Tivoli, en 1924, elle marche pour la première fois en compagnie de son père sur les traces de l'empereur Hadrien en visitant l'une de ses résidences, la villa Adriana. Vingt-sept ans plus tard renaîtront, des ombres de la longue allée de cyprès, les *Mémoires d'Hadrien*…

Elle commence à vivre de sa plume, collabore régulièrement à des revues comme la *Revue de l'Europe* et se consacre à l'écriture de son premier roman, *Alexis ou le Traité du vain combat*, dont son père, atteint d'un cancer, aura tout juste le temps de lire le manuscrit. Il meurt au moment de sa parution au Sans-Pareil, petite maison d'édition dirigée par René Hilsum ; il laisse à Marguerite ces mots sur ce texte qui l'a ébloui : « Je n'ai rien lu d'aussi limpide qu'*Alexis.* »

Le style abstrait, l'utilisation d'un langage décanté, le sujet tabou, la relation avec des hommes confessée à sa femme qu'il quitte, tout laisse présager l'écriture d'un homme derrière l'anagramme de la signature. La critique reconnaît la naissance d'un grand écrivain, mais ce premier « vrai livre » passe inaperçu du grand public.

Edmond Jaloux, critique émérite des *Nouvelles littéraires*, parle d'« un grand talent nouveau », du « timbre du style » où « une phrase sur trois serait à citer ou à retenir ». Dans *Le Courrier littéraire*, Paul Morand souligne : « Le plus étonnant est qu'il soit l'œuvre d'une femme qui est parvenue à s'identifier à son sujet à tel point qu'*Alexis* est véritablement la confession d'un homme victime de ses penchants. »

Tout au long de sa vie, ce type de remarques ne manquera pas d'agacer Marguerite, laquelle affirme « son indifférence au sexe qui est, je crois, celle de tous les créateurs en présence de leurs créatures ».

Ses droits d'auteur lui rapportent 150 francs, qu'elle transforme en l'achat d'un vase bleu Lalique qu'elle, la femme nomade et voyageuse, emportera dans tous ses déménagements.

Son écriture est pour la première fois reconnue « comme un travail, pas un passe-temps », confiera-t-elle dans les entretiens à Matthieu Galey.

Pour chacun des personnages, elle procède par une sorte d'immersion : la « manière la plus profonde d'entrer dans un être », c'est « d'écouter sa voix, de comprendre le chant même dont il est fait ». « On doit tâcher de faire silence en soi pour entendre ce qu'Hadrien pourrait dire, ce que Zénon pourrait dire, sans jamais mettre du sien, ou alors inconsciemment… Alexis, je l'entendais sans difficulté. »

Elle se comporte un peu comme un comédien, fragile équilibre entre interpréter un personnage, s'approprier sa démarche, sa voix, sa respiration, tout en gardant conscience de « ce dédoublement ». Marguerite a, en ces années de jeunesse, l'instinct d'identification avec ses personnages, avec lesquels elle reconnaît avoir « certains rapports ».

Dans les entretiens avec Matthieu Galey, avec la maturité que confère le recul du temps, elle analysera ainsi ce processus de création : « Il est bien certain que tout mon effort est d'incliner ma propre personnalité et de l'effacer pour entendre, pour m'abandonner au personnage, ce qui a, je l'admets, quelque chose de médiumnique. »

Elle appelle ses introspections contemplatives des « méthodes de délire », où il faut « se laisser investir par un personnage », mais aussi « faire un total silence des idées », « éliminer l'acquis, faire table rase de tout », pour atteindre ce que les hindous nomment l'*attention*.

Pour Hadrien ou Zénon, tous deux situés dans une époque éloignée de la nôtre, elle cherchera à établir un « système d'équivalences » et à se dégager autant qu'il se peut « des idées et des opinions de son temps pour juger son personnage au terme des opinions et des idées du temps où cet homme a vécu ». Elle précisera sa démarche lors de la conférence « L'écrivain devant l'histoire », le 26 février 1954 : « Je continue à croire que l'homme a une raison de se tourner vers les perspectives plus stables du passé pour se faire une image de sa destinée et pour aider à connaître le présent lui-même. »

*

Fatalité ou nécessité, les femmes écrivains qui ont marqué la littérature ont assumé une liberté de vie qui a souvent choqué, parce qu'elles vivaient à l'égal des hommes leurs envies, leurs désirs.

Marguerite Yourcenar, dont la première image qui nous reste aujourd'hui est celle d'une femme âgée, ressemblant plutôt à une institutrice de la Troisième République, est alors une jeune femme qui vit « une certaine dissipation, se grisant d'alcool et d'aventures tant masculines que féminines ». Elle aime séduire, converser, rencontrer des femmes dans des bars à thé, et, comme Alexis, « éprouver la beauté et le mystère des corps ».

En 1930, elle est contactée par André Fraigneau, un jeune homme qui a entendu parler d'*Alexis* et qui a découvert dans les armoires des éditions Grasset un manuscrit refusé de Yourcenar, *Pindare*. Ils se rencontrent à Paris, où Marguerite apporte son deuxième roman, *La Nouvelle Eurydice*. Il décide alors de l'éditer avant *Pindare*, publié en 1932.

Après Marcel Proust, André Maurois, François Mauriac, Henry de Montherlant, Paul Morand, l'écrivain Marguerite Yourcenar rejoint ainsi la prestigieuse maison Grasset. Sa rencontre avec André Fraigneau, « un esthète, un véritable entraîneur », selon l'académicien Michel Déon, aura été déterminante tant pour sa carrière que dans sa vie privée.

Il est blond, très beau, intelligent, relit ses manuscrits comme faisait son père, « sans rien changer », et elle en tombe follement amoureuse. Cette passion se révélera impossible : il préfère les hommes et la trouve « physiquement plutôt laide ». Marguerite en gardera une sorte de rancœur, jusqu'à retirer le nom de Fraigneau de sa biographie rédigée pour la collection de la « Pléiade ».

Josyane Savigneau, dans son incontournable biographie, l'interrogea à ce sujet. Selon lui, « elle était le type même de la femme qui aime les femmes. Pourtant, j'ai vite compris qu'elle rêvait d'être la maîtresse d'hommes qui aiment les hommes ». De cet amour impossible naît *Feux*, publié en 1936 chez Grasset : neuf proses lyriques au centre desquelles de grandes figures féminines mythologiques crient leur désespoir d'être trahies par l'homme auquel elles se sont vouées. Marguerite utilise les figures de la Grèce antique ou du monde judéo-syrien pour transposer sa propre douleur, conférer à ce passé une étonnante vérité et résonnance.

Dans *Clytemnestre ou le Crime*, Clytemnestre s'adresse à ses juges, les mains « couvertes du sang de son mari » : « Messieurs les Juges, dit-elle, (…) j'ai attendu cet homme avant qu'il n'eût un nom, un visage, lorsqu'il n'était encore que mon lointain malheur. J'ai cherché dans la foule des vivants cet être nécessaire à mes délices futures : je n'ai regardé les hommes que comme on dévisage les passants devant le guichet d'une gare, afin de bien s'assurer qu'ils ne sont pas ce qu'on attend (…). Messieurs les Juges, il n'y a qu'un homme au monde : le reste n'est, pour chaque femme, qu'une erreur ou qu'un pis-aller triste. Et l'adultère n'est souvent qu'une forme désespérée de la fidélité. »

Marguerite Yourcenar, à qui l'on fait souvent reproche de se cacher derrière un personnage masculin, répond dans les entretiens avec Matthieu Galey : « Cachée ? Le mot me scandalise. Pas dans *Feux*, en tout cas, où c'est presque continuellement une femme qui parle. »

Non seulement elle ne se cache pas, mais elle se livre à cœur ouvert : « Où me sauver ? Tu emplis le monde. Je ne puis te fuir qu'en toi », semble-t-elle écrire à André Fraigneau. Des « pensées » détachées qui s'intercalent entre les narrations, mais dont elle révélera, dans la préface de 1967, qu'elles « furent d'abord, pour la plupart, des notations d'un journal intime ».

*

Au cours de cette période, Marguerite vit presque « exclusivement centrée sur la Grèce ». Elle fait la rencontre d'un ami de Fraigneau, André Embiricos, dont la personnalité marquera plusieurs générations d'intellectuels grecs. Issu d'une riche famille d'armateurs, André Embiricos prône une certaine liberté qui scandalise ses contemporains. Le talent, l'intelligence, l'étrangeté de Marguerite Yourcenar fascinent ce psychanalyste, poète surréaliste. Autour de cette amitié flotte un mystère non élucidé encore aujourd'hui. *Les Nouvelles orientales* lui seront dédiées. Il exercera une influence non seulement sur sa pensée, en lui permettant « de faire le lien entre la matérialité et la spiritualité de la vie », mais également sur son écriture où, après leur rencontre, « toute sa sensualité éclate ».

C'est aussi l'époque où Marguerite Yourcenar découvre l'œuvre de Constantin Cavafy, dont elle traduira, pour l'édition de 1958, tous les poèmes avec le Grec Constantin Dimaras, occasion d'approcher sa conception particulière de la traduction : « Elle se préoccupait uniquement de ce qu'elle considérait bien en français (...). Marguerite souhaitait faire du style », rapportera-t-il à Josyane Savigneau, témoignage éclairant sur leur travail en commun. Elle préférera toujours une libre interprétation, fût-elle bien éloignée d'une conception universitaire et littérale. Cela est vrai dès sa première traduction de l'anglais, celle des *Vagues* de Virginia Woolf, où elle manifeste le souci de rendre au plus près la pensée de l'auteur, mais dans un style qui lui est proche. À cette fin, elle a rencontré en Angleterre Virginia Woolf. Celle-ci a laissé dans son journal un témoignage sur la personnalité de sa traductrice : « C'est une femme qui doit avoir un passé : portée à l'amour, intellectuelle ; elle vit la moitié du temps à Athènes (...) lèvres rouges ; se donne beaucoup de mal ; une Française travailleuse (...). Esprit positif ; intellectuelle. »

*

À son retour d'Angleterre, Marguerite Yourcenar prend un verre avec un ami au bar de l'hôtel Wagram, à Paris. Une jeune Américaine, Grace Frick, diplômée d'un master en littérature anglaise, s'intéresse à leur conversation. Les deux femmes se regardent, se plaisent, se parlent. Au petit matin, elles se retrouvent pour « voir de très jolis oiseaux sur les toits depuis la fenêtre de la chambre de Grace », comme le rapporte son dernier compagnon Jerry Wilson dans son journal.

Coup de foudre pour Grace, subjuguée par la femme au regard azur. Chacune ignore encore qu'elles partageront quarante ans de vie commune.

Grace repart aux États-Unis et invite Marguerite à la rejoindre pour passer l'hiver 1937-1938. Marguerite Yourcenar accepte, enthousiaste à l'idée de découvrir un nouveau continent, sans imaginer qu'elle puisse un jour prendre la nationalité américaine et vivre sur l'autre rive de l'Atlantique.

L'amour de Grace éloigne pour un temps l'obsession de Marguerite pour André Fraigneau.

Mais seule, à son retour en Europe, elle s'attelle à l'écriture d'un roman, texte d'une « âcreté nouvelle », le plus autobiographique de toute son œuvre avec *Feux*. Elle prend pour trame une histoire d'amour entre trois jeunes aristocrates : une femme éprise d'un homme qui lui préfère son frère, dans les pays baltes dévastés par la guerre, en proie à la montée du bolchevisme. Marguerite règle ainsi ses comptes avec cette passion impossible pour André Fraigneau, comme s'il fallait détruire cet amour dans une fiction pour pouvoir revivre. Elle l'intitule *Le Coup de grâce*. *Le Coup de grâce*, en réponse à un livre qu'André Fraigneau vient de publier, *La Grâce humaine*. *Le Coup de grâce* en hommage au prénom de son amie Grace, à qui elle fait la dédicace suivante : « À ma très chère Grace. La dédicace de chaque exemplaire de ce livre devrait porter son nom. En tout cas, son prénom y est. »

Tout au long de sa vie, de leur vie partagée, beaucoup de ses écrits seront rédigés dans un souci de postérité. Un certain nombre de lettres de Marguerite, dont celles « à l'amie avec qui elle vit », ont certainement été perdues dans une malle oubliée lors de ses déplacements ou volontairement détruites, mais les correspondances de Grace ont été conservées et placées sous scellés à la demande de Marguerite jusqu'en 2037.

À côté de documents d'une grande exactitude, par exemple le journal tenu jour après jour par Grace avec une minutie d'archiviste, on trouvera des témoignages contradictoires de Marguerite sur certaines dates de voyages, de déplacements, de rencontres, y compris dans la biographie qu'elle a validée pour l'édition de la « Pléiade ». À quelles fins ? Simple oubli, ou confusion ? Surprenant, de la part d'une femme qui étudiait dans les moindres détails tous les textes liés aux personnages auxquels elle s'identifiait. Prise de distance, relativité du temps, des espaces, pour un être qui ne vivait pas dans nos propres limites temporelles ? Construction d'un mythe qui ne saurait exister sans ses zones d'ombre et de mystère ?

*

Marguerite Yourcenar assume sa vie de femme libre, amoureuse. Elle revoit une dénommée Lucy Kyriakos, beauté grecque personnifiée. La fin de l'été arrivant, elle se prépare à rejoindre Grace pour passer à nouveau l'hiver aux États-Unis. Le 3 septembre 1939, la guerre entre la France et l'Allemagne est déclarée.

Elle demande à Gaston Gallimard une attestation justifiant un long séjour outre-Atlantique afin d'y entamer des « recherches ». Elle ne les effectuera que vingt ans plus tard pour ressusciter l'empereur Hadrien. « Seule comme je l'étais, libre comme je l'étais, n'étant en somme attachée à aucun lieu en particulier, sauf par mon choix, à aucun être, sauf par mon choix, il me parut un long moment que ma propre vie s'effaçait », écrit-elle dans un document retrouvé dans ses archives à Petite Plaisance.

À trente-six ans, Marguerite quitte la France et accoste en bateau à New York. Sa situation matérielle est précaire ; l'argent de sa succession, qu'elle avait réussi à préserver, n'est plus suffisant. Pour la première fois de son existence, elle va devoir compter sur autrui pour vivre. Ce rapport de dépendance semble convenir à

Grace, amoureuse plutôt possessive qui voudrait garder Marguerite pour elle et près d'elle. « Mes livres appartiennent à l'Europe. Or, Grace a toujours pensé que l'Europe risquait de me reprendre à elle », confiera Marguerite au journaliste Jacques Chancel.

Pendant près de onze ans, elle va mettre sa vie d'écrivain « entre parenthèses » pour mener une vie de femme exilée aux États-Unis. Elle participe à des conférences sur la littérature française, collabore à des revues, dispense des cours. Elle se « force à travailler », conserve une discipline d'écriture, de lectures, sans l'énergie ni l'envie de se lancer dans aucune œuvre « majeure », quelques pièces de théâtre qui seront traduites en anglais par Grace et jouées aux États-Unis.

En 1942, elle est sollicitée pour enseigner le français et l'italien à l'université de Sarah Lawrence, à 150 kilomètres de leur habitation. Elle accepte ce poste, les contraintes qu'il implique. La vie professionnelle de salariée, les cours à préparer, à corriger, le transport, ces servitudes impensables sont tout ce que Marguerite avait fui pour pouvoir se consacrer en toute liberté à son art. Désormais, le doute est une deuxième compagne, elle songe même à arrêter définitivement d'écrire.

Le 6 février 1947, elle reçoit une convocation pour « venir remplir votre ultime demande de naturalisation » et devient citoyenne américaine à la fin de l'année. Ses liens avec la France semblent se distendre…

*

Un événement inattendu, en apparence anodin, va pourtant bouleverser cette vie routinière, aux antipodes de son caractère.

Le 24 janvier 1949, Grace passe le début d'année dans sa famille ; Marguerite est seule pour quelques jours, elle reçoit chez elle une malle. Elle reconnaît celle laissée jadis à l'hôtel Meurice de Lausanne, que son ami Jacques Kayaloff a bien voulu récupérer à sa demande et lui expédier.

Comme une enfant, elle l'ouvre, passe quelques soirées à trier, à faire des « feux de joie » dans la cheminée, avant de déplier « quatre ou cinq feuilles dactylographiées dont le papier avait jauni : "Mon cher Marc…" De quel ami, de quel amant, de quel parent s'agissait-il ? Je ne me rappelai pas ce nom-là. Il m'a fallu quelques instants pour que je me souvinsse que Marc était mis là pour Marc Aurèle, et que j'avais sous les yeux un fragment du manuscrit perdu. Depuis ce moment, il ne fut plus question que de réécrire ce livre coûte que coûte », se souvient-elle dans les carnets de notes des *Mémoires d'Hadrien.*

Marguerite sait qu'elle tient là la substance d'une œuvre majeure, capable de la relancer. Pendant un an et demi, elle ne vit plus que dans l'obsession d'Hadrien ; elle s'imprègne « complètement du sujet jusqu'à ce qu'il sorte de terre », dira-t-elle à Matthieu Galey.

Elle comprend que tout ce temps n'a été qu'une lente et longue préparation à se rapprocher de l'empereur Hadrien, dont elle s'est « reconstruit la culture » par la lecture assidue de la littérature grecque. « Durant les années, d'avance, et sans le savoir, j'avais ainsi travaillé à remeubler les rayons de Tibur », observe-t-elle.

Elle confie qu'il lui arrive parfois « d'écrire du grec, pendant une à deux heures, avant de me mettre au travail, pour me rapprocher d'Hadrien », ou, chaque nuit, « d'écrire de façon automatique le résultat de ces longues visions provoquées où je m'installais dans l'intimité d'un autre temps (…), mais je brûlais chaque matin ce travail de la nuit ».

À ses côtés, Grace poursuit le même objectif, met tout en place pour favoriser la concentration, faciliter le travail de son amie. Elle la seconde dans ses recherches en bibliothèque, relit chaque soir les feuillets du jour, qui donnent lieu à des notes, à des discussions, déploie une énergie constante jusqu'à la rédaction finale.

Le manuscrit est envoyé en plusieurs parties aux éditions Plon, qui confirment son intérêt, en soulignent la « grande valeur littéraire, l'excellence du style ». Le caractère élitiste des Mémoires les inquiète. Si les précédents ouvrages de Marguerite Yourcenar ont tous été salués par le milieu littéraire, ils n'ont cependant jamais rencontré le grand public.

Grace choisit ce moment pour entamer la recherche d'une résidence dans l'île des Monts Déserts, au nord des États-Unis dans le Maine, près du Canada, où elles ont l'habitude de passer les étés, comme si la perspective de retourner sur le vieux continent pouvait signifier un danger pour leur couple. En acquérant leur « chez elles », Grace fait le pari d'une vie sur le sol américain.

Le 29 septembre 1950, elles acquièrent un cottage tout en bois, peint en blanc, entouré d'un grand jardin, elles le baptisent du nom de « Petite Plaisance ». Dans la pièce-bureau, elles travailleront chacune à une table, face à face. Toutes les pièces comporteront des bibliothèques.

Marguerite Yourcenar aimait à préciser : « J'ai toujours aimé l'isolement… Mon choix de vie n'est pas celui de l'Amérique contre la France. Il traduit un goût du monde dépouillé de toutes les frontières. »

L'heure du départ pour la France sonne cependant. La signature définitive du contrat des *Mémoires d'Hadrien* a lieu le 7 juin 1951 à Paris, chez Plon. Après une bataille juridique liée à la clause de préférence contractée avec les éditions Gallimard, le livre paraît en librairie le 5 décembre 1951. Les intellectuels et les critiques encensent l'ouvrage, érigé en chef-d'œuvre. Pour la première fois, le grand public s'enthousiasme pour l'écrivain Marguerite Yourcenar.

Ce « testament politique du plus éclairé des empereurs, nourri de son temps de ce qui est déjà la culture antique », qui s'efforce, après de longues périodes de guerre, de « stabiliser » un monde dont il perçoit les dangers, permet à l'auteur d'utiliser le passé pour ouvrir les consciences, éveiller le plus grand nombre à être lui-même, afin que chacun puisse regagner sa confiance dans la grandeur de l'homme. Ses lecteurs découvrent une langue sans concession, riche, exigeante, un style où le subjonctif brille d'une éclatante modernité.

Marguerite se livre avec entrain à une longue campagne de promotion faite d'interviews, de signatures, de conférences, et couronnée par deux prix renommés : le prix Femina Vacaresco, en juin 1952, et, peu après, celui de l'Académie française. Aux États-Unis, les *Mémoires d'Hadrien*, traduits en 1954 par Grace, recevront, un an plus tard, le « Newspaper Guild of New York Page One Award ».

Marguerite Yourcenar devient célèbre en France comme à l'étranger. Elle goûte aux soirées parisiennes, semblables à celles de sa jeunesse, en devient le centre d'intérêt, elle retrouve le plaisir de séduire un auditoire dont Grace se sentira peu à peu exclue. En mai, elle rencontre Colette, qu'elle admire.

*

Après plus d'une année d'absence, Marguerite et Grace repartent pour les États-Unis avec la ferme intention de revenir rapidement en Europe.

L'après-*Hadrien* marque un tournant dans la carrière de Marguerite Yourcenar. Le couple trouve un compromis entre les haltes à « Petite Plaisance » et les voyages. Grace s'évertuera à ne pas perturber « cet équilibre instauré », y compris lorsqu'elle se saura atteinte d'un cancer du sein. Seule une récidive en 1961 leur fera annuler un voyage programmé en Égypte.

Si ces voyages répondent aux nombreuses sollicitations engendrées par la notoriété internationale de Marguerite, ils visent avant tout à « servir de préparation aux œuvres futures ». Marguerite repousse les frontières du temps, s'imprègne de nouveaux paysages, marche sur les traces du passé avec cette extraordinaire capacité à conserver les impressions, les sensations d'événements, de lieux, de rencontres qui resurgiront au moment de l'acte d'écrire. Rien ne se perd, tout trouvera sa place le temps venu…

Comme elle a pris soin de l'indiquer dans la chronologie de la « Pléiade », en 1954-1955, « une visite dans le nord de la France inclut les sites de l'enfance, point revus depuis tant d'années, et sert de préparation aux futures *Archives du Nord* », publiées en 1977.

En 1956, Marguerite se remet à travailler la première des trois nouvelles de *La Mort conduit l'attelage*,

« D'après Dürer », qu'elle reprendra plusieurs années durant et qui deviendra, en 1968, *L'Œuvre au noir*.

Dans tout processus de « création », Marguerite Yourcenar est à l'écoute constante de la voix de ses personnages, elle se laisse guider par l'enchevêtrement des coïncidences, accordant un grand rôle au hasard. C'est ainsi qu'elle révélera à Matthieu Galey comment, dans *L'Œuvre au noir*, le personnage du Prieur des Cordeliers s'est imposé à elle, l'obligeant à ajouter 200 pages de plus au livre :

« En quittant les États-Unis pour la Pologne, c'était en 1964, j'avais terminé un chapitre : Zénon se regarde dans un miroir, voit des douzaines d'hommes – c'est un miroir à facettes que je connaissais, que j'avais vu dans une maison à Lübeck – et puis il s'en va… Puis j'avais amorcé le chapitre suivant où on lui offrait, à Senlis, une place dans le carrosse du Prieur des Cordeliers… Je m'étais dit : il atteindra Bruges d'une manière ou d'une autre, et il s'y fera oublier. Je ne m'attendais pas du tout à ce qu'il revoie ce Prieur et s'attache à lui. Un peu fatiguée par mon travail, je suis partie pour la Pologne et pour une courte excursion en Russie, laissant Zénon en quelque sorte assis à sa place… Je me suis retrouvée en Autriche, et là, subitement, j'ai eu envie d'aller à l'église des Franciscains de Salzbourg… J'ai assisté à la grand-messe… Et j'ai littéralement vu entrer, dans ma pensée, bien sûr, je dirais dans la pensée de mes yeux, le Prieur des Cordeliers… Cela s'est imposé à moi. J'ai compris que le Prieur des Cordeliers et Zénon étaient complémentaires. »

*

Si Marguerite Yourcenar vit pour l'écriture, l'après-*Hadrien* marque aussi son engagement dans la vie réelle, au sein de plusieurs associations, tant aux États-Unis qu'en Europe. Sa mobilisation se traduit surtout par des prises de position orales ou écrites, des contributions financières, sa manière à elle d'être une militante active.

Elle est « de plus en plus préoccupée des fautes et des maux de la société », comme elle a pris soin de l'indiquer dans la chronologie de la « Pléiade ». Elle s'engage dans « la lutte pour la paix, la défense des droits civiques, contre la prolifération nucléaire, contre la surpopulation, et pour la protection de l'animal, de l'air, de l'eau, et du milieu naturel », des thèmes qui deviendront récurrents dans ses écrits.

Les *Lettres à ses amis et quelques autres*, publiées et annotées par Michèle Sarde et Joseph Brami, témoignent de son engagement écologique au quotidien. Ainsi dénoncera-t-elle le massacre des bébés phoques au Canada, et écrira le 24 février 1968 une lettre à Brigitte Bardot pour attirer son attention.

Elle n'aura de cesse de participer à des colloques pour alerter les hommes et les politiques responsables de l'état inquiétant de la planète. Elle intitulera sa dernière conférence internationale au Canada : « Si nous voulons encore essayer de sauver la terre », comme le rapporte Michèle Goslar, biographe et présidente du Centre international de documentation Marguerite Yourcenar. Nous sommes en septembre 1987.

*

La publication de *L'Œuvre au noir* est retardée de deux ans et demi à la suite d'un nouveau litige et imbroglio juridique, cette fois avec l'éditeur Plon. Le roman est finalement publié pendant les événements de mai 1968 et reçoit le prix Femina à l'unanimité des voix – ce prix dont le jury est composé par des femmes.

Le succès de *L'Œuvre au noir* récompense aussi l'ambition littéraire et spirituelle de Marguerite Yourcenar. Elle a toujours cherché à atteindre réellement le lecteur, à partager les moyens de se perfectionner, d'apprendre quelque chose, « le succès le plus important » à ses yeux. Est instillée la certitude qu'à la lecture de Zénon, il restera, comme l'analyse Josyane Savigneau dans sa biographie *L'Invention d'une vie*, « sa volonté d'avoir été utile, de laisser une trace, une preuve qu'on n'a pas vécu en vain ». À croire qu'il y aura toujours « des hommes et des femmes "assez fous et assez sages" pour comprendre le message de Zénon, pour chercher, où qu'ils soient, à s'affranchir des contraintes ».

Les révoltes et prises de position de Zénon, héros de la Renaissance, contestataire par nature, « anti-institutionnel », entraient en phase avec les bouleversements de la société et les revendications des étudiants et des ouvriers. *L'Œuvre au noir*, précise Marguerite dans ses entretiens avec Matthieu Galey, « devenait une espèce de miroir qui condensait la condition de l'homme à travers ces séries d'événements que nous appelons l'Histoire ».

*

À partir des années 1970, l'œuvre de Marguerite Yourcenar, est récompensée par de nombreuses reconnaissances littéraires. En Europe, Marguerite voit son talent d'écrivain enfin honoré par son élection à l'Académie royale belge de Langue et de Littérature françaises. L'Académie belge est la première institution européenne à reconnaître officiellement son talent, malgré son parcours atypique d'autodidacte et sa qualité de femme. Elle se démarque de l'Académie française par plusieurs originalités : elle élit des membres étrangers et des femmes, pourvu que le français soit « parlé, honoré et cultivé » par eux. Les premières femmes à y avoir été élues furent Anna de Noailles en 1921, puis Colette en 1935. Marguerite Yourcenar y est reçue le 27 mars 1971 au fauteuil 36, comme membre étranger.

Cette élection ne laisse pas le monde littéraire français indifférent. L'hypothèse d'une candidature de Marguerite à l'Académie française est alors évoquée par l'académicien Roger Caillois dans un courrier personnel à leur ami commun Jacques Kayaloff, qui prône l'ouverture aux étrangers et aux femmes : il pense à Victoria Ocampo, écrivain argentin francophone, fondatrice de la revue *Sur*, et à Marguerite Yourcenar.

La France vit à présent les prémices de ce qui deviendra plus tard « l'Affaire Yourcenar »... En attendant, Marguerite Yourcenar reçoit à Paris, en juin, la Légion d'honneur.

*

De retour aux États-Unis, la vie des deux femmes est bouleversée par une récidive du cancer de Grace. Marguerite décide de demeurer à ses côtés, signant par là son renoncement aux voyages. Une vie « immobile » commence, délimitée par les contraintes du quotidien, la lente déchéance des corps confrontés à la vieillesse et à la maladie, la liberté de « la solitude et de l'enracinement ». Marguerite met à profit cet « enfermement » pour se plonger dans l'écriture du premier volet de la trilogie consacrée à l'histoire de sa famille, *Souvenirs pieux*, projet né dans l'adolescence.

Elle s'attache aux ancêtres de la famille de sa mère Fernande, les Cartier de Marchienne et cherche à travers eux à retrouver des « exemplaires d'humanité ». L'épigraphe significative d'un texte zen donne le ton : « Quel était votre visage avant que votre père et votre mère se fussent rencontrés ? »

En 1972, elle reçoit le prix Prince Pierre de Monaco, qui « honore un écrivain d'expression française de renom pour l'ensemble de son œuvre à l'occasion de la parution récente d'un de ses ouvrages ». Fait important à noter : le jury qui l'a plébiscitée est constitué à la fois par des membres de l'Académie française et de l'Académie Goncourt.

Marguerite ne quitte cependant pas les États-Unis pour aller recevoir son prix. Cette sédentarité « forcée » participera au mystère de la femme grand écrivain du siècle qui vit de l'autre côté de l'Océan avec une amie, sur l'île des Monts Déserts, dans une maison du nom de « Petite Plaisance »… « Je me rends compte qu'une légende s'est créée autour de ma prétendue solitude », avouera-t-elle plus tard.

Souvenirs pieux achevé, Marguerite se lance dans l'écriture du second volet, intitulé *Archives du Nord*, consacré à sa famille paternelle, surtout à « l'histoire intime de son grand-père et de son père », les Cleenewerck de Crayencour. Ces deux livres seront regroupés sous l'appellation *Le Labyrinthe du monde I et II*. Le troisième volet inachevé, *Quoi ? L'éternité*, emprunté à un vers du jeune Rimbaud « Elle est retrouvée. Quoi ? L'Éternité », sera publié à titre posthume en 1988.

Marguerite s'intéresse à la vie littéraire française avec cette distanciation que confère l'éloignement. Elle écrit beaucoup de lettres, se confie notamment à Jeanne Carayon, son amie et correctrice chez Gallimard. À l'occasion de l'élection de Claude Lévi-Strauss à l'Académie française, en mai 1973, au fauteuil occupé par Montherlant, elle porte un jugement sévère et sarcastique sur l'institution et ses règles, six ans avant sa propre entrée : « On hésite entre la beauté d'une institution qui dure depuis trois siècles, même si ses fauteuils n'ont pas toujours été bien remplis [...]. Quand on pense à tout ce qui se mêle traditionnellement de méchanceté et de mesquineries dans ces réceptions académiques [...] (le dénigrement caché dans l'éloge), aux intrigues et coups de chapeau que chaque élection représente, cet art de parler pour rien que pratiquent à la fois celui qui reçoit et celui qui est reçu. On est frappé, surtout, par une certaine futilité ».

Les journées passent au rythme des tracas quotidiens, de l'écriture, du courrier, de la lecture, une de ses activités familières. Elle aime lire, relire des œuvres, habitude prise depuis sa plus tendre enfance, avec « de plus en plus cette préoccupation d'essayer d'évaluer l'œuvre d'un écrivain en tenant compte de tous ses *components* ».

« Essayer d'évaluer l'œuvre d'un écrivain » est assurément une manière de prendre du recul sur sa propre production littéraire, de mesurer, de préparer, de semer les traces qui resteront après sa mort. Marguerite n'oublia jamais cette confidence de l'écrivain Jorge Luis Borges : « Un écrivain croit parler de beaucoup de choses, mais ce qu'il laisse s'il a de la chance, c'est une image de lui. »

Publié en 1974, *Souvenirs pieux* reçoit le Grand Prix national des lettres, dont le jury, fixé par décret gouvernemental, comprend six académiciens. La personnalité littéraire de Marguerite Yourcenar devient incontournable, fût-elle à des milliers de kilomètres. Le 18 décembre 1974, elle est également nommé officier de l'Ordre national du mérite.

*

Trois ans plus tard, en juin 1977, l'Académie française lui décerne à l'unanimité le Grand Prix de littérature pour l'ensemble de son œuvre. Dans quel état d'esprit accueille-t-elle l'annonce de ce prix ? Dans un courrier adressé à son neveu Georges de Crayencour, Marguerite montre sa satisfaction d'avoir reçu « cet important prix, important du point de vue du prestige et aussi assez généreux financièrement ». Elle a ajouté être « très touchée que ces Messieurs me l'aient donné, d'autant plus que j'apprends qu'ils l'ont fait à l'unanimité ».

Elle reçoit à « Petite Plaisance » la visite du professeur Dausset, de l'Académie des sciences, et de son épouse. Grace note dans son agenda : « Incitent Marguerite Yourcenar à poser sa candidature à l'Académie française. Elle refuse. »

Dans ce contexte, la sortie d'*Archives du Nord* marque une consécration. La langue pratiquée par Marguerite Yourcenar est saluée par François Nourissier, dans *Le Point*, « comme une des plus belles langues françaises… On voit mal qui, aujourd'hui, pourrait rivaliser sur ce terrain avec Marguerite Yourcenar ». « Marguerite écrit sa légende des siècles intime et personnelle », souligne Jacqueline Piatier dans *Le Monde*. André Wurmser, dans *L'Humanité*, conclut son article en relançant la question de l'admission des femmes à l'Académie : « Il a été question d'étendre l'égalité des sexes jusqu'à cette institution séculaire qui ignora Mme de Sévigné, George Sand, Marceline et même cette Anna qui pourtant était de Noailles et la grande Colette. L'Académie préférerait, murmure-t-on, Marguerite Yourcenar à quelque ministre. On s'en réjouirait ! »

En coulisse, un petit nombre d'académiciens se concertent pour proposer une candidate capable d'infléchir les plus traditionalistes. À leur tête, Jean d'Ormesson, le plus jeune académicien, élu en 1973 à l'âge de quarante-huit ans, fait de l'entrée de Marguerite son cheval de bataille :

« Je souhaite très vivement que Marguerite Yourcenar entre à l'Académie française… Je le souhaite, parce qu'à mon avis Marguerite Yourcenar est l'un des plus grands écrivains français vivants. Certes, quelques obstacles semblent actuellement s'opposer à son élection. D'abord, elle ne vit pas en France, mais aux États-Unis. Ensuite, c'est une femme, et les Quarante n'ont jamais élu que des hommes. Cependant, ces obstacles ne me semblent pas insurmontables », déclare-t-il dans *Le Quotidien de Paris* du 10 octobre 1977.

En novembre, Maurice Schumann, académicien et sénateur, profite de l'inauguration d'un foyer rural pour annoncer « qu'il voterait deux fois pour Marguerite Yourcenar : comme admirateur de son œuvre et comme élu du Nord ».

L'ébullition parisienne contraste avec le quotidien

qui prévaut à « Petite Plaisance ». Marguerite s'attelle à mettre au point le recueil de poèmes traduits du grecs, *La Couronne et la Lyre*, et apprend le japonais pour mieux approcher l'âme de ce peuple. Comme elle l'a fait pour Constantin Cavafy, Thomas Mann ou Selma Lagerlöf, elle souhaite se livrer au même travail pour l'écrivain japonais Mishima. Naîtront ainsi un petit livre, *Mishima ou la Vision du vide*, en 1981, et en 1984 la traduction de *Cinq Nô modernes*, forme de théâtre qui la fascine.

Pour Marguerite, « se perfectionner est le principal but de vivre ».

Le 23 janvier 1978, Claude Gallimard téléphone à Marguerite Yourcenar pour l'informer qu'un certain nombre de personnalités souhaiteraient qu'elle siège à l'Académie. Elle précise qu'il est inconcevable pour elle de présenter sa candidature, mais qu'elle n'aura pas la grossièreté de refuser si « ces messieurs » décidaient de l'élire.

À la mort de Roger Caillois, en décembre 1978, une véritable bataille médiatico-politico-littéraire s'engage pour imposer Marguerite sur la route vers l'immortalité. Grace, mourante, donne ses dernières forces pour accueillir les journalistes.

S'engage une grande campagne médiatique autour de la personnalité de Marguerite Yourcenar, France Culture lui consacre différentes émissions, la télévision publique réalise plusieurs entretiens. Le journaliste Jacques Chancel se rend en mai 1979 dans l'État du Maine pour réaliser un portrait de Marguerite Yourcenar pour son émission « Radioscopie ». À la question de savoir si, un jour prochain, la première femme à siéger serait elle, Marguerite répond : « Disons alors qu'il est fort possible qu'un élément féminin entre prochainement à l'Académie française, mais que ce sera quelqu'un qui n'aura certainement pas fait de sa candidature l'objet d'une revendication. »

Sur le positionnement de son œuvre face à la littérature féminine, elle met en exergue un point fondamental qui la différencie de toutes les femmes refusées par l'Académie : « La femme, telle que nous la connaissons aujourd'hui, garde très souvent une attitude revendicatrice, quand elle s'occupe de littérature. Elle me semble se défaire difficilement d'une propension à traiter, avant tout, d'autre chose que d'elle-même [...]. [Ces changements] viendront, quand la femme saura s'imposer dans d'autres domaines que le domaine féminin. »

Revenant sur sa candidature, le 22 octobre 1979, elle précise ses intentions à Jean d'Ormesson : « Du moment que je ne suis pas obligée de faire acte de candidature, ce à quoi je répugne instinctivement, et d'autant plus que ma qualité de femme rend en quelque sorte cette démarche plus voyante encore, et du moment que je ne suis pas non plus obligée à une résidence fixe à Paris même pour une partie de l'année, rien, certes, ne me ferait refuser l'honneur que vous souhaitez si généreusement pour moi. Le faire me paraîtrait insulter à plus de trois siècles d'histoire littéraire française. » Elle lui apporte néanmoins quelques précisions importantes concernant sa nationalité et lui communique les photocopies de deux documents, son passeport délivré par le consulat français de Lausanne en 1937 et sa carte d'identité délivrée en Belgique vers 1929, mentionnant tous deux sa nationalité française. Pour être complète, elle a pris soin de consulter son acte de naissance et de vérifier les immatriculations diverses de son père dans les consulats français.

Marguerite ajoute ensuite cette petite phrase : « S'il faut jamais que je succède à quelqu'un, je serai honorée que ce soit à Roger Caillois. »

Au même moment, Grace essaie d'impossibles traitements chimiques pour accompagner Marguerite dans cette reconnaissance suprême, jusqu'à ce mois de novembre où le médecin lui avoue sa fin prochaine.

La mise au point de Marguerite Yourcenar diffusée par l'Agence France Presse le 8 novembre 1979 est mal perçue. Elle y déclare : « N'allez surtout pas donner l'impression que je suis saisie de la fièvre verte. J'ai indiqué que je ne ferais pas acte de candidature, que je ne ferais pas de visites, que je ne m'engagerais pas à passer un temps déterminé en France. Si, dans ces conditions, ces messieurs sont prêts à accepter pour la première fois une femme parmi eux, je ne ferai pas à la France l'impolitesse de refuser cet honneur. »

La formule : « Je ne ferai pas à la France l'impolitesse de refuser cet honneur », est reprise par tous les journaux.

Lors de la séance du 15 novembre 1979, le secrétaire perpétuel, Jean Mistler, fait allusion à la nationalité américaine de Marguerite Yourcenar qui empêche tout accession à la Coupole. Jean d'Ormesson, indigné, se lève. Il quitte la séance, suivi par ses amis. Il est traité par ses autres confrères de « petit voyou », « galopin », « gauchiste ». André Chamson s'exclame : « Par caprice, les enfants gâtés de la République mondaine veulent nous faire prendre pour de vieux schnocks ! » C'est dire combien la candidature de Marguerite, le fait qu'elle soit une femme, perturbe le petit monde misogyne du quai Conti. La querelle des anciens et des modernes est vive. Chacune des règles derrière lesquelles l'Académie s'abrite depuis sa création en 1635 est opposée aux partisans de Yourcenar.

Française née en Belgique, Marguerite Yourcenar a opté pour la citoyenneté américaine en 1947. Pour contourner cet obstacle, Jean d'Ormesson bénéficie du concours d'Alain Peyrefitte, garde des Sceaux et académicien, ardent défenseur de Marguerite. S'appuyant sur la loi du 9 janvier 1973, Marguerite fait une demande de réintégration, qui sera réglée le 6 décembre 1979 devant le consul de France à Boston.

En ce jour de novembre 1979, Marguerite prend son stylo pour noter dans un style dépouillé de tout : « 18 nov., à neuf heures du soir, mort de G.F. XXX. Belle journée ensoleillée. » Désormais, Marguerite continue l'agenda de Grace.

S'il est d'usage de rendre visite à chaque académicien pour obtenir son parrainage, Marguerite s'y refuse catégoriquement. Elle n'est pas femme à s'abaisser à flatter des membres dont elle s'interroge sur le réel bienfondé de leur présence et, reprenant les mots de Colette : « une femme ne va pas visiter des hommes… » En fait, elle applique l'article 15 de l'Académie qui stipule : « Les prétendants aux places vacantes seront invités à se dispenser de faire aucune visite aux académiciens pour solliciter leurs suffrages. » Par là, l'Académie est revenue à l'usage de l'article 7 des règlements de 1752, qui « n'interdisait pas » les visites. Les académiciens, selon leur gré, refusent ces visites ou les acceptent. Dans la pratique, ils les encouragent.

Depuis la maladie de Grace, Marguerite vit aux États-Unis, ce qui l'empêcherait de siéger une fois par semaine et de débattre de « l'état de la meilleure langue française ». Mais le problème fondamental lié à la candidature de Marguerite Yourcenar est avant tout d'être une femme. Juridiquement, rien ne s'oppose à leur présence, mais, dans les faits, l'Académie est « un club d'hommes » radicalement hostile à la venue de la gent féminine.

Hélas, les tentatives de démenti sont aussi anciennes que nombreuses. Il faut remonter à 1693 pour trouver le premier refus d'admission de la philologue et traductrice Mme Dacier, proposée par La Bruyère. Le secrétaire perpétuel était alors M. Dacier, son mari, avec lequel elle avait souvent travaillé, et le *Larousse du XXe siècle* (1932) précise : « Sa femme lui fut de beaucoup supérieure. » L'académie italienne des Ricovrati, moins misogyne, l'avait accueillie en son sein en 1679…

Jean d'Ormesson n'avait pas imaginé réveiller un débat antiféministe où l'« honneur de la tribu » serait en jeu. « À l'Académie, nous vieillissons entre nous. Comment supporterons-nous de voir vieillir une femme ? » commente amèrement un académicien. Claude Lévi-Strauss, ardent opposant à la candidature, arguë : « On ne change pas les règles de la tribu. » Un autre de se demander : « Le costume est l'un des autres éléments importants du rituel. Quel uniforme portera Madame Yourcenar ? » L'habit vert dessiné sous le Consulat, l'épée, aujourd'hui traditionnellement personnalisée selon les souhaits du futur immortel, étaient des signes distinctifs qui avaient traversé les régimes. Marguerite

Yourcenar fait préciser dans *France-Soir* que, si elle est élue, elle les refusera formellement.

Dans ces conditions et devant tant d'hostilité, la séance du 6 décembre 1979 est reportée.

À la nouvelle séance du 6 mars 1980, deux candidats restent en lice pour le fauteuil de Roger Caillois : Marguerite Yourcenar et Jean Dorst, du muséum national d'Histoire naturelle. Au moment du scrutin, les académiciens n'ont plus guère le choix. Jean d'Ormesson et ses amis ont travaillé à mettre « les académiciens dans l'obligation de voter pour elle, sous peine d'être ridiculement passéistes et notoirement agressifs envers les femmes ».

La majorité absolue des suffrages exprimés doit être recueillie. Trente-six académiciens sont présents ; la majorité absolue est portée à 19 voix. Contre toute attente, Marguerite est élue dès le premier tour par 20 voix contre 12, 3 bulletins marqués d'une croix en signe de contestation, et un bulletin blanc.

*

Au moment de l'annonce de son élection, Marguerite est à bord du paquebot *Le Mermoz* qui quitte Miami pour les îles Caraïbes. Jerry Wilson, qui l'accompagne, indique dans ses carnets : « Quand je lui appris qu'elle venait d'être élue à l'Académie française, cela n'a pas provoqué chez elle beaucoup de réactions. » Les télégrammes affluent, le capitaine fait hisser le drapeau français, offre le champagne, mais Marguerite est peu démonstrative, une manière de garder en elle les joies d'une telle reconnaissance, de se remémorer les dernières lignes de son essai sur Pindare : « La seule leçon que puisse nous donner cette vie, si éloignée de la nôtre, c'est que la gloire, après tout, n'est qu'une concession temporaire. »

Pendant les quelques mois qui la séparent de la réception officielle, Marguerite Yourcenar va écrire, voyager, se livrer aux formalités d'usage, préparer son discours de réception. Le 1er juin 1980, elle se rend à Boston à la Librairie française, où elle est promue officier de la Légion d'honneur. Marguerite soulignera avec humour, dans le journal télévisé du 7 juin 1980, qu'il y a un moment où « les honneurs vous rattrapent, on a beau courir ».

Elle se consacre à la rédaction de son essai sur Mishima, dont la sortie est prévue en janvier 1981, juste avant son entrée à l'Académie française.

Le 17 décembre 1980, elle rencontre à Paris le couturier Yves Saint-Laurent, chargé de créer sa tenue d'académicienne.

Le 22 janvier 1981, le président de la République Valéry Giscard d'Estaing et de très nombreux invités se pressent quai de Conti pour assister à l'entrée de la première femme à l'Académie française.

Marguerite Yourcenar vient de prononcer son discours de réception en hommage à Roger Caillois. La salle retentit d'applaudissements. Jean d'Ormesson a devant lui son discours de remerciement qu'il s'apprête à lire.

Soudain, un mot, banni, interdit, repoussé depuis ses plus lointaines origines il y a trois cent cinquante ans, résonne sous la coupole de l'Institut : « Madame ».

« Madame, reprend Jean d'Ormesson, c'est une grande joie pour moi de vous souhaiter la bienvenue dans cette vieille et illustre maison où vous êtes, non pas certes le premier venu, mais enfin, la première venue, une espèce d'apax du vocabulaire académique, une révolution pacifique et vivante… Je ne vous cacherai pas, Madame, que ce n'est pas parce que vous êtes une femme que vous êtes ici aujourd'hui : c'est parce que vous êtes un grand écrivain. Être une femme ne suffit toujours pas pour s'asseoir sous la Coupole. Mais être une femme ne suffit plus pour être empêchée de s'y asseoir. Nous vous aurions élue aussi – et peut-être, je l'avoue, plus aisément et plus vite – si vous étiez un homme. Plût au ciel que les hommes que nous avons choisis depuis trois cent cinquante ans eussent tous l'immense talent de la femme que vous êtes. »

*

Marguerite Yourcenar décède le 17 décembre 1987, des suites d'un accident cérébral. Il faudra attendre sept ans pour qu'une nouvelle femme franchisse le seuil du quai Conti, sans fracas ni scandale.

Conformément à ses dernières volontés, les cendres de Marguerite sont placées dans un de ses châles préférés, posé dans un panier Kikuyu, le tout emballé dans l'étole blanche qu'elle portait lors de sa réception sous la Coupole.

Marguerite Yourcenar a hissé la littérature féminine sur le rang de l'égalité avec les hommes. Elle nous laisse une œuvre où chaque lecture ouvre une nouvelle voie à la compréhension de « soi-même » et de l'autre. Nous sommes plus que jamais « responsables de la beauté du monde ».

Bibliographie

De Marguerite Yourcenar

Marguerite Yourcenar, *Œuvres complètes*, Gallimard, « Pléiade », 1991.

Sur Marguerite Yourcenar

Bulletins de la Société internationale d'études yourcenariennes.

Radioscopie de Jacques Chancel, Éditions du Rocher, 1999.

Delphine Naudier, *L'Irrésistible Élection de Marguerite Yourcenar à l'Académie française*, L'Harmattan, Cahier du Genre, 2004.

Matthieu Galey, *Les Yeux ouverts. Entretiens avec Marguerite Yourcenar*, Bayard, 1980.

Michèle Goslar, *Yourcenar, « Qu'il eût été fade d'être heureux »*, Racine, Bruxelles, 1998.

Michèle Goslar, *Les Coulisses d'une élection*, éditions en ligne Bon-À-Tirer, 2010.

Georges Jacquemin, *Marguerite Yourcenar, Qui êtes-vous ?*, La Manufacture, 1989.

Patrick de Rosbo, *Entretiens radiophoniques avec Marguerite Yourcenar*, Mercure de France, 1972.

Josyane Savigneau, *Marguerite Yourcenar. L'invention d'une vie*, Gallimard, 1990.

Michèle Sarde et Joseph Brami, *Lettres à ses amis et quelques* autres, Gallimard, 1995.

Musée des Lettres et Manuscrits.

Nous tenons à remercier Josyane Savigneau pour ses précieuses remarques.

Nafissa Sid Cara
(1910-2002)

Première musulmane secrétaire d'État

L'opposition au voile islamique

Lorsque, le 9 janvier 1959, son nom apparaît sur la liste des membres du gouvernement constitué par Michel Debré en ce début de la Cinquième République, certains s'interrogent sur sa personnalité. Elle est une inconnue pour beaucoup. En tout cas, une nouvelle venue sur la scène politique.

Certes, les plus avertis de la politique savent que son frère, le docteur Chérif Sid Cara, avait été sénateur, puis député sous la Quatrième République, puis réélu en 1958. Ils se souviennent même qu'il fut secrétaire d'État dans les éphémères gouvernements Bourgès-Maunoury et Gaillard, dans les années 1950. Partisan de l'Algérie française, il a été vice-président du Comité de salut public d'Alger en mai 1958.

« Je suis née dans la douce quiétude d'une famille musulmane qui relève du côté maternel de la noblesse turque, du côté paternel de l'émir Abd-El-Kader », précise-t-elle lors de sa remise de légion d'honneur le 30 novembre 1994.

Fille d'un instituteur, originaire de la région de Sétif, Nafissa Sid Cara, née le 18 avril 1910, fait partie d'une fratrie de sept enfants. « Je dois dire que mes parents et mes grands-parents, fidèles à l'émir Abd-El-Kader, ne voulaient pas que la voie qu'il avait ouverte pour la modernisation de l'Algérie, en symbiose avec les valeurs françaises, se referme. Mais par une extraordinaire inspiration, ils ont estimé qu'un choc profond était nécessaire pour amener la population algérienne à s'engager dans cette voie. Donc une fille, dans le lieu-même de sa naissance, le lieu où sa famille était connue et respectée devait, élevée dans la spiritualité de l'Islam, se construire dans la culture française, au grand jour et à découvert. Un matin, mon grand-père me prit dans ses bras, m'enveloppa des deux pans de son burnous blanc et me déposa dans la cour de l'école maternelle. »

Certificat d'études, brevet élémentaire, École normale des instituteurs de Constantine, la jeune Nafissa est une élève studieuse puis une étudiante brillante. Grâce à l'école de la République, elle devient institutrice. Ce ne fut pas un parcours facile. Être une jeune fille en Algérie, particulièrement dans les années 1920, et vouloir apprendre n'est pas forcément accepté, même avec des parents d'une remarquable ouverture d'esprit. Le taux de scolarisation des jeunes filles est très faible. Cependant, la jeune Nafissa, d'étape en étape, arrive aux portes de la casbah d'Alger. Nommée professeur de français au collège technique de la rue Marengo, sa candidature au poste de direction devenu vacant est repoussée. « Je n'étais pas encore française à part entière. Néanmoins j'ai assumé en quelque sorte la direction morale et intellectuelle de l'établissement [...]. C'est dans cette situation qu'il arrivait aux adolescentes d'évoquer souvent, pour moi, l'implacable logique du sort qui leur était réservé. »

Elle incarne cette génération de jeunes Algériennes

qui refusent la fatalité d'une société archaïque, immobile, où la femme a du mal à exister en tant que telle. Elle espère le maintien de l'Algérie dans la France. Elle se bat pour un Islam républicain, compatible avec les lois de la République.

Au cours de conférences et d'émissions à la radio, au nom du mouvement de Solidarité féminine dont elle fait partie, elle clame sa conviction de la nécessaire émancipation de la femme musulmane. Lorsqu'en 1958 des amis lui demandent de se présenter aux élections législatives et qu'elle accepte, son objectif est « la reconnaissance de la dignité de la femme musulmane. » Élue député d'Alger-campagne à l'Assemblée nationale, elle rejoint le groupe parlementaire « Unité de la république ».

Les événements de 1958 en Algérie ont fait naître selon elle une grande espérance, notamment pour les femmes musulmanes et les jeunes filles qui « étouffaient » dans ce pays marqué par la rébellion. Leur souffrance rejoignait celles des femmes européennes qui, elles, aux dires de Nafissa Sid Cara, « étouffaient d'angoisse ».

« Et alors, brusquement les unes et les autres [...] se sont rendu compte qu'elles avaient un lien commun : la souffrance. Elles se sont rendu compte qu'en elles-mêmes il y avait un désir ardent et commun, un désir de paix. Elles se sont trouvé une voix et une espérance communes : le général de Gaulle », affirme-t-elle le 25 mai 1959.

Elle intègre le premier ministère de la Cinquième République, dont elle est la seule femme, avec le titre de secrétaire d'État auprès du Premier ministre. Cette nomination a été voulue par Michel Debré. Dans ses

Mémoires, il précise avoir évoqué devant le général de Gaulle la possibilité d'inclure une femme dans son gouvernement, et lui avoir proposé Nafissa Sid Cara, nouvelle député d'Alger. « Elle sera le symbole d'une transformation et d'une promotion que nous souhaitons pour la société algérienne. Le Général estime curieuse mon offre mais n'insiste pas. "Si vous me le proposez, je l'accepterai." » Nafissa Sid Cara est ainsi la première musulmane à faire partie du gouvernement de la France. Seuls auparavant son frère et Abdelkader Barakrok, Secrétaire d'État en 1957, qui étaient algériens et musulmans, avaient eu cet honneur. Cette nomination, affirme le préfet Roger Benmebarek, son chef de cabinet, dans un document intitulé « La promotion sociale en Algérie » et versé aux Archives nationales, « n'a pas été le simple affichage d'une promotion symbolique... Il s'agissait de promouvoir la femme algérienne dont la vie à l'écart de la société des hommes amputait la communauté musulmane d'un facteur d'équilibre, spécialement dans les relations entre les communautés d'Algérie. La doter de droits civiques, améliorer son statut juridique, assurément désavantagé en droit musulman, notamment le droit de la famille, en cas de divorce, était un pari novateur et audacieux pour l'époque ».

Michel Debré la charge « de suivre les questions sociales posées par les conditions de vie dans les départements d'Algérie, des Oasis et de la Saoura, ainsi que les problèmes d'évolution du statut personnel du droit musulman ».

La question de la femme musulmane dans la société est l'une de ses principales préoccupations. Dans un discours prononcé le 25 mai 1959 « devant les membres des équipes d'Amitié AFN » que nous avons retrouvé dans ses archives, elle dresse l'état de la condition féminine en Algérie et de la société algérienne en général : « Ces femmes musulmanes… qu'étaient-elles ? Pour la plupart, des inconnues avec lesquelles on ne comptait pas. Pourquoi ? Parce que beaucoup parmi elles étaient illettrées, pauvres. Elles étaient préoccupées par une vie toute matérielle et par conséquent en étaient les esclaves. Ce que je vous dis concerne surtout les femmes des campagnes, celles des montagnes, celles des djebels qui mènent une vie archaïque, moyenâgeuse, extrêmement dure. Ces femmes des montagnes, toutes pour la plupart habitent une maison à pièce unique, sans ouvertures. Elles ont comme seul horizon évidemment le paysage, qui est très beau, mais comme seul horizon le mari et les enfants, leur unique joie. » Évoquant ensuite la situation des femmes qui demeurent dans les villes, elle précise : « illettrées et pauvres [ces femmes] ont cependant senti qu'il fallait envoyer leurs enfants à l'école et elles les y ont envoyés. Mais lorsque les fillettes atteignaient l'âge de 12, 13, 14 ans, elles se voyaient bouclées, coupées de l'extérieur, ramenées à la maison, voilées et mariées. » Et Nafissa Sid Cara, avec une grande lucidité, évoque alors leur « résignation » et leur « tristesse ». Abordant les difficultés des jeunes filles des familles « qui tout de même ont rompu avec les traditions » et qui ont pu poursuivre des études, elle décrit l'état archaïque de la société algérienne. « Elles ont eu à lutter contre l'hostilité des femmes âgées, des grand-mères, des tantes qui ne voulaient pas les voir aller "faire l'instruction", parce que l'instruction, c'était l'émancipation, la rupture avec les traditions et par conséquent avec la famille […]. Elles ont eu à lutter contre l'hostilité des voisines nombreuses et jalouses. Du côté européen, elles ont eu aussi à lutter contre des réticences, car elles n'étaient pas complètement acceptées ; il y avait quand même des différences entre la jeune fille musulmane et la jeune fille européenne qui poursuivaient des études sur le même banc. Des différences de costume par exemple (pour la jeune musulmane), il fallait [...] que le corps ne soit pas découvert et alors la robe était trop longue, trop large, elle n'était jamais à la mode. [...] Ces jeunes filles [...] ont souffert d'avoir en somme rompu avec le milieu familial et d'un autre côté, de ne pas se sentir à l'aise avec le milieu européen. »

Nafissa Sid Cara précise même qu'en enlevant leur voile au cours d'une récente manifestation, les femmes musulmanes ont voulu montrer « que maintenant, elles sont aussi une force généreuse et constructive, une force avec laquelle il fallait compter ». On a affirmé à l'époque que Nafissa Sid Cara avait elle-même spectaculairement enlevé son voile le 13 mai 1958. Cela semble inexact. Elle n'a, d'après les témoignages que nous avons recueillis, jamais porté le voile. En réalité, ce 13 mai 1958, c'est une autre député algérienne, Rebiha Khebtani, également maire de Sétif, qui aurait fait ce geste à la demande, semble-t-il, de l'armée française.

En un moment difficile pour les relations entre la France et l'Algérie, Nafissa Sid Cara assume avec courage et dignité sa fonction ministérielle, manifestant un grand respect pour le général de Gaulle et un sincère attachement à Michel Debré.

Lors des déplacements du Premier ministre en Algérie, elle est à ses côtés. En Oranie, le 25 avril 1959, à la préfecture, elle procède à une remise de décorations.

Le bulletin de la Délégation générale du gouvernement en Algérie précise que Mlle Sid Cara, « dans les annales parlementaires (…), pourrait figurer comme la première femme ministre à accomplir un tel geste ».

Le 10 avril 1960, recevant des élues musulmanes venues d'Algérie, elle leur déclare : « Votre première mission est d'abord de témoigner ici du renouveau de l'Algérie, de son désir de promotion humaine. À vous de montrer que la société musulmane veut participer à cette évolution et que, parmi elle, les femmes musulmanes s'engagent sans réticence sur cette voie de l'avenir… Vous avez constaté tout l'intérêt que la Métropole attache à connaître la vie, la vraie vie de l'Algérie… »

Nafissa Sid Cara est le symbole d'une ardente volonté de modernisation de la société algérienne, notamment pour ce qui concerne la femme musulmane. Elle a toujours œuvré en faveur d'un véritable statut de la femme musulmane, de la recherche d'une compatibilité entre la dignité de la femme et le respect de l'islam. La politique de transformation de la condition des femmes algériennes initiée par Nafissa Sid Cara s'intègre dans un renouveau de la politique de promotion sociale voulue par le Premier ministre pour la France. Il s'agissait, pour l'Algérie, de favoriser l'émergence d'une classe moyenne, notamment par l'ouverture des portes de l'enseignement aux jeunes filles. Elle a ainsi voulu qu'en Algérie les mariages soient libres, non imposés ou forcés. À cette fin, elle a préparé et cosigné avec Michel Debré l'ordonnance du 4 février 1959 sur la condition de la femme musulmane, stipulant que les mariages en Algérie ne seront valables qu'à la suite d'un consentement libre et volontaire des deux époux.

Les nationalistes algériens du FLN considéreront que ces dispositions portaient atteinte aux principes du Coran et violaient les principes de l'islam.

Le journal *El Moudjahid* écrit alors : « Ainsi, des Français au surplus chrétiens ou de confessions israélite, comme l'est paraît-il Michel Debré, ont osé de propos délibéré porter atteinte au Coran, de par son essence immuable, et imposer par le sabre aux musulmans d'Algérie les lois laïques de France et dans la matière la plus sacrée, à savoir le statut personnel. » Les extrémistes algériens n'admettent pas les réformes voulues par le gouvernement dont fait partie Nafissa Sid Cara. Forte de ses convictions, elle persiste. Dans une lettre du 6 août 1959 adressée à Michel Debré, qui lui a soumis le projet de décret relatif au mariage musulman, elle lui suggère de modifier l'article 11. Il indique « le juge prononce », elle préfère « le juge décide », car écrit-elle, « le rôle d'arbitre moral laissé au juge est conforme à la Religion ».

Persuadée que la rébellion algérienne s'alimentait du sous-développement économique et de l'archaïsme social, elle a soutenu le « Plan de Constantine » destiné à favoriser les investissements en Algérie et la scolarisation de tous les jeunes enfants. Il devait aussi faciliter la redistribution des 250 000 hectares de terres agricoles… Le retour à la paix en Algérie et son maintien dans le cadre de la République française supposaient une plus grande prise en compte des besoins économiques et sociaux des populations locales, telle est la conviction de Nafissa Sid Cara.

Lors du Conseil des ministres du 21 février 1962, avec beaucoup d'émotion, comme le rapporte Michel

Debré dans ses Mémoires, elle évoque l'abandon des musulmans qui ont pris parti pour la France.

Elle est restée au gouvernement trois ans et trois mois. Elle quitte ses responsabilités ministérielles avec la démission de Michel Debré en avril 1962. Elle est nommée Inspecteur générale des affaires sociales.

Fidélité et dévouement marqueront toujours son attitude à l'égard de la France. Authentiquement attachée aux valeurs de la République et persuadée que l'intérêt pour l'Algérie était de demeurer dans la communauté française, elle a vu avec tristesse l'Algérie s'éloigner de la métropole. Elle n'a cependant jamais approuvé ni rejoint les extrémistes de l'OAS.

*

Son attachement au général de Gaulle est évident et d'autant plus méritoire qu'elle partage alors le sort de nombre de rapatriés d'Algérie qui ne cessent de critiquer le gouvernement et le Général en particulier. Lors du référendum de 1969, elle déclare : « Je voterai oui » parce que la réforme proposée met en place l'idée de participation et « qu'elle favorise, encore plus que par le passé, l'intégration des femmes à la vie économique et sociale de leur région et de la nation [...] parce que je veux être fière de la Nation que j'ai choisie ».

Le 11 juillet 1974, Nafissa Sid Cara écrit à Valery Giscard d'Estaing, devenu président de la République, pour attirer son attention sur le problème des Harkis. Elle devient en 1979 membre de la Commission nationale chargée de l'étude des problèmes des français musulmans.

Dans un brouillon de discours manuscrit datant des

années 1993-1995, en vue d'une intervention à la journée des femmes, trouvé dans ses archives personnelles, à propos du foulard islamique que « les adolescentes issues de familles musulmanes du Maghreb installées à divers titres en France » arborent, elle livre ce diagnostic : « Ces jeunes filles sont nées sur le territoire français [...] scolarisées dès l'enfance, elles se trouvent maintenant pour la plupart sur les bancs des lycées, à une période où les mutations sont multiples, leur personnalité s'est forgée dans un milieu social difficile et dans des conditions de vie précaire. Victimes souvent de l'acculturation, elles n'ont pas cessé de chercher leur identité dont l'assurance fait tenir debout tout individu. Elles se sont tournées vers le passé de leurs grands-parents et parents, elles ne s'y sont pas reconnues totalement. Elles ont regardé la France : elles ont peut-être eu le sentiment que la France ne fait que les tolérer. Elles se sentent donc pour ainsi dire exilées dans leur pays natal et frustrées d'identité ». Mais, constate-t-elle, « elles veulent malgré tout se tenir debout, elles aussi. C'est pourquoi, me semble-t-il, certaines ont eu recours au voile de la moralité ancestrale ».

Elle se demande alors ce qu'il convient de faire. Elle suggère une action de communication vers les camarades, « filles de France, surtout si elles sont à l'âge de 16 ou 17 ans », de ces jeunes musulmanes. La solidarité, la sympathie et le « respect de l'autre qui caractérisent l'adolescence » peuvent permettre aux premières d'entendre et de trouver des solutions pour s'extraire de leur isolement. Elle propose aussi de s'appuyer sur « des pédagogues des établissements » et de favoriser « l'intervention dans l'enceinte des établissements de médecins de confession musulmane qui les aideraient à concevoir que Dieu n'est pas ennemi du corps dans son geste et dans son fonctionnement puisqu'aussi bien, il l'a créé. Pourquoi cacher et se cacher de ce sujet d'émerveillement ? »

Lucide, elle admet que des stratégies politiques peuvent se cacher derrière la volonté d'imposer un voile aux jeunes musulmanes. Il « est possible et même vraisemblable que les pédagogues repèrent des infiltrations déstabilisatrices ou destructrices ». Il est clair alors pour Nafissa Sid Cara qu'il convient « d'agir en conséquence ».

Elle termine ainsi son projet de discours : « Femmes de France, agissez pour que très bientôt les jeunes filles en question et leurs frères soient appelés filles et fils de France, comme vos jeunes filles et vos fils. Faites que les portes des établissements scolaires ne soient pas fermées à celles qui portent le voile. Mais que ces jeunes filles sachent, par moi entre autres, que leurs aînées ont ôté le voile de leur propre gré pour s'affirmer dans la liberté, dans la dignité et dans leur identité de femme, sans pour autant, quant à la plupart d'entre elles, cesser d'être musulmanes. Qu'elles n'oublient pas qu'aujourd'hui de nouveau les musulmanes d'Algérie manifestent tête nue pour leur liberté politique et culturelle au risque de leur vie, et que tout récemment encore, quatre d'entre elles viennent de la perdre dans ce combat. Qu'elles regardent la couverture du petit Larousse illustré, comme je l'ai découverte enfant : elles y verront l'effigie d'une jeune femme semant à tout vent la culture et qu'elles sachent bien que la culture est universelle. »

Dans la dernière partie de sa vie, Nafissa Sid Cara a participé aux travaux de l'association des médecins rapatriés d'Algérie et de la France. Commandeur de la légion d'honneur en 2001, elle décède le 1er janvier 2002.

Bibliographie

De Nafissa Sid Cara

« L'Emir Abd El Kader », *Revue les Quatre Colonnes*, n° 23, novembre 1998, éditée par le Groupe des anciens députés.

Sur Nafissa Sid Cara

Archives nationales, fonds Nafissa Sid Cara.

Archives de la Fondation des Sciences politiques, fonds Michel Debré.

Roger Benmebarek, « Nafissa Sid Cara, première musulmane au gouvernement de la République », *Cahier de la Mémoire*, n° 3, 2010.

Roger Benmebarek, « La promotion sociale en Algérie », Archives nationales, fonds Nafissa Sid Cara.

Bulletin délégation générale du gouvernement en Algérie, n° 33, déplacement à Constantine, n° 38 déplacement en Oranie, n° 79, discours de Nafissa Sid Cara du 10 avril 1960, n° 99 discours de Nafissa Sid Cara, novembre 1960.

Nos remerciements au préfet Roger Benmebarek pour ses conseils et son aide dans nos recherches.

SIMONE VEIL

(née en 1927)

La première loi sur l'interruption volontaire de grossesse

Simone Veil illustre avec une grande dignité la déportation des juifs de France revenus des camps de concentration. Elle incarne aussi pour toute une génération le combat des femmes pour le libre choix de leur maternité. Présidente du Parlement européen, elle représente une volonté européenne.

La reconnaissance du droit à la liberté sexuelle a donné lieu, au XXe siècle, à des affrontements passionnés. Il y eut d'abord celui sur la pilule anticonceptionnelle, destinée à permettre aux femmes d'avoir la maîtrise du choix du moment de leur maternité. L'instauration du « Planning familial », puis l'adoption en 1967 de la loi sur la contraception, dite loi Neuwirth, du nom du député qui en fut l'initiateur, ont reconnu à la femme le droit à une sexualité détachée de toute reproduction.

Les débats parlementaires sur la proposition de loi déposée par Lucien Neuwirth révélèrent des oppositions conformes aux sensibilités politiques de l'époque. Les plus conservateurs redoutaient un « relâchement » des mœurs et refusaient toute libéralisation de la contraception. D'autres, par crainte du malthusianisme, préférèrent adopter une position de prudence et militèrent pour une législation qui s'inscrive dans la durée. D'autres encore considéraient non seulement que les femmes devaient être libres d'avoir des enfants ou de ne pas ou plus en avoir, mais aussi, le cas échéant, qu'elles devaient disposer des moyens de choisir le nombre de leurs enfants et le moment de leur naissance. Les débats parlementaires furent d'autant plus délicats que seulement onze femmes siégeaient alors à l'Assemblée.

La loi votée par le Parlement le 28 décembre 1967 autorise la contraception par voie orale et abroge la loi du 31 juillet 1920 interdisant toute contraception.

Près de dix ans plus tard, en 1975, sous la présidence de Valéry Giscard d'Estaing, la loi défendue par Simone Veil, ministre de la Santé du gouvernement Chirac, est votée et promulguée. Elle autorise sous certaines conditions l'interruption volontaire de grossesse.

À partir de quel moment un embryon devient-il un être humain, ou tout au moins un être juridique jouissant de droits, notamment de celui à la vie ? « *Infans conceptus pro nato habetur...* » : cet adage, hérité du droit romain, selon lequel l'enfant simplement conçu est considéré comme déjà né chaque fois qu'il y va de ses intérêts, a imprégné notre législation et justifié juridiquement, en France, l'interdiction de l'avortement et sa répression.

Le Code pénal de 1791 punissait l'avorteur d'une peine de vingt ans de prison ; celui de 1810 sanctionnait aussi l'avortée. La pratique de l'avortement était alors considérée comme un crime ; elle est devenue, avec la loi du 31 juillet 1920, passible de la cour d'assises.

« Correctionnalisé » par la suite, l'avortement a été classé par la loi du 14 septembre 1941 dans la catégorie des « infractions de nature à nuire à l'unité nationale, à l'État et au peuple français ». Mais le régime de Vichy a assimilé aussi l'avortement à un « crime contre la sûreté de l'État », passible de juridiction d'exception et, aux termes de la loi du 15 février 1942, punissable de travaux forcés à perpétuité ou de la peine de mort.

L'une des dernières femmes condamnées à mort le fut le 30 juillet 1943 pour « crime contre l'État et contre la race ». Marie-Louise Giraud, l'« avorteuse », âgée de quarante ans, aurait aidé, contre paiement, vingt-sept femmes à interrompre leur grossesse. Elle fut guillotinée dans la cour de la prison de la Roquette à Paris.

Cette loi de Vichy fut abrogée à la Libération. Dans des cas spécifiques comme la sauvegarde de la vie de la mère, l'avortement thérapeutique a été reconnu par le décret du 28 novembre 1955.

Cependant, la loi de 1920, inspirée par une politique démographique dont l'unique objectif était de favoriser la natalité après l'hécatombe de la Grande Guerre, n'a pas empêché la France des années 1930 de vieillir. La population française n'a en effet retrouvé son niveau d'avant 1914 qu'au début des années 1950. En revanche, dans la société de l'après-mai 1968, le décalage devient de plus en plus patent entre la loi, qui peine à évoluer, et les mœurs, qui ne cessent de changer. L'interdiction d'avorter est contournée. Des avortements clandestins sont pratiqués, au risque de graves complications, tandis que les femmes qui disposent des moyens financiers ou d'une famille pour les secourir peuvent se faire avorter par un médecin officiant dans certaines cliniques privées, ou à l'étranger dans des cliniques spécialisées.

La loi du 17 janvier 1975 légalise l'interruption volontaire de grossesse lorsque la femme enceinte « estime que sa grossesse la place dans une situation de détresse ». L'interruption « doit être réalisée avant la fin de la dixième semaine de grossesse ».

Au cours d'une des batailles parlementaires les plus passionnelles de toute l'histoire de l'Assemblée nationale, face à un grand nombre de députés hostiles, Simone Veil fait preuve de conviction, de courage et de ténacité. Estimant qu'aucune femme ne recourt à l'avortement de gaieté de cœur, elle déclare devant les députés qu'il s'agit de lutter contre une injustice et de conserver à la vie sa valeur suprême.

Simone Veil doit affronter des oppositions diverses, certaines virulentes, traversant les clivages politiques traditionnels. Elle est ainsi violemment contestée, à l'intérieur et à l'extérieur de l'hémicycle du Palais-Bourbon, par celles et ceux qui considèrent, pour s'opposer à cette loi, l'embryon comme un être vivant, et l'avortement comme un assassinat. Les opposants les plus modérés estiment pour leur part que l'avortement signe l'échec de la contraception, et déplorent qu'il ne soit pas limité à un acte exceptionnel justifié par l'état de détresse. D'autres prédisent une banalisation de l'acte et une perte subséquente des valeurs de notre société. Simone Veil doit bien sûr faire face aussi aux défenseurs opiniâtres de la politique familiale.

La loi relative à l'interruption volontaire de grossesse, défendue par une femme pour les femmes, est votée grâce à la ténacité de la ministre. Sa durée d'application est néanmoins provisoire : une période de cinq ans. Elle a été reconduite en décembre 1979 et complétée, en décembre 1982, par le remboursement de l'IVG par la sécurité sociale.

*

Évoquant ses origines, Simone Veil révèle dans *Une vie* que, « comme tous les membres de ces familles juives et assimilées », celle de son père « était profondément patriote et laïque ». Ils étaient « fiers de leur pays qui, dès 1791, avait accordé la pleine citoyenneté aux juifs », et, ajoute-t-elle, « très simplement, nous étions juifs et laïques… Ma mère [était] athée comme je le suis moi-même ».

Le destin de Simone Veil est d'abord dramatiquement marqué par la déportation qui frappe les familles juives. Arrêtée le 30 mars 1944, internée au camp de Drancy avec sa mère, sa sœur et son frère, elle est transférée en camp de concentration. Elle a alors près de dix-sept ans.

Avec une digne émotion, des mots précis et justes, elle a relaté son arrivée au camp d'Auschwitz-Birkenau : « On nous arrachait à l'horreur du voyage pour nous précipiter en plein cauchemar… En quelques heures, nous nous sommes ainsi retrouvées démunies de tout ce qui avait fait jusqu'alors ce qu'était chacune de nous. » Elle décrit la mort qui rôdait, la « pestilence des corps brûlés », l'« industrie du massacre ».

Après Auschwitz-Birkenau, Simone Veil, accompagnée de sa mère et de sa sœur, découvre un autre univers concentrationnaire, celui du camp de Bergen Belsen.

Après la libération des camps par les Alliés, elle regagne la France le 23 mai 1945. Elle fait partie du petit nombre de déportés juifs de France à être revenus des camps nazis : 2 500 sur 76 000, soit environ 3 %.

Orpheline – sa mère est décédée en déportation du typhus, son père et son frère ne sont pas revenus non plus –, elle retrouve ses sœurs Madeleine et Denise.

La Shoah, avoue-t-elle, est restée en elle omniprésente. « Rien ne s'efface : les convois, le travail, l'enfermement, les baraques, la maladie, le froid, le manque de sommeil, la faim, les humiliations, l'avilissement, les coups, les cris… rien ne peut ni ne doit être oublié. Mais, au-delà de ces horreurs, seuls importent les morts : la chambre à gaz pour les enfants, les femmes, les vieillards, pour ceux qui attrapent la gale, qui clopinent, qui ont mauvaise mine ; et, pour les autres, la mort lente. Deux mille cinq cents survivants sur soixante-dix-huit mille juifs français déportés. Il n'y a que la Shoah. L'atmosphère du crématoire, fumée et puanteur, de Birkenau. Je ne l'oublierai jamais. Là-bas, dans les plaines allemandes, s'étendent désormais des espaces dénudés sur lesquels règne le silence ; c'est le poids effrayant du vide que l'oubli n'a pas le droit de combler et que la mémoire des vivants habitera toujours. »

La guerre finie, les camps libérés, il lui faut apprendre à revivre. Simone Veil entreprend des études de droit à Paris et à Sciences-Po ; elle y rencontre son futur mari, Antoine Veil, et devient par la suite magistrat.

Faisant montre d'une énergie morale exceptionnelle, comme le soulignera Jean d'Ormesson en la recevant sous la Coupole, Simone Veil est sortie du désespoir par « le courage, l'intelligence, la force de caractère et d'âme ».

« Au fond, reconnaît-elle, ma première expérience politique a bien été le refus du communisme », alors même que l'ensemble de son environnement « se situait plutôt à gauche ». Elle raconte que, à son retour de déportation, elle avait entendu parler d'une « Amicale d'Auschwitz » et pensé, en en faisant partie, retrouver des amis qui avaient partagé avec elle ces jours terribles. « J'ai tout de suite compris que l'amicale était verrouillée par les communistes… J'ai pris conscience du sectarisme stalinien des communistes. Il m'était insupportable ; il l'est demeuré. »

Même si elle avoue avoir « voté socialiste à plusieurs reprises », avoir observé avec méfiance le retour au pouvoir du général de Gaulle en 1958, avoir rejoint les partisans du non au référendum de 1969, n'avoir éprouvé aucun regret du départ du Général, par la suite elle a soutenu Georges Pompidou et voté pour Valéry Giscard d'Estaing, parce qu'elle ne pouvait se résoudre à voter blanc.

Elle ne s'engage véritablement en politique que bien plus tard, quand Jacques Chirac propose à Valéry Giscard d'Estaing, élu président de la République, de la faire entrer au gouvernement. Elle est alors secrétaire générale du Conseil supérieur de la magistrature. Nommée ministre de la Santé dans le gouvernement constitué par Chirac en 1974, elle est ainsi la deuxième femme à devenir ministre de plein exercice après Germaine Poinso-Chapuis, elle aussi en 1947 ministre de la Santé. Simone Veil conserve son poste ministériel dans le gouvernement suivant, celui de Raymond Barre.

Élue député européen, l'ancienne déportée d'Auschwitz-Birkenau devient, de juillet 1979 à janvier 1992, la présidente du premier Parlement européen élu au suffrage universel. Elle milite avec ferveur pour la construction européenne.

Plus tard, le 18 mars 2010, dans son discours de réception à l'Académie française où elle a été élue en novembre 2008, Simone Veil citera, pour l'approuver, Victor Hugo qui écrivit en 1841 : « La France et l'Allemagne sont essentiellement l'Europe. L'Allemagne est le cœur, la France la tête. Le sentiment et la pensée, c'est tout l'homme civilisé. Il y a, entre ces deux peuples, connexion intime, consanguinité incontestable. Ils sortent des mêmes sources. Ils ont lutté ensemble contre les Romains ; ils sont frères dans le passé, frères dans le présent, frères dans l'avenir. »

Simone Veil fait son retour au gouvernement en mars 1993 au poste de ministre des Affaires sociales, de la Santé et de la Ville, avec le titre de ministre d'État. En mars 1998 et durant neuf années, elle est membre du Conseil constitutionnel.

Sixième femme à avoir l'honneur de siéger sous la coupole de l'Institut de France, près de trente ans après Marguerite Yourcenar, Simone Veil n'oublie rien de son passé. Au sculpteur Ivan Theimer, qui a conçu son épée d'académicienne, elle a demandé d'y faire figurer deux mains enlacées pour symboliser la réconciliation des peuples. Sur l'une apparaissent des flammes, celles des fours crématoires ; sur l'autre, des branches d'olivier, arbre de vie et de paix. Simone Veil a aussi souhaité que l'artiste inscrive sur la garde de son épée le nom du camp de Birkenau où elle fut déportée, et le matricule tatoué sur son avant-bras. Enfin, un visage de femme souriant rappelle son engagement pour la cause des femmes.

Présidente d'honneur de la Fondation pour la mémoire de la Shoah, Simone Veil, dans *Une interrogation permanente*, précise que son engagement est « une expression de fidélité à l'égard de tous ceux qui ont été nos camarades de déportation, et surtout de ceux

– les plus nombreux – qui sont morts ». Elle ajoute : « Nous avons pris à leur égard un engagement moral, celui d'éviter qu'ils tombent dans l'oubli. Chaque fois que nous avons l'occasion de rappeler ce qui s'est passé dans les camps, nous devons le faire, même si ce n'est pas toujours bien compris. »

Elle avoue ne pas être croyante, mais le « problème de la foi » reste pour elle « une interrogation permanente », et son judaïsme est « davantage une fidélité qu'un attachement culturel ou religieux ».

*

Sans renoncer à ses amitiés, Simone Veil entend conserver en politique sa liberté de parole. Tout en ayant présidé le comité de soutien de Nicolas Sarkozy lors des élections présidentielles, en 2007, elle s'est dite, peu après, réservée sur sa proposition d'obliger les enseignants, en classe, à lire la lettre d'adieux de Guy Môquet. Elle s'est aussi prononcée contre le recours à des tests ADN pratiqués sur les prétendants au regroupement familial tel que l'a envisagé le projet gouvernemental.

*

On le voit, Simone Veil a puisé dans les terribles épreuves que la vie lui a réservées la force et l'indépendance de sa personnalité, sa fermeté de caractère et son énergie exceptionnelle.

Bibliographie

De Simone Veil

« Une interrogation permanente », dans *Aujourd'hui être juif*, de Victor Malka, Cerf, 1984.

Une vie, Stock, 2007.

Sur Simone Veil

Jocelyne Sauvard, *Simone Veil, la force de la conviction*, L'Archipel, 2012.

Nous remercions Jean Veil pour ses remarques et conseils sur ce chapitre.

CONCLUSION

La République, en France, a souvent été affublée de nombreux qualificatifs. Il y eut celle des notables, des ducs, des comités, des camarades, des instituteurs, des professeurs, des énarques, des banquets ou des comices, mais aussi la jacobine, la girondine, la montagnarde. Nous avons eu la République opportuniste, celle de Thiers, de Grévy, de Ferry, de Clemenceau, de Poincaré ou de Blum, la République du Bloc des droites, du Cartel des gauches, du Front populaire, la République gaullienne, la République mitterrandienne…

Les fondateurs de partis ont souvent éprouvé le besoin d'accoler eux aussi un adjectif à la République. Il y eut, après guerre, le Mouvement républicain populaire, les Républicains sociaux, plus récemment la Gauche républicaine, le Mouvement républicain et citoyen, l'Union centriste républicaine, la République solidaire…

Le terme de « République » sert à désigner des institutions, mais aussi à qualifier une pratique politique, aboutissement d'un processus historique qui s'est progressivement imposé au rythme de phases de révoltes, de réformes, d'espérances.

La République ne se limite pas à un simple descriptif des institutions ; ce sont aussi des règles, des coutumes qui régissent les relations sociales, les droits et devoirs de chacun, dans sa vie collective et personnelle.

La République n'est pas un modèle figé dans le marbre ; c'est une volonté de vivre ensemble, « un rêve d'avenir partagé », pour reprendre la belle définition de Renan. Cette aspiration à un destin commun suppose mutations et ruptures ; elle impose compromis et anticipations. La société est en perpétuelle évolution, les découvertes scientifiques transforment les mentalités, des attentes nouvelles apparaissent, qui veulent devenir des droits.

Celles et ceux qui l'incarnent se doivent de répondre à ces attentes, de prévoir ces évolutions, de permettre et favoriser le débat et la confrontation des idées. La République ne peut s'enfermer dans une seule vérité.

Par leur action, leur combat, leur courage, les femmes évoquées dans ce livre ont, chacune à leur époque, contribué à forger et sceller les contours de notre modèle républicain et social. Peut-être même ont-elles donné un sens, une âme à ce « rêve d'avenir partagé » sans lequel il n'y a plus ni Nation, ni République.

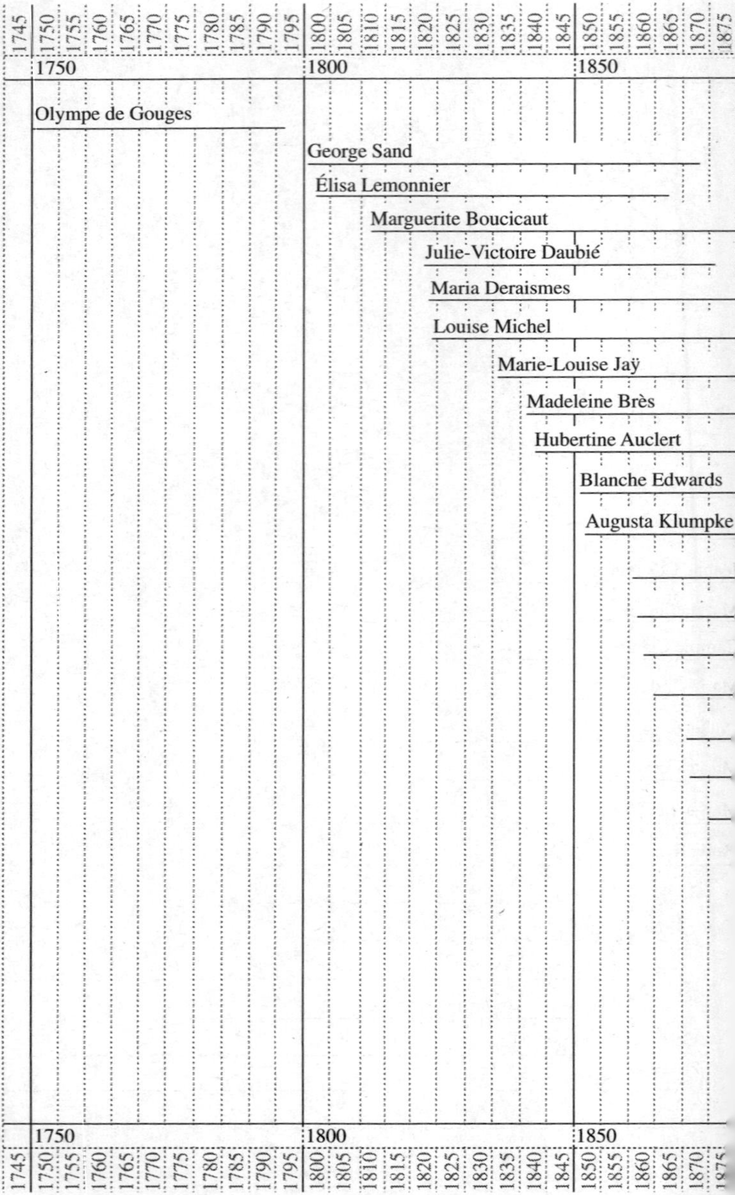
1745
1750
1755
1760
1765
1770
1775
1780
1785
1790
1795
1800
1805
1810
1815
1820
1825
1830
1835
1840
1845
1850
1855
1860
1865
1870
1875
Olympe de Gouges
George Sand
Élisa Lemonnier
Marguerite Boucicaut
Julie-Victoire Daubié
Maria Deraismes
Louise Michel
Marie-Louise Jaÿ
Madeleine Brès
Hubertine Auclert
Blanche Edwards
Augusta Klumpke

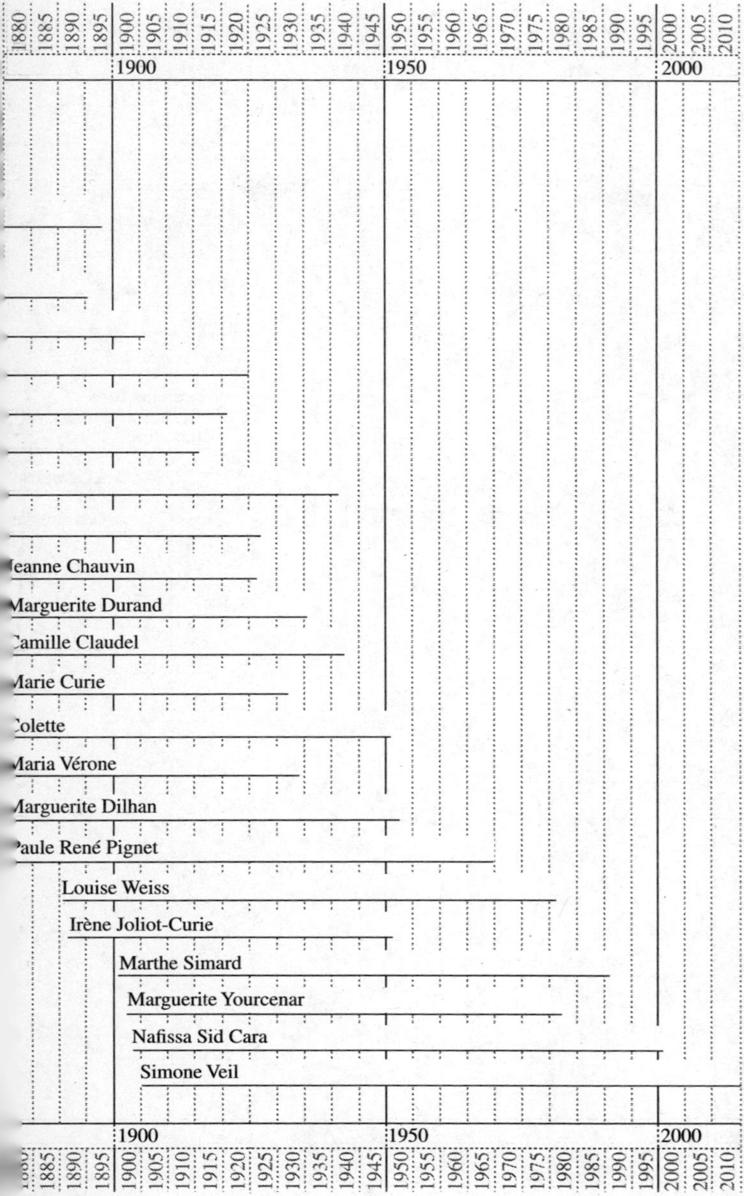
1880 1885 1890 1895 1900 1905 1910 1915 1920 1925 1930 1935 1940 1945 1950 1955 1960 1965 1970 1975 1980 1985 1990 1995 2000 2005 2010
1900
1950
2000
eanne Chauvin
arguerite Durand
amille Claudel
arie Curie
olette
aria Vérone
arguerite Dilhan
aule René Pignet
Louise Weiss
Irène Joliot-Curie
Marthe Simard
Marguerite Yourcenar
Nafissa Sid Cara
Simone Veil
1900
1950
2000
1885 1890 1895 1900 1905 1910 1915 1920 1925 1930 1935 1940 1945 1950 1955 1960 1965 1970 1975 1980 1985 1990 1995 2000 2005 2010

TABLE

Jeanne d'Arc *et* **Marianne** *(introduction)* 7

Olympe de Gouges. *La Déclaration des droits de la femme et de la citoyenne* 13

George Sand. *Le rêve d'une société libre et égalitaire* 27

Elisa Lemonnier. *Fondatrice de l'enseignement professionnel pour jeunes filles* 57

Marguerite Boucicaut *et* **Marie-Louise Jaÿ**. *Les premiers grands magasins parisiens : du Bon Marché à la Samaritaine – « Des patrons rouges »* 71

Julie-Victoire Daubié. *Première bachelière* 95

Maria Deraismes. *Première femme franc-maçonne* 113

Louise Michel. *Le drapeau noir des anarchistes* 133

Madeleine Brès. *Première docteur en médecine.*
Blanche Edwards et Augusta Klumpke.
Premières externes et internes des hôpitaux 155

Hubertine Auclert. *Suffragiste, gréviste de l'impôt, militante de la séparation entre féminisme et lutte des classes, de la féminisation des mots, de la condamnation du Code civil, de la reconnaissance de Jeanne d'Arc comme première féministe* 173

Jeanne Chauvin. *Première avocate.*
Maria Vérone et Marguerite Dilhan.
Premières avocates à plaider aux assises,
Paule René Pignet. *Première bâtonnière en France* 189

Marguerite Durand. *Première créatrice et dirigeante d'une entreprise de presse exclusivement féminine* 215

Camille Claudel. *Le génie emprisonné* 251

Marie Curie. *Première femme Prix Nobel,*
Irène Joliot-Curie. *Prix Nobel de chimie, première femme secrétaire d'État* 269

Colette. *Première femme grand officier de la Légion d'honneur* 291

Louise Weiss. *Grand-mère de l'Europe* 317

Marthe Simard. *Première parlementaire* 349

Marguerite Yourcenar. *Première académicienne française* 359

Nafissa Sid Cara. *Première musulmane secrétaire d'État. L'opposition au voile islamique* 399

Simone Veil. *La première loi sur l'interruption volontaire de grossesse* 413

Conclusion 425

DES MÊMES AUTEURS

OUVRAGES DE JEAN-LOUIS DEBRÉ

Les Idées constitutionnelles du général de Gaulle
Librairie générale de droit et de jurisprudence, 1974

La Constitution de la Ve République
PUF, 1975

Le Pouvoir politique
Seghers, 1976

Le Gaullisme
(avec Michel Debré)
Plon, 1978

LA JUSTICE AU XIXe SIÈCLE
1. Les Magistrats
Perrin, 1981
2. Les Républiques des avocats
Perrin, 1984

Le Curieux
roman
Éditions N° 1, 1986

En mon for intérieur
Lattès, 1987

Pièges
roman
Robert Laffont, 1998

Le gaullisme n'est pas une nostalgie
Robert Laffont, 1999

La Laïcité à l'école : un principe républicain à réaffirmer
Rapport de la mission d'information de l'Assemblée nationale
Odile Jacob, 2004

Qu'est-ce que l'Assemblée nationale ?
L'Archipel, 2007

Les Oubliés de la République
Fayard, 2008

Quand les brochets font courir les carpes
roman
Fayard, 2008
et « Le Livre de poche Policier », n° 31414, 2009

Dynasties républicaines
Fayard, 2009

Meurtre à l'Assemblée
roman
Fayard, 2009
et « Le Livre de poche Policier », n° 32248, 2011

Regard de femme
roman
Fayard, 2010

En tête à tête avec Charles de Gaulle
(illustrations de Philippe Lorin)
Gründ, 2010

Racontez-moi le Conseil constitutionnel
Name Éditions, 2010

Jeux de haine
roman
Fayard, 2011

En tête à tête avec les présidents de la République
(illustrations de Philippe Lorin)
Gründ, 2011 et 2012

OUVRAGES DE VALÉRIE BOCHENEK

Le Mime Marcel Marceau
Entretiens et regards avec Valérie Bochenek
Somogy, 1997

RÉALISATION : NORD COMPO À VILLENEUVE-D'ASCQ
IMPRESSION : CPI BRODARD ET TAUPIN À LA FLÈCHE
DÉPÔT LÉGAL : MARS 2014. N° 115484 (3003352)
IMPRIMÉ EN FRANCE

Éditions Points

DERNIERS TITRES PARUS

P3007. Printemps, *Mons Kallentoft*
P3008. La Voie de Bro, *Vladimir Sorokine*
P3009. Une collection très particulière, *Bernard Quiriny*
P3010. Rue des petites daurades, *Fellag*
P3011. L'Œil du léopard, *Henning Mankell*
P3012. Les mères juives ne meurent jamais, *Natalie David-Weill*
P3013. L'Argent de l'État. Un député mène l'enquête *René Dosière*
P3014. Kill kill faster faster, *Joel Rose*
P3015. La Peau de l'autre, *David Carkeet*
P3016. La Reine des Cipayes, *Catherine Clément*
P3017. Job, roman d'un homme simple, *Joseph Roth*
P3018. Espèce de savon à culotte ! et autres injures d'antan *Catherine Guennec*
P3019. Les mots que j'aime et quelques autres… *Jean-Michel Ribes*
P3020. Le Cercle Octobre, *Robert Littell*
P3021. Les Lunes de Jupiter, *Alice Munro*
P3022. Journal (1973-1982), *Joyce Carol Oates*
P3023. Le Musée du Dr Moses, *Joyce Carol Oates*
P3024. Avant la dernière ligne droite, *Patrice Franceschi*
P3025. Boréal, *Paul-Émile Victor*
P3026. Dernières nouvelles du Sud *Luis Sepúlveda, Daniel Mordzinski*
P3027. L'Aventure, pour quoi faire ?, *collectif*
P3028. La Muraille de lave, *Arnaldur Indridason*
P3029. L'Invisible, *Robert Pobi*
P3030. L'Attente de l'aube, *William Boyd*
P3031. Le Mur, le Kabyle et le marin, *Antonin Varenne*
P3032. Emily, *Stewart O'Nan*

P3033. Les oranges ne sont pas les seuls fruits *Jeanette Winterson*
P3034. Le Sexe des cerises, *Jeanette Winterson*
P3035. À la trace, *Deon Meyer*
P3036. Comment devenir écrivain quand on vient de la grande plouquerie internationale, *Caryl Férey*
P3037. Doña Isabel (ou la véridique et très mystérieuse histoire d'une Créole perdue dans la forêt des Amazones) *Christel Mouchard*
P3038. Psychose, *Robert Bloch*
P3039. Équatoria, *Patrick Deville*
P3040. Moi, la fille qui plongeait dans le cœur du monde *Sabina Berman*
P3041. L'Abandon, *Peter Rock*
P3042. Allmen et le diamant rose, *Martin Suter*
P3043. Sur le fil du rasoir, *Oliver Harris*
P3044. Que vont devenir les grenouilles ?, *Lorrie Moore*
P3045. Quelque chose en nous de Michel Berger *Yves Bigot*
P3046. Elizabeth II. Dans l'intimité du règne, *Isabelle Rivère*
P3047. Confession d'un tueur à gages, *Ma Xiaoquan*
P3048. La Chute. Le mystère Léviathan (tome 1), *Lionel Davoust*
P3049. Tout seul. Souvenirs, *Raymond Domenech*
P3050. L'homme naît grâce au cri, *Claude Vigée*
P3051. L'Empreinte des morts, *C.J. Box*
P3052. Qui a tué l'ayatollah Kanuni ?, *Naïri Nahapétian*
P3053. Cyber China, *Qiu Xiaolong*
P3054. Chamamé, *Leonardo Oyola*
P3055. Anquetil tout seul, *Paul Fournel*
P3056. Marcus, *Pierre Chazal*
P3057. Les Sœurs Brelan, *François Vallejo*
P3058. L'Espionne de Tanger, *María Dueñas*
P3059. Mick. Sex and rock'n'roll, *Christopher Andersen*
P3060. Ta carrière est fi-nie !, *Zoé Shepard*
P3061. Invitation à un assassinat, *Carmen Posadas*
P3062. L'Envers du miroir, *Jennifer Egan*
P3063. Dictionnaire ouvert jusqu'à 22 heures *Académie Alphonse Allais*
P3064. Encore un mot. Billets du Figaro, *Étienne de Montety*
P3065. Frissons d'assises. L'instant où le procès bascule *Stéphane Durand-Souffland*
P3066. Y revenir, *Dominique Ané*
P3067. J'ai épousé Johnny à Notre-Dame-de-Sion *Fariba Hachtroudi*

P3068. Un concours de circonstances, *Amy Waldman*
P3069. La Pointe du couteau, *Gérard Chaliand*
P3070. Lila, *Robert M. Pirsig*
P3071. Les Amoureux de Sylvia, *Elizabeth Gaskell*
P3072. Cet été-là, *William Trevor*
P3073. Lucy, *William Trevor*
P3074. Diam's. Autobiographie, *Mélanie Georgiades*
P3075. Pourquoi être heureux quand on peut être normal? *Jeanette Winterson*
P3076. Qu'avons-nous fait de nos rêves?, *Jennifer Egan*
P3077. Le Terroriste noir, *Tierno Monénembo*
P3078. Féerie générale, *Emmanuelle Pireyre*
P3079. Une partie de chasse, *Agnès Desarthe*
P3080. La Table des autres, *Michael Ondaatje*
P3081. Lame de fond, *Linda Lê*
P3082. Que nos vies aient l'air d'un film parfait, *Carole Fives*
P3083. Skinheads, *John King*
P3084. Le bruit des choses qui tombent, *Juan Gabriel Vásquez*
P3085. Quel trésor!, *Gaspard-Marie Janvier*
P3086. Rêves oubliés, *Léonor de Récondo*
P3087. Le Valet de peinture, *Jean-Daniel Baltassat*
P3088. L'État au régime. Gaspiller moins pour dépenser mieux *René Dosière*
P3089. Refondons l'école. Pour l'avenir de nos enfants *Vincent Peillon*
P3090. Vagabond de la bonne nouvelle, *Guy Gilbert*
P3091. Les Joyaux du paradis, *Donna Leon*
P3092. La Ville des serpents d'eau, *Brigitte Aubert*
P3093. Celle qui devait mourir, *Laura Lippman*
P3094. La Demeure éternelle, *William Gay*
P3095. Adulte? Jamais. Une anthologie (1941-1953) *Pier Paolo Pasolini*
P3096. Le Livre du désir. Poèmes, *Leonard Cohen*
P3097. Autobiographie des objets, *François Bon*
P3098. L'Inconscience, *Thierry Hesse*
P3099. Les Vitamines du bonheur, *Raymond Carver*
P3100. Les Trois Roses jaunes, *Raymond Carver*
P3101. Le Monde à l'endroit, *Ron Rash*
P3102. Relevé de terre, *José Saramago*
P3103. Le Dernier Lapon, *Olivier Truc*
P3104. Cool, *Don Winslow*
P3105. Les Hauts-Quartiers, *Paul Gadenne*
P3106. Histoires pragoises, *suivi de* Le Testament *Rainer Maria Rilke*

P3107. Œuvres pré-posthumes, *Robert Musil*
P3108. Anti-manuel d'orthographe. Éviter les fautes par la logique, *Pascal Bouchard*
P3109. Génération CV, *Jonathan Curiel*
P3110. Ce jour-là. Au cœur du commando qui a tué Ben Laden *Mark Owen et Kevin Maurer*
P3111. Une autobiographie, *Neil Young*
P3112. Conséquences, *Darren William*
P3113. Snuff, *Chuck Palahniuk*
P3114. Une femme avec personne dedans, *Chloé Delaume*
P3115. Meurtre au Comité central, *Manuel Vázquez Montalbán*
P3116. Radeau, *Antoine Choplin*
P3117. Les Patriarches, *Anne Berest*
P3118. La Blonde et le Bunker, *Jakuta Alikavazovic*
P3119. La Contrée immobile, *Tom Drury*
P3120. Peste & Choléra, *Patrick Deville*
P3121. Le Veau *suivi de* Le Coureur de fond, *Mo Yan*
P3122. Quarante et un coups de canon, *Mo Yan*
P3123. Liquidations à la grecque, *Petros Markaris*
P3124. Baltimore, *David Simon*
P3125. Je sais qui tu es, *Yrsa Sigurdardóttir*
P3126. Le Regard du singe *Gérard Chaliand, Patrice Franceschi, Sophie Mousset*
P3127. Journal d'un mythomane. Vol. 2 : Une année particulière *Nicolas Bedos*
P3128. Autobiographie d'un menteur, *Graham Chapman*
P3129. L'Humour des femmes, *The New Yorker*
P3130. La Reine Alice, *Lydia Flem*
P3131. Vies cruelles, *Lorrie Moore*
P3132. La Fin de l'exil, *Henry Roth*
P3133. Requiem pour Harlem, *Henry Roth*
P3134. Les mots que j'aime, *Philippe Delerm*
P3135. Petit Inventaire des plaisirs belges, *Philippe Genion*
P3136. La faute d'orthographe est ma langue maternelle *Daniel Picouly*
P3137. Tombé hors du temps, *David Grossman*
P3138. Petit oiseau du ciel, *Joyce Carol Oates*
P3139. Alcools (illustrations de Ludovic Debeurme) *Guillaume Apollinaire*
P3140. Pour une terre possible, *Jean Sénac*
P3141. Le Baiser de Judas, *Anna Grue*
P3142. L'Ange du matin, *Arni Thorarinsson*
P3143. Le Murmure de l'ogre, *Valentin Musso*
P3144. Disparitions, *Natsuo Kirino*

P3145. Le Pont des assassins, *Arturo Pérez-Reverte*
P3146. La Dactylographe de Mr James, *Michiel Heyns*
P3147. Télex de Cuba, *Rachel Kushner*
P3148. Promenades avec les hommes, *Ann Beattie*
P3149. Le Roi Lézard, *Dominique Sylvain*
P3150. Scènes de la vie quotidienne à l'Élysée, *Camille Pascal*
P3151. Je ne t'ai pas vu hier dans Babylone
António Lobo Antunes
P3152. Le Condottière, *Georges Perec*
P3153. La Circassienne, *Guillemette de Sairigné*
P3154. Au pays du cerf blanc, *Chen Zhongshi*
P3155. Juste pour le plaisir, *Mercedes Deambrosis*
P3156. Trop près du bord, *Pascal Garnier*
P3157. Seuls les morts ne rêvent pas.
La Trilogie du Minnesota, vol. 2, *Vidar Sundstøl*
P3158. Le Trouveur de feu, *Henri Gougaud*
P3159. Ce soir, après la guerre, *Viviane Forrester*
P3160. La semaine où Jérôme Kerviel a failli faire sauter le système financier mondial. Journal intime d'un banquier, *Hugues Le Bret*
P3161. La Faille souterraine. Et autres enquêtes
Henning Mankell
P3162. Les deux premières enquêtes cultes de Wallander : Meurtriers sans visage & Les Chiens de Riga
Henning Mankell
P3163. Brunetti et le mauvais augure, *Donna Leon*
P3164. La Cinquième Saison, *Mons Kallentoft*
P3165. Les Nouvelles Enquêtes du Juge Ti : Panique sur la Grande Muraille & Le Mystère du jardin chinois, *Frédéric Lenormand*
P3166. Rouge est le sang, *Sam Millar*
P3167. L'Énigme de Flatey, *Viktor Arnar Ingólfsson*
P3168. Goldstein, *Volker Kutscher*
P3169. Mémoire assassine, *Thomas H. Cook*
P3170. Le Collier de la colombe, *Raja Alem*
P3171. Le Sang des maudits, *Leighton Gage*
P3172. La Maison des absents, *Tana French*
P3173. Le roi n'a pas sommeil, *Cécile Coulon*
P3174. Rentrez chez vous Bogner, *Heinrich Böll*
P3175. La Symphonie des spectres, *John Gardner*
P3176. À l'ombre du mont Nickel, *John Gardner*
P3177. Une femme aimée, *Andreï Makine*
P3178. La Nuit tombée, *Antoine Choplin*
P3179. Richard W., *Vincent Borel*

P3180. Moi, Clea Shine, *Carolyn D. Wall*
P3181. En ville, *Christian Oster*
P3182. Apprendre à prier à l'ère de la technique
Gonçalo M. Tavares
P3183. Vies pøtentielles, *Camille de Toledo*
P3184. De l'amour. *Textes* tendrement *choisis par Elsa Delachair*
P3185. La Rencontre. *Textes* amoureusement *choisis par Elsa Delachair*
P3186. La Vie à deux. *Textes* passionnément *choisis par Elsa Delachair*
P3187. Le Chagrin d'amour. *Textes* rageusement *choisis par Elsa Delachair*
P3188. Le Meilleur des jours, *Yassaman Montazami*
P3189. L'Apiculture selon Samuel Beckett, *Martin Page*
P3190. L'Affaire Cahuzac. En bloc et en détail, *Fabrice Arfi*
P3191. Vous êtes riche sans le savoir
Philippe Colin-Olivier et Laurence Mouillefarine
P3192. La Mort suspendue, *Joe Simpson*
P3193. Portrait de l'aventurier, *Roger Stéphane*
P3194. La Singulière Tristesse du gâteau au citron, *Aimee Bender*
P3195. La Piste mongole, *Christian Garcin*
P3196. Régime sec, *Dan Fante*
P3197. Bons baisers de la grosse barmaid.
Poèmes d'extase et d'alcool, *Dan Fante*
P3198. Karoo, *Steve Tesich*
P3199. Une faiblesse de Carlotta Delmont, *Fanny Chiarello*
P3200. La Guerre des saints, *Michela Murgia*
P3201. DRH, le livre noir, *Jean-François Amadieu*
P3202. L'homme à quel prix ?, *Cardinal Roger Etchegaray*
P3203. Lumières de Pointe-Noire, *Alain Mabanckou*
P3204. Ciel mon moujik ! Et si vous parliez russe sans le savoir ?
Sylvain Tesson
P3205. Les mots ont un sexe. Pourquoi « marmotte »
n'est pas le féminin de « marmot »,
et autres curiosités de genre, *Marina Yaguello*
P3206. L'Intégrale des haïkus, *Bashō*
P3207. Le Droit de savoir, *Edwy Plenel*
P3208. Jungle Blues, *Roméo Langlois*
P3209. Exercice d'abandon, *Catherine Guillebaud*
P3210. Le Roman de Bergen. 1999 Le crépuscule – tome V
Gunnar Staalesen
P3211. Le Roman de Bergen. 1999 Le crépuscule – tome VI
Gunnar Staalesen